Maarten 't Hart
In unnütz toller Wut

Zu diesem Buch

Tagsüber ist der kleine südholländische Ort Monward wie ausgestorben. Eine klare Frühlingsbrise kräuselt die Oberfläche des nahen Sees, als Lotte Weeda zum ersten Mal dort erscheint. Sie ist attraktiv und selbstbewußt. Und sie möchte die zweihundert markantesten Gesichter der kleinen katholischen Gemeinde photographieren; schon im Herbst soll ein Buch mit den Aufnahmen verlegt werden. Nicht alle sind begeistert von ihrem Plan, allen voran Taeke Gras, der sein Gesicht keinesfalls mit einem Stück Papier teilen möchte. Am Ende willigt er ein, wie auch Abel, der Graf. Doch ihn wirft Lottes Besuch aus der Bahn, denn plötzlich und unerklärlich bildet er sich ein, seine Kinder seien nicht von ihm, sondern von den wechselnden Liebhabern seiner jüngeren, reizenden Frau Noor. Immer groteskere Formen nimmt sein Wahn an – bis Abel eines Tages stirbt. Und er ist nicht der einzige: Ein Porträtierter nach dem anderen kommt zu Tode ...

Maarten 't Hart, geboren 1944 in Maassluis als Sohn eines Totengräbers. Studium der Biologie in Leiden und dort Dozent für Tierethologie. Nach seinen Jugenderinnerungen »Ein Schwarm Regenbrachvögel« erschien 1997 auf deutsch sein Roman »Das Wüten der ganzen Welt« und wurde zu einem überragenden Erfolg mit vielen Auszeichnungen. Es folgten unter anderem »Die Netzflickerin«, »Die schwarzen Vögel«, »Die Sonnenuhr«, »In unnütz toller Wut«, »Die Jakobsleiter«, »Mozart und ich« und zuletzt »Der Psalmenstreit«. Maarten 't Hart lebt in Warmond bei Leiden.

Maarten 't Hart

In unnütz toller Wut

Roman

Aus dem Niederländischen von
Gregor Seferens

Piper München Zürich

Die Übersetzung wurde vom Nederlands Literair Produktie- en Vertalingenfonds, Amsterdam, gefördert.

Von Maarten 't Hart liegen bei Piper im Taschenbuch vor:
Ein Schwarm Regenbrachvögel
Gott fährt Fahrrad
Die schwarzen Vögel
Die Jakobsleiter
Das Wüten der ganzen Welt
Die Netzflickerin
Bach und ich (mit CD)
Das Pferd, das den Bussard jagte
Die Sonnenuhr
In unnütz toller Wut
Mozart und ich (mit CD)

Mix
Produktgruppe aus vorbildlich bewirtschafteten Wäldern und anderen kontrollierten Herkünften
www.fsc.org Zert.-Nr. GFA-COC-1223
© 1996 Forest Stewardship Council
FSC

Bestsellerbibliothek
Dezember 2007

Titel der niederländischen Originalausgabe:
»Lotte Weeda«, De Arbeiderspers, Amsterdam 2004

Umschlag: Büro Hamburg, Heike Dehning, Stefanie Levers
Bildredaktion: Alke Bücking, Charlotte Wippermann, Daniel Barthmann
Umschlagabbildung: Frans Lemmens / Getty Images
Autorenfoto: Sven Paustian
Satz: Uwe Steffen, München
Papier: Munken Print von Arctic Paper Munkedals AB, Schweden
Druck und Bindung: Clausen & Bosse, Leck
Printed in Germany ISBN 978-3-492-25080-1

www.piper.de

Einzig der Wahn ist allen gegeben
Xenophanes

Lotte

»Zieh dich schon mal aus.«

»Ganz?«

»Stell keine Fragen, deren Antwort du kennst.«

»Wo kann ich meine Sachen hintun?«

»Leg sie auf einen Stuhl.«

»Ich sehe hier keinen Stuhl.«

»Immer dasselbe. Leg sie auf die Fensterbank. Was willst du trinken? Kaffee?«

»Ich trinke nie Kaffee. Hast du Tee?«

»Kräutertee? Jasmin? Pfefferminz? Grünen Tee?«

»Schwarzen Tee, bitte.«

»Earl Grey?«

»Davon bekamen Nachtflugpiloten Herzrhythmusstörungen.«

»Dann kann ich dir nur noch *Westminster* vom Aldi anbieten.«

»Klingt gut.«

Molly stellte einen kleinen Wasserkessel auf den Gasherd.

»Wieviel hast du schon?« fragte ich.

»Laß mich mal überlegen, elf, glaube ich, du bist der Zwölfte. Was hab ich gesagt? Alles ausziehen ... so ist gut. Allmächtiger, wie kommst du in deinem Alter zu einer so guten Figur? Nicht die Spur von einem Bäuchlein. Wie ist das möglich? Du bist doch schon über fünfundfünfzig, nicht?«

»Mehr oder weniger.«

»Ich verstehe das nicht. Die anderen elf ... alle waren sie unter dem Rippenbogen tüchtig gewölbt, und du... wie schaffst du das? Machst du ständig Diät?«

»Nein, wer sich kasteit, der kommt nicht weit. Wer Diät hält, der verfeinert nur die Tricks des Körpers, Fett zu speichern, wenn man wieder normal ißt. Wer fastet, wird dick.«

»Was soll man denn sonst tun?«

»Halt dich an meinen Grundsatz: Du darfst überall reinbeißen, Hauptsache, du kannst danach ordentlich scheißen.«

»Ob das bei mir auch hilft?«

»Natürlich. Alles goutieren, aber laxieren.«

»In Reimen abnehmen.«

»Genau. Laß dir raten, sei sparsam mit Kohlenhydraten! Meidest du Fette, bleibst du schlank, jede Wette.«

»Das versteht sich von selbst. Hast du noch mehr Tips?«

»Verpaß dem, was du so futterst, ein Etikett.«

»Ein was?«

»Ein Etikett: als Mundvorrat das, was den Darm grummeln läßt.«

»Als da wären?«

»Roggenbrot, Rohkost, Mangos, Kiwis, Tomaten und vor allem Hülsenfrüchte. Wundermittel! Sojabohnen, Linsen, Erbsen, Bohnen, Kichererbsen.«

»Und ansonsten kann man nach Herzenslust naschen und trinken?«

»Bist du verrückt! Naschen ist sowieso ganz ausgeschlossen.«

»Aber du sagtest doch vorhin: Man darf naschen, was man begehrt, wenn man danach den Darm nur leert.«

»Von naschen habe ich nichts gesagt, ich sprach von beißen. Naschen und trinken... Alkohol ist einer der schlimmsten Dickmacher. Bier ist barbarisch. Abgesehen von einem Bauch bekommt man auch noch Brüste. Pro Tag höchstens zwei Gläschen Rotwein.«

»Teufel, welch ein strenges Reglement.«

»Du kannst es dir aussuchen.«

»Den Darm leeren, abführen, so ein Blödsinn. Du bist so schlank, weil du ständig in Bewegung bist. Jeden Tag sehe ich dich radfahren. Jeden Tag spazierst du ein paarmal mit dem Hund durch das ganze Dorf, du hackst dein Holz selbst, du gräbst deinen Garten um, du jätest, du harkst ...«

»Sicher, nichts spricht gegen viel Bewegung, Bewegung ist mindestens genauso wichtig wie Abführen. Sich viel bewegen bringt Segen.«

»Dann eben mehr Sport. Lieber Fitneß als Dünnschiß.«

»Denk dran, was man in Schweden sagt: Ein Mann wünscht sich eine schlanke Frau zum Ausgehen und eine mollige zum Ins-Bett-Gehen.«

Zornig schnaubend goß sie Wasser in die Teekanne. Ich schaute nach draußen. Es herrschte Emily-Brontë-Wetter. Heftig rauschende grüne Bäume. Ein kräftiger Westwind. Vorbeijagende hellweiße Wolken. Phantastisches Wogen und Wiegen von Kammgras und Hundsgras in der munteren Brise. Während ich so dastand, pudelnackt, und sie mit der Teekanne zugange war, schauderte ich. Um mein Zittern zu unterdrücken, sagte ich: »Gestern habe ich in *Home is where the wind blows* von Fred Hoyle eine lustige Geschichte gelesen. Einem Beamten in einem Dorf in Wyoming wird von der Regierung folgende Frage vorgelegt: ›*What is the death rate*, die Sterberate, in Ihrem Dorf?‹ Der Beamte grübelt einige Nächte darüber nach. *Death rate?* Was ist damit gemeint? Nach einigen Tagen teilt er Washington stolz mit: ›Die Sterberate bei uns ist ebenso hoch wie überall sonst auch. Pro Einwohner gibt es nur einen Sterbefall.‹«

Warum lachte sie darüber nicht? Sie sah mich mißbilligend an. »Offenbar kannst du keinen Moment ruhig stehen. Fühlst du dich so unwohl?«

»Es ist ›rûzich waer‹, unruhiges Wetter, wie die Friesen sagen. Als ich noch Biologieunterricht gab, saßen meine Schüler bei so einem Wetter auch keinen Moment still.«

»Dennoch wäre es mir lieber, wenn du dich nicht bewegtest. Gibt es etwas, womit ich dich beruhigen kann? Sanfte Musik?«

»Was schwebt dir denn vor?«

»Woher soll ich wissen, was du magst? Mochtest du früher die Beatles oder eher die Stones?«

»Keine der beiden.«

»Elvis vielleicht?«

Statt zu antworten, fragte ich: »Hast du auch legitime Musik?«

Sie sah mich fragend an.

»Etwas von Mozart«, verdeutlichte ich, »oder zur Not auch von Mahler.«

»Ach, Klassik! Neulich habe ich eine Box im Drogeriemarkt gekauft. Soll ich daraus eine Platte auflegen?«

Sie nahm die Box, die noch eingeschweißt war, und versuchte, die Folie abzumachen. Dies gelang ihr nicht. Sie nahm ein Stanleymesser und ging energisch zu Werke; das Plastik knisterte und reflektierte das Sonnenlicht so, daß ich kurz geblendet wurde. Sie zog die Kunststoffolie ab, griff in die Schachtel und ging mit einer CD zu ihrer Stereoanlage.

Welch ein Klang in diesem hellen Raum mit Blick auf friedlich grasende Schafe in wildbewegten Weiden.

»Schubert, Streichquartett in d-Moll«, murmelte ich und versöhnte mich mehr oder weniger mit dem Umstand, daß ich nackt herumstand, weil ich mich von Molly dazu hatte überreden lassen, Modell zu stehen. Sie stellte einen

Becher Tee vor mich hin, nahm dann an einem schräg in die Höhe ragenden Zeichentisch Platz und sah mich an, als sei ich ein Baumstumpf.

»Könntest du mir, bevor ich anfange, kurz deinen Lebenslauf diktieren? Der soll unter das Porträt.«

»Geboren im Hungerwinter 1944. Ausbildung: Kinderverwahranstalt, Grundschule, Lyzeum, Studium der Biologie. Nach dem Wehrdienst jahrelang Mitglied des Führungsstabs der Abteilung für Evolutionäre und Ökologische Wissenschaften. In den einstweiligen Ruhestand versetzt, als die Abteilung wegrationalisiert wurde. Familienstand: verheiratet, aber die Ehefrau ist mit meinem besten Freund abgehauen.«

»Kinder?«

»Keine Kinder.«

Sie notierte alles und fing dann an, Skizzen zu machen. Mitten im zweiten Satz, dort wo Schubert demütig mit Triolen aufwartet, richtete sie sich auf und sagte: »Was kommt denn da angelaufen?«

Ich drehte mich zum Fenster um. Die langen Schöße eines braunschwarzen Ledermantels flatterten über den Kiesweg.

»Sieht aus wie ein Umhang«, sagte ich. »Woher kommt der denn geflogen?«

»Wenn du mich fragst, dann steckt darin niemand.«

»Bestimmt nicht, es ist ein leerer Mantel, schau nur, die Schöße bewegen sich wie Flügel.«

»Aber ein so schwerer Mantel kann doch nicht so lange durch die Luft fliegen.«

»Auch nicht, wenn es so stürmt?«

»Aus dem zweiten Stock kann man nicht viel erkennen, aber wenn du mich fragst ...«

»Ich geh kurz runter.«

Ihre Füße klapperten auf der hölzernen Wendeltreppe. Eine Tür schlug zu, dann hörte ich Frauenstimmen. Erneut Schritte auf der Holztreppe. Nicht einen Moment lang kam mir in den Sinn, Molly könnte ihre Begleiterin mit ins Atelier bringen, und darum blieb ich ganz ruhig stehen. Aber die Ateliertür schwang dennoch auf, Molly trat ein, und hinter ihr erschien, mit einem langen blauvioletten Schal abgebiest, der braunschwarze Mantel.

»Erschrick nicht«, sagte Molly nach hinten über die Schulter, »ich war gerade bei der Arbeit, das ist mein Modell.«

»Für dein Projekt?«

»Genau. Leg doch den Mantel ab. Möchtest du Tee?«

»Gerne.«

Das Mädchen, das sich seines Mantels entledigte wie eine sich häutende Schlange, sah zu mir herüber, als sei nichts Besonderes dabei, daß ich nackt am Fenster stand. Sie sagte zu Molly: »Ich wollte kurz wegen deines Projekts mit dir reden, weil ich nicht möchte, daß du denkst, ich würde in deinem Revier wildern.«

»Was hast du vor?«

»Ich habe in unserem Dorf zweihundert Menschen mit besonders markanten Gesichtern fotografiert und daraus ein Buch gemacht, das sich sehr gut verkauft hat. Alle wollten es haben. Die Leute haben es sogar Verwandten in Übersee geschickt. So ein Buch befriedigt ein Bedürfnis. Jetzt hat man mich gefragt, ob ich ein solches Buch nicht auch mit den zweihundert herausragendsten Menschen in diesem wunderschönen Dorf machen will. Aber du arbeitest bereits ...«

»Ich mache keine Fotos. Ich zeichne. Ich denke nicht ... aber nimm doch Platz.«

»Ich sehe hier nirgendwo einen Stuhl.«

»Ach, stimmt ja. Eine häufiger geäußerte Beschwerde. Wir können uns auf die Fensterbank setzen. Schieb die Hose einfach zur Seite. Aber vielleicht kann das Modell sich ja kurz anziehen.«

So schnell wie möglich sprang ich in meine Kleider. Schon war mir etwas leichter zumute! Nun konnte ich das Mädchen, das, bekleidet mit einem zitronengelben Pullover und einer gleichfarbigen Hose, wie ein Kanarienvogel aus dem braunschwarzen Mantel zum Vorschein gekommen war, genauer betrachten. Der Schöpfer hatte sich für seine Verhältnisse ordentlich ins Zeug gelegt. Sie war unglaublich schlank. Üppiges, jettschwarzes Haar, das in einem langen Zopf unaufhaltsam zur Poritze herabfiel. Mindestens fünfzig Prozent der Gene stammten aus dem Smaragdgürtel. Sie sah aus wie ein Mädchen von kaum tausend Wochen, doch bei diesen erschrekkend graziösen balinesischen oder sulawesischen Frauen kann man sich fürchterlich vertun. Sie rührte bedächtig in ihrem gezuckerten Tee und sagte: »Ich will auf jeden Fall vermeiden, daß du meinst, ich wollte dir die Show ...«

»Mach dir keine Sorgen, knips, wen du knipsen willst, du kommst meinem Projekt überhaupt nicht in die Quere. Ich habe jetzt etwa zwölf Männer auf der Leinwand. Insgesamt sollen es zwanzig werden. Das Ganze ist ein uralter Plan. An der Akademie mußten wir ständig aktzeichnen, und immer handelte es sich um junge, schlanke Mädchen. Nie war ein alter Kerl mit Bierbauch dabei. Also faßte ich damals den Entschluß ... demnächst hängen sie alle in der Galerie Rozenhoed.«

»Diese zwanzig werde ich dann jedenfalls nicht fotografieren.«

»Warum nicht?«

»Damit es keine Überschneidungen gibt.«

»Ach was, du machst ein Foto, ich einen Akt, das ist etwas völlig anderes. Fotografier sie ruhig, es sind lauter charakteristische Köpfe, du würdest dir selbst schaden, wenn du dir diese Witzbolde durch die Lappen gehen ließest. Hier, mein Modell, den mußt du auf jeden Fall nehmen. Mit seinem Buch über Sex ist er weltberühmt geworden.«

»Ist er …?«

»Ja, er ist der Autor von *Der kühne Überschlag.*«

»Ich hab davon gehört.«

»Wer hat das nicht, aber hast du es auch gelesen?«

»Ich bin keine besonders eifrige Leserin.«

»Ich habe es auch nicht gelesen. Los, Freundchen, erzähl uns einmal mit eigenen Worten, was drin steht.«

»Klonen ist die einfachste und bequemste Art, sich fortzupflanzen. Sexuelle Reproduktion verbraucht Energie und ist sehr kompliziert. Wozu also Sex? Sex ist ein kühner Überschlag, ein verzweifelter Rettungssprung der Natur, um mit Hilfe eines Systems zum Austausch von Genen den Raubtieren, Parasiten und Prionen die Stirn zu bieten.«

Zwei Augenpaare starrten mich an, als spräche ich russisch.

»Alle Organismen«, erklärte ich, »werden von Parasiten, Bazillen, Viren und Prionen geplagt. Seht ihr die Schafe, die dort drüben so friedlich im Frühlingswind grasen?«

Beide Damen schauten aus dem Atelierfenster und warfen einen erschreckten Blick auf Bauer Heemskerks Merinos.

»Wie ihr seht, reitet auf fast jedem Schafrücken eine Elster«, sagte ich. »Wißt ihr, warum? In allen Schaffellen wimmelt es von Würmern. Die Elstern picken die Parasiten heraus. Der Parasitismus hat mit Hilfe der sexuellen Reproduktion die Evolution beschleunigt.«

»Ich versteh nicht die Bohne«, sagte Molly, »aber auch wenn Sex nur eine Verzweiflungstat der Natur ist, so würde ich doch nicht gern darauf verzichten wollen.«

»Ein langer Hindernisweg mit lauter Fallgruben«, sagte ich. »Vor allem, wenn du mehr in den anderen verliebt bist als er in dich. Der kann dann bestimmen. Wer am meisten liebt, hat die geringste Macht.«

Mit beiden Händen umklammerte die Ostinderin ihren Teebecher; sie starrte auf die Schafe. Molly fragte sie: »Und? Könntest du ohne Sex leben?«

»Ach«, erwiderte sie, »was so leicht zu haben ist, darauf kann man auch leicht verzichten.«

Ungestüm schüttelte der Frühjahrswind die jungen Blätter. Die Osterglocken und das Judassilberblatt krümmten ihre grünen Stengel in der steifen Brise.

Molly fragte: »Hast du vielleicht ein Exemplar des ersten Fotobuchs dabei?«

»Ja.«

»Darf ich es mir einmal ansehen?«

Die Dunkelhaarige öffnete ihre schwarze Tasche und nahm ein recht dünnes, aber großformatiges Buch heraus. Molly riß es ihr aus der Hand, blätterte es rasend schnell durch und sagte dann achtlos: »Willst du es dir auch anschauen?« Noch ehe ich antworten konnte, drückte sie es mir in die Hand. Auch ich wollte es nur rasch durchblättern, doch sehr bald schlug ich die Seiten immer langsamer um. Diese Ostinderin – Lotte Weeda, wie unter dem Titel *Belichtungseifer* auf dem Umschlag zu lesen stand – war ein Phänomen. Sie hatte die Dorfbewohner regelrecht »erwischt«. Die meisten in ihrer ganzen Selbstgefälligkeit, manche auch in ihrer Verlegenheit. Es schien, als habe sie versucht, den wahren Charakter eines jeden Porträtierten zu fassen zu bekommen. Am meisten beeindruckte mich das Foto einer Frau in mittleren Jahren. In der Nähe einer Straßenecke stand sie zögerlich unter einer brennenden Straßenlaterne. Sie war schräg von der Seite aufgenommen. Sie trug eine wenig vorteilhafte Brille, einen ebenso verknitterten Regenmantel wie Humphrey Bogart in *Casablanca* und so ein Regentuch aus Plastik, in dem immer noch die messerscharfen Falten zu sehen waren und das sogar Cathérine Deneuve allen Sexappeal geraubt hätte. Und dennoch stand die Frau dort, als summte sie die *Kantate Nr. 84* von Bach: »Ich bin vergnügt mit meinem Glücke«. Ungeachtet der Tatsache, daß ihr ganz offensichtlich kalt war und sie sich jeden Moment in dem trüben Novemberregen auflösen konnte, schien sie vollkommen glücklich zu sein.

»Warum haben Sie die Frau an einer Straßenecke fotografiert?« fragte ich.

»Sag ruhig du«, sagte Lotte.

»Wenn du mich auch duzt.«

»In Ordnung. Die Frau selbst wollte an dieser Ecke stehen; sie hatte dort als Kind mit ihrem Kreisel und ihren Murmeln gespielt.«

»Aber sie sieht so aus, als könne sie jeden Moment um die Ecke gehen und als habe sie das auch akzeptiert.«

»Drei Tage nachdem das Foto gemacht wurde, ist sie tatsächlich um die Ecke gegangen.«

»War sie krank?«

»Nein, als ich sie fotografiert habe, war alles in Ordnung. Sie ist einfach so gestorben. Sie fühlte sich nicht wohl und hat sich auf die Couch gelegt. Eine halbe Stunde später ist sie endgültig von uns gegangen.«

»Man hat fast den Eindruck, als sehe man das auf deinem Foto kommen. Es ist wie ein Bild aus einem Film. Die Frau zögert kurz an der Straßenecke. Wenn der Film weiterläuft, biegt sie um die Ecke.«

Ich gab ihr das Buch zurück.

»Du machst wunderbare Fotos.«

»Du kannst das Buch behalten«, sagte sie.

»Vielleicht können wir tauschen. Ich habe meinen *Überschlag* nicht dabei, aber du kannst ja kurz mal vorbeikommen, wenn du wieder in der Gegend bist.«

»Gerne. Ich geh dann mal wieder.«

»Sollen wir dir eine Liste der Leute mit den markantesten Gesichtern machen?« fragte Molly.

»Nein, das muß nicht sein. Ich spaziere einfach ein wenig im Dorf herum, und dann sehe ich selbst, wer in Frage kommt.«

Mit Hilfe ihres Mantels verwandelte sie sich wieder in eine riesige Saatkrähe. Sie sagte: »Ich finde schon raus« und betrat den Treppenabsatz. Nachdem sie die Tür hinter sich geschlossen hatte, sagte Molly: »Was für eine dumme Gans. Als ob es mich stören würde, wenn sie Fotos macht.«

»Aber es ist doch sehr nett, daß sie dich darüber informiert.«

»Ach«, sagte Molly mürrisch, »was bildet diese Gans sich ein! Daß es mich stört, wenn sie so ein dummes Buch macht? Mein Projekt ist vollkommen anders geartet.«

»Sie macht phantastische Fotos.«

»Ach, komm! Du fandest diese Gans schön, aber darum sind die Aufnahmen noch lange nicht schön. Blöde Schnappschüsse! Zieh dich aus, los!«

Stijn

Eine Woche später traf ich Lotte in der Papst-Leo-XIII.-Gasse. Sie schleppte einen schweren Rucksack, aus dem die Beine eines Stativs ragten.

»Schon angefangen?« fragte ich.

»Ich spaziere einfach ein bißchen durchs Dorf«, sagte sie.

»Um diese Zeit wirst du nicht viel Erfolg haben; tagsüber ist das Dorf wie ausgestorben.«

»Das habe ich schon bemerkt.«

»Wenn du jemandem begegnest, dann einem Frühpensionär oder einem Rentner, der seinen Hund Gassi führt.«

»So wie du.«

»Genau. Dieses Dorf siecht langsam dahin«, stellte ich fest.

»Genau wie der Papst«, sagte sie.

»Hast du dich hier im Dorf schon überall umgesehen? Bist du schon durch das Mördergäßchen flaniert?«

»Nicht daß ich wüßte. Willst du gerade dorthin? Darf ich dich begleiten?«

»Wir fragen den Hund. Darf sie mitkommen?«

Mein Hündchen wedelte äußerst überzeugend mit dem Schwanz.

»Also ja«, sagte ich, und wir gingen eine ganze Weile schweigend unter den zarten rosafarbenen Blüten der Japanischen Kirschen nebeneinander her. In den Vorgärten leuchtete das umflorte Weiß von blühenden Magnolien.

»Wie heißt dein Hund?« fragte sie.

»Anders«, sagte ich.

»Anders? Wie anders?« wollte sie wissen.

»Sie heißt Anders.«

»Ja, das sagtest du bereits«, rief Lotte gereizt, »aber wie anders? Nicht Bello oder Waldi oder Pluto, das ist mir klar, aber wie heißt er dann?«

»Sie ist eine Hündin; also nicht er, sondern sie, und sie heißt Anders. Das ist ihr Name: Anders.«

Sie schüttelte wild ihren schönen Kopf, so daß ihr langer Zopf in ein senkrechtes Zittern geriet.

»Wer hat dich gebeten, hier bei uns ein ebensolches Fotobuch zu machen wie bei euch?« fragte ich, um sie abzulenken.

»Ein reicher Mann hier aus dem Dorf, der mich sponsert.«

»Wer denn?«

»Er möchte nicht, daß sein Name bekannt wird.«

»Soso, hast du was mit ihm?«

»Nein«, sagte sie spitz.

Sie schwieg einen Moment und sah mich mit ihren dunkelbraunen Augen an.

»Meine Freiheit ist in keiner Weise eingeschränkt. Ich darf selbst entscheiden, wen ich in mein Buch aufnehme. Ich brauche niemanden aufzunehmen, der mir nicht paßt.«

»Auch den Sponsor nicht?«

»Im Prinzip nicht, aber ach ... he, verdammt, darüber will ich nicht reden. Bei dem anderen Buch habe ich alle möglichen Zugeständnisse machen müssen. Der Bürgermeister mußte rein und noch so ein paar von den hohen Tieren. Aber jetzt werde ich mir nicht mehr reinreden lassen. Okay, der Sponsor, um den komme ich nicht herum, aber da finde ich schon eine Lösung.«

Wieder gingen wir eine Weile schweigend nebeneinander her. Mit manchen Menschen fällt das Schweigen leichter als das Reden. Auf dem Kerzenzieherdamm fragte sie: »Überall hängen Plakate: ›Selbständigkeit für Monward‹. Ist diese Selbständigkeit bedroht?«

»Die Gemeinde soll aufgelöst und mit ein paar Nachbardörfern zusammengelegt werden. Früher einmal hatte unser Dorf sogar einen eigenen Bahnhof, wo im Sommer der Zug hielt. Und es gab einen Fährdienst über die Seen. Die Bahnhofskneipe und das Fährhaus stehen noch. Im Sommer ist die Fähre ein paar Wochen lang in Betrieb, um Radwanderer überzusetzen. Im Bahnhofscafé soll ein Restaurant eröffnet werden. Früher gab es eine richtige Postfiliale. Jetzt haben wir nur noch einen kleinen Schalter in einem Laden. Früher gab es acht Lebensmittelhändler, sechs Bäcker, vier Metzger, drei Milchmänner, sechs Gemüseläden, drei Schuster, fünf Zigarrengeschäfte. Obwohl immer noch ungefähr fünftausend Menschen hier wohnen, sind nur drei winzige Supermärkte übriggeblieben, außerdem ein Bäcker, ein Schuster, ein Metzger. Alle anderen sind verschwunden, eingegangen, haben Pleite gemacht. Man kann nirgendwo im Dorf mehr Gemüse kaufen.«

»Aber doch in den Supermärkten?«

»Dort bekommt man eingeschweißten Müll. Aber loses frisches Gemüse aus einem Fachgeschäft – vergiß es.«

In spitzem Winkel überquerten wir die Hauptstraße des Dorfes.

»Schräg über die Straße gehen: der kürzeste Weg ins Krankenhaus«, sagte ich munter.

»Hier nicht«, erwiderte sie. »Es ist kein Mensch unterwegs.«

»Morgens und am späten Nachmittag ist das hier auf der Kreuzherrenstraße aber ganz anders«, sagte ich, »dann ist hier der Teufel los, ein mörderischer Schleichverkehr. Lauter Leute, die versuchen, den Stau auf der A 44 zu umfahren.«

»Hat es dabei schon mal einen Unfall mit To... der Mann hinter uns, wer ist das?«

»Das ist Stijn, der will immer ein Schwätzchen mit mir halten. Jetzt bestimmt auch. Komm, laß uns schneller laufen.«

»Ach, warum? Unterhalt dich doch kurz mit ihm. Dann kann ich ihn in der Zwischenzeit vielleicht fotografieren.«

»Du willst Stijn in dein Buch aufnehmen?«

»Möglicherweise.«

Sie blieb am Bordstein stehen und wartete. Stijn holte uns ein und sagte zu mir: »Vorige Woche war es wieder soweit, da hat sie einfach Geld vom Girokonto geklaut und hat es zum Herrn Pastor getragen. Was soll ich tun, um dem ein Ende zu bereiten?«

»Stijns Frau«, sagte ich zu Lotte, »bringt alles Geld, das ihr in die Hände gerät, umgehend zum Pastor.«

»Seit Jahren jetzt schon«, sagte Stijn.

»Es ist ein Wunder, daß Stijn überhaupt noch Geld hat.«

»Zum Glück kommt hier und da immer wieder mal etwas Kleingeld rein«, sagte Stijn. »Meine Pension und die Betriebsrente, aber wenn ich sie lasse, schleppt sie seelenruhig alles weg. Schon ein paarmal bin ich stinksauer zum Herrn Pastor gestiefelt. Ich hab ihm gesagt, daß er mir und ihr sehr schadet, wenn er das Geld immer freudig annimmt. Da sagt dieser Schnösel, daß es nicht seine Aufgabe ist, Spenden abzulehnen, und er fängt an, sich herauszureden, von wegen Groschen der Witwen und so. Als ob meine Frau schon Witwe wäre ... ach, ich hatte so eine wunderbare Frau; sie machte die Wäsche, sie putzte so eifrig die Fenster; und dann stirbt sie wahrhaftig weg, und ich sitze jahrelang allein hinter schmutzigen Fenstern und blase Trübsal. Und deswegen war ich so blöd, mit diesem schwachsinnigen Monster zum Standesamt zu gehen.

Was sie im Laufe der Jahre nicht schon alles fortgeschafft hat. Es ist unglaublich, sie verschleudert meine ganzen Ersparnisse. He, gute Frau, was machen Sie da?«

»Ich mache ein Foto.«

»Davon bin ich nicht gerade begeistert. Was soll denn das werden?«

»Ich stelle ein Buch mit Porträts von Leuten aus diesem Dorf zusammen.«

»Da gibt's doch genug andere, muß ich da unbedingt dabei sein? Ja, Herr im Himmel, da fängt die doch tatsächlich schon wieder an. Nun tu doch was dagegen.«

Auf dem römisch-katholischen Kiesweg wackelte die Liliputanerin, die Stijn seinerzeit zum Standesamt geführt hatte, Richtung Kirche. Ob sie damals auch schon so ein schmuddeliges, durchsichtiges grünes Kopftuch getragen hat, wußte ich nicht, und ich wußte auch nicht, ob sie damals schon so komisch wackelte. So wie sie dort auf dem leise knirschenden Kies angeschlurft kam, hätte man meinen können, sie stamme aus dem Zauberkabinett von Professor Spalanzani. Nicht mehr lange, dann würde der Federantrieb abgelaufen sein und sie mitten auf dem Kies erstarren.

»Oh, sieh, die Frau dort ...«, sagte Lotte, und sie lief mit der Kamera den Kiesweg entlang. Vor Stijns Ehefrau ging sie in Position. Diese erstarrte tatsächlich, sie führte nur noch ihre Hand an die Stirn, als wollte sie salutieren, und stand dann stocksteif da. Charmant grinsend ließ sie sich in der hellen Frühlingssonne bereitwillig von allen Seiten fotografieren.

Als Lotte ihre Kamera sinken ließ, sagte Stijn barsch: »Komm mit.«

Er drehte seine Frau um einhundertachtzig Grad herum, schob sie über den Kiesweg zur Straße und ging dann auf dem Bürgersteig neben ihr her. Weil er normal ging und sie wackelte, hatte er sie schon bald einige Meter hinter sich gelassen. Folgsam schlurfte sie jedoch in einem Abstand von zwei Metern hinter ihm her. Er überquerte die Straße. Ohne nach links und rechts zu schauen, ging in seinem Kielsog auch seine Frau über die Fahrbahn. Ein Radfahrer konnte ihr, heftige Schlingerbewegungen vollführend, gerade noch ausweichen.

»Das also ist die katholische Kirche«, sagte Lotte und zeigte auf die wunderschön zwischen hohen Bäumen gelegene Kreuzbasilika.

»Dieses Dorf ist, wie du vielleicht schon an den Straßennamen gesehen hast, bis auf die Knochen katholisch«, sagte ich. »Die Leute hier wissen nicht einmal, daß es orthodoxe Kalvinisten und Reformierte gibt. Beide Gruppen werden hier immer noch hartnäckig Protestanten genannt. Sie reden auch immer von der protestantischen Kirche, wenn sie die orthodox-kalvinistische meinen.«

»Du bist also nicht katholisch?«

»O nein, Gott bewahre, auch wenn ich ehrlich zugeben muß, daß die Katholiken hier erstaunlich nett sind. Vermutlich hat es während der Reformation in diesem Dorf einen guten katholischen Priester gegeben, und darum sind alle katholisch geblieben.«

»Sind die Katholiken deiner Ansicht nach netter als die Protestanten?«

»Die einfachen Durchschnittskatholiken sind durch die Bank liebenswürdig, vor allem hier im Dorf, wo sie mit der Herstellung von Kerzen, Beichtstühlen und Meßgewändern immer ordentlich Geld verdient haben.«

»Von Haus aus bin ich auch katholisch«, sagte sie, »und du?«

»Ursprünglich bin ich synodal-reformiert. Für solche Gläubige gab es früher im Dorf keine Einrichtungen, aber heute könnte ich in die reformierte Kirche gehen, weil diese wahrhaftig zu einer Kirche für alle möglichen reformierten Gläubigen gemacht worden ist. Vorigen Sommer haben die Kirchenältesten mich gefragt, ob ich als Organist bei einem Gottesdienst einspringen könnte. Der eigentliche Organist war in Urlaub. Also betrat ich am Sonntag um zwanzig vor zehn die Kirche. Es war noch keiner da. Ich stieg auf die Orgelbühne, spielte aus Bachs *Orgelbüchlein* ›Alle Menschen müssen sterben‹ und schaute nach dem Schlußakkord ins Kirchenschiff. Immer noch keine Menschenseele. Dabei sollte der Gottesdienst doch um zehn Uhr anfangen. Ich spielte ›Kommst du nun, Jesu, vom Himmel herunter‹, aber Er kam nicht, und die Kirchenbesucher kamen auch nicht. Um zehn war die Kirche immer noch leer. Ich ging hinunter. Im Konsistorialzimmer standen die Küsterin, die Kirchenältesten und die Pfarrerin und unterhielten sich angeregt.

›Es ist noch niemand da‹, sagte ich.

›Offensichtlich sind gerade alle im Urlaub‹, sagte die Küsterin.

›Dann findet der Gottesdienst also nicht statt?‹ fragte ich.

›Wir warten noch einen Moment‹, meinte die Pfarrerin. Ach, diese Pfarrerin. Weißt du übrigens, wie sie heißt? Du glaubst es nicht, aber sogar der Name der Pfarrerin ist hier dem Katholizismus angepaßt. Sie heißt Maria Rozenkrans. Das Kanzelfräulein mußt du unbedingt fotografieren, ein wunderbares Bild, sie sieht so herrlich aus in ihrem enzianblauen Talar. Fast alle ehrenvollen Ämter im Dorf, das des Bürgermeisters, des Hausarztes, des Pfarrers, liegen übrigens in den Händen des schwachen Geschlechts. Nun gut, um es kurz zu machen: Es tauchte tatsächlich niemand mehr auf. Zusammen mit der Pfarrerin, der Küsterin und den Kirchenältesten bin ich dann zum Pastorat gegangen, wo wir Mah-Jong gespielt haben. Oh, diese Kanzelprinzessin ... tja, mit den Pfarrerinnen ist es sicher bald aus und vorbei, denn in Kürze wird auch das Christentum untergegangen sein.«

»Bedauerlich?«

»Nein, das nicht, aber vor einer so liebreizenden Pfarrerin in einem enzianblauen Talar, vor der könnte man doch mit gefalteten Händen auf die Knie fallen ... ach ja, halt du mir beide Hände, hilf mir mit deinem Rat, deinen Schutz mir spende, auf dem schmalen Pfad. So eine Pfarrerin ist mir durchaus ein Stoßgebet wert. Verflixt, wenn man vom Teufel spricht, dann kommt er auch schon. Dort geht sie.«

»O nein, die will ich nicht in meinem Buch haben.«

»Das ist nicht dein Ernst. Gut, sie trägt jetzt eine Jeans und ein rosa T-Shirt, aber ich versichere dir, in ihrem enzianblauen Talar ...«

»Hör auf zu quengeln, ich will sie nicht drin haben.«

»Aber schau doch, wie graziös sie geht ... ach, was für ein Bild ...«

»Eben darum. Die kann mit ihrem Talar und dem ganzen Gedöns in die *Vogue*. Ich hab schon einen Pfarrer in meinem anderen Buch, der mir ebenfalls aufgedrängt wurde.«

»Auch so ein bildhübsches Wesen?«

»Du hast das Buch doch. Schau also nach. Ein Kerl mit einem hinterhältigen Reptiliengesicht und einem schleimigen Grinsen.«

»Das kann man von unserer Pfarrerin wirklich nicht behaupten: Sie ist ein Schatz! Ich glaube, sie geht in den Ehrwürdiger-Vater-Weg. Dort wohnt ein schiefgewachsener Gnom, die alte Miep Heemskerk. Wenn das Wetter auch nur ein bißchen mitspielt, schiebt die Pfarrerin sie im Rollstuhl eine Stunde in der Akolythenstraße, der Kaplanstraße, der Ministrantenstraße und dem Unbefleckte-Empfängnis-Trift umher. Vielleicht solltest du ja die Frau im Rollstuhl fotografieren. Die wirst du in der *Vogue* bestimmt nicht finden.«

»Hört sich gut an. Sollen wir auf die beiden warten?«

»Mir recht, dann sehen wir auch die bezaubernde Pfarrerin noch einmal.«

Schon nach wenigen Minuten bog der Rollstuhl um die Ecke des Ehrwürdiger-Vater-Wegs. Weil die Sonne mir in die Augen schien, sah ich nicht viel mehr als das wilde Aufblitzen von Brillengläsern, doch Lotte meinte sogleich: »Ja, die will ich haben.«

Erneut überquerte sie die Straße und fragte geradeheraus: »Darf ich Sie für mein Buch fotografieren?«

»Womit habe ich das verdient?«

»Sie sehen phantastisch aus.«

»Ich? Wie meinen Sie das? Meine Arme sehen aus wie dünne Zweige, meine Beine sind faltig. Seit Jahren schon wächst mein Rücken krumm und krummer. Wenn ich aus meinem Stuhl aufstehe, dann bin ich stärker gekrümmt als ein Schürhaken. Wenn ich sterbe, muß man mir das Rückgrat brechen, damit ich in den Sarg passe. Ich bin schlicht und einfach ein Wrack. Und Sie wollen mich wirklich fotografieren?«

»Sehr gern.«

»Ich verstehe zwar nicht, wieso, aber meinetwegen.«

»Ich mache die Aufnahmen gleich hier; das Licht ist ein wenig grell, aber ...«

»Was mich angeht, so muß das Ganze nicht Hals über Kopf geschehen. Nächste Woche ist mir auch recht, oder nächsten Monat. Vorausgesetzt, ich lebe dann noch. Die Ärzte haben mich bereits vor fünf Jahren aufgegeben. Wenn es nach ihnen ginge, wäre ich schon längst mausetot. Sie ärgern sich jedesmal schwarz, wenn ich komme, weil ich einfach immer weiteratme. Deshalb rechne ich die Zeit, die mir noch bleibt, in Stunden, damit es nach mehr aussieht, bis ich schließlich doch in die Herrlichkeit eingehe.«

Ich wartete auf der anderen Straßenseite, bis das Foto gemacht war. Als Lotte sich wieder zu uns gesellte, sagte ich: »Ich könnte wetten, die Pfarrerin ist mit auf dem Foto. Die ganze Zeit über stand sie genau hinter der Frau.«

»Die retuschiere ich weg. Oder ich schneide sie ab. Aber vielleicht ist das ja auch gar nicht nötig, denn ich habe die Frau so *close* fotografiert, daß der Hintergrund ganz verschwommen ist.«

»Welch eine Verschwendung.«

»Ich bin müde. Dieses Mördergäßchen, ist das noch weit?«

»Weit ist es nicht, das Dorf ist nicht groß, aber vielleicht können wir ja zu mir nach Hause gehen und dort eine Tasse Tee trinken. Ich wohne gleich um die Ecke. Dann kann ich dir als Dank für deinen schönen Fotoband ein Exemplar meines *Überschlags* geben. Das Mördergäßchen kann warten, das läuft nicht weg.«

Auf dem Weg zu meinem Haus fragte ich sie: »Fotografieren, ist das dein Beruf?«

»Inzwischen schon, ich bekomme zum Glück immer mehr Aufträge. Früher habe ich jahrelang als Krankenschwester gearbeitet, aber die Arbeit fiel mir immer schwerer. Ständig diese geilen Kerle! Egal wie krank sie sind, wenn du als Nachtschwester ins Zimmer kommst, versuchen sie immer wieder, dich in ihr Bett zu zerren. Aber wo ist denn nun dein Haus?«

»Noch einmal um die Ecke, dann siehst du es. Dank der Bäume kann man es vom Weg aus nicht sehen. Die Deutschen wollten seinerzeit alle Bäume fällen. Trotzdem haben wir den ganzen Krieg über Leute bei uns versteckt. Eines der Verstecke gibt es übrigens immer noch. Sollten also irgendwann einmal geile *stalker* hinter dir her sein, dann weißt du, wo du hin kannst.«

»Um dann vom Regen in die Traufe zu kommen.«

Mördergässchen

Meine Hündin geht am liebsten in der Akolythenstraße spazieren. Dort erschnüffelt sie an den Lindenwurzeln die herrlichsten Gerüche. Weil ich aber lieber ordentlich marschiere, habe ich mit ihr eine Vereinbarung getroffen: Wenn sie an einer Lindenwurzel geschnüffelt hat, dann lassen wir den nächsten Baum links liegen. Aber auch so kommen wir nicht so richtig vorwärts. Deshalb näherten wir uns eines wunderbaren Morgens nur langsam einer kleinen Menschenansammlung. Das leise Rauschen des jungen Lindenlaubs wurde vom schwermütigen Signalhorn eines Krankenwagens übertönt. Langsam verebbte das Geräusch im Frühlingswind. Einen Moment lang meinte ich, wo die Akolythenstraße endet und die Kaplanstraße beginnt, sei ein Unfall passiert, doch als ich näher kam, sah ich zwischen dem Hellgrün von Christusdorn und Pfaffenkäppchen eine Frau auf einer Trittleiter balancieren. Sie ragte hoch über eine kräftige Frau hinaus, die auf einem Schemel saß. Weil ich beide Frauen nur von hinten sah und Leiter und Schemel eine Verzerrung der Perspektive bewirkten, erkannte ich zunächst nicht, daß es sich bei den beiden Frauen um Maxischwester und Minischwester handelte. Die zwei Nonnen waren unzertrennlich. Eine Riesin und ein Zwerg hatten sich im Kloster gefunden. Was für eine Idee, die beiden – gleichsam als Umwertung aller Werte – auf einer Leiter und einem Hocker zu postieren!

»Weshalb sitzen Sie hier?« fragte ich Maxischwester.

»Wir werden gleich fotografiert«, erwiderte sie stolz. »Die junge Dame ist nur eben zu ihrem Wagen zurückgegangen, weil sie den Belichtungsmesser vergessen hat.«

»Wir kommen in ein Buch«, lispelte die Zwergnonne.

»Stütz dich doch auf meiner Schulter ab«, sagte Maxischwester, »sonst fällst du noch herunter.«

»Welch eine verrückte Idee, Sie beide ...«, hob ich an.

»Auf allen Bildern«, fiel Maxischwester mir ins Wort, »bin ich groß, und Benedictina ist klein. Jetzt wird es endlich einmal andersherum sein.«

Mit ihrem braunschwarzen Mantel bekleidet, kam Lotte angelaufen. Wieder diese hochwirbelnden Mantelschöße!

»Guten Tag«, sagte sie, »schönes, klares Frühlingslicht. Als ich heute morgen aufstand, dachte ich: Heute muß ich auf jeden Fall in Monward ein paar Fotos machen.«

»Wieviel hast du denn schon?«

»Zwanzig oder so. Wenn ich die Nonnen fotografiert habe, möchte ich weiter herumspazieren. Wer weiß, wem ich noch begegne. Hast du Lust mitzugehen? Ich würde dich nämlich gern etwas fragen.«

»Anders und ich sind zum Mördergäßchen unterwegs.«

»Wie üblich. Wohl ein ruhiges Fleckchen. Ist man dort als Frau in Begleitung eines Mannes überhaupt sicher? Denn in so einer unheimlichen Allee ist doch garantiert keine Menschenseele unterwegs. Ein Motiv für mein Buch werde ich dort wohl nicht finden, aber warte, zuerst will ich die Nonnen fotografieren. Das wird eine Weile dauern. Hast du so viel Zeit?«

»Wir drehen inzwischen eine Runde durch die Akolythenstraße, die Kaplanstraße und die Ministrantenstraße.«

»Wenn ich eher fertig bin, warte ich auf euch.«

Als der Hund und ich wieder zu der Kreuzung kamen, erwartete sie uns bereits. Wir gingen durch das zarte Frühlingsgrün in Richtung des Gestrüpps, hinter dem sich das Mördergäßchen verbirgt.

»Neulich klopften Maxi- und Minischwester an meine Tür«, berichtete ich. »Die Maxischwester sagte:

›Wir haben gehört, daß Sie ein Sexbuch geschrieben haben, über das die ganze Welt spricht. Dieses Buch wollen wir ganz bestimmt nicht lesen, aber unser Gärtner hat gestern erzählt, Sie hätten auch noch ein anderes Buch verfaßt, ein Buch mit innigen Meditationen, Gebeten und frommen Erörterungen. In das Buch würden Benedictina und ich gerne einmal reinschauen. Können Sie uns vielleicht ein Exemplar verschaffen?‹

Maxischwester sah mich so treuherzig an, daß ich es nicht übers Herz brachte, ihr zu sagen: ›Schwester, heute haben wir den 1. April, Ihr Gärtner hat Sie hereingelegt.‹ Also habe ich ihr geantwortet, es müsse sich da wohl um ein Mißverständnis handeln. Ein solches Buch hätte ich leider nicht geschrieben.

Worauf Maxischwester meinte: ›Vielleicht können Sie das ja noch nachholen.‹

›Oh, wohl kaum ...‹

›Ach, kommen Sie, die Menschheit sehnt sich danach.‹

›Ich werde darüber nachdenken‹, sagte ich, um die beiden wieder loszuwerden.

›Aber nicht vergessen‹, mahnte Maxischwester.

Und Minischwester stimmte ihr zu und fragte dann: ›Aber vielleicht haben Sie ja ein Andachtsbildchen für uns. Dann wären wir zumindest nicht umsonst hergekommen.‹

Ein Andachtsbildchen konnte ich ihnen natürlich genausowenig liefern wie innige Gebete und fromme Meditationen, und sie mußten also mit leeren Händen von dannen ziehen. Und fast jedesmal, wenn ich den beiden Schwestern begegne, fragen sie mich, ob das Buch mit den Gebeten und Meditationen bereits erschienen ist.«

»Ich habe aber nicht gehört, daß sie diesmal danach gefragt hätten«, sagte Lotte.

»Sie waren wohl zu aufgeregt wegen des Fotos.«

Noch ehe ich meinen Satz beendet hatte, rief sie: »Der Mann dort auf dem Platz, wer ist das?«

»Der Maulwurffänger des Dorfs.«

»Den will ich auf jeden Fall in meinem Buch haben«, sagte sie und lief mit flatternden Mantelschößen zu ihm.

»Jetzt sofort?« hörte ich ihn fragen.

»Nein, mit Ihren Fallen und mit Maulwürfen.«

»Die Maulwürfe muß ich aber erst noch fangen.«

»Oh, das macht nichts, ich habe Zeit.«

»Ende nächster Woche vielleicht, aber ich kann für nichts garantieren ...«

»Ich komme bei Ihnen vorbei. Wo wohnen Sie?«

»Das ist ziemlich schwer zu finden. Wie soll ich Ihnen das erklären? Moment, der Bücherschreiber weiß, wo ich wohne, vielleicht kann er Ihnen ja den Weg zeigen.«

»Ich werde ihn fragen. Nächste Woche Freitag? Zehn Uhr?«

»Abgemacht.«

Nachdem ich ihr versprochen hatte, sie zum Haus des Maulwurffängers zu bringen, setzten wir unseren Spaziergang fort, und ich bemerkte: »So machst du das also. Du gehst einfach geradewegs auf deine Opfer zu ...«

»Ist dagegen etwas einzuwenden?«

»Mir scheint, man sollte weniger stürmisch an sie herantreten. Erst einmal einen Brief schicken. Oder anrufen.«

»Bloß nicht. Auf einen Brief antworten die Leute nicht. Wenn du anrufst, lassen sie dich abblitzen. Sprichst du sie aber an, dann sagen sie auf der Stelle ja.«

»Aber auch nur, weil du ein so überaus hübsches Mädchen bist.«

»Wie alt schätzt du mich?«

»Ich denke: vierundzwanzig.«

»Nicht schlecht. Die Zahlen stimmen, nicht aber ihre Reihenfolge.«

»Du bist schon zweiundvierzig? Nein, nein ...«

»Vergiß also das hübsche Mädchen. Aber was ich dich fragen wollte: Hättest du Lust, das Vorwort zu meinem neuen Buch zu schreiben?«

»Ich? Das Vorwort? Wie kommst du darauf?«

»Ich habe angefangen, dein Buch zu lesen. Ich verstehe kein Wort, aber du kannst gut schreiben. Vor allem über diese Tierchen mit fünf Geschlechtern.«

»Tierchen? Einzeller! Pilze!«

»Keine Ahnung, aber sag: Würdest du das tun? Schreibst du das Vorwort?«

»Bekomme ich dann ein Mitspracherecht? Darf ich dann eine Liste mit den Monwardern einreichen, die ich gern im Buch hätte?«

»Das darfst du, aber ich behalte mir das Recht vor, die Leute abzulehnen.«

»Ich weiß nicht, was daran so problematisch ist. Die Pfarrerin ...«

»... in ihrem algenblauen Talar. Jetzt geht das schon wieder los.«

»Gut, lassen wir das, aber die Gräfin ...«

»Wer?«

»Die Gräfin, die an der Goldküste wohnt. Warte, wenn wir hier abbiegen und dahinten noch einmal, dann kommen wir an ihrem Haus vorbei. Sie arbeitet oft in ihrem Vorgarten, oder aber man kann durch eine Lücke in der Ligusterhecke sehen, wie sie in der Küche herumfuhrwerkt.«

»Ist sie eine echte Gräfin?«

»Nein, aber weil ich nicht weiß, wie sie heißt, habe ich sie in Gedanken Almaviva genannt, nach der Gräfin in Mozarts *Hochzeit des Figaro*.«

»Zeig mir diese Alva.«

Wir bogen ab und gingen durch den Ehrwürdiger-Vater-Weg. Lotte betrachtete das Gedicht auf der fensterlosen Mauer des Restaurants *Roma* und fragte: »Hält man es hier auch für nötig, die Wände mit Gedichten zu verzieren?«

»Es ist das einzige Wandgedicht im ganzen Dorf«, sagte ich besänftigend, und ich konnte es mir nicht verkneifen, beim Weitergehen die Zeilen zu rezitieren:

Die gu-, guten Gedanken,
sie kommen in der Messe mir;
die gu-, guten Gedanken,
's ist Jesus selbst, er schickt sie mir;
die gu-, guten Gedanken,
sind Honigsaft, sind Salbung mir,
die gu-, guten Gedanken!

»Du kannst es auswendig?« fragte Lotte erstaunt.

»Die letzten beiden Zeilen von Guido Gezelle sind leider nicht besonders gelungen«, sagte ich unerschütterlich. »Außerdem finde ich – und dafür ist auf der Mauer genug Platz –, daß die Schlußzeilen der ersten Antwort vom 30. Sonntag aus dem *Heidelberger Katechismus* dabei stehen müßten: ›Also ist die papistische Messe im Grunde nichts anderes als eine Verleugnung des einzigartigen Opfers und des Leidens von Jesus Christus und eine verfluchte Abgötterei.‹«

»Wenn du ein bißchen Mumm hättest, dann hättest du das schon längst nachts mit einem hübschen Pinsel daruntergeschrieben.«

Wir bogen nochmals ab und gingen kurz am Vorgarten der Gräfin vorbei. Mit dem Rücken zu uns saß sie auf den Knien und pflanzte blau-gelbe Violen auf einer ihrer Freitreppen.

Lotte warf einen Blick zu ihr hinüber und flüsterte: »Tut mir leid, die nicht.«

Ihr Mann kam aus der Villa und betrat die Freitreppe. Schwankend wie ein Rutengänger, ging er die Stufen hinab. Vorsichtig näherte er sich den Violen.

»Dieser Mann … ist das der Graf?«

»Wenn sie die Gräfin ist, muß das wohl der Graf sein.«

»Er sieht eher wie ein Marquis aus. Ein imponierender Mann! Ich wette zehn zu eins, daß er zu den Kerlen gehört, die nur zusammen mit ihrer Frau aufs Foto wollen. *So what*, zur Not schneide ich sie einfach ab.«

Wir gingen weiter.

»Wer steht sonst noch auf deiner Liste?« fragte sie.

»Die Chefin des Beauty-Salons.«

»Kommen wir da auf unserem Weg zum Mördergäßchen auch vorbei?«

»Wenn wir einen kleinen Umweg machen.«

»Einverstanden.«

Beim Beauty-Salon angekommen, spähte sie durch das große Schaufenster.

»Ich sehe nur eine muskulöse Farbige. Ist das die Frau, die du meinst?«

»Ja, sie kommt aus Somalia. Das heißt, ihre Eltern stammen daher. Soweit ich weiß, wurde sie selbst in den Niederlanden geboren.«

»Welch ein Koloß. Aus der kann man zwei Frauen meines Formats machen.«

»Nein, das stimmt nicht, das ist übertrieben.«

»Es tut mir leid für dich, aber ich glaube nicht, daß sie in mein Buch paßt.«

»Das ist Diskriminierung.«

»Damit hat es überhaupt nichts zu tun. Sie ist nicht echt. Bestimmt war sie ein Mann und hat sich zur Frau umoperieren lassen.«

»Wie kommst du darauf?«

»Weil sie alles, was als typisch weiblich gilt, womit aber keine Frau geboren wird, ganz besonders betont. Das ist typisch für Transvestiten und Transsexuelle. Monsterabsätze, Ohrringe wie Affenschaukeln, Regenbogenaugen, Silikonlippen, Raubtierkrallen. Und schau dir diese Tina-Turner-Frisur an. Wetten, daß das eine Perücke ist?«

»Sie ist im Dorf jedenfalls die auffälligste Erscheinung. Alle würden sich wundern, wenn sie in dem Buch fehlte.«

»Wenn ich dir damit eine Freude mache, kann ich sie gern fotografieren. Aber ob sie dann auch in mein Buch ... Wenn nicht, dann bekommst du zum Dank für dein Vorwort ihr Foto. Das kannst du dir dann übers Bett hängen. So, und jetzt schnell in dein Mördergäßchen. Warum heißt es übrigens so?«

»Irgendwann hat ein Kanoniker hier einem Meßdiener mit einer Lunula den Schädel eingeschlagen und ihn dann mit einem Cingulum gewürgt, nachdem er sich an dem Schaf vergangen hatte.«

Als wir ungefähr zehn Minuten später, hinter dem Kinderbauernhof entlang, den schmalen, sich windenden Aschepfad erreichten, der zu einem breiten Sammelbecken führt, fragte sie mißtrauisch: »Ist dies nun das Mördergäßchen?«

»Ganz genau. Und hier ist auch die einzige Stelle im Dorf, wo man Gnadenkraut und Bachbunge findet. Siehst du die ganzen blauen Blüten dort am Ufer? Das ist Bachbunge. Es gibt, jedenfalls in den Niederlanden, kaum eine schönere Pflanze.«

»Leg dich hin.«

»Willst du mich fotografieren? Komme ich auch in dein Buch?«

»Ich glaube nicht. Höchstens ein winzigkleines Porträt beim Vorwort.«

»Das ist schon mehr, als ich zu hoffen wagte«, flachste ich und summte leise eine Melodie.

»Was summst du da?« fragte sie streng.

»›Eine liebliche Blume am Ufer ihm blüht‹ aus dem Lied *Geheimnis* von Hermann Goetz.«

»Sagt mir nichts«, erwiderte sie. »Wer war dieser Goetz?«

»Ein Komponist des neunzehnten Jahrhunderts. Ist jung gestorben. Spielst du zufällig Klavier?«

»Nein.«

»Schade. Ich suche schon seit Jahren einen Partner, mit dem ich dieses Juwel von einer Sonate vierhändig spielen kann.«

Auf dem Rückweg begegnete uns beim Kinderbauernhof der Gemeindepfarrer. Mit seinem Mondgesicht und seinem riesigen altmodischen, schwarzen Brillengestell sah er aus wie ein Weißnasenhusarenaffe.

»Wer ist das? Oh, den will ich für mein Buch haben«, sagte Lotte.

»Kann ich mir vorstellen«, sagte ich. »Das ist der Gemeindepfarrer, ein Stützpfeiler der Kirche, ein Stützpfeiler des Gemeinderats und ein Stützpfeiler von allem, was sonst in der Gemeinde noch stützbar ist.«

Breit grinsend posierte der Gemeindepfarrer kurze Zeit später am Eingang zum Kinderbauernhof.

Sirena

Eine Woche später führte ich sie zum Wohnboot des Maulwurffängers. Unterwegs meinte sie ziemlich beleidigt: »Inzwischen weiß fast jeder im Dorf, daß ich dabei bin, einen Fotoband zu machen. Wenn ich aus dem Wagen steige, stürmen die Leute schon auf mich zu und fragen, wann sie an die Reihe kommen.«

»Oh, wie bequem für dich. Dann mußt du keinen mehr fragen.«

»Nein, ständig muß ich zusehen, daß ich die Leute wieder loswerde. Zweihundert Aufnahmen kann ich unterbringen, während hier im Dorf fünftausend Menschen wohnen.«

»Hast du heute noch eine andere Verabredung, außer mit dem Maulwurffänger?«

»*Yes*, mit dem Bestattungsunternehmer. Abends spielt er für seine Kutschpferde eine Serenade auf dem Akkordeon. Davon will ich unbedingt ein Foto haben.«

»Dann hast du zwischendurch Zeit für Sirena, die somalische Schönheit aus dem Beauty-Salon.«

»Jetzt fängst du schon wieder mit diesem Somalier an. Stehst du wirklich auf so was? Unglaublich! Geh zu dem Kerl hin und sag: Darf ich eine Nummer mit dir schieben? Eine direkte Frage funktioniert oft am besten.«

»Ach, Quatsch!«

»Bestimmt, so einer wie der …«

»Sie ist kein Mann.«

»Wetten?«

»Einverstanden, fünfzig Euro. Aber wie erfahren wir, daß du dich irrst?«

»Wir gehen rein und schauen ihn uns ganz genau an.«

»Traust du dich das?«

»Aber klar. Sollen wir gleich hingehen?«

»Nein, lieber erst zum Maulwurffänger.«

Auf dem Weg kamen wir am Apostelbrieffeld vorbei. Sie deutete auf eine Riesenkerze, die den Platz seit kurzem schmückte. »Ist das ein Denkmal?«

»Weil hier im Dorf seit Jahrhunderten Wachskerzen gegossen werden, hat man eine ...«

»Eine Kerze? Soll das eine Tropfkerze sein?«

»Nein, eine Novenenkerze. Sie war kaum aufgestellt worden, da sprach alle Welt bereits vom ›Schwengel‹. Hätte die Gemeindeverwaltung mal bloß auf mich gehört.«

»Erzähl.«

»Man wollte hier auf der Wiese etwas hinstellen, ein Monument, ein Denkmal oder eine Skulptur. Anregungen waren ausdrücklich erwünscht. Mein Vorschlag war: Setzt Josyne van Beethoven ein Denkmal. Sie war eine Vorfahrin des Gewaltigen. 1595 hat man sie verbrannt. Sie war ebenso selbstbewußt und stolz wie Beethoven, aber die Papisten haben sie so lange gefoltert, bis sie zugab, eine Hexe zu sein. Am Abend vor ihrer Verbrennung hat sie einen Selbstmordversuch unternommen und Glasscherben verschluckt. Aber es hat nicht funktioniert. Bei lebendigem Leib haben die Papisten sie verbrannt. Die Katholiken sind immer entschieden gegen die Einäscherung gewesen, aber Ketzer und Hexen haben sie jahrhundertelang verbrannt, obwohl man doch eigentlich denken sollte, es ist schlimmer, einen lebenden Menschen ins Feuer zu werfen als einen toten. Mir scheint, ein Denkmal für Josyne wäre hier im katholischen Monward ... als eine Art Schuldeingeständnis ...«

»Dann vielleicht lieber ein Denkmal für Jan de Bakker? War er nicht der erste, der hier in den Niederlanden auf dem Scheiterhaufen landete?«

»Daß du das weißt! Und auch noch als Katholikin!«

»Man hat mich von der Nonnenschule verwiesen, und danach habe ich eine Zeitlang eine reformierte Schule besucht. Dort hörte ich zum ersten Mal von Jan de Bakker. Die Geschichte hat mich tief beeindruckt.«

»Von der Nonnenschule verwiesen? Warum?«

»In unserer Klasse sagte die Oberin stolz, sie sei eine Braut Jesu. Daraufhin rutschte es mir heraus: ›Ist unser Herrgott denn blind?‹«

Wir kamen an Bauernhöfen vorbei und erreichten einen schmalen Pfad, der zwischen glitzernden und funkelnden Wassersammelbecken hindurchführte. Auf beiden Seiten des Wegs war der Wiesenkerbel bereits so in die Höhe geschossen, daß er bis über Lottes Schultern reichte. Die großen weißen Blütendolden, auf denen häufig jede Menge Schwebfliegen *(Cheilosia pagana)* saßen, die sich den Wiesenkerbel als Fraßpflanze erwählt haben, wiegten sich im Wind hin und her und streichelten manchmal Lottes irrsinnig langen Zopf.

»Dort liegt das Wohnboot des Maulwurffängers«, sagte ich.

»Würde es dir etwas ausmachen, hier zu warten? Er scheint mir ein Mann zu sein, der sich unbefangener benimmt, wenn niemand kiebitzt«, sagte Lotte.

»Das ist mir recht, gibt es doch kaum etwas Schöneres, als, dem Rauschen des ranken Reets lauschend, dem wellenden Wasser nachblinzelnd, am stillen Ufer zu sitzen. Wer weiß, womöglich wabert auch noch ein sanfter Wind.«

Sie sah mich an, als wäre ich verrückt.

»Guck nicht so«, sagte ich, »das ist nur wieder ein Gezelle-Zitat.«

Aus dem Lauschen wurde nicht viel, wegen der landenden Boeings, des Lärms von Kettensägen, die sich auf der kleinen Insel Jahrhundertleid durch Baumstämme fraßen, und des Hintergrundrauschens der A44. Ich war also froh, als Lotte nach einer Viertelstunde wieder zwischen den rahmfarbenen Dolden erschien.

»Ich hab ihn im Kasten«, sagte sie, während sie an mir vorüberging.

Ich stand auf und folgte ihr. »Du arbeitest wirklich unglaublich schnell.«

»Je länger man braucht, um die Leute zu fotografieren, um so mehr verstecken sie sich. Oft ist das erste Foto das beste.«

»Als mein *Überschlag* erschien und wie aus heiterem Himmel zum Bestseller wurde, da besuchten mich Dutzende von Fotografen. Manchmal brauchten sie einen halben Tag für ein Foto. Ich mußte mich dann bis zu den Hüften in einen Entwässerungsgraben stellen oder mich kopfüber an einen Ast hängen.«

»Wahnsinn, total überflüssig.«

»Oder auch nicht. Ein Fotograf einer großen Zeitung hielt auf meinem Hof, stieg aus dem Wagen und rief: ›Hacken Sie ruhig weiter Holz!‹ Er betätigte den Auslöser und brummte: ›Das war's.‹ Später habe ich in der Zeitung gelesen, daß er mit diesem Foto für die Silberne Kamera nominiert worden ist.«

»Pah! Diese Art von Nominierungen! Als ob man darauf warten würde. Ich jedenfalls nicht. Als wäre Fotografieren ein Wettkampf. Preise ... Auszeichnungen ... dadurch wird alles verdorben, alles wird zur Fußballmeisterschaft degradiert. Pfui, damit will ich nichts zu tun haben, ich will ... ich will ...«

»... so ein Foto machen wie das von der Frau an der Straßenecke.«

»Genau, ich will etwas zu fassen kriegen, den ungreifbaren Kern, ich will die Essenz fotografieren. Das Unzerstörbare will ich zu packen bekommen, verdammt, das klingt so dämlich. Nie gelingt es mir, richtig auszudrücken, was ich meine... Ich will die Achillesferse...«

»Die unzerstörbare Achillesferse? Das ist aber ganz schön widersprüchlich, wenn du mich fragst.«

»*Yes*«, sagte sie wütend, »das ist widersprüchlich, ich weiß es, aber ich kann es nicht ändern. Ich will das Unbezwingbare zu fassen bekommen, aber auch das Verletzliche, und für mich sind beide ein und dasselbe.«

»Aber offenbar willst du nicht jedermanns Achillesferse zu fassen bekommen. Jedenfalls nicht die der enzianblauen Pfarrerin oder die der Gräfin oder die von Sirena.«

»Weil sie keine haben, nun versteh das doch endlich.«

»Und das siehst du mit deinen satinettebraunen Augen auf den ersten Blick?«

»Meistens ja. Manchmal nicht. Manchmal weiß ich es auch erst, wenn ich das Foto gemacht habe. Warte, bleib stehen, der Mann dort... wer ist das?«

»Wenn jemand keine Achillesferse hat, dann er.«

»Du hast von Fersen nicht den blassesten Schimmer. Wer ist das?«

»Teake Gras. Merkwürdiger Bursche. Der Busenfreund des Grafen. Weicht mir immer ein wenig aus, wenn wir uns begegnen.«

»Was für ein prächtiger Schädel, und dieses schneeweiße Haar, und er geht so würdevoll aufrecht... oh, den muß ich auf jeden Fall haben...«

Und da flatterte sie wieder. Ich sah, wie Teake Gras zurückwich und wie sie immer verzweifelter auf ihn einredete. Sie drehte sich um und winkte mich heran. Als ich bei den beiden angekommen war, sagte Lotte: »Herr Gras glaubt mir nicht, daß es sich bei dem Buch um ein Bona-fide-Projekt handelt. Kannst du ihn nicht davon überzeugen, daß er mir vertrauen kann?«

»Dürfte ich bitte zunächst wissen, wer das Ganze initiiert hat?« fragte Gras streng. »Steht dahinter irgendeine Organisation? Oder hat es irgendwas mit Reklame zu tun? Sind die Fotos für irgendeine Behördenbroschüre bestimmt?«

»Lotte hat einen Fotoband von dem Dorf gemacht, wo sie herstammt. Das war ein großer Erfolg. Jetzt möchte sie gern ein ebensolches Buch von unserem Dorf machen, in dem die zweihundert markantesten Persönlichkeiten abgebildet sein sollen.«

»Ich bin nicht markant.«

»Das sehen viele aber anders.«

»Ich wünsche nicht porträtiert zu werden. Schon als Kind habe ich mich dagegen immer gewehrt. Ich möchte mein Gesicht nicht mit einem Stück Papier teilen. Außerdem habe ich vor einiger Zeit gelesen, daß die ganze Fotografiererei eine riesige Verschwendung von Silber nach sich zieht. Beim Abziehen der Negative.«

»Ach, das ist doch längst Vergangenheit«, sagte Lotte. »Man kann heute mit dem Computer ...«

»Damit will ich auch nichts zu tun haben. Dieser ganze moderne Wahnsinn.«

»Bitte, Herr Gras, ich will Sie unbedingt in meinem Buch haben, unbedingt. Sie sind ... Sie sehen so phantastisch aus, ich möchte Sie wirklich dabei haben.«

Ich sah, daß Gras der flehentlichen Bitte einer so verblüffend schönen Frau kaum widerstehen konnte.

»Nein«, sagte er und trat dabei einen Schritt zurück, »ich wünsche ...«

»Ach, Herr Gras, schlafen Sie erst einmal eine Nacht darüber. Darf ich, wenn ich demnächst wieder hier bin, bei Ihnen vorbeischauen? Wenn Sie dann noch immer keine Lust haben, dann machen wir einen Strich unter das Ganze.«

»Schauen Sie ruhig vorbei, aber merken Sie sich ...«

»Herzlichen Dank. Ich komme demnächst zu Ihnen.«

Wir gingen weiter.

Sie sagte: »Meistens bedeutet die Verschiebung der Entscheidung eine Absage. Wenn man den Zögerern Gelegenheit gibt, die Sache eine Nacht lang zu überdenken, kann man fast sicher sein, daß sie am nächsten Tag nein sagen.«

»Aber warum hast du Gras dann ...«

»Weil dieser Gras genau andersherum gestrickt ist. Er zögert genau in die andere Richtung. Bei einem Menschen von hundert trifft man auf dieses Phänomen. Bei solchen engstirnigen, sturen Greisen ...«

»Sag einfach: Friesen.«

»Du meinst, er ist Friese?«

»Ganz zweifellos.«

»Oh, dann ist mir alles klar. Aber wie dem auch sei: Er ist einer von denen, die doch noch nachgeben, wenn sie eine Nacht darüber geschlafen haben, und denen dies, wenn sie erst im Buch stehen, doch wieder leid tut. Später wird er es dir vermutlich für immer übelnehmen, daß du ihn dazu überredet hast. Aber das ist mir egal, ich will ihn in meinem Buch haben. Allein schon diese großen Augen, und dieses unglaubliche Blau. Ich werde ihn ja später nicht mehr wiedersehen.«

»Ich schon.«

»Stimmt, und um dich zu besänftigen, gehen wir jetzt auch schnurstracks zu deinem Somalier und machen dort ein paar wunderschöne Fotos. Hast du Kundera gelesen?«

»*Die unerträgliche Leichtigkeit des Seins.*«

»Ein großartiges Buch. Kundera sagt: Ein Mann mit einer häßlichen Frau ist nicht dazu in der Lage, eine andere Frau zu erobern, weil diese Frau nur eine Traumfrau verdrängen will. Wenn du also mit mir zusammen im Beauty-Salon deiner somalischen Flamme erscheinst, hast du größere Chancen.«

»Wie edelmütig.«

»Keineswegs, ich muß nur dafür sorgen, daß du dich nicht in mich verliebst. Satinettebraune Augen... wenn Männer dergleichen sagen, dann wollen sie mit dir an einen stillen Ort, an dem Bachbunge wächst... und dann fangen sie an, ein Lied zu summen... Ich sorge schon dafür, daß du in den Armen deiner satinettebraunen Somalierin landest. Das ist mir eine zusätzliche Aufnahme wert. Und achte auf seine Hände, seinen Nacken und seine Stimme. Vielleicht ist es ja möglich, aus einem Mann eine Frau zu machen, doch Männerhände werden nie zu Frauenhänden. Auch der Adamsapfel verschwindet nicht. Aus einem Baß wird allenfalls ein Tenor, nie aber ein Sopran.«

Kurze Zeit später betraten wir den Salon. Auf einer Couch lag eine nicht zu identifizierende Frau mit einer grünen Algenmaske und einem weißen Turban.

»Haaai«, sagte Sirena mit ihrer leicht heiseren und wirklich recht tiefen Stimme, »*there you are*. Ich fürchtete schon, Sie würden mich vergessen; es wär' doch idiotisch, wenn ich nicht auch ins Buch käme.«

Sie ging zu einem großen Spiegel und betrachtete sich aufmerksam. »Ich zieh mir kurz etwas anderes an.«

»Warum denn?« fragte Lotte. »In der olivfarbenen Bluse und der weißen Hose sehen Sie sehr gut aus.«

»Ach, das ist so ordinär, das sind meine Alltagsklamotten, meine Arbeitskleidung sozusagen, nein, nein. Kleinen Moment...«

Sie machte auf ihren hohen Absätzen kehrt und verschwand durch eine Glastür nach hinten.

»Siehst du«, sagte Lotte, »eitel bis zum Abwinken. Erst etwas anderes anziehen, das macht niemand sonst.«

»Dennoch kann ich sie verstehen«, sagte ich. »Als ich seinerzeit ständig fotografiert wurde, habe ich beim Anblick des Resultats oft genug gedacht: Hätte ich doch bloß etwas Anständiges angezogen. Jetzt bin ich schon wieder mit meiner verschlissenen Jeans und dreckigen Schuhen auf dem Foto.«

»Ja, aber du siehst auch wirklich immer so aus, als wärst du soeben erst aus einer Lehmgrube geklettert. Daran solltest du arbeiten, bevor du dich an den Talar oder diesen Paradiesvogel heranmachst. Wenn du wählen dürftest, wen würdest du nehmen? Die Pfarrerin oder diese Geckin? Oder doch die Gräfin?«

»Die Pfarrerin ist natürlich mit Abstand die Hübscheste. Allein schon dieses zierliche Näschen, und dann der Rest; es ist wirklich verdammt schade, daß sie bei dieser blöden Firma Gott & Sohn angestellt ist. Aber warum sollte ich eine den anderen vorziehen?«

»Oh, du bist auch einer von diesen Simultanspielern, du willst sie alle drei haben! Und dazu noch ein paar andere, von denen ich bisher noch nichts weiß. Ein großes Herz! So viele Sitz- und Stehplätze.«

»Und kostenlose Liegeplätze nicht zu vergessen«, sagte ich.

Ehe sie antworten konnte, erschien Sirena wieder. Sie trug ein speerdistelviolettes Kleidchen, das aus dünnem Leder gemacht war, auf dem ein metallischer Glanz lag. Es schmiegte sich an alle ihren Rundungen. Bei ihrem Anblick stockte für einen Moment der Informationsfluß zwischen all meinen Synapsen.

»Machen Sie Farbfotos?« fragte Sirena.

»Nein, Schwarzweißbilder.«

»Ah, dann sieht man zum Glück nicht, daß mein Nagellack nicht zu dem Kleid paßt.«

Lotte forderte sie auf, irrsinnige Positionen einzunehmen, sie ließ Sirena in die Hocke gehen, auf einem Bein balancieren, schief auf einem Hocker stehen, mit ihren ackergauchhellroten Raubtiernägeln an die Decke langen, sie sollte Kopf und Rücken nach hinten zum Boden neigen und wie eine Ballettänzerin minutenlang auf den

Zehenspitzen stehen. Ruhig, beinah heiter und ohne ein Wort des Protests tat Sirena, was ihr befohlen wurde.

»Und jetzt«, sagte Lotte, »tun Sie so, als stünden Sie am Beckenrand und wollten einen Kopfsprung machen. Die Arme nach vorn. Etwas mehr gebückt, bitte ... Gut so, ja, noch einmal, großartig, so bleiben, ich will noch kurz eine andere Einstellung ausprobieren.«

Während Lotte ihr Stativ umsetzte, erhob sich ein blaugrauer Kater, der auf einem Stuhl gedöst hatte. Er reckte sich, kletterte vorsichtig herunter und blieb genau hinter Sirena stehen. Dort richtete er sich in die Höhe, streckte, als wollte er es seinem Frauchen nachtun, die Vorderpfoten aus und legte sie auf Sirenas Hintern. Lotte ließ ihr Stativ los, schnappte sich den Apparat, drückte ein paarmal ab und sagte dann: »Sie sollten zusammen mit ihrer Katze als Modell arbeiten. Sie sind dafür wie geschaffen. Ich habe, was ich wollte.«

»Sind Sie sicher? Sollten Sie nicht zufrieden sein, dann kommen Sie ruhig wieder. Aber sagen Sie dann bitte rechtzeitig Bescheid, damit ich mich in aller Ruhe aufbrezeln kann.«

Als wir draußen waren, sagte Lotte: »Hast du dir ihre Hände genau angesehen? Pranken sind das, Männerpranken.«

»Aber keine Spur von einem Adamsapfel«, sagte ich, »und auch wenn ihre Stimme recht tief ist, so ist sie doch nicht tiefer als die von Nathalie Stutzmann. Und wenn sie Pranken hat, dann sind es ganz bestimmt Frauenpranken.«

»Ach, du Blindfisch. Siehst du denn nicht, daß sie mit all den Ringen an ihren Fingern und den vier Zentimeter langen künstlichen Nägeln nur zu verbergen versucht, daß sie Wurstfinger hat?«

»Du übertreibst. Sie trägt höchstens fünf Ringe. Und vier Zentimeter lange Nägel? Allenfalls zwei. Was regst du dich im übrigen so auf? Warum hast du sie so auf dem Kieker? Hat sie dir was getan? Selbst wenn sie irgendwann einmal ein Kerl gewesen ist, so ist es den Ärzten doch gelungen, eine atemberaubende sexy Superfrau aus ihm zu machen. Ich bin sehr gespannt auf die Fotos.«

»Ich werde schnell Abzüge machen. Dann bekommst du einen Satz. Die kannst du ihr dann schon mal vorbeibringen und mit ihr in die Kiste gehen.«

»Mensch ...«

Vorwort

Gut einen Monat später, als der Sommer ausgebrochen war und der westeuropäische Monsun wütete, ging ich eines Abends total erschöpft mit geschulterter Sense nach Hause. In der Pause zwischen zwei Platzregen hatte ich mit den mannshohen Brennesseln in meiner Hochstammobstwiese kurzen Prozeß gemacht. Während ich arbeitete, hatte Anders Wühlmäuse mit rötlichem Fell gejagt. Gefolgt von meinem Hund, trottete ich an meinen Bohnenstangen vorbei. Da schlug Anders an, und auf dem Kiesweg war das Knirschen der Steine zu hören. Ich war kaum mehr in der Lage, den Kopf zu heben, und sah nur, daß hinter den dunklen Schlehdornsträuchern und den Judasbäumen verborgen die rote Glut einer Damenjacke schimmerte.

»Rotkäppchen«, murmelte ich, an Anders gewandt.

An ihrem Bellen hörte ich, daß es keine Fremde war. Also sah ich genauer hin. Trotzdem erkannte ich die schlanke feuerrote Erscheinung nicht. Es war, als sei das Wesen, das dort ging, geradewegs aus Schumanns *Märchenerzählungen* entsprungen. Welch eine Fülle von schwarzem, schwungvoll tanzendem lockigen Haar – es gab doch niemanden in meinem Bekanntenkreis mit einer solchen Haarpracht? Erst als das kräftig ausschreitende Rotkäppchen näher kam, erkannte ich es.

»Was hast du nur für eine wunderschöne rote Jacke an«, sagte ich. »Die steht dir hervorragend.«

»Mir steht alles«, sagte sie spitz und abweisend. Es klang, als wollte sie sich gegen eine kränkende Bemerkung zur Wehr setzen.

Verdutzt murmelte ich: »Wirklich, sie steht dir phan…«

»Mach es nicht noch schlimmer«, schnauzte sie mich an und sagte dann, wobei sie mir einen großen Umschlag in die Hand drückte: »Hier, die Fotos von deinem Somalier. Jetzt hast du eine Ausrede, um zu ihm zu gehen.«

»Nun hör doch auf«, sagte ich, »die Bilder stecke ich ihr einfach in den Briefkasten.«

»Auch keine schlechte Idee«, meinte sie. »Und dann legst du ihr noch einen Brief dazu, und wenn du dann sowieso den Stift in der Hand hast, dann kannst du gleich das Vorwort zu meinem Buch schreiben. Wenn du fertig bist, kannst du es an meine E-Mail-Adresse schicken: *weelot@wxs.nl*.«

»Eilt es?«

»Wenn ich es bis Ende September habe, reicht das. Nächstes Frühjahr soll das Buch erscheinen.«

Sie wollte sich bereits wieder umdrehen.

»Wie wär's mit einer Tasse Tee, Rotkäppchen?« fragte ich.

»Beim bösen Wolf, was«, sagte sie und streckte mir die Zunge raus. Dann drehte sie sich um und ging.

Anders und ich standen eine Weile da und sahen dem für gewöhnlich in einem Zopf kanalisierten, jetzt aber quecksilbrig-offenen Haar hinterher. An den Zweigen hingen noch riesige Tropfen, die von der letzten Abendsonne beschienen wurden, so daß es aussah, als verschwände sie zwischen glitzerndem Diamantgrus.

Noch am selben Abend versuchte ich – getreu meinem Motto: Mußt du etwas tun, wovon du nicht weißt, wie du es machen sollst, dann tue es gleich, denn es wird mit jeder Stunde schwerer –, das Vorwort zu schreiben. Das war ganz schön schwierig. Am Ende fiel mir nach langem Kopfzerbrechen nichts anderes als ein kurzer Text über das Dörfchen Monward ein. Darüber setzte ich den Titel: *Der Weiler mit dem Januskopf.*

»Genaugenommen ist Monward nichts anderes als eine lange Straße. Zugegeben, die Straße, die Kreuzherrenstraße, teilt sich hinter der Eisenbahnbrücke in zwei Straßen, die beim Altersheim *Klein Lourdes* wieder zusammenkommen, und etwas weiter weg, in Richtung der Parusieseen und des Monstranzwalds, verläuft parallel noch die Gewandstraße, außerdem gibt es viele Seitenstraßen und Gassen. Aber ist Monward wirklich ein Dorf? Kann man das wirklich sagen? Ist es nicht vielmehr ein Mini-Idyll? Wenn man aus der nahe gelegenen protestantischen Metropole über die Katholikenstraße nach Monward kommt, dann ist es, als betrete man einen riesigen Urwald. Wie winzig kommt man sich plötzlich unter den kolossalen Waldriesen vor!

Fährt man hingegen mit dem Zug an Monward vorüber, dann sieht es aus wie ein deftiges Drenter Dorf mit einem Dorfplatz und einer Kreuzkirche. Kommt man im Sommer mit der Fähre aus Papenveer über die Parusieseen, dann sieht Monward aus wie eine friesische Fata Morgana an einem Binnensee. Wenn man im Monstranzwald plötzlich das Schloß erblickt und im Wassergraben die fotogenen schwarzweißen Schwäne herumpaddeln und -dümpeln sieht, dann wähnt man sich ›*in England's green and pleasant Lands*‹, um mit William Blake zu sprechen.

Erst auf der kleinen Insel Jahrhundertleid sieht man, daß man in der Provinz Südholland ist. Warum diese Insel, in einem Dorf, wo fast alle Straßen katholisch benannt sind, Jahrhundertleid heißt, weiß keiner. Wird in diesem Namen die reiche Geschichte des Katholizismus bündig zusammengefaßt? Auf Jahrhundertleid lassen die Monwarder die Hühner herumlaufen, die keine Eier mehr legen. Über die Brücke marschieren sie wieder zurück ins Dorf. Deshalb laufen auf all diesen katholischen Straßen Dutzende von altersschwachen Hühnern herum.

In Monward geschieht nie etwas, außer morgens zwischen acht und neun. Dann quält sich der Schleichverkehr über die Kreuzherrenstraße. Ebenso abends zwischen fünf und sechs. Nach sechs ist es so ruhig im Dorf, daß man meinen könnte, alle Bewohner lägen bereits auf dem Friedhof. Daß in diesem scheinbar wie ausgestorben daliegenden Dorf trotzdem Menschen wohnen, zeigt dieser Fotoband, in den die zweihundert markantesten Einwohner von Monward aufgenommen wurden.«

Ich schickte mein Vorwort als Attachment an Lottes E-Mail-Adresse. Einen Tag später antwortete sie: »Vielleicht taugt dieser Erguß als Vorwort für ein Faltblatt der Monwarder Touristeninformation, aber ich denke nicht daran, mein Buch mit diesem Text zu verschandeln. Vom Autor des *Tollkühnen Überschlags* hätte ich mehr erwartet. Versuch's einfach noch einmal.«

»Fahr zur Hölle«, brüllte ich den Monitor wütend an, dachte dann aber: Na warte, dich werd ich schon noch kriegen. Ich antwortete:

»›Fotografen‹, hat die amerikanische Schriftstellerin Flannery O'Connor gesagt, ›sind die niedersten Tiere des Feldes.‹ Dieses Getier fährt, vorzugsweise mit einem Jeansanzug bekleidet, mit einem Kombi vor – früher hatten diese Leute übrigens häufig einen Citroën DS, weil dessen Luftfederung es ermöglicht, die Apparatur erschütterungsfrei zu transportieren –, stellt dich an die Wand und schießt dann rasend schnell zwei oder drei Filme voll. Meistens wissen sie kaum, wer du bist, und das Resultat ist darum auch durch die Bank miserabel. Ist so ein Fotograf kleiner als man selbst, dann ist das Ergebnis seiner Arbeit sowieso unter aller Kanone, weil er einen von unten fotografieren muß. Weibliche Fotografen sind fast immer kleiner als die Männer, die sie fotografieren, und schon darum ist ihre Arbeit von vornherein zum Scheitern verurteilt. Daß ich mich dennoch bereit erklärt habe, ein Vorwort zu diesem Buch von Lotte Weeda zu schreiben, ist nur der Tatsache zu verdanken, daß sie in ihrem ersten Band ein so anrührendes Porträt von einer Frau, die gleich um die Ecke gehen wird, veröffentlicht hat.«

Ohne auch nur eine Nacht darüber zu schlafen, schickte ich mein zweites Vorwort sogleich an *weelot@wxs.nl*. Daraufhin bekam ich einen Tag später per E-Mail eine Antwort, die ich eine Zeitlang voller Erstaunen und Schuldgefühl betrachtete: »Genau das, was ich mir vorgestellt habe! Nach so einem Vorwort können meine Fotos nur positiv wirken. Vielen Dank, Lotte.«

Danach hörte ich nichts mehr von ihr. Es schien, als sei sie wie vom Erdboden verschluckt. Hin und wieder dachte ich voller Skrupel an mein Vorwort. Sollte ich nicht doch lieber versuchen, etwas ganz anderes zu schreiben? Manchmal setzte ich mich sogar an den Computer, starrte dann aber vollkommen hilflos auf den leeren Monitor. Selbst wenn ich die Fotos von Sirena aus dem Umschlag holte und der Reihe nach betrachtete, fiel mir nichts ein, womit ich mein bösartiges Vorwort hätte ersetzen können. Ich mußte die Fotos im übrigen zu Sirena bringen. Dennoch schob ich es Tag um Tag vor mir her. Manchmal spielte ich mit dem Gedanken, sie ihr einfach in den Briefkasten zu stecken, doch als ich mit Anders einmal an dem Beauty-Salon vorüberging, sah ich, daß die Tür gar keinen Briefschlitz hatte. Ihr die Fotos heimlich bringen, das ging also nicht. Und deshalb behielt ich sie vorläufig. Einen der Abzüge hängte ich über meinem Computer an die Wand. Weil darauf der blaugraue Kater so schön abgebildet war.

Die schiefergrauen Pfötchen wie Hallelujahändchen zum Himmel erhoben, stand er genau hinter Sirena; es sah aus, als grinste er. Wie schade, daß man so schlecht einschätzen kann, was in Tieren vorgeht. Was denkt ein Kater, der hinter seinem Frauchen steht, das sich abmüht, so vorteilhaft wie möglich aufs Foto zu kommen? Das würde ich fürchterlich gerne wissen. Ebenso wie die Antwort auf die Frage, ob es irgendwo im Weltraum fremdes Leben gibt.

Neujahr

Am Neujahrstag ging ich in aller Herrgottsfrühe mit Anders Gassi. Es war praktisch windstill. Im Westen hing ein riesiger Mond zwischen langgestreckten Wolkenschleiern. Anders und ich spazierten an der Filiale der *Rabobank* vorbei. Sie deponierte eine Termineinlage in der Rabatte. Wir bogen in die wie ausgestorben daliegende Dorfstraße ab. Beim Ausflugslokal *Klosterlust* überholte uns ein Radfahrer. Anders beschleunigte kurz ihre Schritte, und ich folgte ihr, einen Neujahrsgruß murmelnd. Der Radfahrer reagierte nicht. Obwohl das Gesicht unter einer Kapuze mit breitem Fellrand versteckt war, erkannte ich die schweigende Erscheinung. Es war die Gräfin.

Warum war sie so früh bereits mit dem Fahrrad unterwegs? Am Ende der Dorfstraße bog sie nach links ab. Wollte sie über die schmale Brücke zur Insel Jahrhundertleid fahren? Was wollte sie dort am Neujahrsmorgen? Ich sah, wie ihr gekrümmter Rücken hinter einer Kurve verschwand. Es war ziemlich kalt, ungefähr vier Grad nach meiner Schätzung. Sie trug keine Handschuhe. »Jetzt müssen wir mal kurz Gas geben«, sagte ich zu Anders. Wir rannten zu der Stelle, wo sie abgebogen war. Noch nie hatte ich sie radfahren sehen. Nun sah es so aus, als müßte sie sich bei jedem Pedaltritt am Riemen reißen, um weiterzufahren. Ich sah, wie ihre Silhouette langsam die Brücke zur Insel überquerte. Unausweichlich drängte sich mir ein Gedanke auf: Sie fährt zum Ufer, wirft ihr Fahrrad ins Schilf und geht seelenruhig in den Dreifaltigkeitssee.

»Sollen wir auch nach Jahrhundertleid hinübergehen?« fragte ich Anders. Über die schmale Brücke marschierten wir auf die Insel. Wir suchten alles ab, aber die Gräfin war nirgends zu sehen. Auch ihr Fahrrad fanden wir nicht. Vom Ufer des Sees aus blickte ich über die friedlich kabbelnden Wellen. Ragte vielleicht irgendwo eine Fahrradklingel oder ein sich langsam in der Luft drehendes Pedal aus dem Wasser? Ich spähte hinaus, bis Anders ungeduldig wurde. »Bist du schon müde?« fragte ich sie, als wir wieder auf dem Festland waren. »Oder sollen wir noch kurz bei ihrem Haus vorbeigehen und nachschauen, ob dort alles in Ordnung ist?«

Als wir zu der Villa kamen, brannte Licht in der Küche. Ansonsten war nichts zu sehen, keine Frau, kein Fahrrad, keine anderen Menschen.

An einem frühen Februartag befreite ich mit meinem blauen Beil Erlenstämme von ihren Seitenzweigen. Vorsichtig kam ein alter Mann auf dem Kiesweg näher. Er war gut eingepackt. Ein dicker Dufflecoat und eine große Pelzmütze, so daß ich ihn nicht erkennen konnte. Erst als er sagte: »Werter Dorfgenosse, darf ich Sie etwas fragen?«, wußte ich, daß der Graf vor mir stand.

»Fragen Sie ruhig«, sagte ich.

»Mein Enkel ist vollkommen besessen von Schlangen. Diesen Sommer hat er in Kroatien eine gefangen.«

»Da, wo alles zerstört ist?« erkundigte ich mich erstaunt.

»Ja, er war dort mit der ganzen Familie im Urlaub.«

»Warum ausgerechnet Kroatien? Jetzt, wo doch ...«

»Meine Kinder fahren schon seit Jahr und Tag dorthin. Wegen des verdammten Kriegs war das eine Zeitlang unmöglich. Doch nachdem jetzt mehr oder weniger wieder Frieden herrscht, haben sie diese Tradition wiederaufgenommen.«

Er schwieg einen Moment, betrachtete den großen Haufen Erlenzweige und sagte: »Viel Arbeit.«

»Ziemlich viel«, erwiderte ich.

»Nun, wo war ich stehengeblieben?« sagte er. »Ach ja, die Schlange... die wollte er auf jeden Fall mitnehmen, und nun lebt das Tier bereits seit einigen Monaten in einem großen Terrarium. Bevor mein Enkel wieder zur Schule mußte, fragte der Junge mich, ob ich die Schlange versorgen könne, und nun steht das Terrarium also bei uns zu Hause. Tja, Noor, meine Frau, ist darüber nicht sehr glücklich... sie kann Schlangen auf den Tod nicht ausstehen. Um es also kurz zu machen: Ich wollte Sie fragen, ob Sie so freundlich sein würden, einen Blick auf das Tier zu werfen.«

»Einen Blick auf die Schlange werfen?« fragte ich erstaunt.

»Wenn Sie demnächst mal wieder mit Ihrem Hündchen an unserem Haus vorbeikommen.«

»Sie haben doch einen Neufundländer? Der stürzt sich sofort auf meinen kleinen Hund.«

»Aber nicht doch, unser Hund ist alt und ganz brav.«

»Aber fürchterlich groß.«

»Er ist ebenso artig, wie er groß ist. Nein, vor dem brauchen Sie wirklich keine Angst zu haben.«

»Und was haben Sie davon, wenn ich mir die Schlange ansehe?«

»Sie sind Biologe, Sie wissen vielleicht, um was für eine Art es sich handelt und ob sie giftig ist.«

»Mit Reptilien kenne ich mich nicht gut aus«, sagte ich.

»Sie wissen bestimmt mehr als wir.«

»Aber wenn Ihr Enkel sich so für Schlangen interessiert, dann wird er sich doch ein wenig damit auskennen.«

»Das schon, aber diese Schlange... er hat sie bereits einer ganzen Reihe von Reptilienliebhabern gezeigt, aber niemand kann sagen, um was für ein Tier es sich handelt. Wenn mein Enkel demnächst wieder zurückkommt, dann fände ich es nett, wenn ich ihm sagen könnte: ›Das ist‹ ... nur so zum Beispiel ... ›eine Regenbogenviper.‹ Außerdem wäre Noor sehr beruhigt, wenn sie sicher sein könnte, daß es sich nicht um eine Giftschlange handelt.«

»Wie groß ist sie denn?«

»Rund einen Meter.«

»Mein Gott! Wie kann man nur eine so große Schlange mitnehmen, wenn man nicht einmal weiß, welcher Art sie angehört? Das finde ich unverantwortlich.«

»Das sagt Noor auch, aber der Junge ... Sie wissen doch, wie das geht.«

»Wie sieht sie aus? Gefleckt? Dunkel?«

»Nein, der Rücken ist gleichmäßig braun und der Bauch hellgelb.«

Er drehte mit dem Fuß eine kleine Grube in den Kies und sagte dann: »Und noch was: Der Fotograf ... das Mädchen ...«

»Oh, die Fotografin«, sagte ich, »Lotte.«

»Genau, Lottchen, Sie sind mit ihr zusammen durchs Dorf spaziert und standen in Verbindung zu ihr. Wissen Sie möglicherweise, wie ich sie erreichen kann?«

»Ich habe nur eine E-Mail-Adresse.«

»Eine E-Mail-Adresse. Damit kann ich nichts anfangen. Ich bin noch einer vom alten Schlag.«

»Ich kann ihr eine Mail schicken und sie um Adresse und Telefonnummer bitten. Wenn ich sie habe, gebe ich sie Ihnen weiter und kann bei der Gelegenheit auch gleich einen Blick auf die Schlange werfen.«

Nachdem er weg war, las ich mir im sechsten Band von Grzimeks *Tierleben* das Kapitel über Schlangen durch. Welche Schlangen kamen auf dem Balkan vor? Ringelnattern, Ottern, Äskulapnattern, Vierstreifennattern, Leopardnattern, Balkan-Zornnattern. Ob es vielleicht eine Balkan-Zornnatter war? Oder eine Pfeilnatter? Bestimmt handelte es sich um eine Pfeilnatter, Oberseite braun, Unterseite gelb. Die Otter ist dunkel und gefleckt. Die hätten die anderen Reptilienfreunde sofort erkannt.

Und ob die Gräfin am Neujahrstag entsetzt nach Jahrhundertleid gefahren war, weil man bei ihr eine Schlange einquartiert hatte? Die Gräfin hieß jedenfalls Noor. War das die Abkürzung von Leonora? Beethoven, nicht Mozart.

Haydn

An einem Sonntagnachmittag im Februar begaben Anders und ich uns zu der Goldküstenvilla. Obwohl es in der Nacht noch gefroren hatte, brannte die Sonne auf meine Haut.

Als wir an dem Schwengel vorbeikamen, murmelte ich Anders zu: »Was wir hier tun, ist idiotisch; ich habe keine Ahnung von Schlangen, aber gut, ich habe versprochen, mir das Tier anzusehen, und es ist so schönes Wetter. Also gehen wir in Gottes Namen einfach einmal hin.«

Anders wedelte mit dem Schwanz.

»Einverstanden«, sagte ich, »du hast recht. Die Schlange gibt uns einen Grund, in Leonoras Haus einzudringen, aber wir werden uns bis auf die Knochen blamieren. Viel mehr, als daß es sich um irgendeine Ringel- oder Pfeilnatter handelt, werden wir nicht herausfinden.«

Wir gingen durch eine der Papstgassen und erreichten bald das fürstliche Haus der Balkanschlange. Vorsichtig öffnete ich die Pforte in der Ligusterhecke.

»Wenn die Schlange wirklich gefährlich wäre«, sagte ich zu Anders, »dann hätte der Enkel längst einen tödlichen Biß abbekommen. Es besteht also keine Gefahr.«

Dennoch war ich ein wenig beunruhigt, als ich an dem kupfernen Klingelgriff zog. Die Tür ging auf.

»Gott sei Dank, wie bin ich froh, Sie zu sehen. Sie kommen wie gerufen«, sagte die Gräfin. »Das fürchterliche Biest ist heute morgen abgehauen. Es liegt zusammengerollt auf einem Stuhl im Gartenzimmer, gleich neben dem Tisch mit dem Terrarium. Vielleicht wissen Sie ja, wie wir es dort wieder hineinbekommen.«

Ich folgte ihr ins Wohnzimmer. Der Neufundländer lag auf einem Teppich vor dem Kamin, doch als er Anders bemerkte, stand er sofort auf. Sein wedelnder Schwanz schlug jedesmal gegen einen Kaminschirm, der lieblich klimperte. Anders war offenbar der Ansicht, daß sie reagieren mußte. Auch sie wedelte wild mit dem Schwanz und traf mit jedem Schwung das Bein eines Bechstein-Flügels, was ein leises, trockenes Klopfen hervorrief.

»Welch ein Durcheinander«, sagte der alte Mann.

»Hättest du mal besser aufgepaßt«, raunzte seine Frau ihn an.

»Ja, *my fault, no doubt.*«

»Sehen Sie«, sagte die Frau, »dort liegt sie.« Die Gräfin ging zu einer Tür mit matten Glasfensterchen und zeigte in das benachbarte Zimmer.

An dem Bechstein, mannshohen Zimmerpflanzen und einer Sitzgruppe aus massivem Eichenholz vorbei ging ich zu der Tür und schaute in den benachbarten Raum. Auf der geflochtenen Sitzfläche eines einfachen Küchenstuhls lag eine recht große Schlange und schaute zu uns herüber.

»Ein ziemlicher Oschi«, sagte ich.

»Ja«, sagte die Gräfin. »Finden Sie es nicht auch Wahnsinn, uns ein solches Vieh aufzuhalsen?«

»Nun hör schon auf damit«, sagte der Graf, »das wissen wir doch jetzt alle.«

»Schade, daß sie sich zusammengerollt hat«, sagte ich. »Es könnte sich um eine Balkan-Zornnatter oder eine Pfeilschlange handeln, aber man kann kaum etwas erkennen.«

»Sind die giftig?« fragte die Frau.

»Zornnattern und Pfeilschlangen gehören zu den Nattern. Alle Nattern haben Giftdrüsen, aber damit können sie uns kaum gefährlich werden. Nur die Balkan-Zornnatter … die heißt so, weil sie unglaublich aggressiv sein kann. Wenn man einen Finger nach ihr ausstreckt, greift sie sofort an. Wie hat Ihr Enkel es geschafft, diesen Heißsporn zu fangen und mitzunehmen? Ist er noch nie gebissen worden?«

»Nein«, sagte der alte Mann, »gebissen worden ist der Junge noch nie. Im Gegenteil, die Schlange scheint sogar ein überaus liebes Tier zu sein.«

»Ein liebes Tier«, höhnte seine Frau.

Ich schaute zu der kastanienbraunen Schlange hinüber. Sie richtete sich träge auf und sah mich aus zwei hellbraunen Äuglein scharf an. Das erstaunte mich. Eine Schlange, die einen keck ansieht, wie ungewöhnlich. Dann bewegte sie ihren Kopf leicht hin und her und veränderte ihre Lage. Ein wunderlich vertrautes Knistern war zu hören.

»Aber ... aber«, stotterte ich, denn sowohl die subtilen Kopfbewegungen als auch das merkwürdige Knistern und die klaren, wachen Äuglein kamen mir sehr bekannt vor. Nun bemerkte ich auch die glänzenden, ringartigen Schuppen und die messerscharfe Falte in den Flanken; und weil ich zudem wußte, woher das Tier stammte, wurde mir jetzt allmählich klar, womit ich es hier zu tun hatte. Dennoch mußte ich mir erst deutlich bewußtmachen, daß es zwischen den Wörtern »Mumm« und »Memme« kaum einen Unterschied gibt, bevor ich es wagte zu fragen: »Darf ich sie mir mal aus der Nähe ansehen?«

»Dann müssen Sie aber ins Gartenzimmer gehen«, sagte die Frau.

Sollte ich das wirklich tun? Ich sah die Gräfin an. Sie war schätzungsweise etwa so alt wie ich. Trotzdem war sie noch erstaunlich attraktiv. Sie hatte herrliche feuchtglänzende Lippen. Außerdem war sie schön groß. Beim Küssen würde ich mich nicht bücken müssen. Ein unsinniger Gedanke natürlich, der aber dennoch tollkühnen Übermut in mir weckte. Unerschrocken trat ich durch die Tür. Anders wollte hinter mir her, doch ich hielt sie zurück.

Mir war es lieber, wenn sich ein wieselflinker Terrier mit einem gut entwickelten Jagdinstinkt und eine Schleiche nicht zusammen in einem Raum befanden. Anders stellte sich aufrecht gegen die Tür und sah mir, heftig mit dem Schwanz wedelnd, hinterher, während ich auf das Tier zuging. Es war, als würde ich kurzerhand etwa dreißig Jahre in der Zeit zurückversetzt. Das Tier, das dort lag, ähnelte wie ein Ei dem anderen der Schleiche, die früher immer, sobald sie mich bemerkte, mit dem knisternden Geräusch sich verschiebender Schuppen und mit weit aufgerissenen, freudigen Augen blitzartig zu mir hingekrochen war, weil sie meinte, ich brächte ihr wieder neugeborene Ratten.

»Bist du genauso artig wie dein Artgenosse?« fragte ich.

Vorsichtig packte ich das Tier gleich hinter dem Kopf und setzte es zurück ins Terrarium. Hinter mir ging die Tür auf. Anders rannte auf mich zu, sprang am Tisch hoch und bellte laut.

»Sei still«, sagte ich. Ich nahm sie auf den Arm und ging zurück ins Wohnzimmer.

»Unglaublich«, sagte der alte Mann.

»Aber nein«, erwiderte ich. »Es tut mir für Ihren Enkel leid, aber dies ist keine echte Schlange, das ist eine Schleiche, genauer gesagt ein Scheltopusik.«

»Ein was? Ist das Ihr Ernst, oder ...?«

»Es handelt sich um eine Panzerschleiche, eine beinlose Eidechse. Das weiß ich, weil ich während des Studiums mit einem Kommilitonen befreundet war, der zu Hause einen Scheltopusik hatte. Er kroch frei im Wohnzimmer herum. Er sah genauso aus wie dieses Wesen und war sogar noch ein wenig größer. Wenn man ihn zum erstenmal auf sich zukriechen sah, erschrak man zu Tode. Als ich noch mit Ratten forschte, hatte ich immer neugeborene Ratten übrig. Die gab ich dann dem Scheltopusik. Er war verrückt danach; ein ganzes Nest junger Ratten schaffte er locker, er schluckte sie runter wie Käsehäppchen.«

»Ein Scheltopusik«, sagte der alte Mann. An seinem Tonfall hörte ich, daß er immer noch überzeugt war, ich wollte ihn veräppeln.

»Glauben Sie mir nicht?« fragte ich.

»Scheltopusik«, sagte er skeptisch, »das klingt wie ein Phantasiename aus einem Märchen.«

»In Jugoslawien nennt man ihn *›blavor‹*. Klingt das besser, weniger märchenhaft?«

»Blavor«, sagte er bedächtig und immer noch sehr skeptisch.

»Ich gehe kurz nach Hause und hole den sechsten Band von *Grzimeks Tierleben«*, sagte ich, »darin gibt es ein Bild und einen kurzen Artikel über seine Lebensweise.«

Kurze Zeit später gingen Anders und ich wieder durch den unwirklichen Sommersonnenschein eines Februarnachmittags, an dem bereits der Frühling um die Ecke lugt, nach Hause. Mit dem sechsten Grzimek-Band unter dem Arm spazierten wir wieder zurück. Als ich für den Grafen die Passage über den Scheltopusik herausgesucht hatte und er die Brille aufsetzte, fragte ich ihn, ob ich den Bechstein ausprobieren dürfe.

»Aber natürlich«, sagte der alte Mann.

Nachdem ich einige Akkorde angeschlagen hatte, spielte ich, entzückt von den sonoren Bässen, den Anfang eines der *Skaski (Märchen)* von Nikolai Medtner, Opus 51, Nr. 3.

Nach der letzten Note kam die Gräfin mit schnellen Schritten aus der Küche. Sie summte die Terzmelodie von Medtner und sagte: »Oh, was für eine wunderbare Musik. Spielen Sie doch bitte noch etwas.«

»Das war mehr oder weniger das einzige, was ich auswendig kann.«

»Oh, wir haben Noten, die liegen hier hinten im Schrank. Moment, ich hole sie.«

Sie legte einen Stapel uralter Bücher mit altmodischen Umschlägen auf den Bechstein. Als ich eines vorsichtig in die Hand nahm, zerbröselte sofort das dunkelbraune Umschlagpapier. Kaum hatte ich es aufgeschlagen, da rieselten brüchig gewordene Papierstückchen heraus. Es waren – ich hätte es mir denken können, denn überall, wo ein wenig Klavier gespielt wird, stehen sie zuerst auf dem Notenpult – Sonaten von Haydn. Im Klavierunterricht hatte ich sie fast alle gespielt, und so wagte ich es nun, mit der achten aus dem ersten Band zu beginnen. Nach fünf Takten rief der alte Mann verzückt: »Die spielte meine Mutter auch immer!«

»Oh, dann spiele ich eine andere«, sagte ich und hörte auf.

»Nein«, sagte er, »bitte nicht, es ist so schön, sie wieder einmal zu hören, und Sie spielen genau wie meine Mutter, genauso ...«

»Amateurhaft«, dachte ich, sagte es aber nicht, sondern spielte die entzückende Sonate und dachte: »Dieser Haydn, welch ein phantastischer Komponist, und welch ein Gottesgeschenk, daß es bei ihm nicht so darauf ankommt wie bei Mozart. Man kann sich ruhig einmal einen Fehler erlauben.«

Kurze Zeit später durfte ich bei einem Glas Rotwein in aller Ruhe die wunderschöne Aussicht über die Parusieseen genießen. Holländischer ging es nicht. Wasser, Inseln auf der anderen Seite, eine zierliche Mühle, am Horizont ein spitzer Turm, Erlen, Weiden, gelbes Schilf und ein paar Kormorane, die so verstohlen vorüberflogen, daß man hätte meinen können, sie seien inkognito unterwegs. Wir überlegten, was man dem Scheltopusik zu fressen geben könnte. Der alte Mann sagte: »Ich habe vorhin gelesen, daß diese Tiere am liebsten Schnecken fressen.

Ich gebe ihm jeden Tag Hackfleischbällchen. Ob das wohl gut ist?«

»Wenn er nichts anderes hatte, fütterte mein Freund seine Schleiche auch damit.«

Als Leonora weggegangen war, um eine neue Flasche Wein zu holen, beugte sich der Graf konspirativ zu mir herüber und fragte leise: »Haben Sie schon etwas von Lottchen gehört?«

»Ich habe ihr geschrieben«, sagte ich, »aber sie antwortet nicht.«

»Schade, ich wollte sie nämlich bitten, meine Enkel zu fotografieren.«

Ich sah ihn an, bemerkte ein Glitzern in seinen Augen und hätte am liebsten gesagt: »Enkel fotografieren? Das kannst du deiner Großmutter erzählen.«

An einem Märztag wankte ich nach einem winterlichen Schauer mit Anders, über die schmelzenden Hagelkörner schlurfend und rutschend, zum Bäcker. Als ich den Laden verließ, stand ich plötzlich Leonora von Angesicht zu Angesicht gegenüber. Sie sah mich an, und ich bemerkte wieder die weißen Knöchel, sah wieder die Kapuze, die beinah ihren ganzen wunderschönen Kopf den Blicken entzog. Hastig und scheu sagte sie: »Schauen Sie doch bitte bald mal wieder bei uns herein, 1. Samuel 16, Vers 23.« Während ich auf dem Rückweg ruhig neben Anders auf den Hagelkörnern dahinspazierte, die fröhlich unter meinen Schuhsohlen zerbrachen, dachte ich: Merkwürdig, wie kommt sie dazu, mir eine Bibelstelle zuzuraunen? Dann überlegte ich: Wie lautet denn das Zitat? Auf der Kaplanstraße war ich mir fast sicher, daß sie auf David angespielt hatte, der mit seinem Harfenspiel den bösen Geist Sauls beschworen hatte. Und tatsächlich, 1. Samuel 16, Vers 23 lautet: »Wenn nun der Geist Gottes über Saul kam, so nahm David die Harfe und spielte mit seiner Hand; so erquickte sich Saul, und es ward besser mit ihm, und der böse Geist wich von ihm.«

Sollte ich etwa mit meinem amateurhaften Klavierspiel einen bösen Geist beschworen haben? Welchen bösen Geist? Den ihres Ehemanns, der Lottes Anblick nicht verkraftet hatte? Wenn schon mein unbeholfenes Spiel ausgereicht hatte, einen bösen Geist zur Tür hinauszutreiben, wie viel effektiver mußte dann erst eine CD mit den Sonaten von Haydn sein?

Ungefähr zehn Tage später saß ich gerade an meinem Computer, als Anders zu bellen begann. Ich eilte ans Fenster. Mit hochhackigen Schuhen stolperte Leonora auf dem Kiesweg heran. Ich öffnete die Haustür.

»Ich wollte Sie nicht stören«, sagte sie. »Ich komme nur, um einen Brief in Ihren Kasten zu werfen.« Sie überreichte mir den Umschlag. »Ich möchte Sie bitten, mir zu helfen. Meine Schwiegertochter will das schreckliche Tier vorläufig nicht wiederhaben. Sie sagt: Nach unserem Umzug, aber das ist natürlich nur eine Ausrede. Auch Jochem will es nicht mehr haben. Weil es keine richtige Schlange ist, sagt das Dummerchen. Ich habe solche Angst, daß wir dieses unheimliche Vieh nie wieder loswerden. Mein Mann findet es herrlich, den Leuten mit diesem Monster einen Schrecken einzujagen. Nicht mehr lange, und ich habe keine einzige Freundin mehr. Die trauen sich nicht mehr, mich zu besuchen.«

Sie sah mich mit ihren herrlichen Augen unverwandt an.

»Wenn Sie ... Sie könnten ja vielleicht mit meinem Mann reden und ihn dazu bringen, daß er sich von dem Ungeheuer trennt.«

Dann faßte sie sich ein Herz; sie richtete sich auf und gab sich eine straffe Haltung.

»Kommen Sie bald einmal wieder zum Klavierspielen

vorbei; das tut meinem Mann so gut. Weil Ihr Spiel ihn an seine Mutter erinnert, glaube ich.«

Auf der Akolythenstraße begegnete ich in der Stunde zwischen Hund und Wolf ihrem Mann. Er ging mit seinem Neufundländer spazieren: »Na, wann kommen Sie … kommst du … Wollen wir uns nicht lieber duzen? Ich heiße Abel … Wann kommst du mal wieder vorbei, um Haydn auf dem Bechstein zu spielen?«

»Für ein Almosen bekommen Sie … bekommst du von der Firma Naxos oder in der Drogerie alle Sonaten von Haydn, eingespielt von einem Pianisten, der tausendmal besser ist als ich.«

»Natürlich, aber der spielt nicht auf dem Flügel meiner Mutter.«

Durch diese Antwort einigermaßen sprachlos, versicherte ich ihm, seine Frau und ihn demnächst einmal wieder zu besuchen. »Demnächst«, sagte er mürrisch, »warum nicht gleich? Du spielst ein bißchen, und dann trinken wir ein Gläschen Wein. Wie wär's?«

Auf dem Weg zu seiner Villa, fragte er mich: »Du hast wohl noch nichts gehört?«

»Du meinst von Lotte.«

»Genau.«

»Nein«, sagte ich, »leider nicht. Sie antwortet nicht auf meine E-Mails. Ein rätselhaftes, aber sehr energisches Mädchen.«

»Das kannst du ruhig laut sagen. Und wunder-, wunderschön.«

»Ein bißchen zu klein, ein bißchen zu mager«, sagte ich, um ihn aus der Deckung zu locken.

»Quatsch!« sagte er entschieden. »Gerade weil sie so zierlich wirkt und so zerbrechlich aussieht und dennoch so unglaublich schlagfertig ist, gerade darum …«

»… hat sie uns den Kopf verdreht.«

»Rede bitte nicht von ihr, wenn Noor in der Nähe ist.

Sie glaubt, ich ... ach, das ist natürlich alles Unsinn ... ich, in meinem Alter ... Aber es ist trotzdem besser, wenn wir in ihrer Gegenwart nicht von dieser malaiischen Prinzessin reden.«

Söhne

Der April war gekommen, die Frühlingssonne schien auf das helle Grün, daß man hätte meinen können, es sei warm. Ich lag im Gras und summte einen Psalm: »Ach schenktest du mir Hülf von deinem Geist«. Zwischen Hundsgras und Fingersegge lag Anders an meiner Seite. Hinter mir ertönte eine Frauenstimme: »Darf ich mich kurz dazusetzen?«

Ich hob den Kopf und setzte mich hin. Leonora ließ sich am Ufer des Wassergrabens nieder. Sie wandte sich halb zu mir um und wollte etwas sagen, aber ich kam ihr zuvor: »Wie geht es dem Scheltopusik? Schon ein wenig an ihn gewöhnt?«

»Ein wenig.«

»Das wird schon«, sagte ich. »Vor Jahren kamen immer wieder Kinder zu mir ins Labor, die eine Ratte haben wollten. Wenn ich ihnen eine gab, tauchte meistens ein paar Tage später eine aufgebrachte Mutter bei mir auf. Was mir einfalle, dem Kind eine Ratte zu schenken. Zwei Monate später hatten sie sich nicht nur an die Ratte gewöhnt, sie nahmen sie sogar oft in ihrer Handtasche mit. Und wenn das Tier starb, dann kamen sie und bettelten um eine neue.«

»Kann schon sein.«

»Bestimmt, so ein Tier ... er ist nicht eklig, du wirst schon sehen: Du gewöhnst dich nicht nur an ihn, du wirst ihn sogar mögen.«

»Hoffentlich.« Sie pflückte einen Grashalm ab und wedelte damit. Dann sagte sie: »Ach, wenn es nur dieser Scheltopusik wäre ...«

Eine Weile starrte sie vor sich hin. Dann sagte sie: »Ich sollte dir nicht mit meinen Sorgen auf die Nerven gehen. Wir haben uns länger nicht gesehen ... bestimmt hast du gedacht: Da gehe ich lieber nicht mehr hin. Tja, ich kann dir das nicht verübeln.«

»Soll ich hineingehen und uns schnell eine Tasse Tee machen?«

»Mach dir keine Umstände, ich bin gleich wieder weg.«

Anders kroch zu ihr, stupste sie mit der Schnauze am Arm und hielt ihr die rechte Pfote hin.

»Ach, du lieber Hund«, sagte sie.

Sie sah mich kurz an und murmelte dann: »Es ist merkwürdig ... als du auf dem Flügel spieltest, schien es, als sei er wahrhaftig wieder der alte. Ich verstehe das nicht. Aber ich kann ja auch nicht von dir verlangen, daß du jeden Tag auf unserem Bechstein spielst.«

»Kauf eine CD«, sagte ich.

»Hab ich schon getan«, erwiderte sie, »aber es funktioniert nicht. Er muß die Musik auf dem Flügel seiner Mutter hören. Und du ... Ist es in Ordnung, wenn ich du sage? Und du mußt sie spielen, denn offenbar spielst du wie seine Mutter.«

Sie streichelte meinen Hund, der sich immer dichter an sie schmiegte.

Sie sagte: »Bestimmt denkst du ...« Sie erhob sich. »Ich geh dann wieder.«

»Bist du sicher, daß du nicht doch eine Tasse Tee möchtest?« fragte ich sie. »Ich mache mir jetzt sowieso eine Kanne.«

»Nun gut, eine Tasse.«

Wir durchquerten den Obstgarten und gingen zur Küchentür.

»Wir können uns hier draußen hinsetzen«, sagte ich.

Nachdem ich ihr eine Tasse Tee eingegossen hatte, gab sie sich offenbar einen Ruck. Sie sah mich an und sagte: »Silvester. Es schlug zwölf, mein Mann öffnete eine Flasche Champagner, schenkte meinem Sohn und meiner Tochter ein Glas ein, dann meiner Schwiegertochter und meinem Schwiegersohn, und sagte ganz beiläufig:

›Also, Kinder, ich muß euch etwas Unangenehmes berichten: Ihr glaubt, daß ich euer Vater bin, aber das bin ich nicht.‹

›Was sagst du da?‹ fragte meine Tochter vollkommen verdutzt.

›Ich bin nicht dein Vater.‹

›Wer ist denn mein Vater?‹

›Das mußt du deine Mutter fragen. Sie ist damals ständig fremdgegangen.‹

›Aber ich habe genau die gleichen Augen wie du, und alle sagen … alle sagen: Du bist deinem Vater wie aus dem Gesicht geschnitten.‹

›Trotzdem bin ich nicht dein Vater.‹«

Leonora schwieg, trank ein paar Schlucke Tee, stellte die Tasse wieder ab. »Und was meine Kinder auch vorbrachten, er blieb bei seiner Behauptung, er sei nicht ihr Vater, und es sei nun endlich für sie an der Zeit zu erfahren, daß ich … daß ich ständig mit anderen Männern … Unglaublich, ich wußte nicht, wie mir geschah … Er nannte allerlei Namen … Männer, an die ich mich nicht einmal mehr erinnern konnte … Wildfremde Kerle an einer Tankstelle, denen ich angeblich zugelächelt hatte … ein Lehrer meiner Tochter, bei dem wir am Elternsprechtag gewesen waren … Wie aus heiterem Himmel … als wenn er verrückt geworden wäre. Nun gut, er ist tatsächlich verrückt geworden, und ich weiß nicht, was ich machen soll, wirklich, ich weiß es nicht.«

»Eine Wahnvorstellung«, sagte ich, »eine authentische Wahnvorstellung.«

»Egal, was es ist«, sagte sie, »es ist eine Katastrophe. Tag für Tag macht er mir diese Vorwürfe, immer wieder fängt er damit an.«

»Hat er in der Silvesternacht zum erstenmal davon gesprochen?«

»Nachdem diese Lotte uns fotografiert hat, hat er den Verstand verloren. Er war hin und weg von dieser spindeldürren Tussi. Er sprach von nichts anderem mehr; nach einer Woche oder so wollte ich ihn dann ein wenig damit aufziehen und sagte scherzhaft zu ihm: ›Ach, Abel, sie hat dich verhext‹, woraufhin er mich fuchsteufelswild anherrschte: ›Du mußt gerade reden, du Schlampe! Du würdest dich doch mit jedem einlassen, wenn du die Gelegenheit hättest.‹ Ich ging nicht darauf ein und dachte: Laß ihn ruhig reden. Vorigen Sommer wollten wir ein Geschenk für meine Tochter kaufen. Als wir in dem Laden standen, da sagte er plötzlich: ›Verrückt, sich so für jemanden abzurackern, mit dem einen nichts verbindet.‹ Ich dachte: Was meint er bloß damit? Gesagt habe ich damals nichts, und ich hatte den Vorfall ehrlich gesagt bereits wieder vergessen. Erst als er Silvester ... da fiel mir die Geschichte wieder ein. Offensichtlich beschäftigt ihn diese Wahnvorstellung schon eine ganze Weile. Was kann man um Himmels willen bloß dagegen tun? Voriges Jahr hatte er einen leichten Schlaganfall. Ob damals in seinem Hirn vielleicht ... ob dadurch ...? Den Schlaganfall hat er bestimmt dieser Lotte zu verdanken. Diese Frau kommt mit ihrem Stativ in unser Haus, und sofort dreht er durch. Kurze Zeit später hatte er diesen Schlaganfall ... Ich verstehe überhaupt nicht, was er an ihr findet, an so einem Hungerhaken ... trotzdem, sie ist der Auslöser für diese Misere. Immer wieder spricht er davon, wie weit der Fotoband wohl schon gediehen sein mag und wann er denn endlich erscheint.«

Am Mittwoch darauf traf ich Leonora auf dem Kerzenmacherdamm. Ich versprach ihr, sie am Königinnentag zu besuchen. Nicht von Herzen. Am liebsten hätte ich mich aus der ganzen Sache rausgehalten.

Als der Tag gekommen war, verließ ich um halb elf das Haus. Lächerlich, dachte ich, wie eine Art David mit anfängerhaftem Klavierspiel einen bösen Geist zu beschwören. Ich fühlte mich sehr unwohl. Wahnvorstellungen sind nicht mein Fall. Sie können jeden befallen. Die Grenze zwischen normal und verrückt ist hauchdünn.

Aber abgesehen davon ist es in Anbetracht der Geschichte von Saul und David, wie sie die Bibel berichtet, schwierig, sich keine Sorgen darüber zu machen, ob alles gut enden wird; vor allem dann nicht, wenn einem selbst die Rolle des David zugeteilt wurde. Ehe man sich versieht, kommt ein Speer auf einen zugeflogen.

Zum Glück sangen im Garten des Rathauses, über das unser katholisches Dorf vorläufig noch verfügt, Schulkinder aus voller Brust, daß sie den Königen von Hispanien immer geehrt hätten. In der herrlichen Wärme des strahlenden Frühlingstags klang dies so possierlich, daß ich danach ruhiger weiterging.

Aus zerbröselnden Noten brachte ich auf dem Bechstein Sonaten von Haydn zu Gehör. Wahnfreie Musik. Wie anders verhielt sich das schon bei Beethoven! Als er so um die Fünfzig war, da unternahm er einen langen Spaziergang, er kam an einen Kanal und folgte dem Treidelpfad; irgendwann wußte er nicht mehr, wo er war, und schließlich gelangte er in das kleine Dorf Ungerthor. Erschöpft und ein wenig verwirrt, schaute er dort durch die Fenster in die Häuser hinein. Die Dorfbewohner alarmierten den Feldwächter. »Hier läuft ein heruntergekommener Landstreicher herum, der in alle Häuser späht.« Der Habenichts wurde verhaftet. »Ich bin Beethoven«, sagte er, aber niemand glaubte ihm. Er wurde in eine Zelle gesteckt. Erst als der Direktor einer nahe gelegenen Musikschule den Landstreicher als Beethoven identifizierte, ließ man den Komponisten wieder frei. Undenkbar, daß Joseph Haydn so etwas passiert wäre. Welch ein heiteres Gemüt muß dieser Mann gehabt haben, welch eine beneidenswerte Gutgelauntheit, eine Fröhlichkeit, die allem gewachsen war.

Nach den Haydn-Sonaten setzten wir uns in Gartenstühlen ans Ufer. Als Leonora ins Haus gegangen war, knurrte Abel: »Wo bleibt nur dieser Fotoband?«

»Im vorigen Herbst habe ich das Nachwort geschrieben«, sagte ich. »Das habe ich ihr per E-Mail geschickt; sie hat mir daraufhin geantwortet, um sich zu bedanken, und seitdem habe ich nichts mehr von ihr gehört.«

»Wenn das Buch nun doch nicht zustande kommt«, sagte Abel, »wird mein alter Freund Teake froh sein. Der hat sich im vorigen Jahr ganz fürchterlich darüber geärgert, daß er sich schließlich doch von dieser malaiischen Prinzessin dazu hat überreden lassen, von ihr fotografiert zu werden. Worüber die Leute sich nicht alles aufregen! Ein blödes Foto! Als würde man deswegen ins Gras beißen.«

Der Himmel war blau wie Bachbunge, das Wasser des Parusiesees wellte sich friedlich. Durchs Wohnzimmer kam ein Mann auf uns zu. Als er die Schiebetür öffnete, um sich Zugang zum Garten zu verschaffen, und ich ihn in der immer größer werdenden Öffnung erblickte, sagte ich ohne jeden Nebengedanken: »Sie müssen mir nicht sagen, wer Sie sind. Sie sind Ihrem Vater wie aus dem Gesicht geschnitten.«

»Der Meinung sind viele«, erwiderte er.

Er stellte sich vor. Als Leonora mich später zur Tür brachte, sagte sie beiläufig: »Joost ist ein Kind aus der ersten Ehe meines Mannes.«

Spargel

Eine Woche später traf ich Leonora am Glascontainer. Sie warf lange, schmale grüne Flaschen hinein. Entschuldigend sagte sie: »Wir haben mit Freunden Spargel gegessen.«

»Ich wußte nicht«, sagte ich, »daß der heutzutage in so zierlichen Flaschen verkauft wird.«

Sie lächelte: »Auf bloßen Knien danke ich Gott, daß Spargelzeit ist.«

Sie warf zwei weitere Flaschen in den Container und fuhr fort: »Er ist verrückt nach Spargel. Immer schon gewesen. Als ich ihn kennenlernte ... Nein, anders: Ich war seine Sekretärin, und einmal kam er zu mir zum Essen; es gab Spargel ...«

»Und so kam dann eins zum anderen.«

»Genau«, sagte sie. »Er ließ sich scheiden, wir heirateten, und jedes Jahr, wenn Spargelzeit ist, selbst jetzt, selbst jetzt ...«

»Ich brauche also vorläufig nicht mehr zum Klavierspielen zu kommen?«

»Doch, doch, auf jeden Fall, komm bitte bald einmal wieder. Er spricht ständig davon.«

Wütend warf sie zwei weitere Flaschen in den Container, aus dessen Tiefen das Zersplittern des Glases wie ein dumpfes Rumoren heraufklang.

»Ich habe ein wenig in psychiatrischen Handbüchern herumgelesen«, sagte ich. »Gegen solche Wahnvorstellungen kann man nicht viel machen. Jedenfalls scheint es nicht klug zu sein, sie widerlegen zu wollen. Man sollte ganz beiläufig sagen: Ja, natürlich, du hast recht, sie sind nicht deine Kinder, und kommst du jetzt bitte zu Tisch, der Spargel ist fertig.«

Den Rücken gegen den Glascontainer gelehnt, suchte sie Halt, während für einen Moment die Neujahrserschütterung in ihrem Blick auftauchte.

»Sei mir nicht böse, aber das ist natürlich vollkommen ausgeschlossen, ich kann doch nicht zu ihm sagen: ›Es stimmt, meine beiden Kinder sind nicht von dir.‹ Schon jetzt verfolgt er mich manchmal brüllend durchs ganze Haus. Dann tobt er: ›Heraus damit, wer war's, der Tankwart, der Lehrer, der Spirituosenhändler?‹«

»Ich weiß auch keinen besseren Rat«, sagte ich verdrossen, »ich berichte nur, was in den Büchern steht.«

Ich warf meine Flaschen in den Container.

Schnippisch sagte sie: »Die wollen wohl nicht kaputtgehen.«

Als ich an einem Juninachmittag damit beschäftigt war, mein Bewässerungssystem zu verbessern, kam Leonora über den Kiesweg auf mich zu. Sie betrat den Garten und sagte: »Du ahnst nicht, was jetzt passiert ist! Ich weiß nicht, ob ich lachen oder weinen soll ...«

»Versuch auf jeden Fall, solange wie möglich zu lachen«, riet ich.

»Heute morgen waren seine beiden Söhne aus erster Ehe bei uns zu Besuch«, berichtete sie, »und plötzlich sagt er zu ihnen:

›Ich muß euch etwas erzählen, ich bin nicht euer Vater.‹

›Das erstaunt mich aber‹, erwiderte der Älteste, ›denn sogar in Oman bekam ich neulich noch zu hören: Du bist das Ebenbild deines Vaters.‹

›Das sagen die Leute mir auch oft‹, sagte der Jüngere.

›Die Leute reden viel, aber ich sage euch: Ich bin nicht euer Vater, eure Mutter ist ... eure Mutter hat ...‹

›Dann aber bestimmt mit Onkel Wim, das ist die einzige Möglichkeit, denn sonst verstehe ich nicht, warum wir dir so ähnlich sehen.‹«

»Wer ist Onkel Wim?« fragte ich.

»Wim ist der ältere Bruder meines Mannes. Er hat sonst keine Geschwister. Wim ist Priester geworden, später dann Bischof. Er zieht in Kürze hierher, um im Altersheim *Mariagaarde* seinen Lebensabend zu verbringen. Nun, mein Mann antwortet wütend: ›Mit Onkel Wim, wie kommt ihr nur auf diesen abartigen Gedanken? Wim, mein Bruder ... seid ihr von allen guten Geistern verlassen!‹

›Dann muß es jemand anders gewesen sein‹, sagte sein ältester Sohn lässig, ›hast du eine Idee, wer?‹

›Nein, eure Mutter hat mit jedem, der ... genau wie ... wie eure Stiefmutter, dieses Flittchen, diese Riesenschlampe hier ...‹

›Es ist nur ein Vorschlag‹, meinte sein ältester Sohn, ›aber wäre es nicht eine gute Idee, die Genetik zu Hilfe zu nehmen? Ein kleiner Test, und du weißt es ganz sicher. Du mußt dir dafür nicht einmal eine Spritze setzen lassen, man schabt einfach ein wenig von der Mundschleimhaut ab ... Nicht, daß ich so einen Test bräuchte ... wenn ich von Onkel Wim abstamme, dann ist mir das auch recht ... aber für dich ... und bei der Gelegenheit läßt du dann auch gleich testen, ob Noors Kinder von dir sind oder von jemand anderem.‹

›Ein Test, ich? Ausgeschlossen, bist du noch ganz dicht? Bin ich etwa derjenige, der fremdgegangen ist? Ich soll mir ein Stück von der Mundschleimhaut abschaben lassen, obwohl es andere waren, die sich in fremden Betten herumgetrieben haben?‹ sagte mein Mann zutiefst entrüstet.

›Was hast du bloß gegen einen Test?‹ fragte der Älteste.

›Nein, da mach ich nicht mit, ich denke nicht daran,

und außerdem kostet es bestimmt ein Vermögen. Als ob das nötig wäre, als ob ich nicht schon seit Jahren wüßte, daß ich tagein, tagaus betrogen werde und daß man mir in meiner ersten Ehe zwei Kuckuckskinder ins Nest gelegt hat und in meiner zweiten Ehe idem dito.‹

›Das sind aber schwere Vorwürfe, die du da äußerst‹, sagte daraufhin der Ältere.«

»Wußten seine beiden Söhne«, fragte ich, »daß dein Mann seit dem 1. Januar ...«

»Ja, das haben sie gleich am Neujahrstag von meiner Tochter erfahren. Beide hatten sie damals gemeint: Das macht ihr am besten unter euch aus, wir mischen uns da nicht ein; ob es stimmt oder nicht, geht uns nichts an. Tja, es ist nicht schön, daß ich das sagen muß, aber die beiden hassen mich; sie waren achtzehn und sechzehn, als mein Mann ihre Mutter verließ. Sie haben mir das nie verziehen, und vielleicht verspürten sie ja erst sogar ein bißchen Schadenfreude. Aber jetzt ... als sie heute morgen gingen, sagten beide zu mir: ›Wir wußten nicht, daß es schon so weit mit ihm gekommen ist.‹ Plötzlich habe ich zwei Bundesgenossen, denn sie glauben nichts von dem, was er von ihrer Mutter behauptet. Warum sollten sie auch, sie sehen beide aus wie Klone ihres Vaters.«

»In dieser Hinsicht also eine positive Entwicklung«, sagte ich.

»Möglich. Meine Kinder wußten bis jetzt nicht, was sie von der ganzen Sache halten sollten. Möglicherweise sehen sie jetzt ein, daß ...«

»... bei ihm eine Schraube locker ist.«

»Genau. Aber das Ganze ist doch sehr schaurig. Was soll ich bloß in Gottes Namen tun? Da kommt so eine magere Vogelscheuche ins Haus und macht ein Foto! Sein ältester Sohn sagte leise zu mir: ›So langsam wird er völlig plemplem.‹ Aber das stimmt nicht, ansonsten ist er vollkommen in Ordnung. Wenn man Abel und Teake abends hinten im Garten reden hört, dann könnte man meinen, Teake sei schwer gestört, während Abel die Vernunft selbst zu sein scheint. Nur in diesem Punkt... ein kleiner Webfehler... Total von der Rolle wegen so einer ostindischen Fotografin. Aber auch das wäre nicht einmal so schlimm, wenn er nur nicht manchmal so aggressiv würde. Früher oder später ...«

Sie schwieg, seufzte zweimal, und ich fragte ruhig: »Du glaubst, er könnte dich schlagen?«

»Ja.«

»Und dann?«

»Ich weiß es nicht; ein paar Schläge, was soll's, das halte ich schon aus, aber wenn er... Er ist so kräftig... wenn er mich zusammenschlägt, was dann?«

»Was hältst du von einem Schnellkursus in Selbstverteidigung?«

»Daran habe ich auch schon gedacht. Das werde ich auf jeden Fall machen, aber ich finde es so traurig, daß es so weit gekommen ist. Mein eigner Mann... nie hat er die Hand gegen mich erhoben, und jetzt das. Vor allem nachts wird er manchmal so aggressiv. Ich schlafe schon seit einer Weile allein und schließe die Tür ab.«

»Wie geht es eigentlich dem Scheltopusik?« fragte ich, um sie abzulenken.

»Eigentlich«, sagte sie, während sich in ihrem Gesicht ein schelmisches Lächeln abzeichnete, »geht es ihm recht gut. Ich muß zugeben, daß er mir im Laufe der Zeit immer mehr ans Herz gewachsen ist.«

»Das sagte ich doch. Nicht mehr lange, und du nimmst ihn in der Handtasche mit.«

»Das glaube ich nicht.«

»Darf ich fragen, ob die erste Frau deines Mannes noch lebt?«

»Dieses Miststück? Worauf du dich verlassen kannst.«

»Der kann er also auch noch mit seinen Wahnvorstellungen auf die Nerven gehen? Oder hat er keinen Kontakt mehr zu ihr?«

»Oh, doch«, sagte sie schroff. »Wenn er sie ebenfalls als Flittchen beschimpfen würde ...«

»Dann fändest du das nicht schlimm.«

»Ich würde es ihr von Herzen gönnen.«

Flucht

Als der Geißfuß auf dem Vormarsch war und der Sommer begann, wurden England und die Niederlande von der Maul- und Klauenseuche heimgesucht. Zwecks finaler Virusbekämpfung wurden Zehntausende kerngesunder Tiere »gekeult«, wie man das Morden euphemistisch bezeichnet.

Wir fühlten uns den MKS-Opfern verbunden. Beim jährlich stattfindenden und immer wieder spannenden »Strontrace«, einer Regatta für traditionelle Flachboote, fuhren immer Dutzende von Tjalken aus den nun betroffenen Gebieten über das IJsselmeer, durch Seen, Kanäle und Flüsse zu unserem Dorf. Während der MKS-Krise transportierten auf den bekannten Routen nachts, im Schutz der Dunkelheit, allerlei Schiffe bedrohte Paarhufer zu uns und in die umliegenden Dörfer. Mich begeisterte diese großartige Aktion schon deshalb, weil ich als Kind das Epos *Mit Pferden durch die Nacht* viele Male atemlos gelesen habe. Darin erzählt J. W. Ooms von einer Widerstandsgruppe in Alblasserwaard, die nachts eine von den Deutschen beschlagnahmte Gruppe von Pferden in Sicherheit bringt. Registrierte Herden konnten wir leider nicht mehr retten, aber Toggenburger, Schafe, Hängebauchschweine und Zwergkühe von Hobbylandwirten wurden im Bugraum kleiner Motorboote massenhaft über Entwässerungskanäle, Gräben und Sammelbecken aus dem MKS-Gebiet herausgeschmuggelt. Bei meinem Nachbarn liefen plötzlich hinter einem eilig errichteten Maschendrahtzaun zehn Hängebauchschweine herum. In kürzester Zeit hatten sie die Wiese so gründlich umgewühlt, daß es aussah, als habe dort ein kleiner Vulkanausbruch stattgefunden. Eines Abends besuchte mich ein Bauer, der in der Nähe der Heiliggeistschleuse wohnte. Ob ich mir vorstellen könne, für einige Zeit ein paar Zwergziegen zu beherbergen. Natürlich war ich dazu bereit, denn schließlich war jedes Tier, das aus den Klauen der willigen Henker des Landwirtschaftsministers gerettet werden konnte, ein kleiner Sieg über die Barbarei der Behörden.

Es war der längste Tag des Jahres, ich las gerade in aller Ruhe ein Buch, als plötzlich am frühen Abend wild an mein Fenster geklopft wurde. »Diese Schurken vom Allgemeinen Inspektionsdienst«, schoß es mir durch den Kopf. »Die wollen deine Ziegen keulen.« Weil es im Wohnzimmer wegen der dichten Baumkronen recht dunkel war, konnte ich, nachdem ich mich auf dem Sofa umgedreht hatte, nicht sehen, wer draußen stand. Ich hörte eine Männerstimme rufen: »Er ist entwischt, er ist entwischt!«

Durch die Küche ging ich hinaus auf den Hof. Draußen stand Abel und fuchtelte wild mit den Armen. Er rief: »Bin weggewesen. Bei meinem Sohn. Seine Frau hat ein Kind bekommen, darum; Wochenbettbesuch. Während ich weg war, hat Noor absichtlich sein Terrarium aufgemacht. Und jetzt ist er weg. Wo kann er stecken? Hast du eine Idee, wie wir ihn wiederfinden? Kann man ihn mit irgend etwas anlocken?«

»Der Scheltopusik ist ausgebrochen?« fragte ich.

»Ja!« rief er verzweifelt. »Er ist entwischt, sie hat ihn entwischen lassen. So eine Sauerei!«

»Er kann nicht weit sein«, sagte ich. »Ich wette zehn zu eins, daß er noch in eurem Garten ist.«

»Das will ich hoffen«, sagte Abel, »wenn er auf die Straße gekrochen ist, dann hat ihn schon längst ein Hund ...«

»Nicht unbedingt. Er ist groß und sieht aus wie eine Schlange. Ich denke, daß Hunde ziemliche Angst vor ihm haben würden.«

»Gott sei Dank, aber wie bekomme ich ihn wieder?«

»Zunächst würde ich gründlich im Garten suchen. Und laß nachts die Tür zum Garten einen Spaltbreit auf, so daß er wieder ins Haus kann. Und natürlich solltest du die Glasplatte nicht auf das Terrarium legen, damit er hineinklettern kann. Die meisten Tiere hängen doch sehr an dem Ort, wo sie gefangengehalten werden.«

»Bist du sicher, daß Pussichen draußen überleben kann?«

»Solange es nicht zu kalt wird. Und wenn es kühl wird, dann kriecht er zurück ins Haus.«

»Würdest du vielleicht doch vorbeikommen und bei der Suche helfen? Dann können wir auch noch einmal über Lotte reden. Denn du Halunke hast natürlich längst ihre Telefonnummer, aber du willst sie mir nicht geben. Du willst die Puppe exklusiv für dich haben.«

Eine Woche später spazierte ich zu der Villa an den Parusieseen.

»Abel hat mich gebeten, nach dem Scheltopusik zu suchen«, sagte ich, als Leonora mir die Tür öffnete.

»Abel ist nicht da«, sagte sie, »aber komm ruhig rein. Ich wollte mir gerade eine Tasse Tee kochen.«

Kurze Zeit später saßen wir mit dem Tee am Ufer.

»Hör dir das an«, sagte sie. »Abel war, wie du weißt, ein paar Tage bei seinem ältesten Sohn. Weil seine Frau ein Baby bekommen hat. Gut, er also hin, kommt rein, geht sofort zur Wiege, beugt sich darüber, schaut sich das Kind an und sagt seelenruhig zu seinem Sohn: ›Das ist nicht von dir, das ist von dem rothaarigen Burschen, mit dem du so gut befreundet bist.‹«

»Gütiger Himmel«, sagte ich.

»Das kannst du ruhig laut sagen«, erwiderte Leonora. »Und sein Sohn, der ist vielleicht wütend geworden, ach, was sage ich, rasend war er. Er soll gebrüllt haben: ›Du bist verrückt geworden, bekloppt, meschugge!‹ Aber sein Vater verzog keine Miene und hat wohl immer wieder gesagt: ›Das ist nicht von dir, das ist von diesem rothaarigen Burschen, schau nur, die Locke auf dem Kopf des Wichts ist feuerrot.‹«

Leonora streichelte mit ihrem rechten Arm den linken und sagte dann triumphierend: »Meine Kinder haben die Geschichte inzwischen auch schon gehört. Von ihrem Halbbruder. Er hat die beiden gleich angerufen. Seit Silvester kam bei meinen Kindern bestimmt immer wieder mal der Gedanke auf: Vielleicht stimmt es, vielleicht sind wir nicht von ihm, aber nun ... Endlich wird ihnen klar, daß er in seinem Oberstübchen nicht mehr richtig tickt. Ist das nicht unglaublich?«

»Er ist inzwischen wirklich ziemlich verrückt«, sagte ich düster.

»Da hast du wohl recht«, sagte sie, »aber ich bin doch sehr froh, daß das passiert ist. Ich habe meine Kinder zurückbekommen, sie glauben mir wieder, sie haben die ganze Zeit gezweifelt und alles mögliche gedacht. Als sie hörten, daß er behauptete, auch die Kinder aus seiner ersten Ehe stammten nicht von ihm, da wurden sie schon etwas skeptischer ... aber jetzt, ich bin so froh, welch ein Geschenk Gottes.«

»Und darum hast du also den Scheltopusik entwischen lassen?«

»Der war schon weg, als ich davon erfuhr.«

»Sonst hättest du ihn nicht abhauen lassen?«

»Ich habe ihn nicht entwischen lassen, er ist von allein ausgebüchst.«

Nachdem ich meinen Tee ausgetrunken hatte, fragte ich: »Hast du etwas dagegen, wenn ich mich einmal ein wenig in eurem Garten umsehe? Ich wette zehn zu eins, daß er hier noch irgendwo steckt. Tiere sind enorm ortstreu. Bei mir waren ein paar Zwergziegen untergebracht. Die habe ich frei in meinem Garten herumlaufen lassen. Nicht einen Moment kam ihnen der Gedanke wegzulaufen. Als sie wieder abgeholt wurden, wollten sie gar nicht mehr weg. Sie wehrten sich sogar gegen den Abtransport. Und hier im Dorf hatten wir neulich noch so einen ähnlichen Fall mit einem Beo. Hast du davon gehört?«

»Nein.«

»Dieser Beo hockt immer in einem Käfig in der Galerie neben der Postagentur. Als die Galeristin seinen Käfig saubermachte und der Vogel kurz frei in der Galerie herumflog, da ging die Tür auf, und ein Kunde kam herein. Der Vogel nahm Reißaus. Einen Tag später traf ich die Galeristin, als sie mit ihrem Hund Quitte spazierenging. Sie fragte mich, wo der Beo hingeflogen sein könnte. ›Ich habe gehört‹, sagte sie, ›daß so ein Beo vierzig Kilometer weit fliegen kann.‹ ›Das stimmt‹, sagte ich, ›aber das tut er nur, wenn er nichts mehr zu fressen findet. Im Sommer jedoch ist auch unser Dorf für einen Beo das reinste Schlaraffenland. Bestimmt hält er sich noch irgendwo in der Nähe Ihrer Galerie auf.‹ Sie glaubte mir nicht. Drei Tage später ging ein arbeitsloser Kerzenmacher abends über den nicht beleuchteten Teil der Akolythenstraße. Plötzlich hört er im Dunkeln jemanden mit heiserer Stimme fragen: ›Küßchen?‹ Gleich darauf begegnet er dem Gemeindepfarrer. Der Kerzenmacher dachte also, der Pfaffe habe ihm ein unsittliches Angebot gemacht. Seitdem ist er nicht mehr zur Messe gegangen. Überall hat er herumerzählt, der Gemeindepfarrer habe auf der Akolythenstraße um Küßchen gebettelt. Ich hörte die Geschichte von meinem Nachbarn. Sogleich habe ich die Galeristin angerufen und gefragt, ob sie ihrem Beo beigebracht habe, um Küßchen zu betteln? Ihr Sohn habe dem Vogel das beigebracht, sagte sie. ›Dann ist das Tier jetzt in der Akolythenstraße‹, sagte ich. ›Am besten gehen Sie mit dem Käfig hin, machen ihn auf und streuen Futter auf die Straße und in den Käfig.‹ Sie also mit Hund und Käfig hin. Sie stellt den Käfig ab und will Futter ausstreuen, als sie plötzlich jemanden vom Baum herab rufen hört: ›Quitte, Quitte.‹ Und da kam der Vogel auch bereits angeflogen. Sie hatte kaum Zeit, den Käfig zu öffnen.«

»Küßchen«, wiederholte Leonora verträumt, als sei das, was ich danach erzählt hatte, vollkommen an ihr vorübergegangen.

»Ja, stell dir das vor: Der arbeitslose Kerzenmacher hatte in der Zeitung gelesen, daß amerikanische Prälaten sich massenhaft an Kindern vergriffen haben.«

»Wenn doch so ein Scheltopusik auch ›Küßchen‹ brummen könnte ...«, sagte Leonora.

»Dann hätten wir ihn gleich zu fassen. Aber ich versichere dir: Der haust ganz bestimmt hier irgendwo zwischen deinen Rosen.«

Ende Juli regnete es Bindfäden, als ich an der Villa vorüberging. In einen durchsichtigen Plastikregenmantel gehüllt, schnitt Leonora in ihrem Vorgarten verbissen die Rosen. Sie sagte: »Mein ganzes Leben hat sich verändert. Es scheint fast, als habe er vollkommen vergessen, daß er mich als dreckige Schlampe und billiges Flittchen beschimpft hat; jetzt beschimpft er mich jeden Tag, weil ich seiner Meinung nach dieses Scheißvieh habe entwischen lassen.«

Während sie pathetisch mit der Rosenschere gestikulierte, sah ich plötzlich, wie der Scheltopusik hinter blühenden Vexiernelken hervorkroch. Behutsam wand er sich hinter einem Busch Brennende Liebe entlang zu einem Rosenbeet. Weil Anders' Aufmerksamkeit vollständig von einem roten Kater in Beschlag genommen wurde, der auf dem Sockel einer Sonnenuhr hockte, entging ihm das heimliche Auftauchen und Verschwinden des Scheltopusiks.

Fernsehen

Als ich Abel Anfang August mit seinem hochbetagten Neufundländer in der Akolythenstraße traf, sagte er: »Als diese Prinzessin uns im vorigen Jahr für ihr Buch fotografiert hat, hat sie auch eine Aufnahme gemacht, auf der Noor und ich zusammen mit dem Scheltopusik zu sehen sind. Die hat sie uns kurze Zeit später geschickt. Gib mir doch bitte ihre Nummer, damit ich sie bitten kann, Vergrößerungen vom Scheltopusik anzufertigen. Die kann ich dann überall im Dorf aufhängen.«

»Ich habe ihre Telefonnummer nicht.«

»Du kannst mir viel erzählen. Aber gut, dann gehe ich eben zum Fotoladen und lasse dort Repros von der Aufnahme machen. Die hänge ich anschließend überall auf.«

Ich sah ihn einigermaßen skeptisch an, doch er ergänzte: »Und darunter: ›Scheltopusik entlaufen; das Tier ist vollkommen ungefährlich.‹ Und dann Namen und Telefonnummer. Vielleicht sollte ich auch eine Belohnung aussetzen.«

»Ich glaube nicht, daß das klug wäre«, sagte ich.

»Wenn ihn jemand sieht, wissen die Leute zumindest, an wen sie sich wenden können.«

»Ich denke, tagsüber versteckt er sich so gut, daß ihn sowieso niemand sieht. Ich rate von dieser Plakataktion ab.«

»Aber warum?«

»Du weckst schlafende Hunde. Wenn die Leute im Dorf hören, daß eine Schlange entwischt ist, dann sorgen sie dafür, daß jeden Tag der Rosenkranz gebetet wird, denn hier im Dorf ist sowieso nie etwas los. Hier ist es bereits eine Sensation, wenn jemand an einer unüblichen Stelle über die Straße geht. Und nach den Rosenkranzgebeten begeben sie sich mit all ihren Hunden auf die Jagd nach dem Scheltopusik, oder sie lassen die freiwillige Feuerwehr und die Männer vom Grünflächenamt mit Harken und Rechen antanzen. Der Scheltopusik kommt schon durch, es ist ja schließlich immer noch warm. Ich wette zehn zu eins, daß er sich immer noch in eurem Garten aufhält. Wenn die Blätter fallen und es kälter wird, dann kommt er von allein zum Vorschein.«

»Wenn nicht, bist du schuld.«

»Ich kann nichts garantieren, aber Lottes Foto ... das würde ich wirklich nicht tun. Ich würde keinem sagen, daß er weg ist.«

»Blöde Alte, ihn einfach so entwischen zu lassen.«

»Aber, aber«, sagte ich, »Noor hat ihn nicht entwischen lassen.«

»Hat sie aber doch«, sagte er entschieden. »Verteidige sie nicht, sie ist es nicht wert. Und hüte dich, sie bändelt mit jedem an. Auch mit dir, denn sie hegt einen fürchterlichen Haß auf die malaiische Prinzessin.«

Leider beherzigte er meinen Rat nicht. Wohin ich auch kam, zum Bäcker, in den Supermarkt, in die Postagentur, überall hing Lottes vergrößertes Foto. Obwohl sie den Scheltopusik durch das Glas des Terrariums fotografiert hatte, handelte es sich um eine wunderschöne Seitenansicht, wenn auch mit grotesken Schatten. Die Bildunterschrift war nicht zu bemängeln. Kurz und kernig. Dennoch stellte sich schon sehr bald heraus, daß niemand von der Ungefährlichkeit des Scheltopusiks überzeugt war. Oder konnte es sein, daß Leonora hinter Abels Rücken das Gerücht in die Welt gesetzt hatte, es handele sich hier um eine lebensgefährliche Giftschlange vom Balkan? Fest steht jedenfalls, daß ich beim Bäcker eine alte

Dame zu einer Artgenossin sagen hörte: »Noor selbst hat mir erzählt, daß ein einziger Biß tödlich sein kann.«

Es war die Jahreszeit, die – wie Multatuli sagt – »ihren botanischen Namen den Cucurbitaceae verdankt«. In einem dieser Reklameblätter erschien ein großer Artikel über den Scheltopusik, der mit Lottes Foto illustriert war, auf dem das Tier wegen der Schatten aussah wie eine Leopardnatter. Eine Woche später stand bereits ein Artikel in der Lokalzeitung. Schon bald berichteten auch andere Lokalzeitungen über den Fall, und dann konnten auch die überregionalen Zeitungen die Geschichte nicht mehr ignorieren. Und in allen Artikeln wurde Lottes Foto mit ihrem Namen darunter gedruckt. In Interviews bestätigte Abel immer wieder, es handele sich um einen Scheltopusik, der zu den beinlosen Eidechsen gehöre, und das Tier sei vollkommen ungefährlich. Doch zahlreiche Herpetologen widersprachen ihm so entschieden, daß im Dorf eine große Beunruhigung aufkam. Was auf dem einmaligen Foto von Lotte Weeda zu sehen sei, teilte ein angesehener Herpetologe mit, sei ganz bestimmt kein Scheltopusik. Demjenigen, der die falsche Behauptung in die Welt gesetzt habe, sei ein fürchterlicher Irrtum unterlaufen. Das Foto zeige – wie man am Kopf, wo ein kleines Horn zu sehen sei, und am Rücken, der das bekannte bizarre Vipernmuster aufweise, erkennen könne – die lebensgefährliche Europäische Hornviper, von der auf dem Balkan immerhin vier Unterarten in großer Zahl herumkröchen. Alle könnten ungefähr einen Meter lang werden. In meiner Abendzeitung las ich folgenden Artikel:

Dorf sucht tödliche Schlange

In dem südholländischen Dorf Monward ist vor einigen Wochen eine sehr gefährliche Schlange ausgebrochen. Aller Wahrscheinlichkeit nach handelt es sich um eine Hornviper. Ohne das entsprechende Serum ist ein Biß dieser Schlange tödlich. Das zirka einen Meter lange dunkelbraune Reptil greift an, sobald Blickkontakt besteht. Der Rotterdamer Tierpark *Blijdorp* hat am Montag dem Hausarzt in Monward das Gegengift geliefert.

Die Schlange verschwand aus einem Gartenzimmer. Das Tier war über die Ferien beim Großvater des in Scheveningen wohnenden Besitzers untergebracht. Der Besitzer macht zur Zeit Urlaub in Frankreich und ist nicht erreichbar. Der Großvater des Eigentümers hat die Polizei erst am vergangenen Montagmittag informiert. Polizei und Feuerwehr haben anschließend zirka sechs Stunden lang intensiv nach dem Tier gesucht. Obwohl sie per Lautsprecherwagen aufgefordert worden waren, sich im Haus aufzuhalten, versammelten sich viele Monwarder gestern auf der Straße, um die Suche aus nächster Nähe zu verfolgen.

Polizei und Feuerwehr werden bei ihrer Suche von dem Herpetologen Z. Lanspunt unterstützt, der spezielle Bambusstöcke mitgebracht hat, um das Tier zu fangen. Auf seinen Rat hin werden bei der Suche Taschenlampen verwendet. Die Augen der Schlange reflektieren nämlich im Dunkeln das Licht. Bei den aktuellen Witterungsbedingungen kann die Schlange, die vierzehn Tage ohne Nahrung auskommt, voraussichtlich sehr gut überleben.

Es war einer dieser wunderschönen Spätsommermorgen, die mit dichtem Bodennebel beginnen, der sich sehr bald auflöst. Die Sonne warf ihr mildes, goldenes Licht in einer Weise auf die Erde, die einen immer ein wenig melancholisch macht, und ich pflückte meine letzten Stangenbohnen. Ich hörte den Kies knirschen. Ein Lieferwagen fuhr auf meinen Hof. Drei Männer in Jeans stiegen aus. Einer von ihnen kam auf mich zu und sagte: »NPS-TV, wir machen ein kurzes Feature über die ausgebrochene Schlange. Dürfen wir Ihnen ein paar Fragen stellen?«

»Nur zu«, sagte ich.

»Wir müssen nur kurz alles aufbauen«, erwiderte er.

Einige Minuten später war mitten zwischen den Bohnenstöcken eine Kamera auf mich gerichtet, und der Tontechniker hielt einen Mikrophongalgen über meinen Kopf.

»Sie sind der Biologe, der behauptet hat, die Schlange sei gar keine Schlange?«

»Das ist richtig.«

»Um was für ein Tier handelt es sich dann?«

»Um einen großen Haselwurm, der in Jugoslawien ›Gelbbauch‹ genannt wird, oder eben ›Scheltopusik‹, denn das slawische Wort für ›Gelbbauch‹ ist ›Scheltopusik‹.«

»Was ist Ihr Fachgebiet?«

»Bis vor kurzem habe ich in der Abteilung für Evolutionäre und Ökologische Wissenschaften gearbeitet.«

»Sie sind jetzt im Vorruhestand?«

»Nein, meine Abteilung wurde wegrationalisiert.«

»Wie gut kennen Sie sich mit Schlangen aus? Denn wenn ich Sie richtig verstanden haben, sind Sie kein Herpetologe.«

»Nein, bei Schlangen kenne ich mich nicht so gut aus.«

»Aber dennoch behaupten Sie hartnäckig, im vorliegenden Fall handele es sich nicht um eine Schlange, sondern um einen ... wie sagten Sie auch gleich wieder?«

»Einen Scheltopusik.«

»Warum sind Sie so sicher, daß es sich hier um einen Scheltopusik handelt?«

»Weil ein Freund früher einen solchen Gelbbauch als Haustier hielt.«

»Hat Ihr Freund das Tier, um das es hier geht, auch gesehen?«

»Nein.«

»Die Information, daß es sich hier um einen Gelbbauch handelt, stammt also ausschließlich von Ihnen und wird ansonsten von keinem Fachmann bestätigt?«

»So ist es.«

»Aber wenn wir berücksichtigen, daß Sie auf diesem Gebiet kein Experte sind, wie Sie selbst gerade ausdrücklich sagten, dann bedeutet das doch, daß es sich auch um eine Hornviper handeln könnte.«

»Es ist keine Hornviper, es ist ein Scheltopusik.«

»Aber ... aber ... müssen wir all das noch einmal wiederholen? Sie bestreiten also klipp und klar, daß es sich um eine Hornviper handeln könnte?«

»Es ist keine Hornviper.«

»Aber vorhin sprachen wir mit Doktor Snemek, der uns eindeutig zu verstehen gab, daß es sich bei diesem Exemplar seiner Meinung nach ganz zweifellos um eine Hornviper handelt.«

»Doktor Snemek hat nur ein Foto gesehen.«

»Aber Doktor Snemek ist ein führender Herpetologe. Ist Ihnen klar, daß Sie, wenn Sie sich irren, eine große Verantwortung übernehmen? Dann kriecht hier im Dorf eine lebensgefährliche Hornviper herum, deren Biß alljährlich viele Menschen und Kinder auf dem Balkan das Leben kostet, wie Doktor Snemek uns vorhin erzählt hat.«

»Sollte es hier Tote geben, dann verspreche ich, daß ich beim Begräbnis kostenlos Orgel spielen werde.«

»Sie ... unglaublich ... Sie bleiben also dabei, daß es sich um einen Gelbbauch handelt?«

»Dabei bleibe ich.«

Der Interviewer schüttelte den Kopf und sagte zu seiner Crew: »Okay, das war's.« Dann wandte er sich an mich und sagte sehr freundlich: »Vielen Dank für Ihre Auskünfte. Das Interview wird heute nach den Sechs-Uhr-Nachrichten in der *Lokalzeit* gesendet.«

Molly

An diesem Abend schaltete ich zum ersten Mal in meinem Leben die *Lokalzeit* ein. Hätte ich das bloß nicht getan! Nach der Sendung hockte ich wie ein Zombie auf der Couch, während Anders mir gierig den Schweiß von der Stirn leckte. Was die Zuschauer der *Lokalzeit* zu sehen bekommen hatten, war ein ehrwürdiger, mit einem makellosen grauen Dreiteiler bekleideter Doktor Snemek gewesen, der hinter einem imposanten Schreibtisch saß. Immer wieder hatte er mit bedrohlich rollendem »R« von der »fürchterlich gefährlichen Hornviper« gesprochen.

Im Kontrast zu seiner samtigen Baßstimme klang alles, was ich gesagt hatte, als würde ich falsch auf einer Piccoloflöte spielen. Hinzu kam, daß ich auch noch aussah wie ein pensionierter Wurzelsepp. Ich stand zwischen meinen armseligen Bohnenstangen und den schon recht gelben Blättern und fuhr mit den Händen über meine fahle, schlabberige Jeans und mein fadenscheiniges T-Shirt, als krümmte ich meinen Rücken, um Peitschenhiebe abzuwehren. Was für ein Sonderling! Und dieser Sonderling kniff, weil er gegen die Sonne gucken mußte, die Augen zusammen, so daß er aussah wie ein chinesischer Gangster, der einer alten Oma ihren Pin-Code entlockt hat. Und dann sagte ich auch noch, daß ich bei der Beerdigung umsonst Orgel spielen würde! Mit einem falschen, maliziösen Grinsen im Gesicht, als freute ich mich herzlich darauf.

Es wurde Zeit, mit Anders spazierenzugehen. Bedrückt schlich ich zur Tür hinaus, weil ich ein wenig damit rechnete, daß bereits einige Dorfbewohner mit schweren Stiefeln auf dem knirschenden Kies meines Hofs hin und her gehen würden, um mich zu beschimpfen. Doch alles war totenstill, und die freigebige Sonne schien, als ob nichts wäre. Zum Glück konnte ich über einen Schleichweg, der an einem Blumenfeld vorbeiführte, zu einem halb verwilderten Park gelangen, in dessen Zentrum der Kinderbauernhof lag. Dort scheuerten sich nur ein paar sehnlich meckernde Ziegen am Zaun. Und überall wucherten mannshohe Büsche von zottigen Weidenröschen. Im Notfall konnte ich mich bequem dahinter verstecken.

Die Erfahrung lehrt, daß man Rückschläge am besten peripatetisch verarbeiten kann. Während ich langsam dahinspazierte, beruhigte ich mich. Nur an Demenz leidende Senioren schauten die *Lokalzeit*, es würde schon nicht so schlimm werden. Ich umrundete den Kinderbauernhof, ohne jemandem zu begegnen. Erst als ich über die schmalen gepflasterten Wege im riesigen Park hinter dem Altersheim *Mariagaarde* heimlich nach Hause zurückschleichen wollte, kreuzte ein Dorfbewohner meinen Pfad. Wo normale Sterbliche ihre Augenbrauen haben, kultivierte er zwei wehrhafte Schnurrbärte.

»Sie hier? Ich hab Sie gerade noch im Fernsehen gesehen«, knurrte er.

»Das Interview wurde bereits heute morgen aufgenommen«, sagte ich leichthin.

»Gewagte Behauptungen, die Sie da aufstellen«, sagte er.

»Ach was«, erwiderte ich.

»Man müßte Sie … Ich versichere Ihnen: Die Sache wird noch ein ziemliches Nachspiel haben. Umsonst Orgel spielen, gütiger Gott!«

Anders begann zu knurren und fletschte die Zähne. Erstaunt sah der alte Herr meinen Hund an und sagte herablassend: »So, so, es scheint, als wollte das Tier schon mal mit dem Orgelspiel anfangen.« Sich noch einmal nach uns umschauend, verschwand er daraufhin rasch. Anders und ich gingen eilig in die andere Richtung und erreichten den schmalen Kiesweg, der zu unserem Haus führt. Schon wollte ich erleichtert aufatmen, als ich Molly über den Kies herankommen sah. Offensichtlich war sie bereits an unserer Tür gewesen und wollte gerade wieder fortgehen. Als sie Anders und mich sah, blieb sie stehen und wartete.

»Ach, darum warst du nicht zu Hause«, sagte sie, als wir sie erreichten. »Du mußtest mit dem Hund Gassi gehen.«

»Hätte ich das mal besser bleiben lassen«, erwiderte ich, »dann wäre mir ein Tadel von Herrn Augenbrauenschnurrbart erspart geblieben.«

Fragend sah sie mich an.

»Der Mann mit den riesigen Augenbrauenschnurrbärten. Dieser pensionierte Pilot.«

»Ach, du meinst Zoltan Woudsluys. Der hat mir auch Modell gestanden. Hat er dir einen Tadel erteilt? Wegen der *Lokalzeit*?«

Ich nickte schuldbewußt.

»Ich fand es so rührend, wie du da standest, zwischen den Bohnenstangen ... ich dachte: Ich muß kurz zu ihm hin, um ihn ein wenig aufzumuntern.«

Sie gab sich alle Mühe, so bezaubernd wie möglich zu lächeln. Leider trug sie eine alte schwarze Weste über einem billigen geblümten Kleid, das nicht wirklich verschleierte, wie mollig Molly war. Und der sanfte Wind wehte einen Geruch herüber, als habe, um mit Dickens zu sprechen, eine Fee nach einem Besuch im Weinkeller leise aufgestoßen.

»Darf ich dir ... nein, ich muß es anders ausdrücken: Weißt du, als ich dich im Fernsehen sah ... Du bist wirklich noch ein gutaussehender Mann, aber du verstehst es nicht, dich zu kleiden. Ein kariertes Oberhemd hätte gleich einen viel besseren Eindruck gemacht als dieses alte T-Shirt. Und dann diese schlabberige Jeans ... Wie schaffst du es, eine Jeans dermaßen auszuleiern? He, du hast ja immer noch dieselbe Hose an; so gibt man doch kein Fernsehinterview!«

»Die sind plötzlich in meinem Garten aufgetaucht, und ich habe nicht daran gedacht, etwas anderes anzuziehen.«

»Schade, daß ich nicht in der Nähe war.«

Sie holte tief Luft, um etwas zu sagen, und machte einen Schritt in meine Richtung; wieder holte sie tief Luft und sagte dann so schnell, daß sie sich beim Sprechen beinah verhaspelte: »Soll ich dir mal was sagen? Du brauchst eine Frau. Die ganze Zeit allein, das ist wirklich nichts für dich. Du rennst herum wie ein Landstreicher. Niemand achtet auf deine Kleidung, die darum auch schmuddelig und verschlissen ist. Und deine Schuhe, schau dir bloß einmal deine Schuhe an. Ich würde wetten, daß du die seit Wochen nicht geputzt hast. Das ist ...«

Erneut sog sie eine gigantische Menge Luft in ihre Lungen, seufzte, stieß dabei die Luft wieder aus, faßte sich dann ein Herz und sagte strenger als zuvor: »Du brauchst eine Frau.«

Dann lächelte sie wieder bezaubernd. Ihren ganzen Wodkamut mobilisierend, murmelte sie: »Wäre es nicht eine gute Idee, wenn wir zusammen ... deine Frau ist auf und davon, und auch ich bin seit einiger Zeit allein. Wenn wir nun ... Wir könnten es zumindest versuchen, du und ich. Warum nicht? Ich kann gut kochen, meine Schweinelendchen sind weltberühmt.«

»Ich esse kein Fleisch«, sagte ich spitz, »ich verabscheue die Bioindustrie aus tiefstem Herzen. Vor zwei Jahren hat man ungefähr sieben Millionen Schweine gekeult, um ein Virus zu bekämpfen, gegen das wohlgemerkt ein hervorragender Impfstoff auf dem Markt ist. Wenn man nur das einmal bedenkt, diesen Massenmord an Schweinen, solch ein erschütterndes Verbrechen.«

»Da bin ich deiner Meinung. Ich kaufe mein Fleisch immer beim Biometzger. Mit der Bioindustrie will ich auch nichts zu schaffen haben.«

»Noch besser ist es, überhaupt kein Fleisch zu essen.«

»Meinst du das ernst ... also, wenn das so ist ... da finden wir bestimmt eine Lösung. Dann backe ich Quiches für dich, die kann ich auch sehr gut. Du und ich, ich kann mir das richtig gut vorstellen ... Du findest mich doch auch ... Du sagtest da etwas von einem schwedischen Sprichwort ...«

Bedrohlich tief flog eine vierstrahlige Boeing über uns hinweg. Meistens werde ich wütend, wenn diese heulenden Monster so fürchterlich niedrig über den Bäumen herangedröhnt kommen, doch nun verschaffte der grauenhafte Lärm mir zum Glück eine kurze Bedenkzeit. Ja, ich hatte Molly gegenüber das schwedische Sprichwort zitiert: Ein Mann wünscht sich eine schlanke Frau zum Ausgehen und eine mollige zum Ins-Bett-Gehen. Daraus hatte Molly in ihrem Wunschdenken den Schluß gezogen, daß ich mit ihr ins Bett wollte. Wie vorsichtig man doch sein mußte, wenn man, und sei es auch nur ganz beiläufig, eine Bemerkung über Liebesdinge fallenließ.

Während der donnernde Lärm die Luft erfüllte, hatte ich genug Zeit, sie genau in Augenschein zu nehmen. Zweifellos ein sehr nettes Gesicht. Hübsche dunkle Augen, kräftige, volle, sinnliche Lippen und darunter ein keckes Grübchen. Und volles, üppiges Haar, worin man mit den Händen wühlen konnte. Natürlich, sie war bereits Mitte Vierzig, das war nicht zu übersehen, und sie wirkte ein wenig behäbig. Aber es gab sicher genug Männer, die es liebend gern mit ihr getrieben hätten. Nur schade, daß ich, dem sie sich so mir nichts dir nichts anbot, nicht dazugehörte. War ihre Lage denn so hoffnungslos? Standen denn, wenn man ein wenig älter war, nur noch so wenige Männer zur Auswahl? Zugegeben, Witwer waren selten, aber es wimmelte doch von geschiedenen Männern. Warum ausgerechnet ich, dachte ich verzweifelt, warum will sie mich haben? Weil mir durch meinen *Tollkühnen Überschlag* bescheidener Ruhm und ein ebensolches Vermögen zuteil geworden waren? Aber nicht einmal die Leute vom Fernsehen hatten gewußt, daß ich der Autor dieses Buches war. So berühmt oder auch nur bekannt war ich also offenbar gar nicht.

Der Flugzeuglärm verebbte, und ich fragte: »Kannst du pfeifen?«

»Pfeifen? Wieso pfeifen? Was pfeifen?«

»Mit den Lippen pfeifen«, und ich pfiff, was mir gerade in den Sinn kam: ein paar Takte aus *Geheimnis* von Goetz.

»Ach, das meinst du«, sagte sie und spitzte die Lippen. Das Geräusch, welches sie hervorbrachte, ähnelte dem Zischen von Butter in einer Pfanne.

Beide brachen wir in Lachen aus, und die Situation mißbrauchend, sagte ich in scherzhaftem Ton: »Du siehst ja, das wird nichts.«

»Warum nicht? Wir können es doch eine Weile versuchen. Wir müssen ja nicht gleich zusammenziehen. *Living apart together*, das finde ich auch in Ordnung. Eine Probezeit, was hältst du davon? Ich bin richtig gut im Bett, wirklich verdammt gut.«

»Ich nicht. Ich bin ein regelrechter Stümper, ein *lousy lover*. Ich bin immer viel zu hastig. Für die Liebe muß man aufmerksam, ruhig und geduldig sein. Aber die Zeit nehme ich mir nicht. Wenn ich mit einer Frau im Bett liege, dann sehne ich mich voller Ungeduld danach, wieder aufstehen zu dürfen. Genau wie im Kino: Dort denke ich nach einer Viertelstunde auch jedesmal: Könnte vielleicht jemand das Licht wieder anmachen?«

»Hat deine Frau dich deswegen verlassen?«

»Nein, nicht deswegen«, sagte ich spröde.

»Oh, entschuldige«, sagte sie rasch, »danach hätte ich nicht fragen sollen, das ist bestimmt ein wunder Punkt.«

»Ich finde dich sehr nett«, sagte ich, »aber bis heute ist es mir nie in den Sinn gekommen ...«

»Willst du vielleicht noch mal darüber nachdenken? In der Zwischenzeit werde ich zu Hause tüchtig üben.«

»Was?« fragte ich verdutzt.

»Pfeifen, natürlich, Dummerchen. Ich erinnere mich noch, daß mein Vater früher immer sagte: Mädchen, die flöten, kriegen Jungs mit Moneten. Hätte ich mal bloß besser auf ihn gehört.«

Sie drehte sich um und ging. Nach einigen Schritten aber machte sie kehrt, sah mich an und sagte: »Und glaub ja nicht, du würdest diese Leonora bekommen. Erstens hat sie schon jemanden, und zweitens ... Nein, niemals, nie im Leben kriegst du die, niemals, laß dir das gesagt sein.«

»Wie kommst du auf den Gedanken, ich könnte ...«

»Ständig hängst du bei ihr zu Hause herum.«

Wieder flog so ein vierstrahliges Monstrum unangenehm tief über uns hinweg. Es schien, als käme alles Leben darunter für einen Moment zum Stillstand. Wir standen wie versteinert auf dem Weg. Sobald das Heulen der Motoren ein erträglicheres Ausmaß angenommen hatte, rief sie: »Hast du noch mal was von dieser Gans gehört?«

»Von wem?«

»Von dieser mageren Vogelscheuche, dieser Billigfotografin, bei deren Anblick dir fast die Augen aus dem Kopf gefallen sind.«

»Nein. Soweit ich weiß, hat sie im vorigen Jahr ein paar Monate lang eifrig Aufnahmen gemacht, und im Herbst habe ich noch ein Vorwort zu ihrem Buch geschrieben. Aber danach habe ich nichts mehr von ihr gehört.«

»Vorwort geschrieben! Verdammt! So eine blöde Kuh, so eine Gans …«

»Hat sie dich auch fotografiert?«

»Ja, in meinem Atelier. Mit meinen Aktbildern.«

»Merkwürdig, daß ein solches Projekt …«

»Ach was, aber das war doch von Anfang an klar. Ich wußte sofort: Aus der ganzen Sache wird nichts.«

»Das mußt gerade du sagen. Wann stellst du denn deine aufsehenerregenden Aktbilder aus?«

»Demnächst«, sagte sie wütend, und mit ihren wenig eleganten Holzsandalen heftig auf den Boden stampfend, zog sie über den Kiesweg davon.

Küsse

In den nächsten Tagen bekam ich zu spüren, daß die Leute vor allem meine Bemerkung über das kostenlose Orgelspiel in den falschen Hals bekommen hatten. Überall, wo ich hinkam, sprach man mich darauf an. Meistens stammelte ich dann, wie um mich zu entschuldigen, daß ich bei Trauerfeiern und Beerdigungen immer umsonst spiele. Menschen, die mir auf der Straße begegneten, begnügten sich oft auch mit pantomimisch angedeutetem Orgelspiel und tippten sich dann vielsagend an die Stirn.

Es lag auf der Hand, was jetzt zu tun war: Ich mußte so schnell wie möglich den Scheltopusik herbeizaubern. Dann würde sofort deutlich werden, daß Doktor Snemek sich geirrt hatte, und ich konnte, mit Anders an der Leine, wieder erhobenen Hauptes die Kaplanstraße entlangspazieren.

Dort traf ich einige Tage später Leonora mit ihrem Neufundländer.

»Hast du keine Angst vor der Hornviper?« fragte ich sie.

»Warum sollte ich?«

»Du glaubst Doktor Snemek also nicht?«

»Ich habe gesehen, wie munter das Tier über Jochems Schultern gekrochen ist und wie er es in die Hand nahm. Ich meine: Wenn es sich tatsächlich um eine Viper handelt, dann wäre mein Mann, Jochem oder du doch bestimmt schon gebissen worden.«

»Ich würde gerne noch einmal in eurem Garten suchen.«

»Bitte, tu das nicht.«

»Ja, aber ... Ich weiß nicht, ob du die *Lokalzeit* ...«

»Habe ich gesehen.«

»Alle im Dorf sehen mich schief an, weil ich gesagt habe, ich würde bei den Trauergottesdiensten kostenlos Orgel spielen.«

»Darüber habe ich herzlich gelacht.«

»Leider warst du mehr oder weniger die einzige.«

»Mach dir keine Sorgen, nächsten Monat haben alle diese Lappalie bereits wieder vergessen.«

»Es wäre mir trotzdem sehr lieb, wenn der Scheltopusik wieder auftauchen würde.«

»Mir nicht. Es paßt mir sehr gut in den Kram, daß er weg ist. Und am besten ist, daß jetzt alle glauben, es handele sich um eine gefährliche Hornviper. So soll es bleiben! Immer wieder rufen Journalisten an und bitten meinen Mann um Interviews. Es ist phantastisch, er hat kaum für etwas anderes Zeit. In den letzten Wochen hat er nur ganz selten davon gesprochen, daß ... daß ... na, du weißt schon. Diese Wahnvor... oder was es auch immer ist, die Hornviper hat jedenfalls kurzen Prozeß damit gemacht. Ich würde diesem Doktor Snemek am liebsten einen Blumenstrauß schicken.«

»Damit würdest du ihm keine Freude bereiten, ich kenne ihn noch aus der Studienzeit. Schick ihm einen kleinen Buckelwal, darüber freut er sich wie ein Kind.«

»Hast du viel zu tun? Oder hättest du Lust mitzugehen und eine Tasse Tee zu trinken? Dann könntest du auch einmal wieder Klavier spielen. Du tätest meinem Mann damit einen so großen Gefallen. Zumindest wenn er zu Hause ist und nicht wieder im Jachthafen oder in irgendeinem Café wegen der Hornviper interviewt wird.«

Mit unserem großen und kleinen Hund an der Leine gingen wir nebeneinander durch die stillen Straßen.

»Schau dir das an«, sagte ich. »Zuerst rannten alle hinaus, um die Suche aus der Nähe zu beobachten, und jetzt sitzen die Leute zitternd in ihren Häusern. Und diese Situation willst du zum Dauerzustand machen!«

»Sogar Abel ist der Ansicht, daß der Scheltopusik jetzt besser draußen herumstreunen sollte. Dann kann er weiterhin Interviews geben.«

»Dieses ganze Medieninteresse ist bald wieder verraucht. Morgen wird auf der Veluwe ein Wolf gesehen, und schon spricht niemand mehr von der Hornviper.«

»Dann sehen wir weiter. Zunächst sollten wir diese Atempause dankbar nutzen. Ich weiß sehr wohl, daß es sich nur um eine zeitlich begrenzte Erleichterung handelt, daß alles wieder werden wird wie vorher, daß er früher oder später erneut von dieser mageren Vogelscheuche sprechen wird und wieder behauptet, seine und unsere Kinder seien nicht von ihm. Aber ich versichere dir, dann gehe ich fort.«

»Ich habe ein Gästebett«, murmelte ich.

»Was sagtest du?«

»Daß ich für den Notfall ein Gästebett habe.«

»Das ist leider nicht weit genug weg. Dann taucht er womöglich nachts bei dir auf und hämmert gegen die Fenster.«

Als wir die Auffahrt zu ihrem Haus entlanggingen, fing Anders laut zu bellen an. Fast genau an derselben Stelle, wo ich ihn bereits früher gesehen hatte, schlängelte sich der Scheltopusik hinter den Vexiernelken hervor auf den Rasen, als sei er selbst der Ansicht, er habe sich jetzt lange genug versteckt.

»Da ist er!« rief ich perplex.

Er war in Reichweite, ich brauchte nur ein paar Schritte zu machen, mich hinunterzubücken und meine Hand nach ihm auszustrecken. Ich bückte mich also schon mal vorsorglich.

»Laß das«, sagte Leonora und packte mich bei der Schulter. Ich wollte mich losreißen, doch sie griff fester zu. Ich richtete mich wieder auf; sie ließ die Leine ihres Hundes los, doch weil er alt und halbblind war, sah er den Scheltopusik wahrscheinlich nicht einmal. Meinen Hund mußte ich weiter festhalten, denn Anders hätte sich sonst entweder sofort auf die Schleiche gestürzt oder aber wäre in blinder Panik abgehauen. Also hatte ich nur eine Hand frei, mit der ich versuchte, ihren Arm, der mich von hinten festhielt, von meiner Schulter zu zerren. Sie schlang auch ihren anderen Arm um meinen Oberkörper, und so standen wir da, im milden, goldfarbenen Sonnenlicht. Währenddessen glitt der Scheltopusik rasch über den Rasen, hinter die Zweige der verblühten Brennenden Liebe und dann Richtung Rosenbeet.

»Er ist zum Glück noch recht munter«, sagte ich.

»Deshalb kann er auch ruhig noch eine Weile draußen bleiben«, erwiderte sie.

Der Scheltopusik erreichte das Rosenbeet und verschwand aus dem Blickfeld. Man hörte ihn leise rascheln. Noch immer hätte man ihn fangen können. Es schien, als erahnte Leonora meine Gedanken. Sie hielt mich noch fester, und ich hatte das Gefühl, erdrückt zu werden.

»Wenn dein Mann uns so sieht ...«, sagte ich heiser.

»Der denkt sowieso, daß ich mit jedem Kerl anbandele. Also, was soll's? Und wenn er unbedingt prügeln will, denn damit droht er mir schon die ganze Zeit, dann kann er die Schläge verteilen, und du bekommst vielleicht auch ein paar ab.«

»Laß mich los«, sagte ich.

»Gleich«, sagte sie, »noch höre ich Schelto rascheln. Oder versprichst du mir, ihn nicht zu verfolgen?«

»Bedenk doch bloß einmal den Gesichtsverlust ...«

»Warum mußtest du den Leuten vom Fernsehen auch zwischen deinen Bohnenstangen Rede und Antwort stehen? Du hättest doch sagen können, daß du erst etwas Anständiges anziehen mußt? Du hättest doch nicht wie der letzte Hempel zwischen deinen Schnittbohnen stehen müssen? Du hättest ihnen doch recht geben können? Ich sollte meinem Mann doch auch zustimmen; das hast du mir, wie du sicher noch weißt, doch auch empfohlen: Sag zu Abel: Ja, du hast recht, sie sind nicht deine Kinder, und jetzt essen wir Spargel. Diese Hornviper ist doch bloß eine Wahnvorstellung; eine Art kollektiver Wahnsinn. All diese Idioten sitzen jetzt zu Hause und zittern – sollen sie doch, womit hätten sie es verdient, draußen herumzugehen? Warum sollte mein Mann der einzige Irre im Dorf sein? Kannst du mir das mal sagen?«

Weil ich mich nicht befreien konnte, ohne Anders loszulassen, schien es mir das beste, genau das Gegenteil zu tun. Also preßte ich sie mit einem Arm fest an mich.

Sie sah mich mit dem schelmischen Grinsen an, das ich schon früher an ihr bemerkt hatte.

»Oh, versuchst du es jetzt auf die Tour?« fragte sie. »Damit kriegst du mich nicht; was du kannst, kann ich schon lange.«

Sie drückte ihre kräftigen Lippen auf meinen Mund und küßte mich.

»Vielleicht wäre es gar nicht so schlecht, wenn er uns sähe. Vielleicht muß man ja solchen Wahnsinnigen nicht nur sagen, daß sie recht haben, wie du mir geraten hast, sondern es ihnen auch ganz offen zeigen.«

Und wieder küßte sie mich mitten auf den Mund, dort auf ihrem Rasen, bei ihrem Rosenbeet, das offenbar den geographischen Mittelpunkt des Scheltopusikbiotops bildete.

Präsentation

Als verlange die Aufregung, die ihr Foto von dem Schelto-pusik verursacht hatte, nach einer würdigen Fortsetzung, erhielt ich eine Einladung zur Präsentation von Lottes Buch. Am Samstag, dem 15. September, sollte – wie die Einladung ankündigte – »Lotte Weeda das erste Exemplar von *Verschlußzeiten* im Anbau der reformierten Kirche von der Bürgermeisterin überreicht werden«.

Unter die Einladung hatte Lotte geschrieben: »Vergiß ja nicht zu kommen! Nach dem offiziellen Teil haben die Monwarder Gelegenheit, das Buch zu kaufen, und es wird erwartet, daß wir beide signieren.«

Weil ich mich vor den Reaktionen der Dorfbewohner fürchtete, begab ich mich an diesem windstillen, sonnigen Samstagnachmittag bedrückten Herzens zur reformierten Kirche. Früh am Morgen hatte ein derart dichter, tiefhängender Nebel geherrscht, daß es so ausgesehen hatte, als trieben die Köpfe der Kühe darüber in der Luft. Im Laufe des Vormittags hatte der Nebel sich aufgelöst, und es hingen nur noch glitzernde Tröpfchen in den Spinnengeweben.

Der Anbau der Kirche war bereits voller Menschen.

»Welch ein Andrang«, sagte ich zu der Pfarrerin, die am Seiteneingang alle Eintretenden wie der in Psalm 84 an der Schwelle Stehende musterte und begrüßte.

»Ich denke, wir sollten nach nebenan in die Kirche wechseln«, sagte sie.

»Dann machen wir heimlich einen Gottesdienst daraus. Ich spiele Orgel, und du predigst über Exodus 20, Vers 4.«

»Wie lautet der?«

»Weißt du das nicht? Du bist doch die Pfarrerin. Du mußt doch eigentlich jeden Bibelvers sofort aufsagen können? Exodus 20, Vers 4 lautet: ›Du sollst dir kein Bildnis noch irgendein Gleichnis machen, weder des, das oben im Himmel, noch des, das unten auf Erden, oder des, das im Wasser unter der Erde ist.‹ Fotografieren? Vollkommen ausgeschlossen. Sogar Unterwasseraufnahmen sind streng verboten.«

Sie lächelte. »Hast du das Buch schon gesehen?«

»Nein, noch nicht«, antwortete ich, »du denn?«

»Ja, und es ist phantastisch. Vor allem dein Foto.«

»Ich sollte gar nicht hineinkommen. Nur zu dem Vorwort sollte ein winziges Porträt gedruckt werden, auf dem ich neben einer Bachbunge zu sehen bin.«

»Mir hat sie auch gesagt, ich würde nicht in das Buch kommen.«

»Und du bist trotzdem drin?«

»Sie sagte, du hättest sie angefleht.«

Mein Vater hat mir immer gesagt: »Hüte dich vor Pfarrerstöchtern. Halt dich möglichst von ihnen fern.« Daß es irgendwann einmal auch Pfarrerinnen geben würde, hat er nicht vorhersehen können. Ansonsten hätte er vor ihnen wohl noch eindringlicher gewarnt. Nach ihrer Bemerkung ging ich rasch durch die Seitentür in die Kirche. Dort mußte ich mich durch die wartenden Monwarder hindurchdrängeln, um zu Lotte zu gelangen.

»Du hast heute ja wieder deine rote Jacke an!« sagte ich.

»Nicht gut?« fragte sie schnippisch. »Ich habe sie extra für dich angezogen. Sie gefiel dir doch so gut.«

»Sie steht dir hervorragend«, sagte ich. »Und wo ist das Buch?«

»Du bekommst nachher ein Exemplar«, sagte sie, »jetzt noch nicht. Es ist nicht Sinn der Sache, daß schon jemand in dem Buch blättert, bevor mir das erste Exemplar überreicht wurde.«

»Aber die Pfarrerin hat es auch schon gesehen«, sagte ich entrüstet.

»Weil wir heute vormittag bereits ein paar Sachen vorbereiten mußten, und da hat sie ... nein, du bekommst es nachher erst zu sehen.«

Es stellte sich heraus, daß »nachher« bedeutete: in drei Stunden. Erst einmal mußten alle herbeigeströmten Dorfbewohner vom Nebenraum in die Kirche dirigiert werden, und selbst die fünfhundert Sitzplätze dort reichten nicht. Die Interessierten standen in den Gängen, lehnten an der Wand und saßen auf den Stufen, die zur Kanzel hinaufführten.

Unsere Bürgermeisterin hielt eine humorvolle kleine Rede, überreichte Lotte das angeblich jungfräuliche Buch, das sie selbst längst in den Händen gehabt hatte; dann bat die Bürgermeisterin wahrhaftig mich nach vorne und überreichte auch mir ein Exemplar von *Verschlußzeiten*. Es war eingeschweißt, und darum konnte ich es also wieder nicht durchblättern, denn es erschien mir unpassend, die zwar dünne, aber zweifellos widerspenstige Folie auf dem Rückweg zu meinem reservierten Platz abzureißen. Auch nachdem ich wieder Platz genommen hatte, wagte ich es nicht, der Folie zu Leibe zu rücken. Zwar hatte noch niemand pantomimisch Orgel gespielt, aber noch immer hatte ich das Gefühl, in Monward nicht sonderlich beliebt zu sein. Und selbst als ich neben Lotte an einem langen Tisch saß, auf dem *Verschlußzeiten* in großen Stapeln lag, und ich inzwischen die Folie von dem Band entfernt hatte, gelang es mir nicht, das Buch durchzublättern. Dutzende von wohlmeinenden Dorfbewohnern drängelten sich um unseren Tisch und wollten ein signiertes Exemplar haben. Das kostenlose Orgelspiel hatte man vorübergehend vergessen.

Jedesmal wenn Lotte, nach vier oder fünf sehr freundlichen Käufern, plötzlich doch wieder von einem zutiefst entrüsteten Monwarder angefallen wurde, der Galle spuckte, weil er oder sie nicht im Buch stand, kam derjenige, der sein soeben gekauftes Exemplar von Lotte hatte signieren lassen, zu mir und knüpfte gutgelaunt ein Gespräch mit mir an. Deshalb konnte ich nicht so genau darauf achten, was Lotte wiederholt an den Kopf geworfen wurde. Im übrigen parierte sie diese Vorhaltungen meist mit einer ihrer giftigen Bemerkungen, welche die wütenden Monwarder zwar noch wütender machten, die sie aber auch verstummen ließen. Diese verärgerten Dorfbewohner gingen dann oder wurden von gierigen Käufern einfach beiseite gedrängt. Mich machten die Leute zum Glück nicht dafür verantwortlich, daß sie nicht im Buch standen. Die einzige, die mich darauf ansprach, war Molly. Ich sah sie näherkommen, sah ihre feuerroten Wangen und dachte: »Soso, welch hübsche Erregungsröte.« Und ich dachte auch: »Jetzt bekommt Lotte eine volle Breitseite.« Molly aber negierte Lotte vollständig, ging genau vor mir in Position und sagte zutiefst empört: »Ich stehe nicht drin.«

»Ich weiß von nichts«, sagte ich. »Bis jetzt hatte ich keine Gelegenheit, mir das Buch auch nur anzuschauen.«

»Ich stehe nicht drin«, sagte sie jetzt mit erhobener Stimme.

»Dafür kannst du mir nicht die Schuld geben, ich habe damit nichts zu tun ...«

»Sie hat mich fotografiert. Warum also stehe ich nicht im Buch?«

»Vielleicht weil Lotte das Foto nicht gefiel.«

»Gütiger Himmel! Wenn hier jemand fotogen ist ... Ich meine: Du warst dabei, als sie das Ganze mit mir besprochen hat; sie wollte mir nicht in die Quere kommen, sagte sie, als ob ich ... Was für eine riesige, unverschämte

Sauerei, ich stehe nicht drin, während sie jede Menge von diesen reichen Arschlöchern hineingenommen hat, Ehepaare, die vor Geld nur so stinken wie deine Leonore mit ihrem Abel. Die haben bestimmt dafür bezahlt. Man kann mich doch nicht einfach übersehen? Schließlich bin ich die mit Abstand bekannteste Künstlerin hier im Dorf, ich ..., ich ...«

»Wann stellst du denn deine Aktbilder aus?« fragte ich, um sie abzulenken.

»Im nächsten Frühjahr«, knurrte sie. »Ich kann auch nichts dafür, daß es so lange dauert, aber die Galerie Rozenhoed war bereits das ganze Jahr ausgebucht.«

Sie ballte die Fäuste.

»Sogar diese Schlampe, dieses Luder, diese Sirena ... sogar die hat sie reingenommen, und warum mich nicht? Das würde ich gern einmal wissen.«

»Frag sie selbst«, erwiderte ich, »ich kann dazu nichts sagen.«

»Warum hast du nicht dafür gesorgt, daß ich in das Buch komme?«

»Wie hätte ich das tun sollen? Ich hatte keinerlei Mitspracherecht. Mich wollte sie auch nicht darin aufnehmen.«

»Du stehst aber drin. Und wie! Und all deine Flammen stehen auch drin, alle, die Pfarrerin, die Schlampe, Leonora, das Mädchen aus dem Gemeindemarkt ...«

Erstaunt sah ich sie an. Woher wußte sie so genau, wer meine Flammen waren? Und warum tauchte in ihrer Aufzählung auch die zwar sehr nette, von mir aber keineswegs mit begehrlichen Blicken verfolgte Kassiererin des Gemeindeladens auf?

»Auf eins kannst du dich verlassen«, sagte sie, »dich hänge ich in meiner Ausstellung nicht auf.«

Sie stampfte von dannen, kehrte aber noch einmal zurück und rief: »Ich verbrenne dich!«

Dann brauste sie, die ihr entgegenkommenden Leute der Reihe nach wild zur Seite schubsend, auf ihren hölzernen Klappersandalen zur Kirche hinaus.

»Wen will sie verbrennen?« fragte Lotte, die Mollys letzte Bemerkung offenbar mitbekommen hatte.

»Ich nehme an, das Bild, welches sie von mir gemalt hat«, sagte ich fassungslos.

»Das macht sie nicht«, meinte Lotte. »Eher geht sie damit ins Bett, als daß sie es verbrennt. Ach ja, sie hatte sich das Ganze so schlau ausgedacht: Du malst ein Dutzend älterer Männer und angelst dir dann den attraktivsten und reichsten. Wenn man nach einem aufregenden Leben mit Mitte Vierzig immer noch allein ist, muß man sich manchmal allerlei Tricks einfallen lassen, um auch in etwas fortgeschrittenerem Alter noch unter die Haube zu kommen.«

Hinten im Saal saß ein etwa zehnjähriger Junge, der aufmerksam in dem Buch blätterte.

»Er darf schon«, dachte ich eifersüchtig, während ich zwei weitere Exemplare signierte.

Das Kind studierte jedes Foto ganz genau, es hielt das Buch manchmal ein Stück von sich weg, als könnte es das Bild dann besser betrachten, und blätterte hin und wieder zurück. Als das Bürschchen alle Fotos gesehen hatte, schaute es auf.

Ich lächelte ihm zu und nickte aufmunternd; dann beugte ich mich wieder über ein Buch, um es zu signieren. Als ich aufsah, bemerkte ich, daß das Kind fast ängstlich und verstohlen in meine Richtung schlich. Krampfhaft hielt es das Buch fest. Der Junge erinnerte mich an meine Kindheit. Auch ich war so ein verhuschtes, schüchternes Kerlchen gewesen.

Schließlich gelangte er an den Tisch, hinter dem Lotte und ich uns verschanzt hatten. Er stellte sich neben mich. Seine Wangen hatten sich dunkelrot gefärbt.

Ich sah ihn so freundlich wie möglich an und sagte: »Wie gefällt es dir? Sind die Fotos schön? Stehst du selbst auch drin?«

Er schüttelte den Kopf, murmelte: »Aber mein Opa und meine Oma.« Er preßte sich seitlich gegen den Tisch, beugte sich zu mir herüber und flüsterte dann in mein Ohr: »Wissen Sie, ob in dem Buch auch ein Spion drinsteht?«

»Ein Spion?« fragte ich erstaunt. »Wieso das?«

»Ich will einmal Spion werden.«

Ich betrachtete den Jungen. Erwartungsvoll sah er mich an. Ich flüsterte: »Du willst Spion werden, und deshalb möchtest du dich gern einmal mit jemandem unterhalten, der schon Spion ist?«

Er nickte erfreut.

»Und nun hast du gedacht: Mit Hilfe dieses Buches kann ich vielleicht einen Undercoveragenten im Dorf aufspüren, der mir erzählen kann, wie man Spion wird?«

Das Bürschchen nickte ein paarmal.

»Ich war mal in einem großen Buchladen in Rotterdam«, flüsterte er, »und da habe ich gefragt: Haben Sie das Buch: ›Wie wird man später Spion?‹ Aber man sagte mir, das hätten sie nicht.«

Bevor ich etwas erwidern konnte, sagte er tieftraurig: »Und man sagte mir auch, daß es ein solches Buch überhaupt nicht gibt.«

»Das gibt es bestimmt«, sagte ich, »aber das ist streng geheim. Sonst würde ja jeder wissen, wie Spione vorgehen, meinst du nicht?«

»Ja, natürlich«, sagte er. Seine Augen leuchteten auf. »Darum habe ich bestimmt auch im Internet nichts gefunden; natürlich ist so ein Buch streng geheim.«

»Ich denke, du mußt zunächst die Schule abschließen«, sagte ich, »und dann mußt du auf eine Polizeischule gehen, zum Beispiel in Deventer. Da bin ich neulich gewesen, um einen Vortrag zu halten. Aber das ist keine Spionschule, sondern eher so eine Art Vorschule für Spione.«

»Deventer? Wo liegt das?«

»Irgendwo an der IJssel«, sagte ich, »Deventer ist eine hübsche Stadt, und es wäre bestimmt keine Strafe, dort zur Polizeischule zu gehen.«

Er legte sein Exemplar des Fotobands auf den Tisch und blätterte darin. Dann legte er das Buch aufgeschlagen vor mich und fragte: »Könnte der nicht vielleicht ein Spion sein?«

Ein steinalter Mann schaute durch das halbgeöffnete Fenster seiner Haustür grimmig in die Kamera. Über seinem Kopf stand in zierlichen, hölzernen Buchstaben: D. A. van Beusekom Jr.

»Das ist Herr van Beusekom junior«, sagte ich. »Er ist leider inzwischen schon gestorben. Wenn er also Spion war ...«

»Er sieht aus wie ein Spion«, sagte das Kind trotzig.

»Gewiß«, erwiderte ich, »aber er war bereits weit über neunzig und ist in der Zwischenzeit gestorben. Er hat das Erscheinen des Buches leider nicht mehr erlebt.«

Tieftraurig sah mich der Junge an. Er seufzte.

»Bestimmt war er ein Spion.«

Wieder signierte ich ein Dutzend Bücher und unterhielt mich mit den Käufern. Der Junge blieb die ganze Zeit neben mir stehen. Zwischendurch fragte ich ihn: »Wie heißt du?«

»Djoeke«, antwortete er, »Djoeke Dijkstra.«

»Wo wohnst du?«

»Demutdamm Nr. 3.«

»Djoeke Dijkstra, Demutdamm drei«, wiederholte ich, »das muß ich mir nicht aufschreiben, das kann ich mir wegen der vielen D's leicht merken. Als Spion muß man sich übrigens immer alles merken, Telefonnummern, Autokennzeichen, alles. Niemals etwas aufschreiben, das ist die erste Lektion. Alles, was man aufschreibt, kann in falsche Hände geraten. Du mußt also dein Gedächtnis trainieren.«

Er nickte.

»Vielleicht begegne ich ja irgendwann einmal zufällig einem Spion. Dann sage ich dir sofort Bescheid. Abgemacht?«

Wieder dieses schüchterne Nicken. Dann nahm er sein Buch und schlenderte davon. Zweimal noch sah er sich forschend um, als wollte er kontrollieren, ob ich noch auf meinem Platz saß.

»Da schlägt der Bursche doch ausgerechnet die Seite mit dem verstorbenen van Beusekom auf«, sagte ich zu Lotte.

»Welch ein prächtiges Gesicht. Er wollte auf gar keinen Fall aufs Foto. Ich habe ihn sofort nach dem Klingeln blitzschnell durch das Fenster in der Haustür fotografieren müssen.«

Merkwürdigerweise wurden wir im selben Moment von Blitzlicht geblendet.

»Noch jemand, der blitzschnell fotografiert, ohne vorher gefragt zu haben«, sagte ich.

»Ja, jetzt sind wir zusammen drauf. Wie mein Vater immer sagte: Auf dem Foto zu zweit, dann ist die Liebe nicht weit.«

»Ich hätte nichts dagegen.«

Sie wollte etwas erwidern, doch schon schob der nächste Käufer ihr fordernd ein aufgeschlagenes Buch vor die Nase. Als wir drei Stunden später »frei« waren, hatte ich endlich Gelegenheit, mir mein eigenes Exemplar anzusehen. Fast wäre ich es übrigens losgewesen. Nachdem die letzten vorrätigen Bücher verkauft worden waren, schnappte sich ein Kaufwilliger, dem Lotte mitgeteilt hatte, es gebe keine Bücher mehr, meine *Verschlußzeiten* und jauchzte: »Hier liegt noch eins!«

»Das ist mein Buch!« rief ich verzweifelt.

»Ich habe zu Hause noch ein paar«, sagte Lotte zu mir, »davon kann ich dir später noch eins geben. Dann können wir dieses noch verkaufen.«

»Ausgeschlossen«, sagte ich, »ich will mir das Buch heute abend zu Hause in aller Ruhe ansehen.«

»Sie hören es«, wandte sich Lotte an den Mann, »für den Herrn hier ist der Kunde nicht König. Geben Sie mir doch Ihre Adresse und Telefonnummer, dann sorge ich dafür, daß Sie nächste Woche noch ein Exemplar bekommen.«

Als schließlich die Pfarrerin ein Glas Rotwein vor mich hin stellte, konnte ich endlich das Buch durchblättern. Flüchtig huschte mein Blick über das Vorwort. Sofort sah ich, daß der Schluß verändert worden war.

»Du hast in meinem Text herumgepfuscht«, sagte ich zu Lotte.

»Ich habe den Schluß weniger explizit formuliert. Ich habe daraus gemacht: ... die jeden Moment um die Ecke biegen wird. Nicht gut?«

»Mir recht«, sagte ich mißmutig und blätterte weiter, wobei ich bei jedem Foto merkwürdigerweise kurz dachte: »Ob das wohl ein Spion ist?«

Als ich ein Dutzend Fotos betrachtet hatte, sagte ich aus dem Grunde meines Herzens: »Es sind phantastische, meisterhafte Aufnahmen.«

»Hattest du etwas anderes erwartet?« fragte Lotte.

»Nein, nein«, sagte ich rasch. Ich stieß auf das Foto der Pfarrerin. Im Mittelschiff der reformierten Kirche saß sie in einer Bank. Sie hatte die Hände gefaltet und die Augen geschlossen. Sie sah anbetungswürdiger aus als je zuvor. Weil sie in dem großen, leeren Raum so verloren wirkte, hatte man das Bedürfnis, sie zu beschützen, zu behüten, zu bewahren, ihr für immer beizustehen. Man wollte einen Arm um ihre zarten Schultern legen, eine Hand auf ihren Rücken. Man wollte sie vor dem Wind schützen und dafür sorgen, daß ihr Fuß nicht gleitet (Psalm 121) und nie an einen Stein stößt (Psalm 91) – oh, mein Gott, welch ein verräterisches Foto. Ich blätterte rasch weiter und sah ein Ehepaar nach dem anderen.

»Viele Ehepaare«, sagte ich.

»Es ging nicht anders«, brummte Lotte. »Die wollten ums Verrecken nicht einzeln aufs Foto.«

»Du hättest doch denjenigen, den du nicht drauf haben wolltest, jedesmal abschneiden oder wegretuschieren können.«

»Einmal habe ich das auch getan, aber meistens ging es nicht, ohne gleichzeitig die Bildkomposition zu zerstören.«

»Ach, da schau her, die Gräfin als Tigerin. Wie wütend sie dreinschaut.«

»Du darfst den Grafen nicht übersehen«, sagte Lotte ironisch.

»Der Graf... Abel... der war gar nicht hier«, sagte ich verdutzt. »Der hat mir die ganze Zeit in den Ohren gelegen, weil er unbedingt deine Telefonnummer haben wollte. Ich hatte felsenfest mit ihm gerechnet... Ob Leonora ihm verboten hat zu kommen? Dank dir ist er total von der Rolle, das arme Schwein.«

»Jaja, schieb es mir nur in die Schuhe«, sagte Lotte ironisch.

»Als du dort warst, um Aufnahmen zu machen, da hast du ganz nebenbei auch den Scheltopusik fotografiert. Weißt du, daß dein Foto in allen Zeitungen gestanden hat?«

»Natürlich weiß ich das! Selten so ein Glück gehabt. Jedesmal wenn das Foto gedruckt wird, landen wieder einhundert Euro auf meinem Konto.«

Wieder schlug ich in aller Ruhe eine Seite um und erblickte mich auf der rechten Seite; ich sah aber auch sofort, wer auf der linken stand, und stöhnte: »Gott, verdamm mich.«

»Nicht fluchen«, sagte Lotte, »du bist hier in einer Kirche.«

»Ja, aber ... schau ...«, sagte ich heiser und legte die Hand auf mein Foto. Das hatte sie also, kurz bevor sie mit ihrem schwungvoll wippenden lockigen Haar als Rotkäppchen in meinem Garten aufgetaucht war, heimlich gemacht.

»Du deckst es mit der Hand zu«, sagte sie. »Findest du es nicht gut?«

»Miststück«, sagte ich.

»Schäm dich«, erwiderte sie, »so etwas sagt man nicht zu einer Frau.«

Auf der linken Seite ging ich, mit der Sense über der Schulter und Anders kurz hinter mir, in Richtung des schräg durch die Bäume fallenden Sonnenlichts. Rechts auf der gegenüberliegenden Seite hatte Lotte Sirenas Foto plaziert. Es war das Bild, bei dem Lotte zu ihr gesagt hatte: »Und nun tust du so, als stündest du am Beckenrand und wolltest einen Kopfsprung machen.« Im Buch, wo die beiden Bilder einander gegenüber lagen und sich anscheinend ergänzten, sah es so aus, als wollte sie mich sogleich innig umarmen, während ich geradewegs in ihre ausgestreckten Arme zu marschieren schien.

»Miststück«, wiederholte ich.

»Denk dir mal ein anderes Schimpfwort aus«, sagte Lotte. Sie nahm ihr Weinglas, stellte es wieder hin, ohne daraus getrunken zu haben.

»Kommst du mit nach Atjeh?«

»Nach Atjeh?« fragte ich völlig perplex.

»*Yes*. Vorhin habe ich meinen Vater zitiert: Auf dem Foto zu zweit, dann ist die Liebe nicht weit, und du sagtest, du hättest nichts dagegen. Also frage ich dich noch einmal: Gehst du mit nach Atjeh?«

»Was hat denn Atjeh mit einer Liebe zu tun, die nicht mehr weit ist?«

»Jede Menge. Meine Familie stammt von dort.«

»Wie kommt es dann, daß du Weeda heißt? Das ist doch kein Name aus Atjeh?«

»Irgendwann gab es unter meinen Vorfahren auch mal einen Niederländer«, sagte sie mürrisch, »aber spielt das eine Rolle? Dort unten herrscht jetzt Krieg. Ich will hin, um Fotos zu machen, damit alle sehen können, was die indonesische Regierung dort anrichtet. Meine Bilder würden enorm an Kraft gewinnen, wenn sie von einem flammenden Text unterstützt würden. Du kannst gut schreiben, du wärst genau der Richtige dafür. Begleite mich.«

In einem Zug trank ich mein Weinglas leer. Etwas trottelig sagte ich: »Aber ich kann Anders doch nicht allein lassen.«

»Er kann sein Hündchen nicht allein lassen«, höhnte Lotte. »Die Welt steht in Flammen, aber der Herr kann sein Hündchen nicht allein lassen. Woraus sich die Frage ergibt: Wie soll ich mir die Liebe vorstellen, gegen die du nichts einzuwenden hättest?«

Während ich über eine würdige und passende Antwort nachgrübelte, kam die Pfarrerin mit der Weinflasche. »Soll ich euch noch einmal nachschenken?« fragte sie.

»Tu das«, sagte Lotte.

Wortlos tranken Lotte und ich unseren Wein. Als mein Glas leer war, sagte ich: »Gib mir ein paar Tage Bedenkzeit.«

»Spar dir die Mühe«, sagte sie mit ironischem Unterton, »ich kenne die Antwort bereits.«

Sie wandte sich an die Pfarrerin und sagte lakonisch: »Er will mich nicht nach Atjeh begleiten, um den Krieg dort anzuprangern.«

»Wundert dich das? Das würde ich mir auch sehr gut

überlegen. Und hinzu kommt noch: Wer soll dann bei unseren Hochzeits- und Trauerfeiern die Orgel spielen?«

Lotte antwortete nicht; sie drückte mir einen Zettel in die Hand und sagte: »Bitte sehr. Hier findest du eine Kontonummer. Zusammen mit mir dorthin, das ist vielleicht wirklich ein wenig zuviel verlangt, aber dann überweise zumindest Geld für den Widerstand in Atjeh.«

»Das werde ich machen«, sagte ich schuldbewußt.

Lotte erhob sich und sagte: »Ich verschwinde dann mal.« Ohne uns noch einmal anzusehen, verließ sie rasch die Kirche.

Fabel

Eine Woche nach der Buchpräsentation meldete eine große, landesweit erscheinende Zeitung unter der Überschrift SCHLANGE ERWEIST SICH ALS FABEL, in unserem Dorf krieche doch keine lebensgefährliche Hornviper herum. Die ganze Geschichte sei – »so unser Korrespondent« – ein typisches Produkt der Sauregurkenzeit. Ich selbst lese das *Algemeen Dagblad* normalerweise nicht, aber jemand aus dem Dorf war so freundlich, mir die Zeitung zu bringen. Wieder und wieder las ich den Artikel und betrachtete Lottes sublimes Werk, das daneben abgedruckt war: »Foto von einer ungefährlichen und in den ganzen Niederlanden vorkommenden Schleiche, das so retuschiert wurde, daß man das Reptil für eine Hornviper halten konnte.« In dem Artikel wurde noch darauf hingewiesen, daß das mit Schuppen bedeckte Hörnchen auf der Spitze des Mauls, das so typisch für die Hornviper sei, auf dem Foto zwar zu sehen sei, daß es sich dabei aber in Wirklichkeit nur um den Schatten vom Daumen des Fotografen handele, der auf den Kopf des Tieres falle.

Die ehrwürdige Abendzeitung, die ich abonniert habe, hatte, wie sich herausstellte, diese Meldung praktisch unverändert übernommen. Wie konnte ein solches Gerücht aufkommen? Wie war es möglich, daß zwei Zeitungen mit solcher Dreistigkeit einen derartigen Artikel in die Welt setzten, der weder Hand noch Fuß hatte? Was hatte man angesichts dieser Meldung von all den anderen Berichten zu halten, die man in der Zeitung las?

Im Dorf stieß man einen kollektiven Seufzer der Erleichterung aus, und noch am selben Tag sah ich in den stillen Stunden des frühen Abends, die sich für das Ausführen des Hundes als besonders geeignet erwiesen haben, bis hin zum unbeleuchteten Teil der Akolythenstraße, überall angeleinte Rassehunde in der Böschung und auf dem Grünstreifen ausführlich ihr Geschäft verrichten. Es schien, als hätten alle auf diesen Zeitungsartikel gewartet. In den nächsten Tagen kamen sogar Dorfbewohner aus ihren Häusern zum Vorschein, die ich vorher noch nie gesehen hatte. Mit ihren Hunden durchkreuzten sie in alle Richtungen die vielen Grünflächen, die es in unserem baumreichen Dorf gibt.

Leutselig fragten mich manche im Vorbeigehen: »Und? Haben Sie die Sauregurkenschlange schon wieder eingefangen?«

»Nein, die kriecht immer noch frei herum«, antwortete ich dann bissig.

Begegnete ich den mir unbekannten Dorfbewohnern vielleicht, weil ich selbst zu für mich ungewöhnlichen Zeiten mit Anders durchs Dorf tigerte? Ich konnte nicht mehr ruhig zu Hause sitzen. Warum lief ich so ruhelos umher? Weil ich in Gedanken Lotte unaufhörlich Vorträge hielt? Mit ihr nach Atjeh? Unmöglich! Einen ganzen Tag lang unterwegs in einem Flugzeug mit wenig Sauerstoff und zahllosen Viren. Und mich dann in einem Land aufhalten, wo man von ganzen Insektenschwärmen angefallen wird, weil sie einen für eine lebende Bohrinsel halten? Ein Land, in dem man nachts in schwülwarmen Hotelzimmern im eigenen Schweiß schwimmt? Und dann die ganze Zeit mit einer Frau unterwegs sein, die Komplimente als Beleidigung auffaßt? Und von den Gefahren gar nicht erst zu reden!

Oder klammerte ich mich, weil ich davor zurückschreckte, mit Lotte nach Atjeh zu gehen, krampfhaft an meine närrische Verliebtheit in Leonora? Wollte ich Lotte so aus meinen Gedanken löschen? Während meiner Streifzüge durchs Dorf kam mir immer wieder die Umarmung, oder besser Umklammerung, auf ihrem Rasen in Erinnerung. War deshalb »meine Ruh' hin« und »mein Herz schwer«? Oder war Atjeh der Grund?

Zur Villa an der Goldküste wagte ich mich nicht. Was, wenn Abel uns beobachtet hatte? Angst hatte ich nicht vor ihm, aber nach einer solchen Szene auf dem millimeterkurz geschnittenen Rasen, beim, verdammt noch mal, Rosenbeet hat man doch das Gefühl, daß man dem derart mißhandelten Gatten besser eine Weile nicht unter die Augen tritt. Scham? Wofür sollte ich mich schämen? *Sie* hatte mich geküßt, mir konnte man keinen Vorwurf machen. Schuldgefühle vielleicht? Schuldig war ich ebensowenig. Möglicherweise empfand ich ja nicht Scham und Schuld wegen der Dinge, die ich getan hatte, sondern wegen der Dinge, die ich wenig heldenhaft über mich hatte ergehen lassen. Es war, als spürte ich immer noch den Geschmack ihrer Lippen. Sie hatte mich geküßt, gewiß, und mir war ein wenig schwindelig dabei geworden; doch wahrscheinlich hatte sie dies nur getan, um mich zu provozieren.

An einem stillen Septemberabend begegnete ich ihr auf einer Straße mit hohen Linden, die noch voll im Laub standen und unter denen es deshalb, wenn man von ein paar hellgelb leuchtenden Straßenlaternen absah, stockdunkel war.

»Habt ihr den bescheuerten Artikel auch gelesen?« fragte ich.

»Ja«, sagte sie mürrisch.

»Was ist?« fragte ich.

»Was soll schon sein?«

»Du scheinst wütend zu sein.«

Weil im Weitergehen nun das gelbe Licht einer Straßenlaterne auf ihr wunderbares Gesicht fiel, bemerkte ich erst jetzt, daß sie ein blaues Auge hatte.

»Dein Auge …«, sagte ich, »was ist mit deinem Auge passiert?«

»Nichts«, erwiderte sie, »ich bin gegen den Türrahmen gelaufen.«

»Wie hast du das denn geschafft?«

»Tu mir bitte einen Gefallen und rede nicht mehr davon.«

»Aber …, aber …«, stotterte ich.

»Spar dir dein Mitleid; und außerdem hat es gar nichts mit dir zu tun, das versichere ich dir. Er war gar nicht zu Hause, als das widerliche Vieh über den Rasen gekrochen ist und du es fangen wolltest. Davon hat er nichts mitbekommen. Scheißwütend, rasend war er wegen dieses Zeitungsartikels. Nichts verträgt er schlechter, als von anderen der Lüge bezichtigt zu werden.«

»Und da hat er sich, um diese Schmach auszulöschen, als Türrahmen verkleidet?«

Sie mußte tatsächlich kurz lachen, sagte dann aber giftig: »Jetzt ist das Maß voll. Ich habe viel ertragen und hingenommen, aber es gibt eine Grenze. Auch wenn ich mir schäbig und feige vorkomme, ich verlasse ihn trotzdem.«

»Er ist nur verrückt«, sagte ich, »ich bedauere ihn, so wie ich auch die Menschen bemitleide, die hier im Seniorenheim sind und Alzheimer haben und die von ihren Angehörigen liebevoll im Rollstuhl durch die Kaplanstraße geschoben werden.«

»*Maybe*, aber diesen Angehörigen werden keine Schimpfwörter an den Kopf geworfen – was ich übrigens all die Zeit über mich habe ergehen lassen und die ich höchstens gelegentlich mit anderen Kraftausdrücken pariert habe –, und soweit ich weiß, werden sie auch nicht getreten und geschlagen.«

»Wenn du zurückschimpfen kannst, kannst du doch auch zurückschlagen?«

»Findest du?«

»Dein Mann ist alt, und ein Kraftprotz ist er nicht. Und du ... als schwach und hilflos kann man dich nicht gerade bezeichnen. Ich konnte keinen Finger mehr bewegen, als du mich auf dem Rasen im Klammergriff hattest.«

»Ja«, sagte sie lakonisch, »du hast recht, ich könnte zurückschlagen. Das will ich aber auf gar keinen Fall. Ich habe ihn immer sehr geliebt; aber er hat alles verdorben mit seinen ... na, du weißt schon, aber schlagen ... nein, so weit darf es nie kommen. Wenn ich ihn schlüge, würde ich anfangen, mich selbst zu hassen, ich würde allen Respekt vor mir selbst verlieren.«

»Vielleicht reicht ja ein einziger kräftiger Schlag, vielleicht kommt er anschließend gar nicht mehr auf den Gedanken ...«

»Meinst du? Er hat bereits ziemlich abgebaut. Ich habe dir die ganze Zeit erzählt, daß er, weil die Flucht dieses Mistviehs ihn so beschäftigte und er sich im Medieninteresse sonnte, nie wieder wegen seiner Kinder herumgeschimpft habe, aber er ... du hättest einmal hören sollen, was er mir während der letzten Monate so alles an den Kopf geworfen hat.«

»Du hast also versucht, tapfer zu sein.«

»Ich verstehe es nicht; es scheint fast, als habe er sich in seinem Wahn verschanzt. Man könnte meinen, daß man ihn todunglücklich machen würde, wenn man ihm mit so einem DNA-Test, wovon er im übrigen nichts wissen will, unwiderlegbar bewiese, daß all seine Kinder tatsächlich von ihm stammen. Sein Kummer hält ihn aufrecht, sein Kummer ist sein Talisman ... immer so gescheit und jetzt das ... schau sie dir an, all diese armen Schweine mit ihrem Alzheimer ... deren Gehirn ist beschädigt, aber mein Mann ... ansonsten noch alles in Ordnung ... Diese Scheißfotografin hat ihn irre gemacht.«

»Scheißfotografin? Hast du ihr Buch schon gesehen? Warum wart ihr nicht bei der Buchpräsentation?«

»Als ich die Einladung im Briefkasten fand, habe ich sie sofort vernichtet. Ich hatte Schiß, daß er von Teake oder jemand anderem von der Buchpräsentation hören könnte, aber zum Glück hat keiner etwas gesagt.«

»Aber inzwischen weiß er doch bestimmt ...«

»Ja, und er ist natürlich auch ziemlich sauer. Aber ich hab mich einfach dumm gestellt und immer so getan, als hätte ich auch von nichts gewußt.«

Sie spazierte weiter unter den Linden dahin, klopfte ihrem Neufundländer auf die Schulter und sagte: »Der Hund und ich werden für eine Weile bei meiner Schwester in Maarsbergen wohnen, und er fährt zum Segeln ans Mittelmeer – zusammen mit seinem einzigen Sohn, der noch nicht böse auf ihn ist. Und wenn wir wieder da sind, müssen wir schauen, wie es weitergeht. He, wo ich gerade davon spreche, kommt mir plötzlich ein Gedanke: Könntest du inzwischen meine Pflanzen gießen?«

»Natürlich, das mach ich gern«, sagte ich. »Das ist für Anders und mich jeden Tag ein hübscher Spaziergang.«

»Ich werde dir einen Schlüssel geben, und dann kannst du vielleicht auch Wim ins Haus lassen. Ein paar Tage bevor wir wieder da sind, kommt er von den Antillen zurück. Er kann nicht sofort ins Seniorenheim *Mariagaarde* ziehen, weil dort erst jemand sterben muß, damit ein Platz für ihn frei wird. Bis dahin wird Wim bei uns wohnen. Ich werde ihn anrufen und ihm sagen, daß du einen Schlüssel hast. Dann kann er es sich schon mal gemütlich machen.«

Wolf

Sobald Leonora nach Maarsbergen und Abel ans Mittelmeer gereist waren, sanken die Temperaturen. Kalte Nächte, kühle Tage. Ich zog manchmal schon meinen Wintermantel an, wenn ich zu ihrer Villa ging. Jedesmal, wenn ich auf dem Weg zur Haustür am Rasen, den verblühten Vexiernelken und den verwelkten Rosen vorbeiging, dachte ich: Wie mag es wohl dem Scheltopusik gehen? Und dann murmelte ich: »Es wird kalt, er muß ins Haus. Vor allem nachts kühlt er viel zu stark ab, es sei denn, er hat einen Komposthaufen aus faulenden und gärenden Blättern gefunden, in dem er sich wie ein Igel im Winterschlaf verstecken kann wie unter einer warmen Decke.«

Ich holte das Terrarium aus der Beiküche und stellte es neben das Rosenbeet. Vielleicht kletterte er ja des Nachts hinein, wenn er auf der Suche nach einem geschützten Ort war. Offenbar wollte er aber nicht, denn wenn ich morgens kam, um die Pflanzen zu verwöhnen, wies nichts darauf hin, daß er die Nacht darin verbracht hatte.

Was tun? Den Garten systematisch absuchen? Ein Grundstück, das ungefähr einen halben Hektar groß war, auf dem Hortensiensträucher, Ligusterhecken, Rosenbeete, Efeu als Bodendecker, Erlen, Eschdorn und Kastanien mit zum Teil überirdisch verlaufenden Wurzeln wuchsen, zwischen denen der Scheltopusik sich überall verstecken konnte. Halbe Tage verbrachte ich im Garten, ich jätete Unkraut, fegte abgefallenes Laub zusammen, schnitt die Sträucher und hoffte die ganze Zeit, daß er irgendwo auftauchen würde. Aber so gründlich ich auch als unbezahlter Gärtner zu Werke ging, nicht ein einziges Mal sah ich ihn oder hörte ihn auch nur knistern.

Im Fernsehen kündigte der forscheste Wettermann ein Hochdruckgebiet an, mit »Temperaturen, die noch einmal kurz an sommerliche Werte heranreichen«, wie er mit Bravour wissen ließ. Mir war klar: Das war meine letzte Chance. Wenn er die ganze Zeit unter einen Blätterhaufen zitternd dahinvegetiert hatte, dann würde der Scheltopusik jetzt wieder aktiv werden.

Und es wurde warm, bemerkenswert warm sogar. Doch keine Spur vom Scheltopusik. Eines Nachts schwitzte ich mich in meinem Bett beinah zu Tode, von Schlafen konnte gar keine Rede sein, und ab vier Uhr donnerten Charterboeings über uns hinweg. Ich stand auf, ging über die dunklen Dämme zur Villa und kam dort im ersten Morgengrauen an. Ich öffnete das Gartentor, betrat den Kiesweg, und da lag er mitten auf dem Rasen, wo er zweifellos auf die ersten Sonnenstrahlen wartete. Er hörte mich kommen, und mit beispielloser Geschwindigkeit nahm er heftig schlängelnd Reißaus. Ich rannte los und holte ihn ein, als er gerade das Rosenbeet erreichte. Er flitzte hinein. Im letzten Moment konnte ich ihn beim Schwanz packen. Wie kräftig das Tier war! Es gelang ihm wahrhaftig, sich aus meinem Griff zu befreien, aber ich sah, daß sich die Blätter, unter denen er entlangkroch, bewegten, als ginge ein Windstoß darüber hinweg. Ich griff ins Laub und bekam ihn tatsächlich hinter dem Kopf zu fassen, und dieser Kopf tauchte so auf, wie man nach dem Einschalten eines Springbrunnens den Wasserstrahl in die Höhe schießen sieht. Er bog den Kopf nach hinten und biß mich so heftig in den Daumen, daß ich ihn vor Schreck fallen ließ. Wie ein U-Boot, das aus den schäumenden Wellen auftaucht, erschien er wieder auf dem abgefallenen Laub und schoß offen und ungedeckt in pfeilgerader Linie und Schlängelgalopp über den Rasen zu seinem Terrarium. Er verschwand so schnell darin, daß ich zunächst meinte, er sei daran vorbeigeflitzt. Aber es stellte sich heraus, daß er tatsächlich in dem Glaskasten lag. Mit der linken Hand schob ich die Glasplatte über die Öffnung und seufzte tief auf.

Zum Glück haben Scheltopusiks ein Greisengebiß mit stumpfen Zähnen. Mein Daumen blutete stark, doch die Wunden waren nicht tief. Ich sog das Blut auf. Eine oberflächliche Verletzung, mehr nicht. Trotzdem war ich schockiert. Das Tier hatte mich tatsächlich gebissen. Der Scheltopusik meines Studienfreunds hatte nie seine Zähne an mir ausprobiert. Von den vielen Ratten, die ich schon in der Hand gehabt hatte, hatten so wenige ihre Schneidezähne in meine Finger gerammt, daß ich mich an die Bisse kaum noch erinnern konnte. Aber auch damals war ich, wenn ich ausnahmsweise einmal gebissen wurde, zutiefst beleidigt gewesen. Ich nehme an, das geht allen Menschen so. Trotzdem habe ich noch nie eine Studie darüber gelesen, wie Menschen auf Tierbisse reagieren. Auffällig ist auch, daß Menschen einander fast nie beißen. Obwohl dies doch verblüffend effektiv sein könnte. Beiß demjenigen, der dich bedroht, plötzlich die Nasenspitze ab, und du wirst sehen: Er ist sofort außer Gefecht gesetzt, weil er nur noch an die blutende Wunde in seinem Gesicht denkt. Trotzdem hört man selten, daß sich jemand auf diese Weise gewehrt hat. Vor einiger Zeit hat jemand, der von einem Krokodil gepackt worden war, dem Tier einfach in die Nase gebissen. Und siehe da: Das Krokodil hat ihn sofort losgelassen.

Ich ging in die Küche und machte mir eine ordentliche Kanne Tee. Dann setzte ich mich in einen Gartenstuhl neben das Terrarium und trank genußvoll eine Tasse nach der anderen, wobei ich die ganze Zeit über den Scheltopusik betrachtete, der mich seinerseits aus seinen hellen Augen neugierig ansah.

»Ich nehme dich mit«, sagte ich zu ihm. »Ich habe zu Hause ein undichtes großes Aquarium, das ich als Terrarium einrichten kann; darin kannst du überwintern. Wenn ich dich hierlasse, dann ärgert sich nicht nur Leonora schwarz, sondern man nimmt mir auch noch übel, daß ich dich wieder gefangen habe. Und auch wenn ich nicht glaube, daß ich, bloß weil sie mich geküßt hat, bei ihr eine Chance habe, so will ich doch das bißchen Sympathie, das sie mir entgegenbringt, nicht aufs Spiel setzen. Nein, sobald ich mein altes Aquarium zum Terrarium umfunktioniert habe, hole ich dich ab, und dann kannst du bei mir heimlich überwintern. Das braucht niemand zu erfahren. Im Sommer kannst du dann in meinem Garten Schnecken vertilgen. Was hältst du davon? Oder soll ich dich im nächsten Frühjahr nach Kroatien repatriieren? Irgendwie muß ich bei diesem Jochem in Erfahrung bringen, wo genau er dich gefangen hat. Am liebsten würde ich dich genau dorthin zurückbringen lassen, von wo du entführt wurdest. Notfalls muß ich dich selbst hinbringen, denn schließlich bist du ein Tier, und Tiere sind nun einmal unglaublich ortstreu. Es ist ein Verbrechen, Tiere einfach aus ihrer vertrauten Umgebung herauszureißen und sie durch halb Europa zu transportieren. Aber so wie die Menschen mit Tieren umgehen ... das geht wirklich über allen Verstand, nichts bleibt euch dank Homo sapiens erspart. Homo sapiens? Homo Tierhenker wäre ein besserer Name.«

Nach dieser Ansprache war mein Tee stark abgekühlt, und ich konnte die Tasse in einem Zug austrinken.

Während nun die ersten flachen Sonnenstrahlen das Dorf in einen roten Schimmer tauchten, spazierte ich frohgemut heim. Dort richtete ich das Aquarium her und ging anschließend mit einer großen Plastiktasche zurück zur Villa.

Als ich das Gartentor öffnete, bemerkte ich einen wohlgenährten Zigarrenraucher. Er hatte sich ausgerechnet auf dem niedrigen Gartenstuhl neben dem Terrarium niedergelassen, auf dem ich vorhin noch gesessen hatte. Ein wenig zögerlich ging ich zu ihm.

»Sind Sie Onkel Wim?« fragte ich.

»Ich bin Onkel Wim. Und wer sind Sie, wenn ich fragen darf?«

»Ich kümmere mich um die Pflanzen«, sagte ich.

»Aha, Sie können mich also ins Haus lassen. Aber sagen Sie doch zuerst: Welch Natterngezücht haust hier?«

Er tippte auf das Terrarium.

Ich sagte: »Das ist ein Scheltopusik.«

»Scheltopusik? Nie von gehört. Gefährlich?«

»Absolut ungefährlich.«

»Schädlich?«

»Nein, sehr nützlich sogar. Er frißt Deckflügler, Käfer, Maulwurfsgrillen, Schnecken, Mäuse, kurzum: alles, was die Ernte schmälert.«

»Da schau an, noch ein Geschenk des Schöpfers an die Menschheit, von dem ich bisher nichts wußte«, sagte er und zog zufrieden an seiner Zigarre. Mit einer riesigen bläulichen Wolke verdüsterte er die Septembersonne. Er stand auf.

»Könnten Sie mich ins Haus lassen? Und könnten Sie mir – nachdem Sie allen Pflanzen ein mildes Fußbad verschafft haben – beim Genuß einer Tasse Kaffee vielleicht nähere Auskünfte über den Spaltpilz geben?«

»Worüber?«

»Über meinen Bruder, meine Schwägerin, ihre Ehe. Selbst auf den Antillen hörte ich an Leonoras Telefonstimme, daß etwas nicht stimmt, und ich tröstete mich mit dem Gedanken: *amantium irae amoris integratio est*, aber dennoch fragte ich mich: Was ist passiert?«

»Ihr Bruder ist seit einiger Zeit fest davon überzeugt, daß seine Kinder nicht von ihm stammen.«

»Die Kinder aus seiner zweiten Ehe?«

»Nein, auch die aus seiner ersten. Als sein ältester Sohn das hörte, da sagte er: ›Dann sind wir von Onkel Wim‹«, sagte ich neckend.

Weil er offenbar zu tief inhaliert hatte, verschluckte sich der alte Mann an seinem Zigarrenrauch. Oder hatte er vielleicht die Spitze seiner Zigarre abgebissen, die ihm dann in die falsche Röhre geraten war? Wie dem auch sei, er hustete wie ein Karrengaul. Ich klopfte ihm auf den Rücken, blaue Rauchwölkchen stiegen aus ihm auf, so daß man hätte denken können, er stünde in Flammen. Er sank wieder zurück auf den Liegestuhl.

Welchen Schluß mußte ich aus dieser Szene ziehen? Daß er tatsächlich der Vater der beiden Söhne aus erster Ehe war?

Er erholte sich jedoch rasch, klopfte gemächlich die Asche von seiner Zigarre, sah mich verschmitzt an und sagte dann ein wenig spöttisch: »Jetzt denken Sie natürlich: ›Das könnte ja durchaus stimmen.‹«

»Nein, denn als Ihr Bruder bei seinem Sohn eine Wochenbettvisite machte, sagte er diesem auch: ›Das Kind ist nicht von dir, das ist von deinem rothaarigen Freund.‹«

»Unglaublich. Und man kann ihn nicht auf andere Gedanken bringen?«

»Bis heute ist das nicht gelungen. Wahrscheinlich wird das auch nicht gelingen, denn es scheint sich hier um eine echte Wahnvorstellung zu handeln, und gegen Wahnvorstellungen ist kein Kraut gewachsen.«

»Das glaube ich nicht: Kein Leidensstachel wühlt so tief, daß Gott dem Menschen nicht Hilfe schüf.«

»Auf diese Hilfe wartet Leonora bis heute.«

»Ein DNA-Test könnte Aufschluß geben.«

»Das sagte sein ältester Sohn auch, aber Abel ist unter keinen Umständen dazu bereit.«

»Vielleicht kann ich ... als Kind hat er immer auf mich gehört.«

»Das wäre phantastisch, denn Leonora ist fix und fertig, sie denkt darüber nach, ihn zu verlassen. Daß er sie ständig als Schlampe, Flittchen und dergleichen beschimpft hat, das hat sie noch geschluckt, aber sie erträgt es nicht, von ihm geschlagen zu werden.«

»Mein Gott, ist es bereits so weit mit ihm gekommen? Abel, mein Bruder, ich kann es kaum glauben.«

Er schnippte noch mehr Asche von seiner Zigarre auf den Rasen, erhob sich abermals und sagte konspirativ: »Was wir zu tun haben, liegt auf der Hand: Wir müssen ihn mit seinen eigenen Waffen schlagen.«

Ich führte ihn in die Villa, gab den Pflanzen Wasser, machte Kaffee für ihn und Tee für mich selbst, und dann besprachen wir die Probleme erneut. Ich berichtete ihm auch von dem Scheltopusik, über seine Schattenexistenz als Sauregurkenschlange, über Leonoras Freundinnen, die von dem Tier vertrieben worden waren.

»Ich wollte den Scheltopusik gerade mitnehmen. Bei mir kann er in aller Ruhe in einem Terrarium schlummern und wird nicht als Freundinnenschreck mißbraucht. Außerdem bekommt er täglich ein Menü aus Nacktschnecken. Es könnte aber sein, daß Abel ihn wiederhaben will. Wenn Sie also mit Rücksicht auf Leonora ...«

»Einverstanden. Von mir wird er nichts erfahren. In der Zwischenzeit denke ich darüber nach, wie ich ihn auf andere Gedanken bringen kann.«

»Das wird nicht leicht.«

»Ach, wer den Wolf überlisten will, der muß mit ihm heulen.«

Gästebett

An einem Novembertag fütterte ich gerade den Scheltopusik, als jemand ans Fenster klopfte. Ich sah den Fellrand einer Kapuze, der einen weißen Gesichtsfleck umrahmte.

»Was hast du gerade gemacht?« fragte Leonora, als ich sie zur Küchentür hineinließ.

»Ich habe unserem Scheltopusik eine Nacktschnecke offeriert.«

»Du hast …?« sagte sie vollkommen erstaunt.

»Ja, als ich mich um eure Pflanzen gekümmert habe, ist es mir gelungen, ihn zu fangen, und dann habe ich ihn mit nach Hause genommen. Ich dachte, es wäre besser, wenn dein Mann nichts davon erfährt. Sonst hätte er ihn vielleicht zurückverlangt und die Schlange des Anstoßes vielleicht wieder als Freundinnenschreck eingesetzt. Oder findest du, ich sollte ihn …«

»O nein, aber ich muß das dennoch erst einmal verdauen. Du hättest zumindest mit mir gemeinsam überlegen können, ob … ach was, was soll das Gequengel.«

»Seit der Scheltopusik bei mir ist, bin ich dir erst zwei- oder dreimal auf der Straße begegnet, und irgendwie ergab sich nicht die Gelegenheit, dir …«

»Ausreden«, sagte sie unwirsch, »aber ich bin dir nicht böse. Das ist in Ordnung, du wolltest mich vor dem Sturm schützen. Die Frage ist nur, ob jemand ohne sein Wissen vor dem Sturm geschützt werden möchte. Nun denn, es spielt weiter keine Rolle.«

»Du siehst wunderbar aus«, sagte ich.

»Ich tröste mich mit schönen Kleidern.«

»Stehst du denn immer noch unter Beschuß?«

»Seit Wim bei uns wohnt, ist es besser. Abel hält sich zurück, wenn Wim in der Nähe ist. Aber sobald er fort ist, öffnet er alle Schleusen. Ich mache mich dann so schnell wie möglich aus dem Staub. Manchmal aber ... ach, ich will nicht jammern. Ich wollte dich eigentlich etwas fragen, aber erst muß ich dir erzählen, daß wir einen DNA-Test haben machen lassen. Und der hat sonnenklar gezeigt, daß all seine Nachkommen tatsächlich von ihm abstammen. Jetzt kann er mir keinen Vorwurf mehr machen, aber ...«

»Einen DNA-Test? Und er war damit einverstanden?«

»Das ist Wims Verdienst. Der sagte eines Abends ganz beiläufig:

›Abel, es ist unangenehm, dir das sagen zu müssen, aber irgendwann muß es eben heraus: Wir stammen nicht von demselben Vater.‹

›Was faselst du da?‹ sagte mein Mann fuchsteufelswild.

›Nein, wir stammen nicht vom selben Vater. Mutter ist seinerzeit fremdgegangen, du bist ein Kind vom Notar Zielstra, und ich stamme von dem Onkel ab, der immer mit Vater Schach spielte.‹

Mein Mann kochte vor Wut. Er war rasend. Er schrie Wim an, daß er das Andenken seiner Mutter besudele. Doch Wim wiederholte unerschütterlich: ›Wir stammen nicht vom selben Vater‹, und mein Mann widersprach ihm immer wieder, bis Wim schließlich sagte: ›Warum lassen wir nicht einen DNA-Test machen, dann wissen wir es genau.‹

›Überflüssig, reine Geldverschwendung.‹

›Ich bezahle, es kostet nur sechshundertfünfzig Euro.‹

Nachdem sie sich dann noch ein paar Tage herumgestritten hatten, sind sie zum Hausarzt gegangen, der sie zu einem Spezialisten überwiesen hat. Wim hat auch die vier Tests der Kinder bezahlt, und danach konnte er es ihm schwarz auf weiß geben. Aber mein Mann wollte das Ergebnis nicht akzeptieren und brüllte, Wim habe den Arzt bestochen, woraufhin Wim erwiderte, er verstehe das auch nicht, wo er doch absolut davon überzeugt gewesen sei, daß sie nicht vom selben Vater abstammten ... Tja, Wim hatte mir vorher schon gesagt, er wolle Abel mit seinen eigenen Waffen schlagen.«

»Das hat er zu mir auch gesagt.«

»Da kannst du mal sehen ... Ja, Wim hat eine Jesuitenschule besucht oder wie die auch immer heißen mag ...«

»Internat? Aber ist ja auch egal. Hauptsache, dein Mann stößt jetzt nicht mehr ganz so ins Horn.«

»Wenn dem nur so wäre! Weißt du, was er mir immer zuzischt, wenn Wim einmal nicht in der Nähe ist: ›Glaub ja nicht, daß du jetzt von aller Schande frei bist, bloß weil die Kinder zufälligerweise von mir sind, vorausgesetzt, diese Schurken im Krankenhaus haben mich nicht reingelegt. Seit wir verheiratet sind, bist du fremdgegangen, du hast mit jedem Kerl angebändelt, der dir über den Weg gelaufen ist.‹ Dann folgen die Namen, es ist unglaublich, er hat eine ganze Latte von Namen im Kopf, er erinnert sich an Männer, die vollständig aus meinem Gedächtnis getilgt waren ... Zahnärzte, Tankwarte, Kellner, Lebensmittelhändler, Lehrer der Kinder ... du kannst es dir nicht vorstellen. Speiübel wird mir davon. Aber das ist nicht einmal das Schlimmste. Das Schlimmste ist, daß er jetzt auch ständig behauptet, ich hätte was mit Männern hier aus dem Dorf ... mit ... mit ... allen möglichen. Das macht mich manchmal so fertig, daß ich in letzter Zeit immer häufiger denke: Es wäre verdammt noch mal sein gerechter Lohn, wenn ich tatsächlich einmal etwas mit einem anderen Mann anfinge. Aber was soll ich machen, ich bin immer eine anständige Frau gewesen. Wäre ich doch bloß so eine Asphaltfee!«

Sie schwieg einen Moment und sah mich mit dem

schelmischen Lächeln an, das ich so gut kannte. »Weißt du, was merkwürdig ist? Wen immer er auch nennt, du bist nicht dabei.«

»Bestimmt geht er davon aus, daß du mit so einem kahlen, knorrigen Gnom natürlich nie etwas anfangen würdest.«

»Nun ja, wenn ich daran denke, wen er sonst so in Betracht zieht... oder würdest du behaupten, der blasse, aufgedunsene Gemeindepfarrer, der mit klapperndem Gebiß auf seinem Opafahrrad durchs Dorf scheppert, ist kein knorriger Gnom?«

»Glaubt er etwa tatsächlich, daß du mit dem Gemeindepfarrer...«

»Ja, warum er dich also nicht erwähnt...? Vielleicht denkt er, du bist genauso wild wie er auf diese Gräte mit ihrem Riesenstativ. Da könnte im übrigen durchaus etwas dran sein, denn ich habe von einer Freundin gehört, du hättest noch nie so glücklich dreingeschaut wie an dem Nachmittag, als das Buch präsentiert wurde und ihr beide gemeinsam signiert habt. Um so besser, dann denkt er vielleicht auch nicht gleich an dich, wenn ich nachts plötzlich die Flucht ergreifen muß... deshalb wollte ich dich also fragen... Nein, erst muß ich dir noch etwas erzählen: Sogar seinen eigenen Bruder hat er im Verdacht! Der will nun so bald wie möglich ins Seniorenheim ziehen, und wie soll das werden, wenn Wim weg ist?«

»Wieder nach Maarsbergen vielleicht? Oder zu einem deiner Kinder?«

»Klar, aber wenn ich mitten in der Nacht... Du sprachst neulich davon, daß du ein Gästebett hast.«

»Willst du hierherkommen?«

»Nur um vorübergehend eine Unterkunft zu haben. Wenn es im Ort ein Frauenhaus gäbe... tja, das gibt es hier nicht, und ich weiß auf die Schnelle keine andere Lösung. Ich könnte natürlich ins Auto springen und zu einem meiner Kinder fahren, aber die wohnen beide so weit weg.«

Sie schob eine Locke zurück in ihr wohlfrisiertes Haar.

»Und für den Fall, daß er meine Schlafzimmertür aufbricht, habe ich mir eine Strickleiter gekauft. Die liegt unter meinem Bett, und ich habe auch schon damit geübt. Wenn er auch nur anfängt, an meiner Tür zu rütteln, bin ich schon draußen, und wenn ich dann bei dir ... Gott, das muß man sich einmal vorstellen: Ich fliehe mitten in der Nacht zu dir. Du schläfst, und ich stehe draußen und hämmere gegen die Fensterscheibe.«

»Ich werde die Hintertür offen lassen. Vor Einbrechern brauche ich hier keine Angst zu haben, die Diebe bevorzugen die Villen an der Goldküste. Ich zeige dir, wo das Gästebett steht. Vielleicht wird Anders anschlagen, aber die schläft vorn. Ich wette zehn zu eins, daß du unbemerkt ins Haus schleichen kannst. Und selbst wenn ich aufwache, ich schlafe sofort wieder ein. Mach dir also keine Sorgen.«

»Vielleicht übertreibe ich ja auch, aber für den Fall, daß ... Wenn mitten in der Nacht das Zeitungsflugzeug übers Haus fliegt, wird er wach und kann ...«

Sie schwieg und versuchte zu lächeln, was ihr aber nicht gelang; noch einmal sagte sie: »Das muß man sich einmal vorstellen.«

»Ach, denk einfach daran: *Things can never be so bad, they can't be worse.*«

Slano

Wochenlang wachte ich nachts auf, wenn das Zeitungsflugzeug über das Dorf hinwegflog. Oft schlummerte ich wieder ein, ebenso oft schreckte ich anschließend im Morgengrauen aus dem Schlaf auf. War das das knarrende Quietschen der Hintertür? Nein, nur das Heulen des Waldkauzes. Oder das laute Rumoren eines Igels in den Brombeersträuchern. Oder der bereits wieder verebbende Lärm eines *Easy Jet*, der zur Unzeit auf dem Weg nach Schiphol war.

Oft stand ich hellwach um halb fünf auf und setzte mich an den Flügel. Ich spielte dann die Variationen *Vieni amore* von Beethoven und *Märchen*, Opus 51, Nr. 3, von Medtner, und ich sang, mich selbst begleitend, *Geheimnis* von Goetz.

Mitte Dezember gelangte ich, durch chronischen Schlafmangel ausgelaugt, zu der Überzeugung, daß es dort in der Villa an den Seen offenbar weniger schlecht stand, als ich gedacht oder vielleicht sogar gehofft hatte. Nie würde sie durch die Hintertür zu mir ins Haus schleichen. Wie sollte es auch anders sein: Schon das Vornehmen, nachts mit einer Strickleiter aus dem Haus zu fliehen, ist an und für sich bereits beruhigend. Die tatsächliche Flucht kann man sich dann sparen.

Auch wenn ich wieder etwas besser schlief, eine gewisse Unruhe blieb. Angenommen, sie traute sich nicht, mitten in der Nacht zu fliehen, bestand dann nicht die Gefahr, daß er sie früher oder später, wie das Wort Gottes in Jesaja 58, Vers 4, lautet, »mit gottloser Faust« bearbeiten würde? Oder würde es so weit nicht kommen, würde sie sich – denn schließlich war er bereits weit in den Siebzigern – tapfer verteidigen? Würde sie vielleicht, Selbstrespekt hin oder her, doch zurückschlagen?

Wenn ich morgens mit Anders Gassi ging, dann sah es immer so aus, als sei ich angeleint, und sie zöge mich an ihrer Leine zu der kleinen Grünanlage, die neben der gräflichen Villa liegt. Vom Pfad entlang des Hauses aus, der erst zu dem kleinen Park und dann weiter zu den Seen führt, konnte ich durch die hohe Ligusterhecke hindurch einen Blick in das große Küchenfenster werfen. Sehr bald schon fand ich heraus, daß wir nicht zu früh vorbeikommen durften. Für sie galt offenbar nicht, was der Dichter der Sprüche als Eigenschaft einer guten Hausfrau nennt: »Sie steht vor Tages auf und gibt Speise ihrem Hause und Essen ihren Dirnen.« Vor acht brannte nie Licht, doch jedesmal leuchteten kurz nach acht die Küchenlampen auf, und ich konnte sie in einem Kleidungsstück herumgehen sehen, das Morgenrock, Peignoir, Kimono oder Morgenmantel genannt wird. Derartige Gewänder waren mir schon immer zuwider. Warum ziehen die Leute nach dem Duschen nicht gleich ihre normalen Kleider an? Warum muß man aus dem Aufstehen ein so in die Länge gezogenes Ritual mit einer Zwischenphase machen, während der man, mit einem solchen Kimono bekleidet, schon mal frühstückt? Solche zeitraubenden Gewohnheiten können sich nur reiche Faulenzer erlauben.

Wie dem auch sein: Wenn ich sie in der Küche umhergehen sah und schon wieder mannhaft schlucken mußte, weil sie schon wieder so einen Morgenrock trug, war ich doch immerhin beruhigt: Auch diese Nacht hatte sie gut überstanden. Manchmal stand sie ganz dicht am Fenster, und ich konnte ihr noch ungeschminktes Gesicht, das vom offen herabhängenden Haar umrahmt wurde, im hellen Lampenlicht ausführlich betrachten. Leider erwies sich dies jedesmal als ernüchternde Erfahrung. Man bekommt einen Riesenschreck, wenn man eine Frau, die sich sorgfältig und perfekt zu schminken pflegt, plötzlich ohne Make-up erblickt. Man könnte dann meinen, sie sei sehr krank.

Ihn sah ich nie in der Küche. Offenbar stand er später auf. Vielleicht brachte sie ihm das Frühstück ans Bett und vergalt so Böses mit Gutem.

An einem dieser finsteren Tage im Dezember, zwischen Weihnachten und Neujahr, wenn es kaum hell werden will und es um drei Uhr bereits wieder zu dämmern beginnt, ging das Licht erst um Viertel nach neun an. Seit acht war ich, immer unruhiger werdend, durch den kleinen Park spaziert und hatte mich gefragt, was ich tun sollte, wenn die beiden Lampen über der Anrichte nicht irgendwann aufleuchteten. Zuerst Onkel Wim informieren?

Als die Küchenlampen gottlob doch eingeschaltet wurden und ich sie herumgehen sah, hob ich Anders erfreut in die Höhe: »Schau«, sagte ich, »da ist sie.« Ich setzte den Hund wieder auf den Boden und spähte nach ihrem Gesicht. War sie noch blasser als sonst? Es schien so, aber sicher war ich mir nicht. Was ich sah, war ihr orthodox-kalvinistisches Gesicht, und das war nun einmal leichenblaß und fahl und alt.

Anders und ich gingen nach Hause, aber den ganzen Tag über war mir, als liefe ich Schlittschuh auf knackendem Eis, durch das ich jeden Moment hindurchbrechen konnte. Immer wieder sagte ich zu Anders: »Sollen wir einen kleinen Spaziergang machen?«, und dann wedelte sie freudig mit dem Schwanz. Unglaublich, schon wieder raus, wem habe ich das nur zu verdanken, sah man sie denken. Dann gingen wir ein paarmal die Akolythenstraße auf und ab, und Anders beschnüffelte ausgiebig Baumwurzeln, die sie vor einer halben Stunde bereits gründlich beschnüffelt hatte. Früher oder später würde

Leonora dort ihren Neufundländer ausführen. Mit etwas Glück würde ich sie zufällig treffen.

Kurz nach vier ging ich zum fünftenmal über die Akolythenstraße. Die ginstergelben Straßenlaternen brannten bereits. Am Ende der Straße, wo ausschließlich hohe Linden stehen, war es stockfinster. An meinem plötzlich eifrig schwanzwedelnden Hund konnte ich sehen, daß im Dunkeln ein Bekannter mit einem bekannten Hund auf uns zukam. Mein Herz pochte. Ob sie es war? Trotz allem unerwartet, tauchte Leonora aus der Dunkelheit auf.

Sie sagte: »Da bist du ja, ich hatte so sehr darauf gehofft, dich hier zu treffen. Ich hatte überlegt, dich anzurufen, aber ... aber ... ständig waren Leute im Haus, meine Kinder, seine Kinder. Sie sind übrigens immer noch da und Onkel Wim auch. Natürlich hätte ich dir kurz am Telefon sagen können, daß ... aber ...«

»Was ist passiert?«

»Er ist weg«, sagte sie, »wenn ich ... wenn ...«

Sie zog an der Leine ihres Neufundländers und sah mich kurz mit scheuem Blick an. »Heute nacht gegen fünf wachte ich plötzlich auf. Ich hörte ihn durch den Flur gehen. Er rief irgendwas, aber ich konnte es nicht genau verstehen, weil gerade ein Flugzeug übers Dorf flog.«

»Ja, heute morgen war der Teufel los«, sagte ich, »kurz vor fünf ging es bereits los. Lauter Chartermaschinen mit Wintersportlern, nehme ich an.«

»Wirklich, ich konnte nicht verstehen, was er rief. Ich dachte, es wären wieder so zärtliche Worte wie Flittchen und Drecksschlampe, und als er dann heftig gegen meine Tür hämmerte und daran rüttelte, da saß ich aufrecht in meinem Bett und habe ganz laut zurückgebrüllt. Eine ganze Weile hat er noch gehämmert und gerüttelt. Ich bin aufgestanden und habe gedacht: Nun ist es doch noch so weit gekommen, daß ich meine Strickleiter rausholen muß, aber dann hörte ich ihn über den Flur schlurfen, und seine Schlafzimmertür fiel ins Schloß. Also bin ich wieder ins Bett gegangen und habe noch eine ganze Weile wach gelegen; ich weiß nicht wie lange, aber schließlich bin ich doch wieder eingeschlafen. Gegen neun wurde ich wach. Er taucht immer erst so um zehn herum auf, doch als es halb elf schlug, war er immer noch nicht da. Um elf habe ich dann vorsichtig seine Schlafzimmertür geöffnet und ins Zimmer gespäht und ...«

»... und hast bemerkt, daß er weg war.«

»Weg? Nein, er lag ganz ruhig da. Ich sah, daß ein wenig Spucke von seinem Mund auf die Decke getropft war. Mir war in dem Moment überhaupt noch nicht klar ... ich rief seinen Namen ... dann kam der Hund und begann ganz erbärmlich zu heulen.«

Nervös streichelte sie ihrem Neufundländer über den Rücken. Mit seinen traurigen großen Augen sah er zu ihr hoch. Sie sagte, halb zu dem Hund, halb zu mir: »Er hat natürlich um Hilfe gerufen und an meiner Tür gerüttelt, weil er ... Normalerweise hätte ich ja auch gleich etwas unternommen, hätte ich ihn sofort ins Krankenhaus gebracht, und man hätte ihm vielleicht noch helfen können. Dann wäre er jetzt nicht tot. Bei einem Herzinfarkt kann man heute noch so viel machen, wenn man rechtzeitig beim Arzt ist ... Was meinst du? Ich fühle mich hundeelend und bin todunglücklich. Wenn er und ich ... wenn wir noch in einem Zimmer geschlafen hätten ... aber so ... man kann sich hundertmal sagen: Es war das Aufeinandertreffen unglücklicher Umstände, aber trotzdem habe ich das Gefühl, versagt zu haben.«

»Ich glaube nicht, daß du dir irgendwelche Vorwürfe machen mußt«, sagte ich besänftigend.

»Mag sein«, erwiderte sie, »aber mir kommt es doch so vor. Wie die Kinder und Wim mich angestarrt haben, als ich es ihnen erzählte ... Sie können es nicht verstehen und fragen immer wieder: Warum hast du nicht nachgesehen?«

»Wußten sie denn nicht, daß er nachts manchmal ausrastete?«

»Ich habe meinen Kindern gegenüber nie viele Worte darüber verloren. Ach, man versucht eben, tapfer zu sein ... und außerdem: Er war doch ihr Vater.«

»Vielleicht solltest du ihnen jetzt doch noch erklären, warum du in deinem Zimmer geblieben bist.«

»Meinst du wirklich? Jetzt noch? Ich will, daß sie auch weiterhin gut von ihm denken.«

»Jedenfalls brauchst du dir keine Vorwürfe zu machen. Wenn so ein Flugzeug im Sinkflug herandonnert ...«

»Jaja, aber danach hat er auch noch gerufen, bloß ich ... Warum bin ich nicht kurz hingegangen, um nachzusehen, was los ist, warum hab ich das nicht getan? Was denkst du, kannst du mir nicht helfen?« Sie sah mich so flehentlich an, daß ihre großen Erwartungen mir einen Schrecken einjagten. »So eine unheimliche Schlange, und du machst eine harmlose Eidechse daraus. Könntest du nicht etwas Ähnliches ...?«

»Ja, aber das ist was ganz anderes«, stotterte ich.

Sie sah mir fest in die Augen und zog dann ihren Hund zu sich heran. »Du kannst mir auch nicht helfen«, sagte sie enttäuscht. »Das muß ich mit mir selbst ausmachen; niemand kann mir dabei helfen, mit mir selbst wieder ins reine zu kommen. Warum bloß das alles ... so ein lieber Mann ... Tot, jetzt ist er tot, und ich bin schuld.«

»Das bist du nicht«, sagte ich. »Selbst wenn du ihn wie der Blitz ins Krankenhaus gebracht hättest, hätte er es vielleicht nicht mehr geschafft. Er war bereits weit in den Siebzigern, und er hatte früher schon einmal einen Schlaganfall.«

»Aber dann hätte ich doch zumindest seine Hand halten können. Jetzt ist er einsam gestorben, und vielleicht hat er noch gelitten, als er im Bett lag ... Oh, ich darf gar nicht daran denken ...«

»Glaub nicht, du bist die einzige, solche ungewollten Versäumnisse quälen viele«, sagte ich, um ihr Mut zu machen. »Es gibt nur wenige Dinge, über die sich Menschen so grämen können. Oft schleppen sie diese Last jahrelang mit sich herum. Glaub mir, vielen geht es so.«

Zutiefst erschrocken sah sie mich an. »Stimmt das?« fragte sie beinah gekränkt.

»Wenn jemand gestorben ist, kann man nichts mehr ausdiskutieren«, sagte ich, »nichts mehr gutmachen, nichts mehr ins Lot bringen ...«

»Ich muß zurück«, sagte Leonora grimmig, »bestimmt fragt man sich schon, wo ich so lange bleibe. Alles mögliche muß jetzt erledigt werden. Nachher kommt der Bestattungsunternehmer.«

»Soll ich dich kurz begleiten?« fragte ich sie.

»Lieber nicht«, erwiderte sie kühl. »Es wäre mir nicht recht, wenn Wim und die Kinder sähen, daß ich mit einem Mann unterwegs war, nein, das wäre mir gar nicht recht.«

Ein äußerst feiner Nieselregen setzte ein, dessen Tröpfchen gleichsam vom Himmel schwebten. Sie wandte mir den Rücken zu und löste sich in dem zarten Wasserschleier auf. Es sah fast so aus, als würde sie davon verschluckt. Ein Stück weiter, dort, wo die ginstergelben Straßenlaternen brannten, tauchte sie verschwommen wieder auf. Es schien beinah, als ginge sie für immer fort, und während ich in die entgegengesetzte Richtung nach Hause ging, hatte ich das Gefühl, als hätte auch ich versagt. Meine Frau hatte in Zeiten großer und kleinerer Krisen immer zu mir gesagt: »Du bist mir überhaupt keine Hilfe.« In den entscheidenden Momenten sagte ich immer das Falsche. Anstatt jemanden zu trösten oder aufzumuntern, schilderte ich ihm stets nur nach bestem Wissen und Gewissen, was ihm alles bevorstand.

An dem Nachmittag, als Abel beerdigt wurde, dämmerte es bereits um drei Uhr, und um vier war es schon fast dunkel. Da er kurz nach vier bestattet wurde, standen wir – nie zuvor hatte ich das erlebt – im Finstern um das Grab. Nach der Trauerfeier war Gelegenheit, der Familie im Vestibül der Villa zu kondolieren. Als ich Leonora schweigend die Hand drückte, hatte ich den Eindruck, daß sie ein wenig erstaunt war, auch mich zu sehen. Verdattert ging ich weiter. Ich gab den Kindern die Hand und schließlich auch Onkel Wim.

Dann schlenderte ich durch das Vestibül. Konnte ich jetzt bereits gehen, ohne die Regeln des Anstands zu verletzen? Oder mußte ich höflichkeitshalber vorher eine Tasse Kaffee und ein Stück Kuchen zu mir nehmen? Ich stieß in der halbdunklen Halle mit einem großen Mann zusammen. Der Riese wich zurück, streckte dann seine Hand aus und sagte förmlich: »Mein Beileid«, worauf ich ebenso förmlich erwiderte: »Auch Ihnen mein Beileid, Herr Gras.«

Mit seinen Koboldäffchenaugen spähte er zu mir herüber, als wollte er durch mich hindurchsehen.

»Ich werde Sie demnächst besuchen. Ich muß mit Ihnen reden«, sagte er.

»Worüber, wenn ich fragen darf?«

»Über den Fotoband von Lotte Weeda.«

Ein Mädchen in schwarzem Kleid und weißer Schürze bot uns auf einem Tablett Kaffee und Kuchen an. Mit einer Tasse in der Hand, auf der das kanariengelbe Kuchenstück wie ein Deckel lag, ging Gras ohne ein weiteres Wort rasch weg. Während ich noch mit Tasse und Kuchen balancierte, sprach mich ein hochgewachsener Bursche an.

»Oma sagt, daß Sie meine Schlange haben«, sagte er entrüstet.

»Stimmt.«

»Geben Sie mir das Tier, ich will es unbedingt wiederhaben«, sagte er.

»Wer gab dir das Recht, das Tier aus seinem Biotop zu entführen?«

»Ich will es wiederhaben.«

»Weißt du noch, wo du es gefangen hast?«

»Gleich hinter dem Campingplatz in Slano. Die Schleiche gehört mir, ich will sie wiederhaben. Sie müssen das Tier rausrücken.«

»Jetzt weiß ich, wo es herkommt, und kann es im nächsten Frühjahr zurückbringen.«

Der Junge sah mich mit stierem Blick an. Dann stieß er einen heiseren Schrei aus und rannte quer durch die große Halle zu seinem Vater, den er heftig am Ärmel zog. Der Vater schob den Jungen grob zur Seite und fuhr fort, die Hände der Kondolierenden zu schütteln. Ich trank meinen Kaffee, verschlang den Kuchen, stellte die Tasse auf ein Tischchen, warf einen letzten Blick auf Leonora. In ihrem knapp geschnittenen schwarzen Kostüm sah sie fürstlich aus. Mit großen Schritten durchquerte ich die Halle. Es sah so aus, als sei ich bereits nach Slano unterwegs, um dort den Scheltopusik freizulassen, hinter dem Campingplatz zwischen Oleander, Lavendel und dunkelblauem Enzian.

Teake Gras

An einem der stillen, finsteren Tage gleich nach dem Jahreswechsel schnitt ich den Schlehdorn entlang des Wegs zu meinem Hof. Aus der fahlen Nachmittagsdämmerung tauchte ein Riese auf. Obwohl es kaum mehr als ein oder zwei Grad über Null war, trug er nur ein schwarzes Jackett. Um seinen Hals hatte er einen schwarzweiß karierten Schal gewickelt, der in Höhe seines Kehlkopfs zusammengeknotet war. So wie er dort schnaufend und stampfend, weiße Atemwölkchen ausstoßend, mit schräg nach vorne ragendem Schal durch das frühe Abendgrau marschiert kam, sah er fast aus wie eine Lokomotive mit Schneepflug aus einem alten Western. Merkwürdigerweise kam mir bei diesem Anblick automatisch der Gedanke, die Lokomotive könne jeden Moment entgleisen. Es war Teake Gras.

»Wie ich Ihnen bei Abels Begräbnis bereits sagte, möchte ich gerne mit Ihnen etwas Wichtiges besprechen«, rief er, wobei er fast schon drohend eine weiße Plastiktasche hin und her schwenkte.

»Heraus damit, was haben Sie auf dem Herzen?« fragte ich.

»Das sage ich Ihnen gern«, erwiderte er, »aber nicht hier draußen.«

Mißtrauisch spähte er zwischen den pechschwarzen Schlehdornstämmchen hindurch.

»Oh, hier ist ansonsten keine Menschenseele.«

»Das will ich gern glauben, doch es kann immer mal jemand vorbeikommen. Ich würde also doch gern ...«

»Wir können uns kurz in die Beiküche setzen.«

»Sehr freundlich.«

Auf dem Weg zum Haus hörte ich hinter mir das leise Knistern von Kunststoff, weil die Tasche so heftig hin und her geschleudert wurde, daß sie manchmal die Schlehdornsträucher streifte.

In der Beiküche knotete Teake seinen Schal los und schielte dabei mißtrauisch zu dem Terrarium hinüber, wo der Scheltopusik schlummerte.

»Möchten Sie vielleicht etwas trinken? Eine Tasse Tee?«

»Wollten Sie sowieso gerade für sich eine Kanne machen?«

»Mehr oder weniger.«

»Dann trinke ich gern eine Tasse mit.«

Während ich in der Küche Wasser aufsetzte, hörte ich, wie er sich ein paarmal räusperte. Mit lauter Stimme donnerte er los: »Heute nacht wurde ich um kurz vor fünf wach. Das erste Flugzeug dröhnte über das Dorf, das Zeitungsflugzeug natürlich nicht mitgerechnet, denn das hört man schon gegen drei. Zum Glück schlafe ich nach dem Zeitungsflieger meistens noch einmal ein. Aber wenn es dann so um fünf wieder losgeht und alle zwei, drei Minuten so ein heulendes Monstrum über unsere Köpfe hinwegpfeift, dann tut man kein Auge mehr zu; jedenfalls ich nicht.«

Er wollte doch mit mir über den Fotoband sprechen. Warum klagte er dann über den Flugzeuglärm? dachte ich.

»Das ganze Dorf leidet darunter«, entgegnete ich. »Die Leute sind nervös, gereizt, aggressiv und deprimiert. Aber was soll man dagegen tun? Wenn man die Beschwerdestelle anruft, geht dort nur ein Anrufbeantworter ran.«

»Das weiß ich«, erwiderte Teake Gras, »einmal habe ich etwas darauf gesprochen, und danach hütet man sich, erneut anzurufen.«

»Wollen Sie etwas gegen den Lärm unternehmen? Da bin ich sofort dabei, ich ...«

»Ich komme nicht wegen der Flugzeuge«, sagte Teake mürrisch. »Ich komme wegen des Buchs. Nachdem diese Monstren mich heute morgen geweckt hatten, habe ich im Bett wieder darüber nachgegrübelt.«

Mit einem lauten Schlag ließ er die Plastiktasche auf den Tisch knallen und nahm ein Exemplar des grünen Fotobuchs heraus. Das Knistern des billigen Plastiks übertönte das Brodeln des allmählich kochenden Teewassers.

»Schon von Anfang an«, sagte Teake, »hatte ich ein ungutes Gefühl. Als das Fräulein mich fragte, ob sie mich in ihr Buch bringen dürfe, hab ich zu ihr gesagt: Ich teile mein Gesicht nicht mit einem Stück Papier. Sie waren dabei, Sie sind mein Zeuge. Tja, das Fräulein drängte und überredete mich dazu, daß sie noch einmal vorbeikommen durfte. Und dann, beim zweiten Mal... Wären Sie bloß mitgekommen, dann wäre ich besser auf dem Quivive gewesen. Sie kenne ich. Ihr Sexbuch habe ich nicht gelesen, aber ich habe genug darüber gehört, um zu wissen, daß man mit Leuten wie Ihnen verteufelt vorsichtig sein muß. Aber dieses Fräulein allein ... ihre liebliche Stimme, und diese Schmeicheleien ... schließlich sagte ich: Dann machen Sie halt ein Foto von draußen durchs Fenster. Ich dachte, dann ist von Teake nicht die Bohne zu sehen. Ich weiß nicht, wie sie es geschafft hat, aber ich bin haarscharf abgebildet, man sieht mich ganz deutlich im Wohnzimmer stehen.«

»Es ist ein wunderbares Foto. Sie war sehr glücklich darüber. Sie sagte immer: Ich bin ja so froh, daß ich diesen Mann mit seinem friesischen Schädel ...«

»Das stimmt, ich bin in Friesland geboren und hab dort gewohnt, bis ich sechs war. *Heit en Mem*, die stammen aus Joure, Gemeinde Haskerland, sie nahmen am ›Strontrace‹ teil, von Stavoren aus mit einem Kahn voll Mist übers IJsselmeer und dann durch Kanäle und Entwässerungsgräben, bis sie hier landeten und zueinander sagten: Was ist das für ein wunderschönes *doarpje*. Sie konnten hier einen kleinen Betrieb übernehmen. Gut, gut, das *fryske lân* und das *fryske libben* üben weiterhin einen Sog aus. Meine Brüder sind alle nach Friesland zurückgegangen, aber *fryske kop* oder nicht, ich hätte auf die Stimme meines Herzens hören sollen, ich hätte sagen müssen: Du *snichel*, verschwinde, ich will nicht in das Buch.«

»Ist es denn eine solche Strafe, in dem Buch zu sein? Es ist wunderschön, es verkaufte sich wie geschnitten Brot, die Leute haben sich darum geprügelt. Wenn Sie in den Supermarkt kommen, dann werden Sie feststellen, daß dort mindestens zehn Zettel mit Kaufgesuchen von Leuten an der Pinnwand hängen, die noch kein Exemplar haben. Und *all over the world*, bis in Australien, Neuseeland und Kanada, blättern Nachkommen und Emigranten aus Monward mit feuchten Augen darin.«

»Ja, ja, das sagen Sie so schön, aber das ändert nichts daran, daß ...«

Er schlug mit der flachen Hand auf das Buch, öffnete es und blätterte bis zum Inhaltsverzeichnis vor. Dann schob er das aufgeschlagene Buch über den Tisch zu mir herüber.

»Schauen Sie sich die Namensliste einmal genau an. Als ich vor etwa einem Monat wegen der verdammten Flugzeuge nicht mehr schlafen konnte, da fiel mir plötzlich ein: Mindestens acht sind schon tot. Sofort bin ich aufgestanden und habe das Buch rausgekramt. Die Verstorbenen habe ich dann angekreuzt. Acht, hatte ich gedacht, als ich noch im Bett lag, aber es waren sogar zehn. Zehn waren es bereits.«

»Das ist doch nicht verwunderlich. Sie hat vorwiegend alte Menschen fotografiert.«

»Ach ja? Dann schauen Sie mal hier… dieser junge Mann, Wim Galis, zweiundzwanzig oder so.«

»Als es gerade mal zwei Tage gefroren hatte, da ist er schon auf dem Dreifaltigkeitssee Schlittschuh gelaufen. Kein Wunder also …«

»Stimmt. Er ist auf dünnem Eis gefahren und eingebrochen. Man hat ihn recht schnell herausgeholt, doch während sie ihn nach Hause trugen, schwanden die Lebensgeister. Wie viele solcher Burschen gibt's hier im *doarp*? Bestimmt einhundert, und von diesen hundert hat sie ausgerechnet ihn …«

»Zusammen mit zwei Freunden. Und die laufen immer noch kerngesund herum.«

»Die sind auf dem Foto so verschwommen, daß man sie kaum erkennt.«

»Sie wollen damit doch nicht etwa sagen …«

»So ein lärmendes Monster hat mich geweckt, ich lag im Bett und grübelte, ich dachte, verdammt, *verrek, d'r ben d'r al acht uut dat boek fuort gegaan, ik sprong d'r uut, ik vinkte ze af, en 't waren d'r al tien.*«

»Zehn von zweihundert.«

»Wenn es in dem Tempo weitergeht… Wann ist das Buch erschienen? Vor vier Monaten etwa… dann werden in einem Jahr dreißig Leute tot sein, und in knapp sieben Jahren alle, die in dem Buch sind. *Moorsdood.*«

Hastig blätterte er in dem Buch herum, knallte es dann geöffnet auf den Tisch und zeigte mit ausgestrecktem Finger darauf.

»Abel«, sagte er, »hier haben wir Abel. Ich war am nächsten Morgen sofort bei ihm. Abel, sag ich, *d'r ben d'r al tien fuort ût dat boek*. Wir müssen etwas unternehmen. Und was sagt Abel? Er sagte: ›Ich glaube, du spinnst, sie hat fast nur Alte fotografiert. Van Beusekom junior lag sogar schon unter der Erde, bevor das Buch überhaupt erschienen war. Aber der war ja auch schon weit über neunzig, so merkwürdig ist das also nicht.‹ Nein, Abel wollte es nicht glauben. Er war ein dummer, durch und durch nüchterner Holländer. Ein einziger Brocken gesunder Menschenverstand, und jetzt? Auch schon abgehakt. Als Leonora mich anrief und sagte, daß er tot sei, da dachte ich: Jetzt ist das Maß voll, jetzt muß damit Schluß sein.«

Ich stellte einen Becher Tee vor ihn hin. Er fiel darüber her, als sei er tagelang durstig durch die Wüste geirrt.

»In unserem Dorf«, sagte er, »versterben pro Jahr ungefähr vierzig, fünfundvierzig Menschen. Manchmal ein paar mehr, manchmal ein paar weniger. Also ungefähr dreieinhalb pro Monat.«

»Zehn in vier Monaten«, sagte ich, »sind also nicht auffällig. Das liegt sogar unter dem Durchschnitt.«

Hastig schluckte er seinen Tee hinunter. Er mußte husten und wischte dann seine Tränen beiseite. »Gewiß, aber die zehn ... zehn? Mit Abel sind es schon elf! Alle elf standen im Buch, ich meine ... Sie verstehen doch, was ich sagen will? Wenn hier im Dorf während der letzten vier Monate zwölf oder dreizehn Menschen gestorben sind, und zehn davon plus Abel standen in dem Buch, dann ist das doch auffällig, oder bin ich *healwiis*?«

»Zehn, ähm ... elf von zwölf, das kann durchaus Zufall sein.«

»Zufall? Es gibt keinen Zufall. Ich habe mich noch nicht erkundigt, wer kürzlich hier im Dorf sonst noch gestorben ist. Das werde ich noch tun, ich werde zur Gemeindeverwaltung gehen. Woran ich mich aber erinnere ... Meiner Meinung nach ist während der letzten vier Monate hier im Dorf niemand gestorben, dessen Fratze nicht in diesem Buch abgebildet ist. Oder erinnern Sie sich an jemanden?«

Ich schlürfte meinen Tee, dachte eine Weile nach.

»So eins, zwei, drei fällt mir niemand ein, aber die Todesanzeigen im Monwarder Lokalblatt überblätter ich immer.«

»Ich nicht, die lese ich immer zuerst. Schauen Sie doch ... hier, Notar Ravenwijn, ein junger Mann noch. Er fühlte sich nicht ganz wohl und ging nach Feierabend noch zum Arzt, das *Medizinische Zentrum Monward* lag sowieso auf seinem Heimweg. Ja, ja, sagte der Arzt, das könnte Leberkrebs sein. Keine drei Wochen später war er tot. Und hier, Willem Sleeman, Vorstandsmitglied des Wasser- und Bodenverbands; der hatte doch wirklich noch nicht vor, ins Jenseits zu wechseln.«

»Aber er ging auch schon auf die Achtzig zu.«

»Na und? Als ich ihn das letzte Mal sah, da war er gerade dabei, eine Reihe von Bäumen zu pflanzen, schräg neben seinem hübschen Anwesen, van Zuyderduyn.

›Willem‹, sagte ich zu ihm, ›was machst du?‹

›Ich pflanze ein paar schnellwachsende Bäume‹, sagte er, ›das ganze pißgelbe Licht vom Gefängnis dort drüben ... wenn ich nachts aufstehe, um zur Toilette zu gehen, scheint es so hell ins Haus ... In zehn Jahren ungefähr wird alles zugewachsen sein, und ich kann nachts in aller Ruhe zur Toilette gehen.‹«

»Ja, ich habe auch gesehen, daß er dabei war, Eschen zu pflanzen. Mir war sofort klar, wieso, und ich dachte: Welch ein Optimismus.«

»Er wußte, daß er noch viele Jahre vor sich hatte. Darum die schnellwachsenden Bäume ...«

»Eschen ... schnell wachsend?«

Teake hörte nicht zu.

»Er hatte noch viele Jahre vor sich, aber: im Buch und jetzt mausetot. Wie Abel.«

»Auch bereits über siebzig. Herzinfarkt, nach allem, was ich gehört habe.«

»Abel war kerngesund, ihm fehlte nichts, war noch gut in Schuß. Wollte mir nicht glauben, sagte: Teake, Mann, hör zu, du siehst Gespenster, und jetzt … nicht nur mausetot, sondern sogar schon beerdigt.«

Er trank die letzten Reste Tee aus seinem Becher und stellte diesen mit einem lauten Knall auf den Tisch.

»Eins will ich Ihnen sagen, meine Zeit ist noch längst nicht gekommen. Ich war zu Hause der Jüngste, und all meine Brüder leben noch. Außer Tjomme, aber den haben die Scheißdeutschen erschossen, der zählt also nicht mit. Eetze, mein ältester Bruder, ist zweiundneunzig; ich bin erst zweiundsiebzig, und darum ist Eetze lange vor mir an der Reihe, und Tjerk auch, und auch Sietze … Sietze ist achtundachtzig, und er hält noch jeden Sonntag eine Predigt.«

»Ein starkes Geschlecht.«

»Ja, *heit en mem* waren beide weit in den Neunzigern, ehe sie sich gen Himmel verabschiedeten; das will ich Ihnen sagen, ich werde …«

»Dazu kann ich nichts sagen, aber fest steht, daß die Reihenfolge der Ankunft nicht ausschlaggebend für die Reihenfolge des Abschieds ist. Oft gehen gerade die Jüngsten zuerst.«

»Sie wollen damit doch nicht etwa ausdrücken«, sagte er, während er sich fast drohend vor mir aufbaute und mich fixierte, »Sie wollen damit doch nicht etwa ausdrükken, daß ich vor Eetze und Tjerk und Sietze …?«

»Herr Gras, Sie wissen ebensogut wie ich, daß Familienmitglieder nicht nach dem Alter geordnet sterben.«

»Vorläufig werde ich jedenfalls nicht in die Ewigkeit eingehen«, sagte er zornig.

»Darauf deutet auch nichts hin«, sagte ich.

»Aber genau wie Abel stehe ich in diesem Buch, ich habe also schlechte Karten.«

»Ich stehe auch drin.«

»Stimmt«, sagte er, »auch Sie sind also gewarnt. Ich will nur, daß wir das Ganze genau im Auge behalten.

Zehn sind bereits tot, und Abel hat auch das Zeitliche gesegnet. Das ist doch äußerst bemerkenswert, wie ich finde. Vielen Dank für den Tee; ich wünsche Ihnen einen gesegneten Nachmittag und Abend. Wir unterhalten uns dann demnächst wieder.«

Er schob das Buch zurück in die knisternde Plastiktasche, knotete seinen Schal, so daß er erneut die Form eines Schneepflugs hatte, trat ins Freie und stiefelte dann, hin und wieder wie ein isländischer Geysir Dampfwolken ausstoßend, in den grauen Januarnebel hinaus. Er wandte sich noch einmal um und sagte: »Demnächst kommt jemand anders, der ebenfalls nachts um fünf von diesen kreischenden Monstern geweckt wird, auf die gleiche Idee. Dann stellt sich heraus, daß ich inzwischen auch bereits tot bin, und dann werde auch ich abgehakt.«

»Wenn Sie bei diesem Wetter ohne Mantel nach draußen gehen«, rief ich ihm hinterher, »dann haben Sie in null Komma nichts eine Erkältung; passen Sie also auf.«

Guna-Guna

Verbreitete Teake Gras seine bangen Vermutungen im ganzen Dorf? Oder gab es noch andere, die in ähnlicher Weise über Lottes Buch herumgrübelten und dabei zu dem Schluß kamen: Wie merkwürdig, daß bereits elf der dort Verewigten von uns gegangen sind?

So viel stand jedenfalls fest: Im Februar war das ganze Dorf sich darüber einig, daß es besser war, nicht in dem Buch abgebildet zu sein. Und einen Monat später warf man mir, wenn ich mit Anders durchs Dorf spazierte, wieder genau die gleichen Blicke zu wie nach dem Interview in der *Lokalzeit*. Immer öfter sprach man mich auch auf das Buch an.

Einer der großen Nachteile eines kleinen Dorfs ist, daß man einander ständig begegnet. Immer wieder traf ich im Buch Verewigte, die ziemlich verbittert waren und es mir beinah persönlich übelzunehmen schienen, daß ihr Foto abgedruckt worden war. Ständig mußte ich mich deswegen rechtfertigen.

»Wirklich, ich kann nichts dafür; die Fotografin hat entschieden, wer in das Buch aufgenommen wird, ich hatte damit überhaupt nichts zu tun«, hörte ich mich permanent wiederholen.

Zur Antwort bekam ich dann: »Sie haben das Vorwort geschrieben und sie im Dorf herumgeführt. Sie haben ihr bestimmt eingeflüstert: Den mußt du nehmen, den nicht. Sie selbst kannte hier schließlich niemanden.«

»Ich hatte keinerlei Einfluß auf ihre Entscheidungen.«

»Ach, und das sollen wir glauben. Von wegen! Ach, hätte ich doch nur auf die Stimme meines Herzens gehört. Als ich von der Sache erfuhr, dachte ich sofort, das ist nichts für mich. Sie aber drängte weiter, so daß ich gar keine Chance hatte, nein zu sagen.«

Anfangs wehrte ich mich noch gegen diese Vorhaltungen. »Ich erinnere mich, daß Sie sehr stolz darauf waren, zu den Auserwählten zu gehören. Als Sie bei der Präsentation das Buch bekamen und das Ergebnis sahen, strahlten Sie über das ganze Gesicht.«

Und wie die Leute dann reagierten! Meist erntete man einen bösen Blick, manchmal auch Schimpfworte und bittere Vorwürfe. Anschließend wurde man dann, wenn man diesen Giftkröten auf einer der katholischen Straßen begegnete, ostentativ nicht gegrüßt. Um Konfrontationen aus dem Weg zu gehen, spazierte ich mit Anders durch die ruhigen, wenig benutzten Sträßchen, die nach diversen Päpsten benannt waren. In der Papst-Pius-XII.-Gasse zwischen zwei Märzschauern traf ich dennoch Sirena. Sie trug eine weiße Jacke aus flauschigem Kunstpelz, Ohrringe, die so groß waren, daß ein Sommergoldhähnchen bequem hätte hindurchfliegen können, und Stiefel, die oben mit einer straßbestickten Biese versehen waren. Ihre Fingernägel waren mit feuerrotem, glitzerndem Nagellack bemalt. Alles in allem der reinste Kitsch. Dennoch hatte ich beim Anblick dieser Geschmacklosigkeiten zum Quadrat das Gefühl, als faßte mir eine Frauenhand entschlossen in den Schritt.

»Oh, schon seit Wochen warte ich darauf, Sie ... äh ... dich einmal zu treffen«, sagte sie.

»Du willst natürlich mit mir über das Buch reden«, erwiderte ich, »aber ich sage dir schon mal im voraus: Ich habe Lotte ein wenig durch unser Dorf geführt, ansonsten aber hatte ich damit nichts zu tun. Daß du in dem Buch vorkommst, war ihre Entscheidung.«

»Hast du ihre Adresse?«

»Nein, nur eine Mailadresse. *weelot@wxs.nl*.«

»Oh, das ist prima, dann kann ich ihr ja zumindest mailen. Am liebsten würde ich ja persönlich mit ihr sprechen, um ihr auf den Kopf zu die Frage zu stellen: Hast du etwas gegen mich?«

»Darauf kann ich dir bereits jetzt antworten: Sie hat nichts gegen dich, im Gegenteil, sie fand dich eine spektakuläre Erscheinung, und deshalb hat sie dich in ihr Buch aufgenommen.«

»Man hat mir berichtet, sie habe gesagt, ich sei eitel bis zum Abwinken.«

»Wer hat das gesagt?« fragte ich erstaunt.

»Die Pfarrerin.«

»Aber woher weiß die denn ...«

»Sie hat es mit eigenen Ohren gehört.«

»Wann?«

»Bei mir im Salon. Die Pfarrerin lag mit einer Schönheitsmaske in einem Behandlungsstuhl, als ich mich umgezogen habe.«

»War sie ... Die Pfarrerin lag ...« Fieberhaft versuchte ich mich zu erinnern, was ich alles gesagt hatte. Ich meinte mich zu erinnern, daß ich sie einen Schatz genannt und von ihrer hübschen Nase geschwärmt hatte. Daher also das amüsierte Funkeln in ihren Augen, wenn ich sie traf.

»Ach«, sagte ich, »das mit der Eitelkeit solltest du dir nicht so zu Herzen nehmen. Lotte hat das nur gesagt, weil du dich umziehen wolltest. Das hatte sie zuvor noch nicht erlebt. Alle andern hat sie in den Klamotten fotografiert, die sie oder er gerade anhatte. Ich habe dich auch noch verteidigt.«

»Ja, das hat man mir erzählt, vielen Dank. Du meinst also, sie ... aber warum stehe ich dann in dem Buch? Ich habe fürchterliche Angst, ich kann nicht mehr schlafen, weil alle, die in dem Buch abgebildet sind, der Reihe nach sterben. Dezentje, die Frau von Stijn, vor ein paar Wochen, und Stijn selbst nun auch.«

»Ja, aber der war nach dem Tod seiner Frau ein wenig verwirrt. Während der Rush-hour ist er in der falschen Richtung auf der A 44 herumspaziert und von einem Lastwagen erfaßt worden. Dergleichen hast du doch hoffentlich nicht vor?«

»Woher soll ich wissen, was für eine Macht sie über mich hat? Stijn hat sie bestimmt auch auf die Autobahn geschickt, sie hat asiatisches Blut in den Adern, und dann weiß man ja, woran man ist. Guna-Guna, davor fürchte ich mich wie der Teufel vor dem Weihwasser, meine Mutter hat mich auch immer davor gewarnt.«

»Ach komm, ich bin auch in dem Buch abgebildet, wie du weißt, aber vor Guna-Guna oder irgendeiner anderen stillen Kraft habe ich mich nicht eine Sekunde gefürchtet.«

»Du warst ja schließlich ihr Gehilfe, dich wird sie bestimmt nicht ...«

»Dich auch nicht, glaub mir ruhig. Alle, die inzwischen gestorben sind, waren steinalt.«

»Das stimmt nicht, der ...«

»Einverstanden, es gibt ein paar Ausnahmen, aber ansonsten ... für dich besteht überhaupt keine Gefahr, bestimmt nicht.«

»Ich wollte, ich könnte dir glauben, ich wollte, ich könnte mit ihr sprechen, denn dann könnte ich sie anflehen: Bitte, bleib mir vom Leib mit deinen unheimlichen Guna-Guna-Praktiken.«

»So ein Quatsch, Guna-Guna, wie sich das schon anhört.«

»Ja, ja, lach du nur. Vielleicht weißt du nicht so gut Bescheid, aber ich habe schaudererregende Geschichten darüber gehört. Dir würde schwindlig werden, wenn ich sie dir erzählte, in die Hosen würdest du dir machen, garantiert. Diese Leute arbeiten mit Bildern, die das Opfer darstellen, und da stecken sie dann lange Nadeln hinein ...

oh, mein Gott, was soll ich bloß tun, was soll ich um Himmels willen bloß tun? Kannst du nicht bei ihr ein gutes Wort für mich einlegen?«

»Natürlich, das tu ich gern, aber mach dir vor allem keine Sorgen, es ist alles in Ordnung.«

»Du solltest einmal hören, was die Kunden in meinem Salon so alles erzählen.«

»Auch die Pfarrerin?«

»Die habe ich nicht mehr gesehen, seit das Buch erschienen ist.«

»Dann hoffe ich, daß sie sich bald mal wieder eine Maske machen läßt, denn sie betrachtet die Sache bestimmt nüchterner.«

»Dann ist sie aber die einzige unter meinen Kunden. Alle anderen, die in dem Buch abgebildet sind, haben fürchterliche Angst ... wirklich wahr.«

»Ihr macht euch gegenseitig verrückt.«

»Alle sagen: Ihren Helfer hat sie als Mann mit der Sense abgebildet. Und du, Sirena, stehst auf der Seite daneben und streckst die Arme nach ihm aus.«

»Mein Gott«, sagte ich, »wie kommt ihr nur auf solche Gedanken? Sie hat dich doch gebeten, dir vorzustellen, du stündest am Rand eines Schwimmbeckens, so als wolltest du im nächsten Moment hineinspringen. Ich fand das damals, ehrlich gesagt, auch sehr rätselhaft, doch als ich das Foto gesehen habe, war mir alles klar: Es sollte so aussehen, als wolltest du mich umarmen.«

»Dich? Aber nicht doch, den Tod, den Mann mit der Sense.«

»Sehe ich aus wie der Tod? Habe ich einen langen schwarzen Mantel an und eine Kapuze auf dem Kopf?«

»Einen solchen Mantel trug sie selbst.«

»Ja, aber keine Sense ... Ich hatte meinen Obstgarten gemäht und war mit der Sense auf dem Weg zum Haus, als sie mich heimlich fotografiert hat.«

»Sie hat dich heimlich fotografiert?«

»Ja, ich hatte keine Ahnung. Sie hatte mir gesagt, ein kleines Porträt von mir würde beim Vorwort abgedruckt werden. Das andere Foto ... das hat sie wirklich nur gemacht, um mich zu ärgern.«

»Dann hätte sie doch Maria mit weit ausgebreiteten Armen auf die Seite daneben setzen können. Warum mußte sie unbedingt mich ... ich meine, du findest Maria doch so nett.«

»Sie hat wohl gesehen, daß ich dich viel netter finde.«

»Davon habe ich aber noch nie etwas bemerkt.«

»Weil ich ziemlich schüchtern bin und weiß, daß so eine wunderbare Frau wie du für mich unerreichbar ist.«

»Ich bin nur eine einfache Schönheitsspezialistin, und du bist weltberühmt.«

»Ach, komm.«

Und weil sie so ungeheuerlich blendend aussah und ich davon ausging, daß sie ohne zu zögern nein sagen würde, fügte ich übermütig hinzu: »Darf ich dich heute abend zum Essen einladen?«

»Du meinst es wirklich ernst«, sagte sie. »Woran hattest du denn gedacht?«

»An den *Eikenhof*. Was hältst du davon?«

»Phantastisch, da war ich noch nie.«

Also verließen wir an diesem Abend in Sirenas Wagen das Dorf. Von sieben bis zehn dinierten wir im *Eikenhof*, dem renommiertesten Restaurant in der weiteren Umgebung. Ich hatte diesen Vorschlag gemacht, weil ich auf keinen Fall ein Restaurant in Monward besuchen wollte, denn das hätte unvermeidlich Tratsch nach sich gezogen.

Wir entschieden uns beide für das Tagesmenü, das uns aufs wärmste empfohlen wurde. Zuerst bekamen wir eine Steinbuttmousse, die in einer Art Medizinflasche serviert wurde: eine Menge, die locker in einen hohlen Zahn gepaßt hätte. Dann, nach fast einer halben Stunde, brachte ein junger, aber bereits knurrig gewordener Ober eine Substanz, die einer halben Hühnerleber verdächtig ähnlich sah. Irgendwo auf dem riesigen Hühnerleberteller war außerdem ein Rucolablatt zu erkennen. Stunden später, so mein Eindruck, folgte ein untermäßiger Fisch, der einen riesigen tiefen Teller ganz für sich allein hatte.

»Ich kann durchaus verstehen, daß so ein Fisch schwimmen können muß«, sagte ich zu Sirena, »aber deshalb gleich den ganzen Weiher aufzutragen, das finde ich nun doch ein wenig übertrieben.«

»Aber es schmeckt sehr gut«, erwiderte sie.

Viertel vor neun kamen wir zum Hauptgericht. Ein Tournedos auf einem Teller, der so groß war wie das Hinterrad eines Traktors. Das Tournedos lag dort, wo beim Traktor die Radnabe ist. Drumherum war noch jede Menge Raum für allerhand Garnitur, doch der Raum war wüst und leer. Ich nahm an, Kartoffeln und Gemüse würden in separaten Schüsseln serviert, doch es stellte sich heraus, daß ich mich irrte. Als ich mein Tournedos vorsichtig zur Seite schob, entdeckte ich darunter zwei spindeldürre Bohnen und einen schmalen Streifen Chicorée.

Um halb zehn kam das Dessert. Ein köstliches Stück Eiskuchen, das erneut auf einem Teller serviert wurde, auf dem man auch ein Baby hätte wickeln können.

»Ich verstehe nicht«, sagte ich zu Sirena, »warum die Teller heutzutage so gigantisch sind. Funktionieren die Spülmaschinen besser, wenn man sie mit Elefantentellern bestückt? Sponsert die Porzellanindustrie die Restaurants? Die Ober müssen bestimmt Muskelaufbaupräparate schlucken.«

»Ich habe lange nicht mehr so wunderbar gegessen«, sagte sie. »Ein wenig besser fühle ich mich jetzt auch schon wieder. Ich bin dir sehr dankbar. Und jetzt rasch eine Zigarette.«

Auch wenn ich alles andere als unempfänglich bin für

den Reiz, der vom Anblick einer Zigarette zwischen den Fingern einer Frau mit lächerlich langen, feuerrot lackierten Nägeln ausgeht, so kratzte der scharfe, ekelhafte Geruch, der über den Tisch hinweg auf mich zuwogte, mir doch sofort im Hals. Reizhusten machte sich bemerkbar.

»Es ist schon recht spät«, sagte ich hüstelnd, »ich schlage vor, wir zahlen, und dann schnell nach Hause. Mein armer Hund ist schon den ganzen Abend lang allein und hätte längst ausgeführt werden müssen.«

»Ich bin auch oft den ganzen Abend allein«, sagte Sirena.

»Das verstehe ich nicht, eine so attraktive Frau ...«, sagte ich.

»Ich bin eine Frau, die früher oder später immer sitzengelassen wird«, erwiderte sie bitter.

»Wenn man den ganzen Tag über mit Kunden zu tun hat, dann erscheint es mir, ehrlich gesagt, sehr angenehm, wenn man abends niemanden mehr sehen muß.«

»Oh, das ist auch manchmal so.«

»Was ich dich noch fragen wollte: Lotte hatte einen Sponsor im Dorf. Seinen Namen wollte sie mir nicht verraten. Sie sagte, das gäbe nur Tratsch. Vielleicht weiß ihr Geldgeber ja, ob sie bereits nach Atjeh abgereist ist. Und bestimmt weiß er auch, wo sie wohnt. Ich habe ihr eine Mail geschickt und vorsichtig angedeutet, daß das Buch eine gewisse Unruhe im Dorf ausgelöst hat. Sie hat nicht geantwortet, also ist sie vermutlich schon weg. Vielleicht kannst du ... deine Kunden sind bestimmt gesprächig, und möglicherweise kannst du ja in Erfahrung bringen, wer der Mäzen ist.«

»Sie hatte einen Sponsor? Ich wollte, ich hätte auch einen. Reiche Männer gehören leider nicht zu meinen Kunden. Wie also soll ich das herausfinden?«

»Das nicht, aber zu dir kommen die Frauen reicher Männer.«

»Ob der Sponsor auch in dem Buch steht?«

»Sie sagte, er käme hinein.«

»Dann muß das doch leicht herauszufinden sein.«

»Mir ist es bis jetzt nicht gelungen.«

»Wenn es dir nicht gelingt, gelingt es mir auch nicht.«

»Ach, man weiß nie; halte einfach die Ohren auf.«

»Werde ich machen. Wenn sie aus Atjeh wieder zurück ist und du ihre Adresse weißt, besuchst du sie dann?«

»Das denke ich schon. Ich würde mich gern wieder einmal mit ihr unterhalten.«

»Darf ich dann mitkommen?«

Ich will lieber erst einmal allein hingehen, wollte ich sagen, doch das erschien mir unhöflich. Also nickte ich, und sie sah mich so dankbar an, daß ich mich wegen meines verlogenen Kopfnickens schämte.

Bevor wir gehen konnten, stand mir noch ein schwieriger Moment bevor: als sich nämlich herausstellte, daß ich für die Minihappen auf den Megatellern ein kleines Vermögen hinblättern mußte.

Vernissage

Mitte April – die Kiebitze waren bereits alle wieder da und unterhielten sich spät abends in den dunklen Wiesen leise miteinander – wurde an einem Sonntagnachmittag in der Galerie Rozenhoed die Ausstellung *Ungeschönte Akte* eröffnet. Es war einer dieser entzückenden Apriltage, die einen in dem Wahn verkehren lassen, der Sommer habe schon begonnen. Die Sonne strahlte an einem wolkenlosen Himmel. In meinem kleinen Gewächshaus war es so warm, daß ich in Hemdsärmeln das Unkraut zwischen den schnell wachsenden Tomatenpflanzen auszupfen konnte. Es ist verwunderlich, aber der Sonntag ist der mit Abstand beste Tag für Gartenarbeiten. Alles, was man tut, wird garantiert reich gesegnet. Darum arbeite ich am Tage des Herrn immer, bis ich durch und durch naßgeschwitzt bin.

Nachmittags zog ich ein frisches Hemd und ein Sakko an und begab mich auf den Weg zur Galerie. Ich wäre lieber nicht hingegangen, aber Molly hatte mich ein paar Tage zuvor auf der Straße angesprochen und beschworen zu kommen.

»Warum hast du in Gottes Namen mein Bild auf das Plakat gesetzt?« hatte ich sie bei dieser Gelegenheit gefragt. »Du sagtest, du würdest es verbrennen, aber stattdessen sehe ich mich überall im Dorf nackt herumhängen. Glaubst du, das ist angenehm?«

»Es ist der schönste Akt von allen geworden, und du bist der Bekannteste von den neunzehn, also ...«

»Und auf der Einladungskarte stehe ich auch«, hatte ich gestöhnt.

»Ja, das ist immer so. Das Motiv des Plakats kommt auch auf die Einladungskarte. Ich glaube, diesmal lande ich einen Volltreffer. Sogar in der *Volkskrant* soll ein Artikel erscheinen. Zum ersten Mal steht etwas über mich in einer überregionalen Zeitung. Dreißig Jahre habe ich gearbeitet, habe ich geschuftet, malocht und mich abgerackert, und endlich ist es soweit. Das mit den Akten war eine phantastische Idee.«

»Das freut mich für dich, aber dennoch wäre es mir lieber gewesen, wenn du einen der anderen ...«

»Die haben alle Hängebäuche; du bist der einzige mit einer guten Figur.«

»So ein uralter Schädel auf einem Knabenkörper, das sieht doch auch nicht aus.«

»Es ist meine mit Abstand beste Arbeit. Ich denke, ich kann fünftausend Euro dafür verlangen.«

»Das sag ich dir jetzt schon: Ich kauf das Bild nicht. Ich werde mich doch nicht selbst an den Kamin hängen.«

Als ich wieder zu Hause war, wurde mir jedoch klar, daß ich, wenn ich ihr bestes Stück nicht kaufte, Gefahr lief, bei jemand anders am Kamin oder an der Wand zu landen. Ich beschloß also, mich doch zu kaufen. Als ich in der Galerie ankam, sah ich indes, daß auf meinem großen Zeh bereits ein roter Punkt klebte. Erschrocken ging ich zu Molly.

»Hast du mich bereits verkauft?«

»Ja, schon gestern abend. Da hatte ich eine Vorbesichtigung in geschlossenem Kreis, und du warst sofort weg.«

»An wen?«

»Dienstgeheimnis.«

»Los, sag schon, so ein Unsinn. An wen hast du mich verkauft?«

»Das geht dich einen feuchten Kehricht an. Derjenige, der das Bild gekauft hat, möchte, daß sein Name geheim bleibt.«

»Mit anderen Worten: Ich darf nicht wissen, wo ich gelandet bin.«

»Du triffst den Nagel auf den Kopf.«

»Hättest du nicht kurz warten können? Nach genauerer Überlegung hätte ich doch gern selbst ...«

»Auf der Straße sagtest du so entschieden: Das sag ich dir jetzt schon, ich kauf das Bild nicht, daß ich keinen Moment gezögert habe, als jemand anders es unbedingt haben wollte. Was willst du also?«

»Ich finde es keine angenehme Vorstellung, daß ich in irgendeinem Wohnzimmer über dem Heizkörper oder an einer fensterlosen Wand hänge und daß jeder, der dort reinkommt, mich nackt bewundern kann.«

»Wer sagt, daß du in einem Wohnzimmer aufgehängt wirst? Der größte Teil der Kunst geht heute an Banken, Gemeindeverwaltungen, öffentliche Einrichtungen, Ministerien, Konsistorien.«

»Nackt an der Wand in einer Bank oder in einem Kirchenratszimmer, allmächtiger Gott.«

»Hier, trink ein Glas Weißwein, nach ein paar Schlukken sieht die Welt gleich rosiger aus.«

»Ich habe die hübsche Pfarrerin noch gar nicht gesehen. Kommt sie nicht?«

»Die ist... sie wacht bei Miep Heemskerk; mit der scheint es zu Ende zu gehen.«

Sie sah mich konspirativ an, trank einen Schluck Wein, dämpfte ihre Stimme und fragte: »Siehst du diese dumme Gans ab und zu noch?«

»Seit das Buch erschienen ist, habe ich von ihr nichts mehr gesehen oder gehört.«

»Die Leute sagen...«, berichtete sie strahlend, »es wird geflüstert, daß es besser ist, wenn man nicht in dem Buch abgebildet ist. Ich jedenfalls bin sehr froh, daß...«

»Das mußt ausgerechnet du sagen! Bei der Buchpräsentation hast du mich beinah über den Tisch gezerrt, weil du nicht drin bist.«

»So schlimm war das nicht. Jedenfalls bin ich total froh darüber. Achtzehn Menschen aus dem Buch sind bereits tot. Achtzehn. Seit es erschienen ist, sterben die Leute wie die Fliegen, einer nach dem anderen.«

»Sie hat fast nur alte Menschen fotografiert. Was soll das also?«

»Ach ja? Und was ist mit dem Jungen, der auf dem Dreifaltigkeitssee auf dünnes Eis gelaufen ist? Und was ist mit dem Notar, der noch keine fünfzig war, und ... nein ... Miep steht auch in dem Buch, also ...«

»Die hatten die Ärzte schon längst aufgegeben.«

»Kann sein, aber dennoch ... die Frau von Stijn, die stand auch in dem Buch.«

»Daß so ein Unfall eines Tages passieren würde, das war vorauszusehen. Er ging immer fünf Meter vor ihr her, und sie folgte ihm blind, auch wenn er die Straße überquerte. Mitten im abendlichen Berufsverkehr geht er über die Straße. Ist es da merkwürdig, daß sie dann von einem Bus überfahren wird?«

»Kurz vor der Linie 145 geht er über die Straße«, sagte Molly honigsüß, »und ohne auch nur auf- oder um sich zu sehen, geht sie hinter ihm her, und zack, weg ist sie. Wieder einer aus dem Buch. Wer ist der nächste?«

»Meine Damen und Herren, wir fangen an!« rief die Galeristin.

Ein Beigeordneter erklärte uns in seiner Eröffnungsrede, daß wir Glückspilze Zeugen einer weltbewegenden, revolutionären Entwicklung seien. Eine »Künstlerin«, wie er Molly nannte, habe die Aktdarstellung des alten Mannes entdeckt, nachdem diese jahrhundertelang verschmäht und vernachlässigt worden sei. Als er mit seinem leeren Geschwätz fertig war, stürzten sich alle Anwesenden, ohne die Nackten auch nur eines Blickes zu würdigen, sofort auf die Häppchen und Getränke. Der alarmierende scharfe Geruch von Zigarettenrauch drang mir in die Nase. Rasch verließ ich die Galerie. Auf dem kleinen Platz vor dem Eingang standen ein paar Tische und Stühle, und dort saß die Pfarrerin. Ich setzte mich zu ihr und fragte: »Wie geht es Miep Heemskerk?«

»Nicht so besonders, aber sie hält sich wacker. Sie sagte: Geh ruhig zu der Ausstellungseröffnung. Eine Pflegerin ist bei ihr, und darum dachte ich, ich verschwinde für eine Weile. Eigentlich muß ich hinein, aber drinnen ist es so voll ...«

Molly sah uns, kam nach draußen und setzte sich dazu. »Wie geht es Miep?«

»Die nächste Woche wird sie wohl nicht überleben«, sagte die Pfarrerin.

»Tja, auch sie steht in dem Buch«, sagte Molly.

»Wie kommst du eigentlich auf diese verrückte Idee?«

»Mit viel Mühe hatte ich Ravewijn so weit gekriegt, daß er mir Modell stehen wollte. Aber er verstarb plötzlich. Ich brauchte also einen anderen, um die Zwanzig voll zu machen. Ich habe dann Teake Gras gebeten. Und der sagte in etwa: ›*Nea*, noch nimmer, nicht mal mit Kleidern an; es ist schon schlimm genug, daß ich in dem Buch stehe; zwölf aus dem Buch sind inzwischen schon tot.‹«

Molly zündete sich eine Zigarette an.

»Rauchen ist gefährlicher als ein Foto in dem Buch.«

»Willst du auch eine?« fragte Molly die Pfarrerin.

»Gern.«

Während sie mich ansah, erschien in den Augen der Pfarrerin wieder dieses amüsierte Funkeln, das ich in der letzten Zeit immer gesehen hatte, wenn ich ihr begegnete.

»Es gibt zwei Dinge auf der Welt, die ich nicht verstehe: Menschen, die Popmusik mögen, und Menschen, die sich mit Hilfe von Tabak ratenweise ums Leben bringen. Oder sollte es doch wahr sein, was Yeats in seinem Gedicht *Das*

Rad sagt: ›Was unser Herz verwirrt, ist das Verlangen nach dem Grab.‹«

Neckisch blies die Pfarrerin mir den Rauch direkt ins Gesicht.

»Passivrauchen soll auch gefährlich sein«, sagte sie.

»Vor allem Pfarrerinnen sehnen sich nach dem Grab«, sagte ich. »Denn schließlich wollen sie gerne jung bei Gott sein. Wie schade, daß sie oft steinalt werden.«

»Schade für Maria, daß sie auch in dem Buch steht«, sagte Molly.

»Überhaupt nicht schade«, erwiderte Maria. »Lottchen hat ein sehr schönes Foto von mir gemacht, und dieses Gerede ... Wer glaubt denn schon an solche Märchen?«

»Es sind schon achtzehn Menschen ...«, hob Molly an.

»Wenn man ein Buch mit Fotos von alten Menschen macht, dann darf man sich nicht wundern, wenn sie anschließend der Reihe nach sterben. Und vielleicht verfügt Lottchen über eine Art Intuition; vielleicht spürte sie, daß manche Menschen dem Tod nahe waren. Wer weiß ... Wir sollten in aller Ruhe abwarten, wie sich die Sache entwickelt.«

Es war betrügerisch sommerlich, als ich nach Hause ging. Es roch herrlich, und man hörte die Finken passioniert schlagen und die Kohlmeisen eifrig sägen und die Rotkehlchen und die Heckenbraunellen ausgelassen zwitschern. Ich dachte, ich fände es sehr schade, wenn ich jetzt sterben müßte. Aber auch ich stand in dem Buch. Zu Hause sah ich es in aller Ruhe durch. Ein Porträt war schöner als das andere. Von der Pfarrerin hatte sie wirklich ein rührendes, verräterisch zärtliches Foto gemacht, aber dennoch: Das herausragendste Porträt stand in dem anderen Buch. Ich zog es aus dem Regal, suchte das Bild und starrte lange auf die verregnete Frau an der

Ecke unter der Straßenlaterne. Ich blätterte den ersten Fotoband durch. Lauter unbekannte, vorwiegend alte bis sehr alte Menschen. Wie viele von ihnen lebten wohl noch? Was hinderte mich daran, demnächst einen Ausflug in das Dorf zu unternehmen und mich in Geschäften und Kneipen vorsichtig zu erkundigen: Kennen Sie diese Leute? Wie geht es ihnen? Wahrscheinlich würde es nicht so schwer sein herauszufinden, ob die meisten der Verewigten bereits tot waren. Nicht, daß es eine Rolle gespielt hätte, aber das Ergebnis meiner Nachforschungen stand von vornherein fest. Ergiebiger schien es, sich nach den wenigen jungen Hüpfern zu erkundigen, die hier und da zwischen den Alten auftauchten. Wenn auch die alle tot waren ... tja, was dann? Vielleicht verfügte Lottchen tatsächlich über eine Art Intuition, vielleicht spürte sie den nahenden Tod. So viel stand jedenfalls fest: Schon beim ersten Anblick hatte Lotte genau gewußt, wen sie im Buch haben wollte. Zu mir hatte sie immer mißmutig gesagt, ich passe nicht hinein, ebensowenig wie Sirena, Leonora und Maria. Konnte man daraus den Schluß ziehen, daß wir keinerlei Gefahr liefen?

Am Abend mailte ich Lotte noch einmal, was man sich im Dorf über ihr Buch erzählte. Eine Antwort würde ich wohl nicht bekommen. Es schien, als sei sie vom Erdboden verschwunden. Ob sie schon nach Atjeh abgereist war? Wieso hatte ich sie nie um ihre Adresse und Telefonnummer gebeten? Warum wußte ich immer noch nicht, wer im Dorf ihr Sponsor war? Er stand im Buch, also mußte er zu finden sein und konnte mir dann bestimmt auch eine Adresse und eine Telefonnummer geben. Tja, was noch? Wenn sie nach Indonesien abgereist war, konnte ich ihr vorläufig keine Fragen stellen.

Nachdem ich meinen Computer ausgeschaltet hatte, ging ich ärgerlich in den Garten. Es dämmerte. Hinter den Wiesen riefen, noch ziemlich leise, die Kiebitze und die Austernfischer einander zu, und ich fühlte, wie aller Ärger aus mir herausströmte. Wenn man tot war, müßte man, wenn dieses liebliche Rufen im noch jungen Frühling erklang, für einen Moment aus der Erde emporsteigen dürfen, um es noch einmal zu hören. Wer weiß, vielleicht könnte man es dann auch im Grab recht gut aushalten.

Friedhof

Als Anders und ich durch einen sanften, trägen Aprilschauer hindurch den Weg am Friedhof vorbeimarschierten, sahen wir einen Begräbniszug näher kommen. Anders wedelte aufgeregt mit dem Schwanz, ich aber erschrak: »Oh, mein Gott, schon wieder einer«, dachte ich, und mich überkam ein Gefühl, als würde ein Millionenfüßler auf meinen Rückenwirbeln Schlittschuh laufen.

»Wer wird begraben?« fragte ich einen dem Anlaß gemäß gekleideten Beerdigungsteilnehmer, der bei dem Eingang des Friedhofs unter einem schwarzen Schirm wartete.

»Piet Scherpenzeel.«

Fast hätte ich erleichtert ausgerufen: »Der steht nicht in dem Buch!«, aber ich zügelte mich gerade noch rechtzeitig. Und während im Schrittempo die schwarzen Limousinen heranglitten, wurde mir von unter dem Schirm her die vollständige Krankengeschichte von Piet Scherpenzeel – schwerer Raucher, Speiseröhrenkrebs – im Flüsterton präsentiert. Nachdem ich mir das ganze Elend höflich angehört hatte, setzten Anders und ich unseren Weg fort. Ab und zu sah Anders zu mir hoch, und ich sah ihr an der Schnauze an, daß sie dachte: »Wie fröhlich mein Herrchen auf einmal ist«, und dann wedelte sie eifrig mit dem Schwanz.

Aber ich hatte mich zu früh gefreut. Wie hätte ich auch ahnen können, daß nach dem Tod von Scherpenzeel viele Dorfbewohner, die nicht in den *Verschlußzeiten* vorkamen, entrüstet sein würden. Auf der Akolythenstraße sagte ein Greis zu einer Frau, die mit ihrem Niederländischen Hirtenhund spazierenging: »Piet stand nicht in dem Buch und ist dennoch gestorben. Wie ist das möglich?« Der Alte wollte, daß auch ich das hörte, denn er schaute dabei halb über seine Schulter in meine Richtung. Ich ging an ihnen vorüber und tat so, als habe ich nichts gehört, wobei Anders mir half, indem sie den Hirtenhund wütend anbellte.

Schon bald zeigte sich, wie verbreitet diese Wahnvorstellung war. Wer in den *Verschlußzeiten* stand, galt als verurteilt. Der sollte schon mal die Police seiner Begräbnisversicherung herauskramen. Wer nicht darin stand, der brauchte sich vorerst keine Sorgen zu machen. Selbst kurz bevor er starb, war Piet Scherpenzeel davon überzeugt gewesen, daß er gesund werden würde. »Ich stehe nicht im Buch«, hatte er immer wieder gesagt, »also wird alles wieder gut.« Das hörte ich auf der Kaplanstraße über einen Graben hinweg von einem Mann mit blauer Baseballkappe, der in seinem Schrebergarten Unkraut jätete.

»Ja, ja, dieser Piet«, sagte er munter, »hatte Speiseröhrenkrebs. Davon hört man heutzutage immer öfter. Komisch, ich kann mich nicht erinnern, daß in meiner Jugend mal einer wegen Speiseröhrenkrebses das Zeitliche gesegnet hätte. Lungenkrebs ja; Brustkrebs auch, aber Speiseröhrenkrebs... Piet jedenfalls glaubte auch nicht, daß es so ausgehen könnte. Als er die Letzte Ölung bekam, da wollte er nicht einmal beichten. Während er einen ordentlichen Schluck Blut spuckte, sagte er: ›Herr Pastor, es ist noch nicht soweit, ich bin noch nicht dran, ich stehe nicht in dem Fotobuch.‹ Der Pastor war ganz schön sauer, denn so ein Buch, das ist eine echte Konkurrenz für diese Schwarzröcke. Leben und Tod, das ist ihre Domäne, da haben andere nichts zu suchen. Mein Großvater sagte immer: ›Schick nie den Pastor von deinem Sterbebett fort, denn er kommt wie ein Bumerang wieder.‹ Am nächsten Tag stand er also wieder an Piets Bett. Er hätte ihn nicht fortjagen sollen. Es schadet doch nicht, wenn man die Letzte Ölung empfängt. Es ist schon erstaunlich, wie viele Leute sich wieder berappelt haben, nachdem man ihnen die Letzte Ölung verabreicht hatte. Ich kenne hier im Dorf inzwischen fünf, sechs Leute, die bereits drei- oder viermal auf dem Sterbebett die Letzte Ölung empfangen haben. Und die sind jetzt wieder so munter wie junge Hunde. Also die Letzte Ölung, die sollte man nie ablehnen. Einmal mehr, das schadet nicht.«

Er zupfte zwischen seinen Salatköpfen Hirtentäschchen aus.

»Meine Frau steht auch drin, ich nicht, auch wenn diese flotte Gazelle uns beide geknipst hat. Wie es jetzt kommt, daß meine Frau allein auf dem Foto ist, das weiß ich auch nicht. Aber auch wenn ich drinstehen würde ... Du hast leicht reden, sagt meine Frau immer, und dann sage ich: Aber sie hat mich geknipst, vielleicht zählt das ja auch, und was das angeht, ist es schade, daß wir Piet Scherpenzeel nicht mehr fragen können, ob sie ihn auch geknipst, aber nicht ins Buch aufgenommen hat.«

»Sie denken also, daß man möglicherweise auch dann in Gefahr ist, wenn man nur fotografiert wurde und im Buch gar nicht vorkommt?«

»Woher soll ich das wissen? Sie hat vor allem humpelnde Greise geknipst; Pülverchen, Pillen, Tropfen und Säfte halten meine Frau gerade noch so auf den Beinen; es ist also kein Wunder, daß sie drinsteht, und das habe ich auch zu Teake Gras gesagt. Der stiefelt wie ein wütender Löwe durchs ganze Dorf und heizt die Stimmung an. Sei froh, habe ich zu Gras gesagt, daß du gewarnt bist. *Memento mori*, bedenke Mensch, daß du sterblich bist – das ist doch, worum es geht, und das muß man eben akzeptieren. Willst du wohl sterben, so lerne wohl leben; willst du wohl leben, so lerne wohl sterben.«

Als ich Ende April bei Einbruch der Dämmerung mit Anders nach Hause spazierte, bemerkte ich auf dem Friedhof einen bedächtig umherirrenden Schatten. Entlang der verwitterten Friedhofsmauer war das Glaskraut mannshoch aufgeschossen, aber der Schatten bemerkte mich offenbar doch. Er streckte seine Hand in die Luft, kam dann auf mich zu und sagte: »Guten Abend auch! Ich sah, daß Sie so mißtrauisch schauten. Na, bestimmt haben Sie gedacht: Was macht der Mann da. Aber es ist alles in Ordnung, ich bin bei der Gemeindeverwaltung gewesen und habe gesagt, ich wolle ein Familiengrab kaufen. Daraufhin sagte man mir, das sei kein Problem, ich solle mir schon mal einen hübschen Platz aussuchen. Darum laufe ich hier umher. Ich kann mich noch nicht so recht entscheiden. Ehrlich gesagt, würde ich am liebsten so liegen, daß ich den ganzen Tag über Sonne habe. Aber wo scheint hier die Sonne am längsten? Haben Sie eine Ahnung?«

»Dank der hohen Eichen liegt man hier überall im Schatten.«

»Was Sie nicht sagen! Müßte da vielleicht mal ordentlich was gefällt werden?«

»Das wäre aber schade um die Bäume. Es gibt bestimmt ein Fleckchen. Sie müssen sich hier einmal umsehen, wenn die Sonne scheint.«

»Das würde ich gerne tun, aber ob ich dafür noch Zeit haben werde …«

»Warum sollten Sie dafür keine Zeit mehr haben? Sie sind doch nicht krank?«

»Nein, das nicht, aber ich stehe in den *Verschlußzeiten*.«

»Was macht das schon, ich stehe auch in dem Buch.«

»Dann würde ich mich an Ihrer Stelle ebenfalls nach einem Grab umsehen. Und außerdem: So ein Grab läuft ja nicht weg. Aber was ich sagen wollte: Bestimmt denken Sie, warum will der Typ den ganzen Tag über Sonne haben? Ich werde es Ihnen erklären. Wenn man hier im Dunkeln an der Mauer entlanggeht, dann sieht man heutzutage hier und dort auf den Gräbern Sparlämpchen brennen. Mannomann, das sieht so schön aus! Ich will auch so ein Lämpchen auf meinem Grab haben. Aber tja, ich stehe mit meiner ganzen Familie in dem Buch; darum will ich auch ein Familiengrab. Wahrscheinlich kommen wir alle vier bei einem Autounfall oder etwas Ähnlichem ums Leben, und wer sorgt dann dafür, daß auf unserem Grab immer ein Lämpchen brennt? Also habe ich mir gedacht: Wenn ich auch gleich einen Grabstein für vier Personen bestelle und ich den Steinmetz bitte, den Stein nach unserem Dahinscheiden schräg aufzustellen, so daß er ordentlich Sonne abbekommt, dann kann man bestimmt einen kleinen Sonnenkollektor anbringen. Vielleicht kann man den Kollektor ja auch in den Grabstein einsetzen, oder man verbindet beides miteinander. Ich denke, das ist eine Idee mit Zukunft. Wie schade, daß meine Zeit abgelaufen ist, denn sonst würde ich mich auf die Sache stürzen. Das wäre mal etwas anderes als Motorjachten verkaufen. Ich glaube, das Ganze könnte, wenn es ankommt, und daran zweifle ich nicht, tüchtig was abwerfen. Damit könnte man bestimmt viel Geld verdienen.«

»Sie verkaufen Freizeitboote.«

»Ich habe mein Geschäft kürzlich verkauft, so daß ich Ihnen leider nicht mehr zu einer Motorjacht verhelfen kann.«

»Ich brauche keine Motorjacht.«

»Sie wissen nicht, was Sie sagen. Mit so einem Ding kann man durch die ganzen Niederlande reisen, man kann überall anlegen und knüpft Kontakte, die Gold wert sind.«

»Nachdem man zuvor auf den Binnengewässern mit der Heckwelle überall die Nester von Haubentauchern und Bläßhühnern vernichtet, schwimmende Inseln gerammt und in Stücke zerlegt, Uferbefestigungen zerstört und natürliche Ufer beschädigt, Wasserrosen und Igelkolben zerstückelt hat.«

»Ach, so einer sind Sie! Ein Umweltschützer! Wenn ich das gewußt hätte, hätte ich Sie nie gekauft. Wenn ich nach Hause komme, nehme ich Sie gleich von der Wohnzimmerwand, daß Sie das ja wissen. Neulich war noch die Frau Pfarrerin zu Besuch. Die sagte: Welch ein schöner Akt. Sie kann ihn geschenkt haben für die Zeit, die ihr noch bleibt. Denn Lotte war auch bei ihr.«

»Ach, hören Sie doch auf«, sagte ich. »Es gibt keinen Grund, anzunehmen, daß alle, die in diesem Buch stehen, bald sterben werden.«

»Ach, keinen Grund? Es sind immerhin bereits zehn Prozent der im Buch Abgebildeten verstorben. Diverse andere sind fürs Sterben nominiert, machen Sie sich also bereit. Daß Sie ein Umweltschützer sind, wird Ihnen nicht helfen. Wenn ich das bloß geahnt hätte! Ich dachte, Sie wären ein anständiger Mensch. Lotte sprach immer nur in den höchsten Tönen von Ihnen. Aber Lotte hätte man auch den letzten Cent gegeben, ich verstehe das nicht, womit habe ich das alles verdient?«

»Sind Sie vielleicht der geheimnisvolle Sponsor, von dem sie sprach?«

Er sah mich an, als hätte er mich am liebsten sofort unter einen schräggestellten Sonnenkollektorgrabstein mit passender Sparlampe gesteckt.

»Aber wenn Sie der Sponsor sind, brauchen Sie sich doch keine Sorgen zu machen. Zu mir hat sie gesagt, daß es sich nicht vermeiden lassen würde, den Sponsor in das Buch aufzunehmen. Leider, hat sie gesagt, denn er passe nicht dazu, er gehöre eigentlich nicht hinein.«

»Hat sie das gesagt? Sollte ich … ? Sollten wir …? Wenn das doch bloß wahr wäre.«

»Sie hat wiederholt zu mir gesagt, ihr Geldgeber müsse

in das Buch hinein, genau wie ich selbst, weil ich das Vorwort geschrieben habe.«

»Und deshalb denken Sie jetzt, daß Sie noch einmal davonkommen?«

»Aber nein, das denke ich nicht; meiner Ansicht nach ist es reiner Zufall, daß schon so viele Menschen aus dem Buch gestorben sind. Ich habe jedenfalls keine Angst, und auch Sie brauchen sich vor nichts zu fürchten. Sie können ganz beruhigt Ihr Sonnenkollektorgrabsteingeschäft gründen ...«

»Sie meinte also, meine Familie gehöre nicht in das Buch. Da horche ich wahrhaftig auf, das sind phantastische Neuigkeiten. Ich wollte, ich könnte sie selbst noch einmal sprechen, aber leider weiß ich nicht, wo sie steckt. Das letzte, was ich von ihr gehört habe, war, daß sie für irgendein Magazin ein halbes Jahr nach Indonesien geht, um dort im Binnenland von Sumatra Porträts von den Menschen eines aussterbenden Stammes zu machen.«

Und ohne ein Wort des Abschieds ging er federnden Schritts zum Ausgang. Er öffnete das große Friedhofstor, dessen Scharniere so schrill quietschten, daß Anders in lautes Bellen ausbrach.

Drogist

Dank des alljährlichen großen Auszugs verstummten auch in diesem Sommer die Straßen unseres glorreichen Dorfs fast vollkommen. Wenn die Niederlande am schönsten sind, wenn die Temperatur angenehm und es selten glühendheiß ist, wenn die Bäume im vollen Laub stehen, wenn Jasmin und Geißblatt duften und die Entwässerungskanäle bedeckt sind mit Froschbiß, Pfeilkraut und Igelkolben, dann gehen alle auf Reisen: in langen Staus und von Flughäfen aus, auf denen man manchmal tagelang warten muß, zu überwiegend scheußlichen Orten mit brennender Sonne, gemein stechenden Mücken und einem nach maximalem Gewinn strebenden Hotel- und Gaststättengewerbe. Für die Daheimgebliebenen brechen himmlische Monate an, und das gilt ganz bestimmt für unser Dorf, in dem nur ein paar Landwirte, frühpensionierte Pater und hochbetagte Nonnen zurückbleiben. In dieser stillen Zeit hatte es den Anschein, als hätte man Lottes Fotos vergessen. Über den Fluch des Buchs wurde kaum noch gesprochen. Ich konnte mit Anders unbekümmert durchs Dorf spazieren.

Diese Zeit schien mir geeignet, einen alten Plan in die Tat umzusetzen. Weil ich Angst vor dem hatte, was ich vielleicht erfahren würde, hatte ich mit schwerem Herzen vor mir hergeschoben, was unausweichlich war: ein Arbeitsbesuch in dem anderen Dorf, wo Lotte die Fotos für ihr erstes Buch gemacht hatte. Waren die dort Verewigten zum größten Teil tot? Eigentlich wollte ich das lieber nicht wissen. Aber den Kopf einfach in den Sand stecken, das ging natürlich auch nicht.

Ich wartete auf einen strahlenden Sommertag mit sanftem Nordostwind. Wenn ich bei diesem Gegenwind morgens gegen sieben auf meinem *Koga-miyata-Road-Runner-S*-Fahrrad losfuhr, konnte ich bei einer durchschnittlichen Reisegeschwindigkeit von fünfundzwanzig Kilometern pro Stunde um etwa Viertel nach zehn, halb elf in dem anderen Dorf sein. Auf dem Nachhauseweg am Nachmittag oder Abend hatte ich dann den Wind im Rücken.

Mit Hilfe der Karte suchte ich mir eine Route, die über Radwege und Treidelpfade führte. Ich machte dann natürlich hin und wieder einen großen Umweg, doch eines der größten Vergnügen, die ein Mensch genießen kann, ist eine Radtour quer durch die Niederlande über die Treidelpfade, die seit alters her an den Kanälen und Fahrwassern entlangführen. In alten Zeiten zogen hier früh gealterte Treidelschiffer oder ihre Pferdchen mühsamen Schritts die tiefliegenden Schleppkähne und Prahme an einem langen Tau durchs ganze Land, während die liebe Gattin oder ein Nachkomme am Ruder stand. Damals bekamen die Wiederkäuer auch hin und wieder die Maul- und Klauenseuche. Dann wurden Schilder an die Zäune der Bauernhöfe genagelt, auf denen stand »Ansteckungsgefahr – Hof nicht betreten«. Und nach ein paar Wochen waren fast alle Paarhufer wieder gesund.

Wenn man im Sommer mit dem Rad auf Treidelpfaden unterwegs ist, könnte man meinen, man fahre durch ein dünn besiedeltes Gebiet. Hin und wieder hört man das leise Knattern eines entgegenkommenden Mofas, und regelmäßig wird man von einer mit bunten Trikots und Sturzhelmen ausgestatteten Gruppe Radrennfahrer überholt, die atemberaubend schnell vorbeiflitzt und schon nach kürzester Zeit nicht mehr zu sehen ist. Durch einen riesigen Schirm vor dem Geschehen auf dem Treidelpfad geschützt, hockt ganz selten einmal ein Angler zwischen den Blättern der gemeinen Pestwurz auf einem niedrigen Hocker am Ufer. Und auf dem Wasser erscheint manchmal ein gut gepflegtes Binnenschiff, dessen Motor so leise brummt, daß er das allgegenwärtige Plätschern des Wassers kaum übertönt.

Ich beschloß, Anders in seinem speziellen Fahrradkorb hinten auf dem *Koga* mitzunehmen. Ein Mann mit einem kleinen Hund erweckt keinerlei Verdacht, er kann überall unbekümmert herumspazieren und die Ohren spitzen. Hätte Beethoven bei seinem Ausflug nach Ungerthor einen kleinen Hund dabeigehabt, er wäre bestimmt nicht verhaftet worden.

Ich selbst bin darum auch immer sehr auf der Hut, wenn ein unbekannter Kerl mit einem Hund an der Leine um mein Haus herumstreicht. Ein potentieller Einbrecher, der das Terrain erkundet, denke ich dann. Auch vor unbekannten Frauen mit unbekannten Hunden muß man sich übrigens sehr in acht nehmen.

Um halb sieben fuhr ich los. Dank der ausgeklügelten Gangschaltung meines Tourenrads kam ich so schnell voran, daß ich schon um halb zehn in der Nähe des Dorfes war, wo Lotte ihren ersten Fotoband gemacht hatte. Hin und wieder hörte ich hinter mir ein miauendes Geräusch. Dann wollte Anders sich kurz die Pfoten vertreten, und ich ließ sie ein Stück neben meinem *Koga* hertraben, bis sie mit weit aus dem Maul hängender Zunge plötzlich am Wegesrand sitzen blieb. Dann hielt ich an und hob sie wieder in den Korb.

»Wo sollen wir uns nach der Ankunft zuerst erkundigen?« fragte ich Anders, die hinten auf dem Fahrrad in erster Linie nach anderen Hunden und Hündchen Ausschau hielt. Obwohl mein Rücken ihr die Sicht versperrte, bemerkte sie ihre Artgenossen meist viel früher als ich, und dann erschrak ich mich jedesmal fast zu Tode, wenn in der Höhe meines Steißbeins wildes Bellen losbrach.

Vor allem wenn sie an der Kette lagen, antworteten die Hofhunde mit wüstem Gebell. In den Vorgärten der wenigen Höfe, die an den Treidelpfaden lagen, erschienen oft zischende Gänse, und manchmal linste auch eine mißtrauische Bäuerin aus der nur oben geöffneten zweiteiligen Tür. Dann winkte ich freundlich und radelte weiter, entlang dem plätschernden Wasser zur Linken und den mit Pfeilkraut und Igelkolben zugewachsenen Gräben zur Rechten.

Gleich hinter einem der Gräben verkündete ein großes Schild:

FREILANDEIER, 500 METER. Ein Stück weiter verkündete ein weiteres Schild: TAGESFRISCHE EIER, 250 METER. Dann kam ein Schild mit der Aufschrift: GACKERFRISCHE EIER, 100 METER. Danach tauchte ein kleiner Hof mit einem schwarzen Schuppen auf. An dem Schuppen war ein weiteres Schild angebracht. Darauf stand: EIER! Selber legen!

»Wenn man sie selbst produzieren muß«, sagte ich zu Anders, »dann ist zumindest garantiert, daß sie tagesfrisch sind. Selbst gackern, einverstanden, das schaffe ich schon, aber selbst legen, ist das nicht ein wenig zuviel verlangt?«

Warum ich anhielt? Neugierde. Aus dem schwarzen Schuppen tauchte sofort ein bejahrter Kobold auf, der auf uns zutrabte.

»Selber legen, ist das als Scherz gemeint?« fragte ich.

»Mein Herr«, schnatterte es unter einer kobaltblauen Baseballkappe hervor, »es kann sein, daß Sie dumm wie Stroh sind, aber so sehen Sie nicht aus. Ich darf also hoffen, daß Sie verstehen, wie das gemeint ist. Wenn Sie sich zum Erwerb von Eiern entschließen, werden Sie gebeten, den Kaufbetrag selbst hinzulegen.«

»Da kann es aber leicht zu Mißverständnissen kommen«, sagte ich.

»Wieso Mißverständnis? Keiner kann selbst ein Ei herausdrücken, und darum versteht jeder sofort, was gemeint ist: selbst das Geld hinlegen. Wollen Sie vielleicht eine Schachtel mitnehmen?«

»Ach, warum nicht.«

»Und recht haben Sie«, sagte der Kobold. »Es gibt nichts Gesünderes als ein gackerfrisches Ei. Früher bekamen die Pfarrer in den Dörfern von ihren Gemeindemitgliedern täglich ein Dutzend Eier. Und wie alt die nicht alle wurden!«

»Die Eier oder die Pfarrer?« fragte ich.

»Mein Herr, Sie schauen am besten, daß Sie weiterkommen. Sie wollen sowieso nur alles falsch verstehen.«

Ohne selbst Eier gelegt zu haben, fuhr ich wieder vom Hof herunter.

Das Dorf, das wir nach einer Fahrt von knapp drei Stunden erreichten, sah aus wie eine Kopie von Monward, aus der man die hohen Bäume entfernt hatte. Zwei Kirchen, die nur einen Steinwurf weit voneinander entfernt lagen, und eine Hauptstraße, von der ein paar kleine Seitenstraßen abzweigten. Der Unterschied war, daß die Straßen hier, abgesehen vom Dreikönigenhof vielleicht, keine katholischen Namen trugen. Allerdings sah ich ein Schild mit der Aufschrift »Aggelenstraße«. Aggelen? Was bedeutete das? Ein langer, kurviger Verbindungsweg hieß »Gerade Straße«.

»Erst einmal eine ordentliche Kanne Tee in einem Straßencafé«, sagte ich zu Anders, »und wenn ich scheinbar achtlos in Lottes erstem Buch blättere, erzählt mir der Wirt vielleicht schon das ein oder andere über das Los der Verewigten.«

Leider stellte sich heraus, daß es nur eine Gastwirtschaft gab, deren schmuddelige karierte Vorhänge noch zugezogen waren; und ein Straßencafé gab es schon gar nicht. Auf dem totenstillen Dorfplatz kettete ich mein

Fahrrad an einen Laternenpfahl und spazierte dann, hier und dort in die Fenster spähend, mit Anders durch den Ort. Meiner Erfahrung nach sind von allen Ladenbesitzern die Drogisten am besten darüber informiert, was in ihrem Dorf – oder wenn sie in einer Stadt wohnen, in ihrem Viertel – so alles passiert. Ein Drogist ist ein Ladenbesitzer, der ursprünglich höher hinaus wollte. Am liebsten wäre er Apotheker geworden, aber aus irgendwelchen Gründen konnte er nicht studieren. Also wurde er ein Ladeninhaber mit Ambitionen. In den Augen einfacher Menschen, die Ärzten oder Apothekern gegenüber mißtrauisch sind, ist ein Drogist ein halber Medizinmann. Gibt er sich einigermaßen freundlich und erteilt väterlich Rat, dann wird er auf Händen getragen. Im Lauf der Jahre bekommt ein solcher Mann das Gefühl, etwas Besonderes zu sein – die Achse einer kleinen Gemeinschaft, für die er die Verantwortung trägt.

In einem Sträßchen, das Bellgraben hieß, obwohl nirgendwo ein Graben zu sehen war, entdeckte ich schließlich das Ladenschild eines Drogisten. »Wenn der jetzt mal bloß nicht Ferien macht«, sagte ich zu meinem Hündchen, »und wenn jetzt mal bloß nicht so ein hübsch geschminktes, aber strohdummes achtzehnjähriges Gänschen hinter der Ladentheke steht.« Leider aber kam genau so ein Mädchen, das zwar nicht geschminkt, dafür aber bereits recht aufgedunsen war, hinter einem Regal zum Vorschein, als ich, *Belichtungseifer* unter dem Arm, den Laden betrat. Sofort ging sie neben Anders in die Hocke, fing an, sie zu streicheln und sanft auf sie einzureden: »Bist du ein süßes Hündchen? Hast du eine süße Schnauze? Kannst du schön mit dem Schwanz wedeln?«

Als das Mädchen zu Ende gestreichelt hatte, sagte ich: »Ich bin hier in Ferien und habe mein Medikament gegen Reizhusten zu Hause liegen gelassen. Können Sie mir vielleicht etwas empfehlen?«

»Lutschpastillen vielleicht. Oder Hack's? Oder Fisherman's Friend?«

»Nein, die helfen nicht. Früher gab es in der Drogerie immer so kleine, dunkelbraune Honigbonbons. Die waren sehr gut.«

»Ich glaube nicht, daß wir die haben. Vielleicht kann der Chef Ihnen weiterhelfen. Ich rufe ihn.«

Sie verschwand durch eine Seitentür. Kurze Zeit später erschien ein mißtrauisch über seine Brille spähendes Männlein, das einen beigefarbenen Kittel trug. Das sah sehr vielversprechend aus. Ich erklärte ihm mein Reizhustenproblem, und das Männlein fragte mich, ob ich wegen zu hohen Blutdrucks ACE-Hemmer nehme, denn trockener Reizhusten sei eine häufige Nebenwirkung dieses Medikaments. Ich erwiderte bewundernd: »Daß Sie das wissen! Ja, ich habe früher einmal ACE-Hemmer geschluckt, bin dann aber zu Calciumantagonisten übergegangen.«

»Damit müssen Sie vorsichtig sein. Keine Grapefruit essen.«

»Oh, das wußte ich nicht«, log ich. »Vielen Dank für den Tip.«

Die Honigbonbons von früher konnte er mir nicht verschaffen. Er empfahl mir ein moderneres Behelfsmittel, von dem ich eine Tüte kaufte. Ein kleines Opfer für ein größeres Ziel. Nachdem ich außerdem noch ein paar von den sauteuren Gillette-Mach-3-Rasierklingen gekauft hatte, fragte ich ihn beim Bezahlen ganz beiläufig: »Kennen Sie zufällig dieses Buch?« und zog dabei mit der rechten Hand Lottes *Belichtungseifer* unter dem linken Arm hervor.

»Aber natürlich«, sagte er strahlend. »Wie sollte ich das nicht kennen! Meine Eltern stehen darin, Seite 88.«

»Die Fotografin«, sagte ich, »hat einen solchen Band auch von den Leuten in unserem Dorf gemacht. Das Buch ist vor fast einem Jahr erschienen, und demnächst kommt eine zweite Auflage heraus. Aus diesem Anlaß findet eine Veranstaltung zu Ehren der Fotografin statt, und ich soll eine kleine Rede halten. Ich würde mich gern einmal mit ein paar Leuten unterhalten, die in ihrem ersten Buch abgebildet sind. Vielleicht können sie mir etwas Hübsches über Lotte Weeda erzählen, eine nette Anekdote, die ich für meine Rede verwenden kann. Wären Ihre Eltern ...«

»Meine Eltern sind leider beide schon verstorben«, sagte das Kittelmännlein.

»Ach ...«

»Sie waren beide sehr, sehr alt«, erwiderte er in einem Ton, als wolle er die beiden dafür entschuldigen, daß sie mir nicht mehr zu Diensten sein konnten.

»Könnten Sie mir vielleicht jemand anderen aus dem Buch empfehlen?«

»Soweit ich weiß ...«, sagte er und nahm mir *Belichtungseifer* sanft aus der Hand. Schweigend schlug er eine Seite nach der anderen um, betrachtete auf manchen Fotos den Porträtierten etwas aufmerksamer, blätterte aber dann auch diese Seite stets mit einer energischen Geste um.

»Ich glaube nicht ...«, sagte er.

»Ich hoffe doch, daß es noch jemanden gibt, der mir von Lotte Weeda berichten kann.«

»Alte Leute, lauter uralte Leute ... Moment, hier, der Bürgermeister, der lebt vielleicht noch, aber der ist schon vor einiger Zeit in einen größeren Ort gezogen. Und hier, Pfarrer Winkelveer ... ob der noch lebt, weiß ich nicht. Er wurde damals nach Zouterlande berufen, und dort wohnt er vielleicht noch. Den können Sie bestimmt einmal anrufen.«

»Wurden Sie nicht fotografiert?«

»Nein, sie wollte mich nicht im Buch haben«, sagte er beleidigt.

»Das erstaunt mich. In ein solches Buch hätten Sie doch hervorragend hineingepaßt.«

»Das sah diese Mamsell aber ganz anders«, sagte er wütend.

»Bei uns im Dorf wohnt ein Friese«, sagte ich beiläufig, »der sich große Sorgen macht, weil nach dem Erscheinen des Buchs bereits eine ganze Reihe von Porträtierten gestorben sind. Ist damals hier auch eine gewisse Unruhe ...«

»Nicht, daß ich wüßte«, sagte der Drogist, »aber ich kann Ihnen bestätigen, daß praktisch keiner aus dem Buch noch lebt. Na ja, sie hat ja auch in erster Linie gerontologisch besonders Profilierte fotografiert.«

Um zu verbergen, daß ich laut lachen mußte, tat ich so, als mache sich mein Reizhusten wieder bemerkbar. Nach einer Weile sagte ich: »Ja, ja, sie knipste sowieso nur Greise, aber dennoch hat man in unserem Dorf das Gefühl, sie habe vor allem die fotografiert, bei denen sie intuitiv fühlte, daß sie bald sterben würden.«

»In Menschen orientalischer Abstammung«, sagte der Drogist feierlich, »schlummern möglicherweise übersinnliche Kräfte, von denen wir keine Ahnung haben.«

Auf dem Rückweg, den kräftigen Nordostwind im Rücken, mußte ich ständig lachen, weil mir der Ausdruck »gerontologisch besonders Profilierte« nicht aus dem Sinn ging. Wenn ich loslachte, stimmte Anders mit fröhlichem Bellen ein, und wir amüsierten uns gemeinsam. Das half, die vage Angst zu unterdrücken, dieses Kribbeln unter der Haut, das Unbehagen über das, was ich herausgefunden hatte. Allerdings hatte ich vergessen, nach den Jüngeren zu fragen. Aber wenn von ihnen noch welche am Leben wären, dann hätte der Drogist das doch gesagt?

Die Sonne schien, entlang dem Entwässerungskanal blühten überall wieder Schwanenblumen, die inzwischen zum Glück unter Naturschutz stehen. Ich entdeckte sogar hin und wieder Exemplare des Breitblättrigen Rohrkolbens und des Schmalen Rohrkolbens. Was darauf nicht so alles parasitiert: die Rohrkolbeneule, eine Rüsselwanzenart, eine Schilfkäferart, der Schimmelkäfer, einige Rüsselkäferarten und zahlreiche andere Insekten! Die Rohrkolben wurden auch, wie ich sah, von allerlei Arten wenig wählerischer Schwebfliegen besucht.

Welch ein stiller niederländischer Sommer! Wie gern würde ich noch mindestens zwanzig solcher Sommer erleben. Sommer mit Schwanenblumen und Rohrkolben, mit Froschbiß und Fledermäusen in der Abenddämmerung. Wie viele Sommer würden mir noch beschieden sein? Ach, Sommer, darauf hatte ich überhaupt kein Anrecht mehr. Schubert war einunddreißig geworden, Mozart fünfunddreißig, Bizet sechsunddreißig, Chopin neununddreißig und Schumann sechsundvierzig. Sogar älter als Beethoven war ich inzwischen.

Mit der linken Hand streichelte ich die Schnauze meines Hundes hinter mir im Fahrradkorb.

»Sterben darf ich noch nicht«, sagte ich zu ihr, »denn wer sollte dann für dich sorgen?«

Sie bellte schrill.

»Ja, du hast recht. Nicht nur für dich, sondern auch für den Scheltopusik. In diesem Frühling hatte ich ihn nach Slano zurückbringen wollen, aber reisen, das ist ganz zweifellos die größte Katastrophe, die einem widerfahren kann. Den ganzen Winter über hat er sich in seinem Terrarium pudelwohl gefühlt. Und jetzt, da er den ganzen Tag über in unserem Garten Nacktschnecken jagen darf, ist er so fidel wie eine junge Katze.«

Und weil ich an den Scheltopusik dachte, fielen mir Abels Wahnvorstellungen wieder ein. Und so sagte ich zu mir selbst: Paß bloß auf, du bist drauf und dran, selbst auch Wahnvorstellungen zu entwickeln, sie blinzeln dir bereits zu. Nein, das alles hat nichts zu sagen, sie fotografierte »gerontologisch besonders Profilierte«; daher die ganzen Sterbefälle. Oder willst du vielleicht in die Fußstapfen von Abel und Teake treten?

ABSTURZ

Gegen Endes des Sommers schied auch Maxischwester leise aus dem Leben. Hinter einem Rollwägelchen sah man Minischwester einsam durch die katholischen Straßen schlurfen, bis schließlich auch sie, beinahe unbemerkt, das Zeitliche segnete.

»Sie ist einfach so dahingesiecht«, erfuhr ich eines Sonntagmorgens von der Pfarrerin, als ich bei einem Gottesdienst mit fünf Gläubigen aus der Landwirtschaft den Organisten vertrat.

»Wieder zwei aus dem Buch«, murmelte ich besorgt, »und neulich sprach mich dieser Mann mit der blauen Baseballkappe an, der frühmorgens bereits seinen Schrebergarten harkt. Mit Tränen in den Augen erzählte er mir, daß seine Frau Schluß gemacht hatte. Sie hatte den Arzt um eine Tablette gebeten. Er gab ihr schließlich einen Saft. Ihre letzten Worte waren: ›Ich verstehe nicht, warum dieser Todestrank so eklig schmecken muß.‹«

»Die arme Frau Waaidonk; ich habe davon gehört. Der Pastor wollte von Euthanasie nichts wissen, aber sie ist bei ihrem Entschluß geblieben. Sie war ja auch schon so fürchterlich lange krank, und immer nur Schmerzen ...«

»Sie steht auch in dem Buch.«

»Sie ging bereits auf die Achtzig zu, und auch die beiden Schwestern waren uralt.«

»Wenn Teake Gras davon erfährt ...«

»Teake Gras ist gar nicht hier. Der wohnt, soweit ich weiß, den ganzen Sommer über bei einem Jugendfreund in Sexbierum.«

»Geflohen vor dem Fluch des Buchs.«

»Ach was, den Sommer verbringt er am liebsten inmitten der saftigen Weiden Frieslands.«

»Wenn es doch nur die saftigen Weiden Wyomings wären! Dann könnte er meinethalben gleich dortbleiben.«

»Ich glaube nicht, daß er dir noch große Unannehmlichkeiten bereiten wird. Inzwischen spricht schon niemand mehr von dem Buch. Vor ein paar Jahren starben plötzlich der Reihe nach einige alte Leute im Seniorenpflegeheim *Klein-Lourdes.* Damals hieß es auch: Das kann kein Zufall sein, wer in *Klein-Lourdes* wohnt, ist zum Tode verurteilt. Alle Bewohner hatten eine Heidenangst. Niemand wollte mehr dorthin. Ein halbes Jahr später sprach keiner mehr davon, und inzwischen gibt es für Interessenten eine Wartezeit von drei Jahren. Melde dich also schon mal an.«

In ihren Augen bemerkte ich wieder dieses vergnügte Funkeln.

»Hast du Lust, nach dem Gottesdienst einen Kaffee zu trinken?« fragte sie.

Mit dir schon, dachte ich, aber es kommen garantiert auch die Küsterin und die diensthabenden Kirchenältesten, dazu noch die Hälfte der Kirchgänger. Also erwiderte ich: »Erstens trinke ich niemals Kaffee, und zweitens wollte ich sofort nach Hause. Sonntags kann man einen ganzen Berg Arbeit erledigen, und alles, was man anpackt, wird reich gesegnet.«

Wie schade ist es doch, daß man einen Pfarrer mit einer solchen Bemerkung nicht mehr auf die Palme bringen kann. Früher wurde man, wenn man am Tag des Herrn einen Brief zum Kasten brachte oder eine Packung *Miss Blanche* aus einem Automaten zog, vor den Kirchenrat zitiert. Aber diese Zeiten liegen weit hinter uns. Die Pfarrerin sah mir fröhlich in die Augen.

»Dann eben ein andermal. Und was den Fotoband angeht, denk daran, was der Herr sagt: ›Darum sorgt nicht für den andern Morgen; denn der morgende Tag wird für das Seine sorgen. Es ist genug, daß ein jeglicher Tag seine eigene Plage habe.‹«

Von so viel unbefangener, vom Evangelium gestützter Unbesorgtheit erbaut, spazierte ich nach dem Morgengottesdienst gutgelaunt nach Hause. Unterwegs grüßte ich jeden, und alle winkten freundlich zurück. Nachdem ich ein Brot mit Gewürznelkenkäse gegessen hatte, setzte ich mich an meinen Computer. Ich bin genau in der richtigen Stimmung, um endlich mit meinen Memoiren anzufangen, dachte ich. Die Stichworte lauten: übermütig, unbesonnen, leichtherzig.

An diesem Nachmittag brachte ich kaum zwanzig Zeilen über meine ersten konkreten Erinnerungen zu Papier. Vier Jahre war ich alt; ich spielte in einem Sandkasten der Kinderbewahranstalt. Als es mir, mit Eimer und Schaufel hexend, endlich gelungen war, die Aufmerksamkeit eines Mädchens zu erregen, hatte die Betreuerin ein anderes Kind neben mich gesetzt. Dieses hatte begonnen, einen Graben zu graben und Käfer hineinzuwerfen, die es anschließend mit Sand bedeckte. Das Mädchen war davon so fasziniert gewesen, daß es mir den Rücken zugewandt hatte.

Um Viertel nach sieben klingelte es an der Tür. Das wunderte mich. Sonntagsabends klingelte sonst nie jemand. Langsam schlurfte ich zur Haustür. Unter dem Vordach stand Sirena. Als ich die Tür öffnete, fiel sie vornüber. Ich konnte sie gerade noch auffangen.

»Was ist los?« fragte ich erschrocken.

»Hast du die Sechs-Uhr-Nachrichten nicht gesehen?«

»Die schaue ich mir nie an.«

»Ein Flugzeug ist abgestürzt. Ein Airbus mit 320 Insassen. Bei Katmandu. Es gibt keine Überlebenden.«

»Komm herein«, sagte ich.

Sie wankte in den Flur, ich mußte sie stützen. Im Wohnzimmer ließ ich sie vorsichtig auf einen Stuhl sinken. »Kann ich dir etwas anbieten?«

»Hast du einen ordentlichen Schnaps? Der würde mir guttun.«

»Schnäpse sind nicht meine Stärke. Darf es auch ein Glas Wein sein?«

»Gern.«

Ich schenkte zwei Gläser Wein ein. Sie fragte: »Katmandu, das ist doch die Hauptstadt von Nepal?«

»Das stimmt.«

»Sie sagte, sie wolle mit ihrem Mann und den beiden Kindern nach Nepal. Wetten, sie saßen in der Maschine.«

»Wer ist ›sie‹?«

»Sie, ihr Mann und die beiden Kinder.«

»Von wem sprichst du?«

»Von Pia.«

»Und wer ist Pia?«

»Eine Kundin. Ihr Mann ist mit dem Verkauf von Motorjachten steinreich geworden.«

Mir war, als presse jemand mit eiserner Faust mein Herz zusammen. Gleichzeitig hatte ich wieder das Gefühl, ein Millionenfüßler laufe auf meinem Rücken Schlittschuh. Um meinen tödlichen Schreck zu bannen, sagte ich: »Aber in den Nachrichten war doch nicht die Rede davon, daß Niederländer in dem Flugzeug saßen?«

»Nein.«

»Dann ist es doch ein wenig voreilig, zu glauben …«

»Ich weiß ganz genau, daß sie in der Maschine waren, ich weiß es genau.«

»Sollen wir im Teletext nachsehen? Vielleicht sind wir anschließend etwas schlauer.«

Ich schaltete meinen Fernseher ein. Nach einigem Gefummel mit der Fernbedienung erschien auf dem Bildschirm der Bericht über den Flugzeugabsturz. Ein Airbus der Air France. Kein Wort darüber, daß Niederländer an Bord waren.

»Wenig wahrscheinlich, daß sie mit einer französischen Maschine unterwegs waren«, sagte ich.

»Sie waren drin, ich weiß es genau, sie waren drin, denn schließlich stehen sie auch in dem Buch.«

»*So what?* Er ist der Sponsor, er steht nur deshalb in dem Buch, weil er ordentlich Geld dafür bezahlt hat.«

»Es ist egal, weshalb er im Buch steht. Wer drinsteht, geht drauf.«

»Laß uns die Acht-Uhr-Nachrichten abwarten. Vielleicht erfahren wir dort, ob Niederländer an Bord waren.«

»Sie sind alle vier tot.«

»Neulich traf ich ihn auf dem Friedhof. Er war auf der Suche nach einem hübschen sonnigen Fleck für sein Grab. Er wollte einen Sonnenkollektor an seinem Grabstein haben, um mit dem Strom nachts ein Lämpchen brennen zu lassen. Ich fand das ganz rührend.« Es sollte sie ein wenig aufmuntern. Sehr viel Erfolg hatte ich damit nicht.

Zu Tode erschrocken stöhnte sie: »Er suchte ein Grab? Oh, mein Gott, oh, wie fürchterlich ... ich bin fassungslos. Was soll ich bloß anfangen? Ich werde sterben, ich werde sterben ...«

»Natürlich wirst du sterben, ich werde auch sterben, wir alle werden sterben, von Geburt an sind wir zum Tode verurteilt.«

»Tot, das ist so unvorstellbar. Dann bist du weggeworfen, ausradiert, weggeräumt, von der Tafel gewischt.«

»Ist das denn etwas anderes als vor deiner Geburt? Damals gab es dich doch auch nicht. Kein Mensch regt sich darüber auf, abgesehen von ein paar Idioten, die an Reinkarnation glauben. Komm, trink noch ein Glas Wein, wir sind quietschfidel.«

»Ich glaube, ich werfe mich vor den Zug, dann habe ich es hinter mir. Das halte ich nicht aus. Wirklich, ich schaff das nicht ... ich ... ich mach Schluß.«

»Das wäre aber mehr als schade«, sagte ich, »denn du bist die aufregendste Frau im ganzen Dorf.«

»Darum will dieses Weib mich ja auch umbringen.«

»Und du willst ihr dabei ein wenig helfen, indem du dich vor den Zug wirfst.«

»Du verstehst nicht die Bohne, du verstehst überhaupt nichts.«

»Das kann schon sein, aber so langsam wird es Zeit für die Acht-Uhr-Nachrichten.«

Ich schaltete wieder ein. Die holde Sprecherin meldete mit honigsüßer Stimme, daß bei Katmandu eine Maschine der Air France abgestürzt sei und daß nach letzten Berichten vier Niederländer an Bord gewesen seien.

Ich sah Sirena an und wußte einen Moment lang nicht, was ich sagen sollte. Sie schaute mir starr in die Augen und streckte dann, wie eine Ertrinkende, die einen letzten Versuch unternimmt, sich an einer glitschigen Duckdalbe festzuklammern, ihre Hand nach mir aus. Ich zog sie zu mir hin. »Warum ist jetzt nicht endlich mal Schluß mit dem Geseiere über dieses Buch?« dachte ich. »Es reicht jetzt, bitte, können wir nicht einen Punkt hinter diese Geschichte machen?« Als ich sie an der Hand mit den absurd langen Nägeln zu mir hingezogen hatte, nahm ich auch ihre andere Hand. Ich spürte, wie eine eigenartige kühle Raserei in mir aufkam. Es war, als müßte ich Rache dafür nehmen, daß Leonora mich negierte, es war, als müßte ich Lotte den Kopf zurechtrücken, weil sie mir vorgeschlagen hatte, sie nach Atjeh zu begleiten, als müßte ich Molly dafür bestrafen, daß sie mich nackt gemalt und verhökert hatte. Es war sogar so, als hätte ich noch eine Rechnung mit Maria zu begleichen. Ich hob Sirena von ihrem Stuhl, schleppte sie zur Wand und drückte sie so kräftig dagegen, daß sie aufstöhnte. Ich bohnerte mit meinem Mund die Farbe von ihren Silikonlippen und wühlte, während ich sie mit meinen Knien noch ein wenig fester gegen die Wand drückte, mit der linken Hand in ihrem Haar. »Keine Perücke«, dachte ich, und das stimmte mich zufrieden. Sie biß in meine Lippen, schob ihre Zunge in meinen Mund, spielte mit meiner Zunge, sog daran und fuhr währenddessen mit ihren spitzen Nägeln über meine Wange. Ich hob sie wieder hoch und trug sie zum Zimmer hinaus, dann durch den Flur und die Treppe hinauf. Anders bellte wütend und wollte hinterher, doch ich rief so gebieterisch: »In dein Körbchen!«, daß sie sich mit U-förmigem Schwanz in die Ecke verzog, wo ihr Körbchen steht.

Im Schlafzimmer warf ich Sirena aufs Bett. Weil ich sie nicht loslassen wollte, war es gar nicht so einfach, den Reißverschluß ihres winzigen weißen Rocks zu öffnen. Als das endlich geschafft war – ich hielt sie dabei mit einer Hand und beiden Knien in Schach – und ich ihren Rock, sie kurz anhebend, ausziehen konnte, so wie man einem geschlachteten Kaninchen das Fell abzieht, da spürte ich, wie meine Wut verebbte. »Es reicht«, dachte ich, »ich kann sie jetzt gehen lassen.« Mein Griff erschlaffte. Sie zerrte währenddessen am Nippel des Reißverschlusses meiner Jeans, bekam ihn aber nicht zu fassen, weil ihre Nägel im Weg waren; also öffnete ich ihn selbst. Ihre Hand griff sofort nach meinen Eiern. Es war, als würden Nadeln hineingestochen, und meine Wut flammte wieder auf. Ich zog ihr den Slip aus, sie spreizte die Beine und lenkte meinen Schwanz so geschickt in ihr dichtes Schamhaargestrüpp, daß er vollkommen darin verschwand. Ich spürte kaum, daß ich zum Orgasmus kam, ich lief einfach aus und empfand eine wahnsinnige Erleichterung. Gerade noch rechtzeitig, dachte ich, jetzt ist alles in Ordnung, ich kann mit ausgeglichenem Konto von vorn anfangen. »Darum sorgt nicht für den andern Morgen; denn der morgende Tag wird für das Seine sorgen. Es ist genug, daß ein jeglicher Tag seine eigene Plage habe.« Plage? Das war keine Plage, im Gegenteil, das war perfekt, und zutiefst zufrieden rollte ich von ihr herunter und betrachtete die Sonnenlichtstreifen an der Decke.

»Ein wenig sehr brutal«, sagte ich schüchtern und entschuldigend nach etwa fünf Minuten.

»Ziemlich, ja, aber trotzdem phantastisch, einfach phantastisch ... so muß es sein, so will ich es haben, so will ich es noch tausendmal haben.«

Sie streichelte meinen Unterleib.

Erschrocken dachte ich: Wir haben kein Kondom benutzt. Ich wollte sie fragen, ob etwas passiert sein könnte, doch da kam mir in den Sinn: »Vielleicht treibt sie es ja mit Hinz und Kunz, die schlimmsten Viren ... was bin ich bloß für ein Idiot, ich züchte mein eigenes Gemüse, weil ich die mit Kunstdünger aus dem Boden gejagten Nitritgewächse nicht auf meinem Teller haben will, ich esse kein Fleisch, weil ich angesichts der Methoden in der Agrarindustrie erschaudere; ich achte genau auf meine Cholesterinwerte und meinen Blutdruck und bewege mich den ganzen Tag. Und nun? Möglicherweise hat ein einziges dieser bescheuerten Eiweißpäckchen, die man Viren nennt, alle meine Anstrengungen zunichte gemacht. Was für ein Idiot bin ich bloß, was für ein unglaublicher Idiot.«

Dennoch, während sich die Lichtstreifen an der Decke langsam verschoben, übertraf meine tiefe Zufriedenheit die Wut bei weitem. Gewiß, es bestand die Möglichkeit, daß ich mich infiziert hatte, aber was spielte das für eine Rolle, es war mir eben einfach passiert. Wenn dieser merkwürdige Ausbruch mich irgendwann fällen sollte, in Ordnung, dann war das mein verdienter Lohn. Das mußte ich eben großherzig akzeptieren, so schwer es mir dann vielleicht auch fallen mochte. Ich griff ihre Hand; ich streichelte ihren Daumennagel und fragte: »Weißt du eigentlich, wie lang deine Nägel genau sind?«

»Nein.«

»Lotte hat gesagt: vier Zentimeter. Das glaube ich aber nicht. Ich hole gleich mal kurz den Zollstock.«

»Es sind die längsten künstlichen Fingernägel, die man in den Niederlanden bekommen kann. Ich habe noch keine Frau in Monward dazu überreden können; alle finden sie viel zu lang. Dabei habe ich neulich aus Amerika einen Satz Nägel zur Probe bekommen, die ungefähr doppelt so lang sind, *real vampire nails*. Als ob ich die hier jemals loswerden würde. Ich wage es nicht einmal selbst, sie zu tragen.«

»Wie schade, ich würde sie gern einmal sehen, *real vampire nails*, das klingt vielversprechend.«

»Ich weiß gar nicht mehr, wo ich sie hingetan habe«, sagte sie ausweichend. »Lotte fand meine Nägel also zu lang?«

»Nein, nein, sie sagte nur, sie seien vier Zentimeter lang. Und darauf erwiderte ich: Du bist verrückt, höchstens zwei. Und sie meinte auch ...«

Es ist doch merkwürdig, daß man, nach dem Geschlechtsakt sanft vor sich hindösend, plötzlich das Herz auf der Zunge hat und alles ausplappert.

»Sie sagte auch, daß du mit den Nägeln zu verbergen versuchst, daß du Männerpranken hast«, sagte ich schläfrig.

Sirena fuhr in die Höhe, schrie fast: »Hat sie das gesagt, hat sie das gesagt?«

Dann ließ sie sich wieder nach hinten fallen und fügte gelassen hinzu: »Es ist besser, wenn du es gleich erfährst, denn sonst erzählt es dir vielleicht jemand anders: Ich bin eine Transe.«

Sie beugte sich über mich, nahm mir die Sicht auf die

Sonnenlichtstreifen, welche die Decke immer noch zierten, und fragte: »Wirfst du mich jetzt raus?«

»Warum sollte ich?«

»Sie wollen nichts mehr mit mir zu tun haben, wenn sie das erfahren; meistens machen sie dann sofort Schluß.«

»Du meinst: Männer?«

»Ja.«

»Das sind die Männer, die mein Buch noch nicht gelesen haben. Darin schreibe ich, daß es im gesamten Tierreich die normalste Sache der Welt ist, daß Organismen ihr Geschlecht ändern. Sogar Schwertfische, sogar Wirbeltiere ...« Ich spürte, wie ich langsam einschlummerte.

Sie rüttelte mich wieder wach und fragte: »Du also ...«

»Es macht mir nichts aus. Ich finde, du bist ein Prachtweib. Und daß du früher mal ein Mann warst, bedeutet, daß wir eine Sorge weniger haben. Vorhin dachte ich noch: Wenn ich ihr mal bloß kein Kind gemacht habe. Das brauchen wir also nicht zu fürchten.«

»Das sagt mein Freund auch immer.«

»Du hast einen Freund? Mein Gott, hättest du das bloß früher gesagt. Dies hätte überhaupt nicht passieren dürfen.«

»Hätte es auch nicht, aber ich konnte es nicht verhindern. Du bist brutal und gewissenlos über mich hergefallen.«

»Es wird nie wieder vorkommen«, sagte ich feierlich.

Sie kicherte und murmelte dann: »Ich werde meine *real vampire nails* suchen, warte nur ...«

Versammlung

Schnaubend wie ein wildgewordener Stier kam er den Pfad entlang. Ruhig weiterjäten, dachte ich, so tun, als ob nichts wäre, und geduldig zupfte ich das Haarige Knopfkraut zwischen meinem Neuseelandspinat aus. Steil ragte er in die Höhe, als er neben mir auf dem mit kleinen Holzstückchen bedeckten Pfad zwischen den Beeten anhielt und stampfend auf der Stelle marschierte.

»Doch wieder aus Sexbierum zurückgekehrt?«

»Wie Sie sehen. Ich möchte Sie zu einer Versammlung einladen.«

»Mich? Wieso?«

»Zu einem Konklave, einem Besorgtenkonklave derjenigen, die noch nicht abgehakt wurden. Wir müssen etwas tun. Wir müssen beraten, welche Schritte wir unternehmen. Kurzum, es ist Zeit, die verbliebenen Köpfe zusammenzustecken. Die Pfarrerin stellt den kleinen Saal hinter der Kirche zur Verfügung. Nächste Woche Mittwoch, abends um acht.«

Während ich Erdreste aus den Wurzeln des Haarigen Knopfkrauts schüttelte, kroch ich ein Stück weiter.

Teake Gras folgte mir stampfend und sagte: »Ich bestehe darauf, daß Sie kommen.«

»Warum das?«

»Solange wir das Fräulein nicht erreichen können, sind Sie sozusagen ihr Stellvertreter.«

»Ich habe lediglich das Vorwort geschrieben. Niemand kann von mir erwarten, daß ich aufgrund dessen in der Lage wäre, die Gemüter zu beruhigen oder zu erklären, warum so viele Menschen aus dem Buch gestorben sind.«

»Aha, inzwischen ist es also auch bis zu Ihnen durchgedrungen, daß es kein Zufall sein kann.«

»Das läßt sich keineswegs ausschließen. Die Pfarrerin erzählte mir neulich, in *Klein-Lourdes* sei vor einigen Jahren auch ein Bewohner nach dem anderen gestorben, und daraufhin sei auch eine große Unruhe entstanden ...«

»Vollkommen anderer Fall. Lauter Hochbetagte. Aber jetzt ... Sitz ich bei meinem Jugendfreund im Oberstübchen. Am Montag schauen wir Nachrichten im Fernsehen ... höre ich: Bei Flugzeugabsturz Familie aus Monward umgekommen ... Ich wußte sofort, welche Familie, ich konnte sie gleich abhaken.«

»Hatten Sie das Buch etwa mitgenommen?«

»*Wolnou.* Mein Jugendfreund hatte es gerade noch durchgeblättert und gesagt: Nicht schecht, *'t bin bêst skoan kykjes.*«

»Wieso, in Gottes Namen, haben Sie das Buch überhaupt mitgenommen?«

»Um die Leute im Buch sofort abhaken zu können. Zuerst Maxischwester, dann Minischwester, nur um ein Beispiel zu geben.«

»Woher wußten Sie, daß die beiden *fuort* waren?«

»Was sagten Sie?« fragte er mißtrauisch.

»Sie haben mich schon verstanden«, sagte ich, sehr zufrieden darüber, daß ich es geschafft hatte, ihn mit einem friesischen Wort zu verblüffen.

»Ich hatte mit Klaas, dem Maulwurffänger, verabredet, daß er mich anruft, wenn wieder einer aus dem Buch *hinne gegaan* ist«, sagte er.

»Der steht selbst auch drin. Wenn er ebenfalls *fuort* gewesen wäre, hätten Sie keinen Informanten mehr gehabt.«

»Würden Sie es bitte mir überlassen, Friesisch zu reden? Ihre Aussprache ist erbärmlich«, sagte er grimmig. »Aber der Punkt geht an Sie: Klaas hätte auch sterben können, daran habe ich nicht gedacht. Nächstes Jahr werde ich dies berücksichtigen.«

»Klaas lebt jedenfalls noch«, sagte ich, »und Sie auch, und ich, und die Pfarrerin und viele andere auch. Noch mindestens fünfundsiebzig Prozent der Porträtierten.«

»Innerhalb eines Jahres«, sagte er, »ist ungefähr ein Viertel der Leute aus dem Buch *fuort*... äh, gestorben. Die Übriggebliebenen treffen sich also am Mittwoch.«

»Ich werde kommen«, versprach ich.

»Das ist alles in allem auch zu empfehlen«, sagte er.

»Wo bleiben nur all die Buchmenschen?« fragte er eine Woche später, als die Pfarrerin, er und ich im Eingangsbereich der Kirche warteten, um die Porträtierten zu begrüßen.

»Ich glaube, heute wird ein wichtiges Spiel übertragen«, sagte die Pfarrerin.

»Fußball? Das hier ist eine Sache auf Leben und Tod! Ist den Buchmenschen das denn nicht klar? Ich habe ihnen allen eine Einladung in den Briefkasten geworfen und sie darin dringend aufgefordert herzukommen. Und dann sollten sie wegen eines Fußballspiels zu Hause bleiben? Nein, das kann ich nicht glauben.«

»Es erweist sich immer wieder als schwierig, die Leute abends aus dem Haus zu locken«, sagte die Pfarrerin, »ganz egal wofür. Veranstaltet man einen Abend zur Gemeindemission, kann man auch froh sein, wenn zehn Leute auftauchen.«

»Ja, aber jetzt geht es doch um den Tod selbst.«

»Das macht, denke ich, keinen Unterschied. Drinnen sitzen jetzt achtzehn Leute, unter denen sich wahrhaftig auch der Gemeindepfarrer befindet, und ich vermute, mehr werden nicht kommen. Am Anfang war das Buch in aller Munde, aber dann waren alle in Urlaub, und jetzt spricht fast niemand mehr davon. Wir können ins Konsistorium umziehen. An dem großen runden Tisch finden wir bequem alle Platz. Und man kann sich auch viel besser unterhalten als in der Kirche.«

Gras stiefelte im Kirchenvorraum hin und her, ging ab und zu hinaus und kam wütend wieder hereingestampft. Jedesmal fragte er verzweifelt: »Wo bleiben sie nur? Wo bleiben die Leute, in Gottes Namen? Begreifen sie denn nicht, daß wir gemeinsam überlegen müssen?«

»Ich denke, wir sollten anfangen«, sagte die Pfarrerin.

»Noch kurz warten«, flehte Gras.

»Wir lassen die Türen offen«, schlug die Pfarrerin vor, »die Nachzügler werden den Weg schon finden.«

In der Kirche sagte sie: »Wir gehen ins Konsistorialzimmer hinüber. An den großen runden Tisch.«

»Wie gemütlich«, sagte eine korpulente Frau mit Igelfrisur. Stand sie auch in dem Buch? Dann mußte ich mich doch an sie erinnern.

Nachdem wir schlendernd und schlurfend den Raum gewechselt und dann allerlei Stühle herumgeschoben hatten, tauchte noch ein Nachzügler auf, der für eine weitere Verzögerung sorgte.

»Flikweert mein Name«, sagte er. »Ich habe einen Bauernhof am Ende des Dorfs, ich wohne im Kardinalskamp, beim Seitenarm des Dreifaltigkeitssees links ab – einen schönen Abend zusammen.«

»Meine Damen und Herren«, sagte die Pfarrerin, »wir sind, wie Sie wissen, auf Initiative von Herrn Gras zusammengekommen, und darum möchte ich ihm auch gleich das Wort erteilen.«

Gras stand auf, verneigte sich nach links, nach rechts und zur gegenüberliegenden Seite hin.

»Liebe Schicksalsgenossen! Ich habe Sie alle hierhin eingeladen, um mit Ihnen über den Fotoband zu reden. Seit das Buch vor ungefähr einem Jahr erschienen ist, sind von den zweihunderteins Porträtierten achtundvierzig verstorben. Neulich erst, wie Sie wissen, eine vierköpfige Familie, Mann, Frau, Sohn, Tochter! Ich meine, wir müssen uns irgendwie gegen dieses Massaker wehren. Das Fotobuch ist nichts anderes als ein Totenregister. Ich habe eine Liste mit Namen, Adressen und Telefonnummern all der Leute aus dem Buch gemacht, die noch am Leben sind. Diese Liste möchte ich gern an alle verteilen. Dann können wir einander anrufen, wir können uns gegenseitig stützen und aufeinander aufpassen.«

»Herr Gras«, sagte die Frau mit dem Igelkopf, »worüber reden wir eigentlich? Wenn die Stunde schlägt, gehen wir. Keine Minute früher, keine später, daran kann kein Fotograf etwas ändern. Ich verstehe also nicht, worüber Sie sich aufregen.«

»Meine Dame, ich kenne Ihr Gesicht nicht, sie stehen nicht in den *Verschlußzeiten*, Sie wissen nicht, was wir durchmachen. Wir sehen es auf uns zukommen, immer näher kommt es. Erst dieser, dann jener, inzwischen bereits achtundvierzig. Wenn das so weitergeht, dann ist von den Fotografierten in drei Jahren keiner mehr am Leben.«

»Aber«, sagte die Frau, »das ist doch eine lange Zeit! Wenn die zweihundert Leute aus dem Buch erst zusammen fotografiert worden wären und dann ein Flugzeug bestiegen hätten, das anschließend abgestürzt wäre, dann wären sie auf einen Schlag tot gewesen. Es kommt also nur darauf an, wie man die Sache betrachtet.«

»Meine Dame«, sagte Gras ärgerlich, »halten Sie sich da heraus. Sie stehen, wie ich bereits sagte, nicht einmal im Buch.«

»Ich nicht, wohl aber mein Mann.«

»Und warum ist er nicht gekommen?«

»Jaap mußte heute abend Dame spielen. Er sagte zu mir: Antje, geh doch mal in die Kirche, und hör dir an, was dort verhackstückt wird. Und jetzt bin ich also hier.«

»Macht Jaap sich keine Sorgen?« fragte die Pfarrerin.

»Warum sollte er?« erwiderte die Frau streitlustig. »Auch wenn Sie Protestantin sind, so brauche ich Ihnen doch nicht zu erzählen, daß Tag und Stunde des Todes für jeden von uns seit Ewigkeiten bestimmt sind.«

»Wenn man geboren wird«, stimmte eine andere Frau ihr zu, »dann steht im Herzen eingraviert, wieviel tausendmal es schlagen wird. Für jeden von uns steht fest, wie viele Herzschläge ihm zugemessen sind. Darum sagte mein Vater auch immer: Reg dich nicht auf. Wenn du dich aufregst, zehrst du von der Menge an Herzschlägen, die dir als Ration mitgegeben wurden. Im Sommer hörte ich im Fernsehen, daß das Herz eines Radrennfahrers beim Anstieg auf einen hohen Berg zweihundertmal pro Minute schlägt. Dann ist diese Ration rasch aufgebraucht.«

Sie schaute triumphierend in die Runde, und ich dachte: Habe ich mich dafür die ganze Woche abgerackert? Für den Fall, daß man mich fragen würde, ob ich noch immer der Meinung sei, die Häufung von Sterbefällen sei reiner Zufall, hatte ich mich nämlich bei der Gemeindeverwaltung nach den Sterblichkeitsraten der letzten Jahre erkundigt. Mit all den Daten, die mir schließlich zur Verfügung gestellt wurden, konnte ich, nachdem ich meine Statistikbücher noch einmal durchgeackert hatte, leicht nachweisen, daß achtundvierzig Tote aus einer Menge von zweihunderteins sogar bei einer einseitigen Abweichung von 0,05 Prozent noch locker im Rahmen des Zufalls lagen, auch wenn dabei die Frage offenblieb, mit welcher Menge man diese 48/201, bei Anwendung des Chi-Quadrat-Tests, vergleichen sollte. Mit den Bewohnern von *Klein-Lourdes*? Aber das waren ausschließlich Senioren. Oder mußte man das Pflegepersonal des Altersheims in die Vergleichsmenge mit aufnehmen? Dann bekam man auf jeden Fall ein vergleichbares Durchschnittsalter. Wie dem auch sein mochte, welche Vergleichsmenge man auch in Chi-Quadrat einsetzte – achtundvierzig von zweihunderteins, damit konnte man mathematisch-statistisch keinen Lorbeerkranz gewinnen. Reiner Zufall.

Außerdem hatte ich eine Graphik der Sterbefälle aus dem Buch erstellt. Für jedes Quartal hatte ich die Anzahl der Überlebenden auf einer Zeitachse eingetragen. Daraus ergab sich eine schöne Hyperbel. Die Kurve wurde bereits flacher, und wir näherten uns der Asymptote.

Bei all dem erquickenden, beruhigenden Herumgerechne hatte ich immer das Gefühl gehabt, das Foto von der verregneten Frau an der Ecke vor mir zu sehen. Wie man es auch drehte und wendete, Lotte verfügte über eine Art Intuition, sie erahnte unbewußt das sich nähernde Ende und wählte für ihre Aufnahmen Todeskandidaten aus.

War Teake Gras auch so ein Todeskandidat? Ich warf einen verstohlenen Blick auf ihn. Todunglücklich starrte er vor sich hin. All die Anstrengung, erst Kopien zu machen und anschließend, ohne Entgelt, durchs ganze Dorf zu laufen, um den Porträtierten eine Einladung in den Briefkasten zu werfen – und jetzt dieses Resultat. Alte Frauen, die bescheuerte Ansichten zum besten gaben. Daß es noch so viel fröhlichen Fatalismus gab!

»Herr Gras«, sagte der Gemeindesekretär, der am Kopfende des Tisches saß. »Wenn es stimmt, daß wir im Laufe der nächsten drei Jahre alle der Reihe nach ins Gras beißen, was wollen Sie dann gegen diese Entwicklung unternehmen? Glauben Sie, daß die Fotografin eine Hexe ist, und wollen Sie ihr ans Herz legen, uns mit ihrer Schwarzen Magie vom Hals zu bleiben?«

»Ich würde ihr einmal auf den Zahn fühlen«, sagte Gras.

»Ja, ja, und Sie glauben, daß sie dann sagt: Ätsch, ich habe euch in mein Buch aufgenommen, und jetzt geht ihr alle über den Jordan? Guter Mann, benutzen Sie Ihren Verstand, Sie wären anschließend nicht schlauer. Niemand auf der Welt kann auch nur einen Moment glauben, man könne auf diese Weise zweihundert Leute umbringen.«

»Und warum sind dann bereits achtundvierzig aus dem Buch ...«

»Vielleicht hat sie ein Gefühl dafür, wer demnächst in die Grube fährt. Mich wollte sie fotografieren, meine Frau nicht. Ich hab sie gefragt: Warum ich? Darauf sie: Sie haben so ein beschriebenes Gesicht, ihre Frau nicht. Als ich später in den Spiegel schaute, dachte ich: Beschriebenes Gesicht? Was meint sie damit? All die Falten? Die Tatsache, daß ich gezeichnet bin, weil ich vor einiger Zeit einen Herzinfarkt hatte? So viel steht fest: Ich bin alt, zweifellos habe ich nicht mehr lange zu leben. Vielleicht fliegt sie darauf, sieht sie den Tod bereits in deinen Augen, wer weiß?«

»Es sind auch Leute aus dem Buch gestorben, die keineswegs alt waren«, sagte Gras.

»Zwei an der Zahl, soweit ich weiß«, antwortete der Gemeindesekretär.

»Und eine ganze Familie.«

»Die saßen in einem Airbus, und die fallen in letzter Zeit wie reife Äpfel herunter.«

»Ich finde ...«

»Hören Sie mir einmal zu, Gras, wir können lange hin und her diskutieren, ob für uns, weil wir in dem Buch stehen, ein größeres Risiko besteht, den Löffel abzugeben. Doch selbst wenn wir uns alle einig wären, daß dem so ist, könnten wir doch nichts dagegen unternehmen.«

»Wir könnten zumindest schon mal alle Bücher vernichten«, sagte Gras wütend.

»Und wie wollen Sie das anstellen?« fragte ihn der Gemeindesekretär. »Alle, die irgendwann einmal dieses

Dorf verlassen haben, um nach Kanada oder Neuseeland auszuwandern, haben von ihren Angehörigen, die hiergebliebenen sind, ein solches Buch geschickt bekommen. Wollen Sie die alle ausfindig machen und vor Ort die Bücher vernichten? In einem Airbus um die ganze Welt reisen? Da würde ich aber lachen, wenn Sie dabei abstürzten. Ach, hören Sie doch auf, Mann ... Wissen Sie, was wir tun sollten?«

»Also?« fragte Gras hoffnungsvoll.

»Wir sollten jeder ein hübsches Testament machen, Angebote von Beerdigungsunternehmern einholen und diese in aller Ruhe miteinander vergleichen. Außerdem sollten wir regeln, ob wir am Ende lebenserhaltende Maßnahmen in Anspruch nehmen wollen.«

»Darf ich dazu etwas sagen?« fragte die Frau mit der Igelfrisur. »Ich höre mir das alles sehr aufmerksam an und ...«

Der Gemeindesekretär fiel ihr ins Wort. »Und außerdem halte ich es für gut, die Presse einzuschalten. Einen Artikel in der Zeitung, vorzugsweise in einer überregionalen; bestimmt bekommen wir Reaktionen von Menschen, die etwas Ähnliches erlebt haben und uns Vorschläge machen können, wie wir damit weiter umgehen sollen.«

Der Gemeindepfarrer, der die ganze Zeit über dagesessen hatte wie ein Waschbär, der Winterschlaf hält, schreckte aus seinem Schlummer auf. Salbungsvoll sagte er: »Die Presse, ja, die landesweite Presse. Aufgrund meines Amtes habe ich recht gute Kontakte. Ich habe meinen Ansprechpartnern auch bereits das eine oder andere über dieses Buch mitgeteilt, und sie waren durchaus interessiert.«

Er machte eine Pause, sah alle durch seine große Brille der Reihe nach an und sagte tadelnd: »Ja, sie waren alle sehr interessiert, bis ihnen plötzlich einfiel: Monward. Oh, sagten sie dann, das Dorf mit der Sauregurkenschlange;

so, so, da schau her, hat diese Frau etwa auch das Schlangenfoto gemacht?«

Der Gemeindepfarrer drehte sein Waschbärgestell langsam in meine Richtung. Von den Brillengläsern gebündeltes Licht traf mich. Auch die anderen Anwesenden wandten mir einer nach dem anderen mit empört flammendem Blick ihre Gesichter zu. Zum Glück kam mir, ohne daß er sich dessen bewußt war, Bauer Flikweert zu Hilfe. Er hatte den Fotoband mitgebracht und während der Diskussion über Vorherbestimmung und rationierte Herzschläge die ganze Zeit darin geblättert. Auch während der Gemeindesekretär gesprochen hatte, hatte er eifrig die Bilder studiert. Jedesmal, bevor er umblätterte, befühlte er erst ausgiebig mit Daumen und Zeigefinger die Unterkante der Seite, als fürchtete er, es könne eine Explosion geben, wenn er wieder ein Blatt umschlug. Wenn man es kaum noch erwartete, blätterte er plötzlich blitzschnell weiter. Anschließend betrachtete er das Foto, schaute dann zu den Anwesenden, schüttelte mißbilligend den Kopf, als wollte er sagen: »Auch der ist nicht gekommen.« Als er sich auf diese Weise durch etwa dreißig Seiten gearbeitet hatte, erschien ein breites, fast schon maliziöses Grinsen auf seinem Gesicht. Er richtete sich auf, sah Gras triumphierend an und sagte mit so lauter Stimme, daß alle sofort erschrocken aufsahen: »Guck mal, Gras, das ist doch erstaunlich. Hier, die Kühe von Bauer Maas. Die laufen den ganzen Sommer über auf Lakereiland herum; im Herbst werden sie dann ins Boot geladen, versetzt ins Gatter gestellt und zum Stall rübergerudert ... Schau nur, was für ein Klassefoto das flotte Ding von der Überfahrt gemacht hat, zweiundzwanzig Kühe, versetzt im Gatter ... Es war das letzte Mal, daß sie rübergefahren wurden. Maas hat im Frühjahr seine ganze Herde auf die Veluwe verkauft. Arme Viecher. Als dann einen Monat später die Maul- und Klauenseuche kam, waren sie die

Dummen. Diesen Sommer haben die Hohlköpfe vom Veterinäramt alle zweiundzwanzig gekeult; das ist doch erstaunlich, Gras, oder finden Sie nicht?«

Suzy

Wenn ich früh da bin, dachte ich, sind vielleicht noch keine Kunden da, und ich kann sie kurz allein sprechen. Also ging ich um halb zehn zu ihrem Salon. Es war kein Mensch da. Ihr blaugrauer Kater lag auf einem Stuhl und döste. Ich öffnete die Eingangstür. Eine Klingel ertönte, und von oben war ihre Stimme zu hören: »Tut mir leid, ich habe noch geschlossen; der Laden öffnet erst um zehn.«

»Ich komme nicht wegen einer Behandlung«, rief ich. »Ich möchte dich kurz sprechen.«

»Ach, bist du das? Ich bin noch nicht vorzeigbar, aber ich komme gleich runter.«

»Ich habe dich gestern abend in der Kirche vermißt«, rief ich.

»Du warst also da? Hätte ich auch kommen sollen? Zwischen Leuten hocken, die demnächst alle tot sein werden? Was hätte mir das gebracht?«

»Im nachhinein ist es schade, daß du nicht da warst. Du hättest etwas gehört, das dich meiner Meinung nach aufgemuntert hätte. Ich bin gestern abend noch vorbeigekommen, aber du warst nicht da; du bist natürlich bei deinem Freund gewesen.«

»Was soll ich sonst tun? Seit jenem Sonntag hast du nichts mehr von dir hören lassen. Ich dachte: Er ruft an oder kommt vorbei, aber Pustekuchen, kein Lebenszeichen. Offenbar hat es dir nicht sonderlich gefallen.«

»Du glaubst doch nicht etwa, daß ich … ich schäme mich zutiefst für das, was an diesem Sonntag passiert ist, aber ich wußte ja nicht, daß du einen Freund hast. Meines Wissens wohnst du hier allein, also …«

»Stimmt, wir wohnen nicht zusammen. Ich muß mit dir über ihn reden. Er ist ein so wunderbar lieber Junge. Ich wollte … jetzt noch rasch meine Nägel … ach, das kann ich auch unten machen.«

Sie kam die Treppe herunter, ging auf mich zu und preßte plötzlich ihre Lippen auf meine. »Wenn du wüßtest, was für ein Elend ich mit dem Burschen bereits erlebt habe. Ein so herzensguter Junge … Ich dachte, ich hätte endlich den Richtigen gefunden. Und da kriegt er, Gott sei mir gnädig, keinen hoch. Dann also Therapie, half natürlich kein bißchen, dann diese Tabletten, wie heißen sie auch gleich wieder …«

»Viagra?«

»Genau. Damit bekam er ihn tatsächlich hoch, doch gerade als er versuchte, ihn hineinzustecken, da machte das Ding gleich wieder schlapp und hing schlaff wie ein Mauseschwänzchen herab. Manchmal schaffte er es so gerade, und er konnte ihn reinhängen lassen, aber … bestenfalls hatte ich das Gefühl, ein Stück Gartenschlauch zwischen den Beinen zu haben … Oh, aber dann, an dem Sonntagabend, dein Schwanz … Weißt du, daß du einen knüppelharten Schwanz hast, einen steinharten? Ich hatte schon fast vergessen, daß es so etwas gibt.«

Sie griff mir mit der rechten Hand in den Schritt.

»Da kommt er schon wieder.«

»Bitte nicht«, sagte ich, »wir stehen hier genau am Fenster, jeder, der vorbeikommt, kann uns sehen.«

»Das kann uns doch egal sein. Demnächst schauen wir uns die Petersilie von unten an, aber bevor es soweit ist, bumsen wir uns blöd. Komm mit, der Arzt hat es erlaubt. Ich schließe die Tür ab, dann kann keiner rein. Ich öffne sowieso erst um zehn. Wir haben noch eine halbe Stunde Zeit, komm mit.«

Sie drückte mich an sich. Durch den dicken Stoff meiner Jeans hindurch knetete sie meine Eier.

»Bitte nicht«, sagte ich, »wenn du so weitermachst, ist es passiert, bevor ... hör auf, hör doch bitte auf ... ich muß erst etwas ... ich will ... ich kann ... oh, stop ... st ...«

»Dann komm mit, komm«, sie zog mich die Treppe hinauf und drückte mich, als wir oben angekommen waren, gegen die Wand, als wollte sie mit vertauschten Rollen wiederholen, was beim letzten Mal passiert war. Ich versuchte, mich zu wehren, doch ihre Hände waren überall, und sie roch so gut. Trotz der langen Nägel gelang es ihr diesmal, den Nippel meines Reißverschlusses zu fassen und hinunterzuziehen. Unter ihrem kurzen Rock trug sie einen winzigen Slip, den sie mühelos nach unten schob, so daß sie ebenso geschickt wie beim ersten Mal meinen Schwanz durch ihr dichtes Schamhaargestrüpp hindurchführen konnte.

»Oh«, sagte sie, »oh, dein harter Schwanz, dieser harte Schwanz, wie herrlich. Seit jenem Sonntag muß ich immer wieder daran denken, mach schon, los, mach schon, ja, ja, oh, du Tier, du Tier, du Tier ...«

Als es vorbei war und ich keuchend an der Wand lehnte, sagte sie triumphierend: »Jetzt gehörst du ganz und gar mir.«

»Du hast doch schon einen Freund«, stotterte ich.

»Dem geb ich den Laufpaß«, sagte sie. »Er ist ein herzensguter, lieber Kerl, aber was bringt einem dieses Liebsein? Ein wildes Tier braucht man, einen Rohling, einen Wüstling, der einen hart rannimmt. Und du bist so ein wildes Tier.«

Ich ging zum Stuhl, ließ mich erschöpft fallen und sah sie an.

»Was guckst du so belämmert?« wollte sie wissen.

»Ich habe Durst«, sagte ich. »Eine Kanne Tee, wäre das möglich?«

Sie ging in ihre kleine Küche.

Ich sagte: »Als ich hierher kam, war es bestimmt nicht meine Absicht, mit dir …«

»Neulich, Sonntag abend, galt das auch für mich, wir sind also quitt«, rief sie aus der Küche.

Als sie mir einige Minuten später Tee eingoß, sagte ich, daß ich gekommen sei, um ihr vom vergangenen Abend zu erzählen. Daß kaum jemand dagewesen war und wie enttäuscht Gras war. Und von Bauer Flikweert vom Kardinalskamp, der ständig in dem Buch blätterte. »Plötzlich sagte er: ›Alle zweiundzwanzig Kühe, die Bauer Maas auf die Veluwe verkauft hat, sind wegen MKS gekeult worden.‹ Gras sprang auf und rief: ›Da seht ihr es, sogar die Tiere aus dem Buch gehen drauf.‹ Darauf sagte Flikweert: ›Maas selbst geht es gut, und seiner Frau auch, die sind aus dem Dorf weggezogen und haben sich zur Ruhe gesetzt. Schon merkwürdig … Schaut euch das an: Bruder Augustinus mit dieser wunderschönen Taube auf der Hand … die Taube ist tot, aber der Redemptorist … immer noch quicklebendig, auch wenn er bereits über achtzig ist. Und hier, die beiden Kutschpferde des Beerdigungsunternehmers: Sind auch schon beide im Jenseits, aber ihm geht es blendend. Und hier, ihr müßt nur so zum Spaß einmal gukken, wie viele Tiere in dem Buch stehen: Hunde, Schafe, Ziegen, Katzen, Kühe, Pferde, Maulwürfe, Hasen, Kaninchen, Hühner, Bienen, Aale, Gänse, Kanarienvögel, Tauben sogar, ja, ja, es ist schon merkwürdig … und wie viele dieser Tiere sind nicht bereits tot, während es all ihren Herrchen hervorragend geht. Ja, ja, Gras, hättest du dich mal bloß mit einem Tier ablichten lassen, dann wärst du auf der sicheren Seite, Mann, und wäre es auch nur ein Käfer gewesen … dann läge der Käfer jetzt vielleicht mit sechs Beinchen in der Luft, und du …‹ Dann schlug er das Buch in der Mitte auf, blätterte kurz und sagte: ›Hier, unser Reeder, der hat sich mit einem ausgestopften Fuchs knipsen lassen … darauf müssen wir mal achten, ob das auch gilt, wenn das Tier bereits tot ist. Und Klaas müssen wir auch im Auge behalten, er ist mit zwei toten Maulwürfen auf dem Bild. Auf jeden Fall leben die beiden noch, der Reeder und Klaas. Gras, Gras, hattest du denn kein Tier im Haus, nicht einmal ein Täubchen aus Steingut? Und wenn du dich nur vor einen Wandteppich gestellt hättest, auf den ein Hirsch gestickt ist, denn den gibt es auch im Buch, schau nur.‹ Und Flikweert blätterte weiter und zeigte triumphierend auf das Foto von Frau Meulendijk, die einen selbstgestickten Wandteppich in die Höhe hielt, auf dem ein springender Hirsch zu sehen war, darunter stand: Psalm 42, Vers 1. Und dann suchte Flikweert sein eigenes Foto.«

»Ist das vielleicht das Bild von dem Bauern, der so ein großes Schaf über seinen Kopf hebt?«

»Ja, das ist es.«

Vorsichtig schlürfte ich den heißen Tee. Nach einigen Schlucken sagte ich: »Das Ganze ist natürlich total bescheuert. Als ich gestern abend nach Hause kam, habe ich den Band noch einmal aufmerksam durchgeblättert. Vorher ist mir das nie aufgefallen, aber es stimmt: Es sind unglaublich viele Tiere in dem Buch. Bei den meisten weiß man natürlich nicht, ob sie noch leben, aber eins steht fest: Von denen, die zusammen mit einem Tier fotografiert wurden, ist bisher kein einziger gestorben ... Wie kann das sein? Ich verstehe das nicht. Oder hat sie vielleicht, wenn sie jemanden traf, der ein hübsches Pferd oder ein schönes Schaf dabei hatte, andere Kriterien angelegt als bei denen ohne Lieblingstier? Aber selbst dann, wie läßt es sich erklären, daß bereits so viele Tiere tot sind – allein schon die zweiundzwanzig Kühe? Ich werde absolut nicht schlau aus der Sache, sie ist ebenso dunkel, geheimnisvoll und unwirklich wie diese sogenannten Schwarzen Löcher, diese Pulsare und Quasare im Weltall, die man auch noch nie gesehen hat ... Wie dem auch sei, du bist zusammen mit Suzy auf dem Foto und ich mit Anders – und weißt du, was verrückt ist? Die ganze Nacht habe ich mich im Bett gewälzt, weil ich Angst um mein Hündchen hatte. Immer wenn ich einschlief, habe ich geträumt, Anders sei tot.«

»Ich fände es auch schrecklich, wenn Suzy sterben würde«, sagte Sirena.

»Vielleicht ist es ein Hirngespinst«, sagte ich. »Bei vielen Tieren aus dem Buch ist es ganz normal, daß sie bereits tot sind. Die Gänse hat man Weihnachten geschlachtet, die Hühner sind, weil sie keine Eier mehr gelegt haben, in die Suppe gekommen, und einige der abgebildeten Hunde waren schon steinalt. Aber die zweiundzwanzig Kühe, es ist so ziemlich das schönste Foto des Buchs. All die Kühe, auf einem Flachboot im Morgennebel ... sie kann doch nicht geahnt haben, daß das Ende dieser Kühe bevorstand?«

»Von dem Flugzeugabsturz kann sie auch nicht vorher gewußt haben.«

»Nein, der bleibt auch ein Rätsel. Zufall, alles nur Zufall? Gestern abend dachte ich: Es ist fast so, als würde man mit diesem Buch in kleinem Maßstab erleben, worum es im Großen auch ständig geht: Du rennst in dieser Welt herum und verstehst nicht, wieso. Ebensowenig wie du verstehst, warum auf diesem Planeten Leben entstanden ist, während um uns überall leere, kahle Himmelskörper herumfliegen. Zufall? Das merkwürdige Aufeinandertreffen glücklicher Umstände? All die Weltraumheinis glauben, daß es einen Urknall gegeben hat. Hoyle macht sich in seinem Buch darüber lustig und treibt seinen Spott mit der Big-Bang-Kosmologie ... Entschuldige, ich sitze hier und plappere vor mich hin. Geht es dir jetzt besser?«

»Wieso?«

»Jetzt, da du weißt: Wer zusammen mit einem Tier fotografiert wurde, bleibt offenbar verschont.«

»Ehrlich gesagt, hatte ich mich schon ein wenig an den Gedanken gewöhnt, daß ich demnächst den Löffel abgeben würde. Das Ganze hat merkwürdigerweise auch seine angenehme Seite: Man braucht sich wegen nichts mehr Sorgen zu machen. Als Transe ist man sowieso gesundheitlich sehr anfällig. All die Hormone, die man nehmen muß, sind offenbar sehr schlecht für Herz und Gefäße, und alle drei Monate muß man seine Brüste kontrollieren lassen.«

»Wieso das?«

»Weil sie unter Hormoneinfluß so schnell gewachsen sind, ist auch die Gefahr, Brustkrebs zu bekommen, viel größer. Wenn man sowieso stirbt, braucht man sich vor Brustkrebs nicht mehr zu fürchten.«

»Eigentlich findest du es also schade. Dich verstehe ich auch nicht. Aber die ganze Zeit jammern: Ich sterbe, ich sterbe ...«

»Ich hatte einen Freund mit Aids. Der jammerte auch ständig. Dann kamen Medikamente auf den Markt, die dafür sorgen, daß man am Leben bleibt. Der Kerl hatte sich so darauf eingestellt zu sterben, daß er die größten Schwierigkeiten damit hat, daß das Ende noch längst nicht in Sicht ist.«

»Einen Freund mit Aids? Hast du auch mit ihm ...«

»Ach, Schätzchen«, sagte sie und streichelte mir über den kahlen Kopf, »auf einmal so beunruhigt? Dabei geize ich doch immer so mit meiner Büchse.«

»Immerhin haben wir es schon zweimal ohne Kondom getrieben.«

»Ja, dumm, dumm, und das, wo ich doch sonst immer so vorsichtig bin ... Tja, ich dachte eben: Wir stehen in dem Buch, wir sterben sowieso, also was soll's.«

Über den dampfenden Tee hinweg warf ich ihr einen wütenden Blick zu.

»Guck nicht so vorwurfsvoll«, sagte sie. »Als ob ich

dafür verantwortlich wäre. Wenn du unbedingt *safer sex* haben willst, mußt du eben dafür sorgen, daß du einen Überzieher dabei hast.«

»Entschuldige, du hast recht.«

»Aber trotzdem herrlich, daß wir es ohne getrieben haben. Siehst du, es hat durchaus auch seine angenehmen Seiten, wenn man bald stirbt: Man muß auf nichts mehr Rücksicht nehmen. Neulich war ich bei der Zahnärztin. Sie sagte: Ich habe einen wunderschönen Plan gemacht, wie wir Ihr Gebiß wieder in Ordnung bringen können.«

Sirena beugte sich zu mir hinüber und zeigte mir ihre Zähne.

»Weißt du, was mich das kosten soll? Viertausend Mäuse. Wo soll ich die hernehmen? Ich habe keine Ahnung. Ein Darlehen? Ich habe bereits überall Schulden, überall stehe ich rot und bekomme keinen Cent mehr. Wenn man stirbt, muß man sich zumindest keine Gedanken mehr über sein Gebiß und all die Schmerzen machen.«

»Dennoch würde ich nicht fest damit rechnen, daß du bald stirbst. Ich gebe dir einen Rat: Fang an, für deine Zähne zu sparen.«

»O nein, das ist unmöglich. Rasch in die Grube fahren, so schlecht ist das eigentlich gar nicht. Man kann tun und lassen, was man will ... sich ordentlich Geld pumpen und dann in die Grube fahren. Ich sage dir: Jetzt, wo ich diese Freiheit gekostet habe, habe ich nicht die Absicht, wieder zurückzustecken. Ich werde so weiterleben, als würde ich bald sterben. Die Leute hier in dem Kaff werden noch etwas erleben, ich lass' mich durch nichts mehr bremsen. Warte nur!«

Begräbnisorganist

Teake Gras schien durch das bescheidene Interesse an seinem Besorgtenkonklave endgültig gebrochen worden zu sein. Sah er mich nur auf der anderen Straßenseite kommen, schreckte er schon zurück. Wenn er mir so ausweichen konnte, bog er rasch in eine der Papstgassen ein. Früher war er immer so kerzengerade gegangen, daß man neidisch hätte werden können. Doch von seinem ehemals stolzen Gang war kaum noch etwas zu sehen. Mein Vater hat immer gesagt: »Wenn die Leute die Beine nicht mehr hochheben und zu schlurfen anfangen, dann geht es meistens bald zu Ende mit ihnen.« Daß er über die Straße schlurfte, konnte man noch nicht sagen, aber während er früher geschritten war, trottete er jetzt nur noch wie ein Straßenkehrer.

Was mich jedesmal, wenn er mir nicht mehr ausweichen konnte, verdrießlich stimmte, war, daß er mich so scheu begrüßte. War ich denn ein so großer Übeltäter? Wenn er ängstlich die Hand zum Gruß hob, wollte ich ihm zurufen: »Nun hör doch endlich auf damit, Gras, ich habe nur das Vorwort geschrieben.«

Meistens begegnete ich kurze Zeit, nachdem ich Gras getroffen hatte, dem kleinen Agenten in spe, was mich dann wieder heiterer stimmte. Es sah fast so als, als spazierten Gras und das schüchterne Bürschchen immer zur selben Zeit durchs Dorf. Vielleicht hatten sie, ohne dies zu wissen, dank ihrer friesischen Vorfahren einen vergleichbaren Lebensrhythmus.

»Und?« fragte ich dann. »Möchtest du immer noch Spion werden?«

»Ja, mein Herr«, antwortete er äußerst höflich.

Dann ging jeder seines Wegs. Anschließend drehten wir uns noch einmal kurz nacheinander um, wobei ich die Hand hob und dem Kerlchen aufmunternd und konspirativ zugrinste.

An einem wunderschönen, sonnendurchfluteten, völlig windstillen Septembertag traf ich die beiden in der Nähe der reformierten Kirche so kurz nacheinander, daß der Junge sah, wie Gras vor mir zurückwich. Der Junge erschrak deswegen, und dadurch war ich meinerseits auch ein wenig verwirrt. Einen Moment lang überlegte ich, ob ich dem Jungen genau erklären sollte, was los war, doch ich wußte nicht, ob er davon irgend etwas begreifen würde.

Fünf Minuten, nachdem ich zu Hause angekommen war, klingelte das Telefon. Ich nahm den Hörer ab und nannte meinen Namen.

»Ria hier. Störe ich?«

»Du störst nie.«

»Teake Gras ist bei mir. Wir sprechen gerade über seine Beerdigung.«

»Jetzt schon? Der Mann ist kerngesund.«

»Das sei dahingestellt. Aber unabhängig davon ist es, vor allem wenn man alt ist, nie verkehrt, sich Gedanken über die Form der eigenen Beerdigung zu machen. Was ich dich fragen wollte: Hast du vielleicht gerade ein wenig Zeit? Wäre es dir recht, kurz herzukommen, um mit uns die Musik für die Trauerfeier zu besprechen?«

»Das kann ich gern tun, aber ich kann mir nicht vorstellen, daß Gras mich als Organisten haben will.«

»Ich habe ihm soeben erzählt, daß unser erster und zweiter Organist beide einen Beruf haben und darum in der Woche nicht zur Verfügung stehen und daß wir bei Hochzeiten und Trauerfeiern deshalb häufig auf dich zurückgreifen.«

»Und das hat er geschluckt?«

»Er hat jedenfalls nicht gesagt, er wolle dich auf keinen Fall haben.«

»Gut, ich komme.«

Als ich in das Gartenzimmer des Pastorats trat, stand Gras auf, neigte den Kopf und reichte mir die Hand. Mir war das alles rätselhaft. Ob Maria auf ihn eingeredet hatte? Wie dem auch sein mochte: Gras nahm wieder Platz, sah mich mit seinen eisvogelblauen Gespensttieraugen an und fragte: »Darf ich die Musik selbst aussuchen?«

»Selbstverständlich«, sagte ich. »Mit der Einschränkung, daß ich nicht alles spielen kann. Neulich wünschte sich jemand *Dieu parmi nous* aus *La nativité du Seigneur* von Messiaen. Grandiose Musik, aber höllisch schwierig. Und auch kaum zu spielen auf unserer Holman-Orgel, obwohl das ein wunderschönes Instrument ist.«

»Oh, aber so ein schweres Stück, das möchte ich überhaupt nicht«, sagte Gras. »Nein, nein, bestimmt keins von diesen ganz schwierigen Stücken, kein Bach oder etwas ähnlich Schauerliches. Nein, spielen Sie ein paar Choräle oder Psalmen. Am liebsten wäre mir der vom geneigten Ohr.«

»Welcher Psalm ist das auch gleich wieder? In welchem Psalm kommt das geneigte Ohr vor? Das mußt du doch wissen.«

Da war wieder das bezaubernde Lächeln, mit dem sie immer meine Neckereien parierte.

»Es ist zum Verzweifeln«, sagte ich zu Gras, »so was ist Pfarrerin, aber sie weiß nicht, in welchem Psalm das geneigte Ohr vorkommt. Weißt du wenigstens, wer die zwei Kundschafter in der Wüste waren, die eine andere Ansicht vertraten als ihre zehn Kollegen?«

»Er ist unausstehlich, immer will er mich abfragen«, sagte Maria zu Gras. »Immer will er mich spüren lassen, daß er die Bibel besser kennt als ich.«

»Die beiden Kundschafter«, sagte Gras, »waren das nicht Kaleb und Josua?«

»Sehr gut«, sagte ich. Gras und ich sahen einander an, und ich dachte erleichtert: Gott sei Dank, das Schlimmste ist vorbei.

»Kaleb und Josua«, wiederholte Gras stolz, »aber wie finden wir den Psalm mit dem geneigten Ohr?«

»Den finde ich schon noch«, sagte ich, »aber was soll ich außerdem noch spielen? Drei Stücke braucht man normalerweise: ein längeres, wenn die Leute in die Kirche kommen; ein Stück, das zwischen den Ansprachen gespielt wird – das könnte eine einfache Improvisation über den Psalm mit dem geneigten Ohr sein; und ein Stück zum Schluß, wenn die Familienangehörigen und Trauergäste hinter dem Sarg her zur Kirche hinaus gehen. Das dauert immer besonders lang, da muß man also …«

»Kein schweres Stück, bitte«, sagte Gras. »Spielen Sie etwas Leichtes. Ich hab einmal die *Matthäuspassion* von Bach gehört. Gott, war das schwer! Mir haben davon nur die Choräle gefallen.«

»Aber wenn Bach nicht erlaubt ist, was dann?«

»Ein Lied.«

»Das dauert nicht lange genug.«

»Dann einen Psalm.«

»Ein Psalm dauert auch nicht länger als ein Lied.«

»Und wenn man einen Psalm mit vielen Strophen nimmt? Psalm 119 zum Beispiel.«

»Ach ja, und dann soll ich einhundertneunzehnmal dieselbe Melodie spielen? Oder doch lieber improvisieren? Gut, kein Problem, Psalm einhundertneunzehn. ›Ach, schenktest Du mir die Hilfe Deines Geists! Würd er auf meinem Weg mein Führer sein.‹«

Warum bin ich immer ein wenig durcheinander, wenn ich den Text eines Psalms zitiere? Sowohl Maria als auch Gras sahen mich erstaunt an, und um meine Verwirrung zu überspielen, fügte ich rasch hinzu: »Gerade am Ende muß man etwas spielen, was die Menschen aufmuntert. Immer diese traurige Musik bei Beerdigungen, das ist gar nicht klug. Die Menschen sind sowieso schon mitgenommen und aufgewühlt. Beethoven paßt hervorragend für Beerdigungen, aber der hat leider nichts für Orgel komponiert. Insofern scheint mir der stramme Bach, der nie sentimental ist, am besten geeignet. Das Choralvorspiel *Von Gott will ich nicht lassen* – das ist mein Lieblingsstück für den Anfang einer Trauerfeier. Außerdem klingt es mit Prästant wunderschön auf der Holman-Orgel.«

»Nein, nein«, sagte Gras, »nein, bitte nicht, kein Bach und auch kein Beethoven. Keiner von diesen Burschen, nicht Mozart, nicht Chopin und wie sie alle hießen. Das will ich wirklich nicht hören bei meiner Beerdigung. Und Eetze und Tjerk und Sietze mögen das auch nicht leiden, das weiß ich genau.«

»Dann vielleicht Reger. Das Choralvorspiel *Ach, bleib mit deiner Gnade*.«

»Das ist bestimmt auch *bar leadich*«, sagte Gras, wobei er wieder einmal ins Friesische fiel.

»Wenn wir kurz in die Kirche hinübergehen, kann ich es vorspielen«, schlug ich vor.

Fünf Minuten später spielte ich *Ach, bleib mit deiner Gnade*, und Gras sagte: »Das gefällt mir. Das ist weniger schwer, als ich gedacht habe.«

»Ich kann es drei-, viermal nacheinander spielen, immer anders registriert, zuerst flüsterleise, dann etwas kräftiger und schließlich mit allen Registern.«

»Darf ich einmal hören?«

Nachdem der letzte Es-Dur-Akkord verklungen war, meinte Gras: »Das könnte durchaus ein schönes Begräbnis werden. Vorausgesetzt, das Wetter spielt ein bißchen mit ...«

»Einen Tag wie diesen«, sagte Maria, »nach einem

warmen, trockenen Sommer, wenn die Erde, die der Totengräber hochschaufelt, krümelig und locker ist, wenn das Licht fast golden ist ... ja, das wollen wir wohl alle.«

»Ach ja«, sagte Gras, »vielleicht ist es ja alles in allem gar nicht so schlimm zu sterben.«

»Nein, denn was ist die Alternative? Ewig leben? Dann langweilt man sich zu Tode«, sagte ich. »Ich weiß noch, daß unser Pfarrer auf die Frage eines Konfirmanden, der wissen wollte, was wir dort oben im Himmel bis in alle Ewigkeiten nur tun würden, antwortete: Angeln. Angeln? fragte der Konfirmand erstaunt. Ja, sagte der Pfarrer, Angeln ist so geisttötend, daß wir uns niemals langweilen werden.«

Später am Tag, als ich mich mit Hilfe einer Konkordanz auf die Suche nach dem geneigten Ohr gemacht hatte, rief Maria noch einmal an.

»Ich wollte mich bei dir bedanken, daß du heute vormittag gekommen bist, und noch kurz mit dir über das Gespräch reden. Was hältst du von Gras? Normalerweise ist es ein gutes Zeichen, wenn Gemeindemitglieder über ihr Begräbnis reden wollen. Wenn sie wissen oder vermuten, daß sie bald sterben werden, sind sie verständlicherweise ängstlich und trotzig und oft auch sehr verbittert – warum ich, warum muß ich gehen, während all die anderen, die so viel älter sind, weiterleben dürfen? Danach beruhigen sie sich, und manchmal akzeptieren sie sogar ihr Schicksal. Wenn sie über ihr Begräbnis sprechen wollen, haben sie das Schlimmste hinter sich. Aber im Fall von Gras, und deshalb rufe ich dich an, mache ich mir eher Sorgen. Mein Eindruck ist, daß er versucht, besonders tapfer zu sein.«

»Ich fand ihn sehr zugänglich. Kein Wort über das Buch. Und damit hat doch alles angefangen.«

»Ja, aber dieses Buch hat, anders als bei dir oder bei mir, in ihm etwas ausgelöst, das, so denke ich, bereits eine

Weile in ihm schlummerte. Das Buch war nur … na, wie nennt man das auch gleich wieder, du als Biologe mußt das doch wissen … diese Stoffe, die dabei helfen, wenn eine Reaktion im Körper stattfindet …«

»Enzyme? Katalysatoren?«

»Ja, genau die meine ich, für ihn war das Buch so etwas Ähnliches.«

Weit hergeholt, wollte ich sagen, hielt mich aber zurück und dachte: Wie nett sie doch ist. Und daß sie mich jetzt anruft, macht sie das nur, um mit mir über Gras zu reden? Ich hörte ihr leises Atmen durchs Telefon und sagte: »Ich suche mich blöd nach diesem geneigten Ohr.«

»Soll ich auch einmal nachschauen? Ich habe die Bibel auf CD-ROM.«

»Das ist auch gut so, denn …« Ich hielt inne: Paß auf, dachte ich, hin und wieder kannst du sie ruhig necken, aber ehe du dich versiehst, hast du sie gekränkt. Wieder hörte ich das leise Atmen.

»Denn …«

»Ach, nichts«, sagte ich.

»Komm, sag schon: denn …«

»Denn die Bibel ist viel zu dick, als daß man sie von vorne bis hinten im Kopf haben könnte. Ich habe keine Ahnung, wo das geneigte Ohr zu finden ist.«

»Du wolltest sagen: Und auch wenn du Pfarrerin bist, die Bibel kennst du nicht.«

»Das lag mir nicht auf der Zunge.«

»Es stimmt: Ich kenne die Bibel nicht gut, aber irgendwo steht: ›Herr, errette meine Seele von den Lügenmäulern, von den falschen Zungen.‹«

»Psalm 120, Vers 2«, sagte ich.

Abends konnte ich nicht einschlafen, ständig mußte ich an sie denken, und mir war, als hörte ich ihr leises, geduldiges, regelmäßiges Telefonatmen. Daß man, auch wenn man auf die Sechzig zuging, noch anfällig war für solche himmelschreiend primitiven Anwandlungen! Das Aufstoßen der Chromosomen. Und das, obgleich mein Wahlspruch seit Jahren lautete: Nie wieder der Sklave der Gene. Erst diese Lotte, die mit wehenden Mantelschößen einfach so in Mollys Atelier geschwebt war, dann, als homöopathisches Mittel gegen Lotte, die Gräfin, mit der ich es mir jetzt offenbar verdorben hatte, und nun, weil Lotte und Leonora einander neutralisiert hatten, die Pfarrerin. Oder war es eher eine Empfänglichkeit, die sich auf jede geeignete Eva richten konnte? Schließlich brauchte man nur ein solches Wesen an der Bushaltestelle zu entdecken, und schon begannen die Gene ihr Sehnsuchtslied zu summen. Allerdings konnte man diese Empfänglichkeit zeitweise ausschalten, indem man mit einem so supranormalen Stimulus wie Sirena schlief. »Sirena, komm zu mir!« rief ich, aber sie kam nicht, und ich schlief ein.

Mitten in der Nacht wachte ich auf, weil ich dringend mußte. Als ich auf der Toilette saß und der Urin in die Schüssel prasselte, bemerkte ich, daß ich leise vor mich hinsang:

Sie schreiten fort von Macht zu Macht,
Ein jeglicher in Zions Pracht
Sich naht dem heil'gen Thron der Erden.
O Herr, vor dem die Heerschar'n gehn,
Erhöre Deines Knechtes Flehn!
Ach, laß mich nicht zuschanden werden;
Geneigtes Ohr schenk frommem Mann,
O höre, Jakobs Gott, mich an.

Der Sprung

Die Blätter der Platanen und Erlen wirbelten herab, als ich in der Soutanenstraße beim Seminartümpel den kleinen zukünftigen Spion sah, der zusammen mit einem Freund umherschlenderte. Ich hob meine Hand, doch er grüßte nicht zurück, sondern überquerte, am Schwengel vorbei, das Apostelbrieffeld und trabte auf mich zu.

»Der Mann«, sagte er ein wenig außer Atem und sah mich an, als müsse ich wissen, wen er meinte.

»Von wem sprichst du?«

»Der große Mann mit dem weißen Haar.«

»Herr Gras?«

»Der Mann ist gestern in den See gesprungen.«

»Gras? Gestern? Was ist passiert?«

»Man hat ihn herausgefischt. Jetzt liegt er im Krankenhaus.«

»Wo? In der Uniklinik?«

»Das weiß ich nicht.«

Es lag mir auf der Zunge zu sagen: Wenn du Spion werden willst, mußt du zusehen, daß du auf so simple Fragen immer eine Antwort weißt. Aber das Kind sah mich so merkwürdig ängstlich an, daß ich nur sagte: »Vielen Dank.«

Immer noch sah der Junge mit diesem eigenartig scheuen Blick zu mir auf. »Warum fürchtete der Herr sich so vor Ihnen?«

»Wie kommst du denn darauf?«

»Er erschrak, als er Sie sah.«

»Das hatte nichts zu bedeuten. Das war Theater.«

Das Kind schaute, als habe es den letzten Satz nicht verstanden, doch mir erschien es zu kompliziert, ihm das Ganze zu erklären, und darum begnügte ich mich mit einem breiten Grinsen. Dank der Kraft der sympathischen Induktion, die übrigens am besten funktioniert, wenn man Menschen ansieht, die nah am Wasser gebaut haben, erschien daraufhin ein unsicheres Lächeln auf dem Gesicht des Jungen.

»Tschüs«, sagte ich.

Er nickte und rannte an dem Schwengel vorbei zu seinem Freund, der beim Tümpel auf ihn wartete.

Zusammen mit Anders war ich unterwegs zum Monstranzwald, um dort unter den jahrhundertealten Eichen zu spazieren, aber eine so bizarre Nachricht mußte verifiziert werden. Ich ging also über die Soutanenstraße zurück zur Kreuzherrenstraße. Ich öffnete das Tor des reformierten Pastorats und ging, wie Anton Wachter die Erde schwer mit meinen Füßen berührend, so daß die Kiesel knirschten, zur Haustür. In einem Seitenzimmer sah ich Maria sitzen. Ich fragte mich, ob dort irgendwo mein Aktbild an der Wand hing.

Dank der knirschenden Kiesel hörte Maria, die gerade telefonierte, mich kommen. Rasch beendete sie das Gespräch. Sie ging aus dem Zimmer, ich hörte ihre Schritte in der Diele, die Haustür ging auf, und in die tiefstehende Oktobersonne blinzelnd, die ihr plötzlich ins Gesicht schien, stand sie hilflos auf dem Treppenpodest. Dann hielt sie sich eine Hand über die Augen.

»Stimmt das? Ist Teake von der Brücke in den Dreifaltigkeitssee gesprungen?«

»Ja«, sagte sie, »aber willst du nicht für einen Moment hereinkommen?«

»Nein, ich wollte nur hören, ob das wirklich wahr ist, und dachte, du weißt bestimmt darüber Bescheid.«

»Gestern abend war ich bei ihm. Es geht ihm schlecht,

weil sehr viel Wasser in seine Lungen gelangt ist. Als man ihn aus dem See zog, war er bereits bewußtlos.«

»Das kann doch kein Selbstmordversuch gewesen sein? Er fürchtet sich so vor dem Sterben.«

»Das sagst du, aber er wäre nicht der erste, der sich aus Angst vor dem Tod das Leben nimmt.«

»Hat er gestern abend noch irgend etwas dazu gesagt?«

»Als ich zu ihm kam, war er kaum bei Bewußtsein. Er bekam immer noch Infusionen und war leichenblaß. Ich habe nichts aus ihm herausbekommen. Kannst du ... würdest du ...«

Ich stieg auf den Treppenabsatz hinauf und fragte mich, wieso ich das nicht gleich getan hatte, denn nun fiel mein Schatten auf sie, so daß sie nicht mehr in die Sonne schauen mußte und die Hand von der Stirn nehmen konnte.

»Danke«, sagte sie. »Könntest du ihn nachher einmal besuchen? Ich habe heute abend absolut keine Zeit. Er liegt da ganz allein, und niemand kümmert sich um ihn. Gestern war außer mir auch keiner da. Abgesehen von seiner Schwester, die an starker Demenz leidet, wohnen all seine Verwandten in Friesland, und hier im Dorf hat er seit Abels Tod auch keinen einzigen Freund mehr. Bitte, geh du doch heute abend ...«

»Meinetwegen, aber er wird einen Schreck bekommen, wenn er mich sieht. Vorhin noch ... ach, das tut eigentlich nichts zur Sache. Er ist mir immer ausgewichen, wenn er mich auf der Straße sah, und auch wenn seine Bestürzung etwas Theatralisches hatte, so denke ich doch, daß er mich für Lottes Handlanger hält.«

»Ach, dieses blöde Buch – vergiß es. Darüber spricht wirklich niemand mehr.«

»Nein, denn fast alle, die darin stehen, sind tot.«

»Lottes Buch, mein lieber Organist, ist nicht sein Problem, sondern deins. In ihm rumort etwas anderes, davon bin ich überzeugt.«

»Aber er war es doch, der ein Besorgtenkonklave hierher einberufen hat.«

»Ja, das stimmt, aber trotzdem ... Bitte, geh zu ihm. Er liegt in der Uniklinik, in der Onkologie; du gehst rein und fährst mit dem Aufzug in die oberste Etage, Zimmer 825.«

»In der Onkologie?« fragte ich erstaunt.

»Das hat nichts zu bedeuten, es war sonst nirgendwo ein Bett frei.«

»Wenn ich in so ein Krankenhaus komme ... da habe ich immer Schiß, daß man mich gleich dabehalten will.«

»Dieses blöde Buch ... du fürchtest dich vor Krankheit, vor dem Tod ... Wenn du es nicht für *ihn* tun willst, dann tu es eben für mich. Für mich würdest du es doch bestimmt tun?«

Sie sah mich an, wie ich da auf dem hellblauen steinernen Treppenabsatz stand. Anders bellte, und ich kam wieder zu mir.

»Du hörst es. Anders will wieder weiter. Einverstanden, ich werde heute abend als dein Ersatzmann in die Klinik gehen.«

Also fuhr ich an diesem Abend, als es bereits zu dämmern begann, zur Uniklinik. Ich ging am Portier vorbei zu den Aufzügen. Niemand beachtete mich. Wer Böses im Schilde führt, der kann problemlos mit einer Pistole in der Tasche oder gar mit Plastiksprengstoff in einer Einkaufstüte ein Krankenhaus betreten. Sogar Beethoven, der 1826 wegen seines verwahrlosten Äußeren am Eingang aufgehalten wurde, als er seinen Neffen Karl im Krankenhaus besuchen wollte, hätte hier ungehindert hineinspazieren können.

Mit dem Aufzug fuhr ich ins oberste Stockwerk. Dort angekommen, folgte ich den Schildern mit der Aufschrift

»Onkologie«. Die Flure lagen wie ausgestorben da. Tatsächlich, hier war Zimmer 825. Die Tür war nur angelehnt, ich schlich hinein. Teake Gras lag mit geschlossenen Augen im Bett. Das zweite Bett im Zimmer war leer. Ich trat an das große Fenster. Die Aussicht auf die weite Welt war wunderschön. Am Himmel hingen flauschige Schäfchenwolken, deren Unterseite von der Sonne beschienen wurde. Die Sonne selbst hing blutrot und riesig dicht über dem Horizont. In solchen Momenten schwirren mir immer Zeilen aus Psalmen durchs Hirn: »Das weite Himmelsrund zeugt frohen Munds von Gottes Herrlichkeit; das helle Firmament preist seine Werke und Erhabenheit.« Gibt es nicht auch Gedichte von Nijhoff, in denen Wolkenhimmel vorkommen? Gleichwie, ich stand da, summte leise Psalm 19 und dachte: Gras schläft, ich wecke ihn lieber nicht auf, denn nichts ist so erholsam wie ein Nickerchen. Langsam bewegte ich mich, die Aussicht genießend, rückwärts zur Tür.

Ich war schon fast wieder im Flur, als Gras eines seiner Gespensttieraugen öffnete und mich ansah. Dann öffnete sich sein anderes Auge, und sein schneeweißer Schopf hob sich ein wenig. Mit hohler Stimme sagte er: »Schrecklich.« Sein Kopf fiel wieder auf das Krankenhauskissen zurück.

Ich erschrak so, daß ich, zur Salzsäule erstarrt, in der Türöffnung stehenblieb. Eine Krankenschwester ging hinter mir im Flur vorüber und sagte: »Gehen Sie ruhig hinein.« Sie gab mir einen sanften Schubs. Ich trat wieder ins Zimmer, die Schäfchenwolken waren jetzt durch und durch blutrot.

»Stimmt es, daß auch der Gemeindepfarrer gestorben ist?« fragte Gras.

»Ja, wie es scheint, hat er sich heimlich aus dem Staub gemacht. Ebenso wie der Maulwurffänger übrigens.«

»Ja, Klaas ... das wußte ich schon. *Wolnou*, ich bin

auch fast soweit, aber welch eine Überraschung. Wem habe ich es zu verdanken, daß Sie mich in meinem Elend besuchen?«

»Der Pfarrerin. Sie hat mich dringend gebeten, bei Ihnen vorbeizuschauen. Ich selbst wäre nie ... Den Psalm mit dem geneigten Ohr habe ich gefunden.«

»So, so. Sie sind also hergekommen, um mir das zu erzählen! Das ist sehr nett von Ihnen. Könnten Sie mich etwas aufrechter hinsetzen? Wenn Sie mir vielleicht das Kissen aus dem anderen Bett in den Rücken legen würden?«

»Aber natürlich, dann können Sie auch die wunderbaren Wolken betrachten. Welch eine Aussicht Sie hier haben ...«

»Ja, die ist manchmal bannig schön.«

Nachdem ich ihm mit dem zusätzlichen Kissen zu einer aufrechten Lage verholfen hatte, saßen wir eine Weile da, sagten nichts und betrachteten die flauschigen Schäfchenwolken, die sich langsam graublau färbten.

»Man liegt hier ganz schön nah am Himmel«, sagte er nach einiger Zeit.

»Die Pfarrerin war gestern hier. Da hingen Sie noch am Tropf. Offenbar geht es Ihnen heute schon etwas besser. Insofern ist das mit der Nähe zum Himmel ...«

»Oh, doch«, unterbrach er mich, *»it is útlet met Teake Gras*. In diesem Bett sage ich dem Leben adieu. Neulich las ich etwas, das ich auch schon einmal von einem Bergsteiger gehört hatte, der tausend Meter tief gestürzt war, dessen Fall aber durch weichen Schnee abgebremst wurde und der anschließend rücklings auf einem steilen Hang wieder ins Leben hineingerutscht ist: daß man offenbar, wenn man beinah gestorben wäre und gerade noch so durch die letzte Masche des großen Netzes hindurchgeschlüpft ist, anschließend viel weniger Angst vor dem Tod hat. Als ich jetzt wieder so eine Geschichte las, dachte ich:

Natürlich, das ist die Lösung. Ich weiß noch, daß ich vor Jahren fürchterliche Angst hatte, als ich zum ersten Mal operiert werden sollte. Allein schon die Betäubung ... die Narkose fürchtete ich wie das Hängen. Aber beim zweiten Mal ... da weiß man genau, wie es geht, und daß alles halb so wild ist. Sogar die Betäubung, nein, gerade die Betäubung: ein kleiner Pieks, und man fällt in Schlaf. Das ist alles. Wenn man zum ersten Mal stirbt, hat man fürchterliche Angst davor. Beim zweiten Mal ist es schon nicht mehr so schlimm. Beim dritten Mal ist es dann bereits Routine.«

Er schloß kurz die Augen, zog seinen rechten Arm unter der Krankenhausdecke hervor und legte die Hand auf meinen Arm. Dann öffnete er wieder die Augen.

»Was also tat dieser *sljochte* Gras? Er sprang von der Brücke in den See. Schwimmen kann ich nicht, und deshalb meinte ich, auf diese Weise – und nicht so heimlich wie der Gemeindepfarrer – zum ersten Mal sterben zu können ... viel hat wirklich nicht gefehlt. Ich bin gesprungen, als auf der Brücke und am Ufer überall Leute unterwegs waren. Ich dachte: Die holen mich schon wieder raus. Aber Pustekuchen, alle blieben sie stehen und schauten zu, während ich die ganze Zeit schrie. Und wie elend kalt das Wasser war, grauenhaft. Die ganze Zeit habe ich gedacht: Wenn bloß das Wasser nicht so kalt wäre! Sogar als ich hier im Bett aufwachte, habe ich noch gefroren. O Gott, war mir kalt. Wahrscheinlich gehört es dazu, daß man friert, so sehr, daß man denkt: Dann ist es wohl besser, ich bin tot.«

»Wie kommen Sie überhaupt darauf, daß Sie in diesem Bett dem Leben adieu sagen werden?«

»Ich habe Prostatakrebs«, sagte Gras, »und es haben sich bereits überall Metastasen gebildet. Der Krebs steckt in meiner Leber, in meinen Nieren, in meinem Hirn, er steckt in meinem ganzen Körper.«

Verspielt tätschelte er mir mit der rechten Hand den Arm.

»Ich erinnere mich noch genau daran, wie der Arzt es mir gesagt hat. Ganz beiläufig, morgens in der Sprechstunde. Wie nebenbei: ›Ach, ja, Gras, was ich Ihnen noch sagen wollte: Sie haben Schwierigkeiten beim Wasserlassen, und wir sind der Sache nachgegangen. Dergleichen kommt ziemlich häufig vor, das liegt an der Prostata, Sie haben dort eine kleine Geschwulst. Tja, leider ist sie bösartig, doch in Ihrem Alter wächst sie nicht mehr besonders schnell ...‹ Und dann geht man nach draußen, und mit einem Schlag hat sich alles total verändert. Man traut sich nicht mehr nach Hause, und in seiner Not läuft man die ganze Zeit in der Gegend herum ... und wem bin ich dabei begegnet? Einmal dürfen Sie raten.«

»Der Pfarrerin.«

»Bah, jetzt enttäuschen Sie mich aber. Denken Sie einmal genau nach. Wen traf ich da?«

»Ich habe wirklich keine Ahnung.«

»*Wolnou fuort*, dann werde ich es Ihnen eben sagen: Sie und dieses wunderschöne Fräulein, und das Fräulein kam über die Straße und fragte mich, ob sie mich für ihr Buch fotografieren dürfe ... als hätte sie mir angesehen, wie elend mir zumute war.«

Er seufzte und sank tiefer in die Kissen.

»Haben Sie eine Idee, wo das bildschöne Fräulein steckt?«

»Soweit ich weiß, ist sie in Atjeh.«

»Tja, wenn man gern Menschen porträtiert, die bald sterben werden, dann ist man in so einem Krieg am richtigen Ort.«

Er richtete sich ein wenig im Bett auf und deutete mit ausgestrecktem Arm auf den dunkelblauen Abendhimmel.

»Als Kind dachte ich: Teake, du brauchst nicht zu sterben, dich holt der Herrgott später einmal mit Rossen und Kutsche in den Himmel, so wie Elias ... daran muß ich immer denken, wenn ich hier liege und diesen launischen Himmel betrachte. Die Kutsche ist nicht drin, nein, nein, die ist nicht drin. Ich habe auch nicht entsprechend gelebt, um vom Herrgott so heimgeholt zu werden. Sietze hat immer gesagt: Du gehörst zur widerspenstigen Brut.«

»Das ist gar nicht so schlecht, denn in einem der Psalmen steht: ›Damit die widerspenst'ge Brut bei Dir wird ewig wohnen‹.«

»Wie kommt es, daß Sie die Psalmen so gut kennen?«

»In der Kinderverwahranstalt mußte man am Montagmorgen immer den auswendig gelernten Psalmvers aufsagen. Aber ich war damals so klein, daß ich, wenn wir zum Beispiel Psalm 87, Vers 4, lernen sollten: ›Ich will predigen lassen Rahab und Babel, daß sie mich kennen sollen. Siehe, die Philister und Tyrer samt den Mohren wurden daselbst geboren‹, dann dachte, wir sollten die ersten vier Verse dieses Psalms auswendig lernen. Ich weiß noch, wie ich Psalm 68, Vers 10, aufbekam: ›Gelobt sei Gott in großer Furcht‹, und ich büffelte zehn lange Strophen davon ... ach ja, die silberglänzenden Flügel, das Gebirge Basans, der Wagen Gottes am Himmel. Verdammt, ich glaube, das ist sogar der Psalm mit der widerspenstigen Brut – wie geht er auch gleich wieder:

Am Himmel droben Gottes Wagen
Zehntausendfache Stärke tragen,
Verdoppelt ihre Zahlen:
Mit ihnen die Erhabenheit,
Ein Sinai an Heiligkeit,
Umringt von Blitzesstrahlen.
Du fuhrst empor mit Ehr und Glanz;
Der Kerker ward Dir Beute ganz!
Den harten Streit zu lohnen

Mit Gaben, die der Menschen Gut,
Damit die widerspenst'ge Brut
Bei Dir wird ewig wohnen.«

»Ich bin perplex«, sagte Gras, »ich kenne all diese Psalmen nicht ... ich ...«

»Aber Sie haben ja jetzt gesehen, wie so was kommt: Sie erzählen mir davon, daß Sie als Kind mit Pferd und Wagen in den Himmel fahren wollten, und von der Festplatte in meinem Hirn wird augenblicklich der Psalm über Gottes Wagen am Himmel abgerufen. Diese Psalmen ... es ist schwer zu glauben, aber den ganzen Tag über schwirren Zeilen daraus durch meinen Kopf.«

»Durch meinen nicht«, sagte Gras. »Ich habe diese Verse nie so gut auswendig gelernt, und darüber bin ich froh. Wenn man heute in die Kirche geht, dann hat man nichts mehr davon, wenn man all diese Verse auswendig kann, denn es werden doch andere Lieder gesungen.«

»Ja. Bei diesem schwachsinnigen Mist auf Alzheimermelodien aus diesem Scheißliederbuch für die Kirchen kommen mir immer die Tränen.«

»*Wolnou*«, sagte Gras, »ich hätte gedacht, daß Sie sich von all dem völlig gelöst haben ... Ja, ja, wenn man einmal mit den Kiemen richtig im Netz hängt, kommt man nie wieder frei.«

Begräbnis

Erst auf dem Weg zur Kirche merkte ich, daß es fror. Mit eiskalten Händen bog ich in den Kiesweg ein und kettete meinen Roadrunner an einen Zaunpfahl. In meine Hände pustend, ging ich zur Seitentür. Ria hatte mich bereits bemerkt und machte mir auf.

»Was ist?«

»Kalte Hände«, sagte ich. »An und für sich kein Problem, aber doch sehr lästig, wenn man Orgel spielen muß.«

»Hast du keine Handschuhe?«

»Nein, wer rechnet denn auch damit, daß es so stark friert.«

»Wir haben Dezember.«

»Vor Weihnachten friert es hierzulande eigentlich nie.«

»Du kannst ja deine Hände kurz an der Kaffeekanne wärmen.«

»Dann glühen sie anschließend so komisch, und ich kann auch nicht gut spielen.«

»Und wenn ich sie in meinen Händen wärme?«

»Das wäre phantastisch.«

Und so saßen wir dann im Konsistorium: Sie umklammerte mit ihren kleinen, zierlichen Händen meine Pranken. Als die Küsterin hereinkam, hob sie fragend die Augenbrauen, und ich sagte: »Meine Hände waren durch und durch kalt, und darum wärmt Ria sie jetzt, denn sonst kann ich nicht ordentlich spielen.«

»Schon etwas von der Familie Gras gehört?« fragte die Küsterin.

»Ja, sein Bruder Sietze rief gestern an«, sagte Ria, »sie kommen.«

»Kaum zu glauben«, sagte ich. »Wenn ich Sietze anrief, und das habe ich mindestens zehnmal getan, dann sagte er jedesmal: ›Werter Herr, wir kennen doch unseren kleinen Bruder, der übertreibt immer so, der macht aus einer Mücke einen Elefanten, dem geht es sehr bald wieder besser, und außerdem: Wir sind viel zu alt, ihm hinterherzurennen.‹ Noch vorige Woche, als ich sagte: ›Jetzt sieht es wirklich danach aus, daß es zu Ende geht‹, da meinte er: ›Ach, hören Sie doch auf, unser Teake ... das war immer schon ein Schauspieler, der wird schon wieder.‹ Es wundert mich, daß er nicht zu dir gesagt hat: ›Teake tot, Pfarrerin? Ach was, der steht gleich wieder aus seinem Sarg auf.‹«

»Als ich ihn vorgestern ... nein, Moment, am Tag davor anrief, um ihm zu berichten, daß Teake gestorben ist, da wollte er es auch zunächst nicht glauben. Erst gestern abend war er bereit, es zu akzeptieren.«

»Deine Hände sind herrlich warm«, sagte ich zu Ria.

»Waren herrlich warm.«

»Du kannst jetzt auch loslassen, jetzt ist gut.«

»Bist du sicher?«

Ich sah sie an, sie schaute zurück.

»Wir haben noch Zeit, die Familie Gras ist noch nicht da.«

»Dann könnte ich schon noch ein wenig pastorale Pflege vertragen.«

»Stimmt es wirklich«, fragte die Küsterin, »daß während der ganzen Zeit, in all den Monaten, die Gras im Krankenhaus gelegen hat, kein einziger Verwandter ihn besucht hat?«

»Das stimmt, Anne«, sagte Ria feierlich, »genauso war es. Selbst als er im Sterben lag, wollten sie nicht kommen. Na ja, Teake hat sich auch nie um seine Verwandten gekümmert. Seine altersschwachsinnige Schwester in *Mariagaarde* ... die ließ er schlicht versauern.«

»Wohnt seine Schwester in *Mariagaarde*?« fragte ich erstaunt.

»Ja, wußtest du das nicht?«

»Nein, woher hätte ich das wissen sollen? Gras hat nie davon gesprochen.«

»Wenn ich bei ihr vorbeischaue, singe ich immer Lieder mit ihr. Sie hat fast alles vergessen, aber die Lieder, die sie im Kindergarten gelernt hat, die kann sie noch immer. ›Alle Vöglein sind schon da, alle Vöglein, alle ...‹«

»Zu ihrer Zeit hieß das nicht Kindergarten, sondern Kinderverwahranstalt«, sagte ich. »Wirklich schade, daß dieser herrliche Ausdruck nicht mehr benutzt wird.«

Wir vernahmen das leise Knirschen der Kieselsteine auf dem Weg. Leider ließ Ria meine Hand los, sprang auf und ging zur Seitentür. Eine große schwarze Limousine rollte langsam über die Kiesel heran. Noch ehe sie ganz zum Stillstand gekommen war, gingen die Türen auf. Ein Friese nach dem anderen tauchte aus dem Schlitten auf. Mit ihren silberweißen Schöpfen, die im kristallklaren, sonnigen Licht leuchteten, und ihren sich aus dem Wagen immer höher erhebenden Körpern sahen sie aus wie die direkten Nachfahren der Riesen, die seinerzeit in der Nähe von Dokkum Bonifatius gekeult hatten.

Ria schüttelte Hände, aber ich brachte das nicht über mich. Daß sie Teake nach seinem merkwürdigen Sprung seelenruhig zwei Monate in der Uniklinik hatten dahinvegetieren lassen, das konnte ich ihnen nicht verzeihen. Deshalb hatte ich mich auch verpflichtet gefühlt, ihn mindestens zweimal in der Woche zu besuchen. Und dann hatte ich an seinem Bett gesessen, mit dem weiten Himmelsrund, dem Firmament, als Kulisse, und nach geeigneten Gesprächsthemen gesucht. Nun, das war vorbei, und das war eine Erleichterung, auch wenn ich jetzt keinen

Grund mehr hatte, Maria anzurufen, um sie über seinen Zustand auf dem laufenden zu halten.

Ich schlich mich durch die Kirche zur Treppe, die auf die Orgelbühne hinaufführt. Oben schaltete ich das Gebläse ein, nahm Platz, zog Prästant 32 und spielte mit den Füßen langsam »Wie liebreich und voll heil'ger Freud, o Herr der Himmelsscharen, sind mir Dein Haus und Tempelsang«. Welch ein Glücksfall, daß Gras mich gebeten hatte, diesen Psalm bei seiner Beerdigung zu spielen. Er beginnt mit einem Quintsprung nach oben, und dann folgen absteigende und aufsteigende Sekunden – ideal, um darüber zu improvisieren. Und außerdem: Welch eine schöne Melodie, mit dieser Wechselnote Gis in der Mitte; hinzu kamen noch die Erinnerungen daran, wie ich als Kind über den Text gegrübelt hatte. Es hatte mich immer aufgemuntert, daß selbst die Spatzen ein Haus fanden und die Schwalben ihre Eier in ein kunstvolles Nest »an Deinem Altar« legten. Gewiß, etwas weiter unten war auch von einer stechenden Sonne im Maulbeertal die Rede. Das hatte ich überhaupt nicht verstanden, und auch die Formulierung »lieber ein Türwächter«, noch etwas weiter unten, konnte mir gestohlen bleiben, denn Rätselhaftes mochte ich nicht.

Ich spielte und schaute dabei hinunter in die Kirche zu den verstreut sitzenden Beerdigungsgästen. Leih mir dein geneigtes Ohr, dachte ich, während ich die Spatzen mit Hilfe der Waldflöte tschilpen und die Schwalben mit Unterstützung der Sesquialter zwitschern ließ. Als ich das demütige Bittgebet aus der vierten Strophe adagio im Dulzian und mit gewagten griegartigen Harmonien hervorzauberte, schritt die Familie Gras zur ersten Bankreihe. Sobald sie Platz genommen hatten, gab die Küsterin mir ein Zeichen. Mit einer passenden Kadenz stahl ich mich zum Schlußakkord, und Ria ergriff das Wort.

Sie sagte, Teake sei nie ein eifriger Kirchgänger gewesen, habe ihr aber wiederholt versichert, er fühle sich mit der reformierten Kirche verbunden. Mit seinen hellblauen Augen und seiner silbernen Mähne sei er ein eindrucksvoller Mann gewesen, »aber ich verhehle nicht, daß ich auch oft gedacht habe: welch ein eigenartiger Mann. So stur, so rechthaberisch und vor allem: welch ein Einzelgänger. Er war nie verheiratet, immer allein, nur wenige Freunde.« Sie sprach davon, daß sie ihm während der letzten zwei Monate im Krankenhaus nähergekommen sei, erwähnte kurz, daß nur ich Gras noch besucht habe – recht so, Ria, dachte ich, gib diesen Ekeln aus Friesland ordentlich was auf den Deckel –, und las dann Psalm 103, bedauerlicherweise aus dieser bescheuerten neuen Bibelübersetzung: »Des Menschen Tage sind wie Gras, er blüht wie die Blume des Feldes. Fährt der Wind darüber, ist sie dahin; der Ort, wo sie stand, weiß von ihr nichts mehr.« Wie blaß im Vergleich zur Luther-Übersetzung: »Ein Mensch ist in seinem Leben wie Gras, er blüht wie eine Blume auf dem Feld; wenn der Wind darüber geht, so ist sie nimmer da, und ihre Stätte kennt sie nicht mehr.«

Sie betete vor. »Augen zu«, sagte ich zu mir selbst, »nicht gucken. Wenn sie betet, kippst du um vor Rührung, und Rührung ist das Epizentrum des emotionalen Erdbebens, das man Verliebtheit nennt, dann bist du endgültig verloren. Wenn der Hormonhaushalt, wie bei einer Begegnung mit Sirena, so durcheinandergerät, daß die Hoden eine Weile wild gegeneinander schaukeln, braucht man sich kaum Sorgen zu machen. Dreißigmal Sex, dann ist das vorbei. Rührung aber, die vergeht nicht durch Sex, Rührung ist eine heimtückische, schleichende, chronische, unheilbare Krankheit.« Während sie betete, starrte ich also pausenlos auf ihre mit einem dem Anlaß angemessenen schwarzen Kostüm bekleidete ranke Gestalt und auf ihr hochgestecktes blondes Haar. Und plötzlich fiel mir ein, daß einer meiner Freunde nach fünf Gläsern

Wein erzählt hatte: »Bevor Jil und ich ins Bett gehen, sinkt sie immer für einen Moment aufs Linoleum. Sie faltet die Hände, schließt die Augen und murmelt ein Gebet. Sobald sie auf die Knie sinkt, geht mein Schwanz in die Höhe. Von ihrem Beten bekomme ich eine Erektion, die vom Sirius bis zum Polarstern reicht.«

Nun, so erging es mir dort oben auf der Orgelbühne nicht, aber ich verstand verdammt gut, was in meinem Freund vorging. Und ich verstand auch, warum er hinzugefügt hatte: »Ich hoffe, sie fällt niemals vom Glauben ab. Dann bin ich verloren.«

»Amen«, sagte Ria und fuhr mit der Mitteilung fort, daß ich jetzt ein Stück spielen würde, das Teake sehr gemocht hatte. Mir erschien das ein wenig übertrieben, aber fügsam spielte ich dreimal, jeweils anders registriert, Regers *Ach bleib mit deiner Gnade*.

Nach dieser Gnade ging einer der Gras-Brüder nach vorn. Mit grimmig aufeinandergepreßten Lippen starrte er die Anwesenden eine Weile an. Dann sagte er: »Wir können es noch nicht fassen, aber es ist doch wahr: Unser Bruder ist tot, *kroandea*. Wer hätte das erwartet? Er ist tatsächlich, unseren Tjomme jetzt mal nicht mitgerechnet, der erste aus unserer Familie, der *fuort* ist. Er war immer das Lieblingskind unserer Mutter, so wie Joseph und Benjamin, immer hat er es ausgenutzt, daß er ihr Augapfel war. Immer nur Quertreiben, immer mit dem Hintern zur Futterkrippe, wir hatten kaum einen Bruder an ihm. Wenn er im Sommer nach Friesland kam, dann wohnte er in Sexbierum bei einem alten Schulfreund, dann hatte er nicht einmal Zeit für einen kurzen Besuch bei seinen eigenen Brüdern.«

Mit einem großen weißen Taschentuch wischte er sich den Mund ab. Aha, dachte ich, er erleichtert sein Gewissen. Offensichtlich sind Marias Andeutungen angekommen.

»Teake«, sagte sein uralter Bruder mit einer typischen hallenden Pfarrersstimme, »Teake war nicht sehr fromm. Die Pfarrerin hat das soeben noch betont. Ich fürchte, wir werden ihn nie wiedersehen. Ich fürchte, er ist mit einem eingebildeten Himmel zur Hölle gefahren. Ich fürchte, daß unser Seligmacher für ihn nicht gestorben ist. Ich fürchte, er hielt es nicht für notwendig, daß seine Sünden vergeben würden. Sünden, davon wollte er nie etwas wissen, und darum wollte er auch nie etwas vom aufopfernden Sterben unseres Seligmachers hören. Ich fürchte, der böse Erbfeind hat, tuschelnd und grinsend, unseren Teake schon jetzt in die tiefste Hölle geführt und lacht sich ins Fäustchen.«

Er schwieg, wischte sich den Mund ab und donnerte erneut: »Ich fürchte, der böse Erbfeind ...« Er machte eine Pause und fuhr mit erhobener Stimme krächzend fort: »Ich fürchte, der Höllenfürst ...«

Eine Kinderstimme klang durch die Kirche. Das erstaunte mich sehr, denn ich sah unten ausschließlich steinalte Menschen.

»Ich fürchte, der Höllenfürst ...«, wiederholte der alte Gras an eine alte Frau gewandt, die beim Taufbecken zusammengesunken in einem Rollstuhl saß.

»Pssst«, zischte er, »halt den Mund.«

Unbeirrbar fuhr die Kinderstimme fort, zittrig, aber dennoch im richtigen Ton: »Sicher in Jesu Armen.«

Bei der zweiten Zeile stimmte ich mit dem Dulzian ein.

Sicher an Jesu Herz.
Dort, in seiner Gnade,
ruht seine Seele aus vom Schmerz.

Als wir zum »Lied der Engel« kamen, hörte ich, daß auch andere Trauergäste mitsangen. Die Kinderstimme übertönte sie weiterhin, bis wir zum »gläsernen Meer« gelangten, das ich mir als Kind nie recht hatte erklären können. Ein gläsernes Meer? Was sollte man sich darunter nur vorstellen?

Nachdem der Refrain verklungen war, der typische Fingerabdruck eines Lieds von Johannes de Heer, improvisierte ich so lange über das Thema von »Sicher an Jesu Herz«, bis der hochbetagte Gras das Katheder verließ und, mit seinen friesischen Schnürschuhen wütend auf den Kirchenboden stampfend, wieder zu seinem Platz ging.

Kurze Zeit später trug man den Sarg zur Kirche hinaus. Ich spielte, was ich meistens am Ende einer Trauerfeier anstimme – das *Air* von Samuel Wesley: traurige, zarte Triolenreihen, die sich auf der Holman-Orgel wunderschön anhören.

Als alle draußen waren, ging ich rasch ins Konsistorialzimmer. Dort saß Maria, die Ellbogen auf die Tischplatte gestützt, die Hände vor den Augen.

»Was ist los?« fragte ich erschrocken.

Sie nahm ihre Hände vom Gesicht und sah mich mit tränennassen Augen an.

»Hab ich mich danebenbenommen?« fragte ich ängstlich. »Hätte ich nicht in den Gesang einstimmen sollen?«

»Wenn du wüßtest, wie dankbar ich dir dafür bin. Altersschwachsinnig, aber doch nicht so altersschwachsinnig, daß sie nicht verstanden hätte, daß Sietze dabei war, ihren kleinen Bruder zu beschimpfen und zu verleumden. Vielleicht war es auch nur der Klang seiner krächzenden Stimme ... Den kannte sie natürlich noch aus ihrer frühesten Kindheit.«

Sie stand von ihrem Stuhl auf, trat auf mich zu, legte die Arme um mich und küßte mich keusch auf die linke Wange und ebenso keusch auf die rechte. Mit ihren feuchten Augen sah sie mich an und drückte sehr schüchtern ihre Lippen auf meine.

»Ria«, sagte ich und streichelte ihr übers Haar. Die Küsterin kam herein, schüttelte den Kopf und ging sofort wieder hinaus, diskret die Tür hinter sich schließend.

»Wir müssen rasch auf den Friedhof«, sagte Ria.

»Was du nicht sagst.«

Sie zog ihren schwarzen Mantel an, und wenige Augenblicke später hasteten wir durch die Akolythenstraße zum Friedhof. Die Sonne schien aus einem hellblauen, makellosen, kristallklaren Himmel herab. Die meisten Bäume auf dem Friedhof waren von einer dicken Reifschicht bedeckt. Auch die Äste und Zweige der riesigen Eiche funkelten schneeweiß, als wollten sie Teake Gras ein letztes Mal grüßen.

Seitenast

Einige Tage nach Teakes Beerdigung war der Frost bereits wieder vorbei. Bleigraue Nebel hingen wie Jutevorhänge zwischen den Schlehdornsträuchern. An einem jener Tage wurde im Dämmerlicht des Vormittags das allgegenwärtige Geräusch tropfender Zweige vom Klingeln des Telefons übertönt.

»Ich hab's geschafft«, jubelte meine deutsche Verlegerin, »fünfhundert Mitarbeiter einer großen Firma in Bremen werden Ihr Buch *Der kühne Überschlag* zwischen Walnüssen und Plätzchen in der Weihnachtstüte finden. Ist das nicht phantastisch? Fünfhundert Stück auf einen Schlag!«

Sie machte eine Pause, und in der ominösen Stille schien es, als fielen die kondensierten Nebeltropfen wie gläserne Murmeln auf Granit.

»Es gibt nur ein kleines Problem«, sagte meine Verlegerin. »Die Bücher sollen alle signiert sein.«

Ich antwortete nicht. Draußen war der Reviergesang eines Rotkehlchens zu hören.

»Wenn Sie früh losfahren«, sagte sie zögerlich, »dann müßte es zu schaffen sein, an einem Tag hin und zurück … Bremen ist ja schließlich nicht so weit entfernt.«

»Ein sehr guter Freund von mir kann meine Unterschrift perfekt nachmachen«, sagte ich. »Er liebt solche Streiche und findet es herrlich, über deutsche Autobahnen zu rasen, auf denen es keine Geschwindigkeitsbegrenzung gibt. Gegen Erstattung der Unkosten und eine ordentliche Aufwandsentschädigung …«

»Nein«, sagte sie, »das geht wirklich nicht.«

»Ich kenne jemanden, der meine Unterschrift sehr schön in einen Stempel gravieren kann. Ich gehe heute noch zu ihm. Übermorgen ist der Stempel fertig, und ich schicke ihn per Eilboten nach Bremen.«

»Nein, nein«, sagte meine Verlegerin, »Sie müssen persönlich signieren.«

»Es tut mir wirklich leid, aber mal schnell nach Bremen und zurück, um fünfhundert *Überschläge* für ein Weihnachtspaket zu signieren ... das erscheint mir ...«

»Eilbote«, sagte sie, als hätte ich sie auf eine Idee gebracht, »ein Eilbote ... Wenn ich Ihnen die fünfhundert Exemplare einfach so schnell wie möglich per Eilboten schicke? Dann können Sie sie in aller Ruhe signieren, und am nächsten Tag werden sie wieder vom Eilboten abgeholt. Was halten Sie davon?«

»Das wäre eine Möglichkeit«, sagte ich mürrisch.

Am nächsten Tag bekam ich einen Anruf aus Bremen mit der Nachricht, die Bücher seien unterwegs. Und während der hartnäckige tiefhängende Nebel immer dichter wurde, bis er beinah undurchdringlich war, klingelte am späten Nachmittag erneut das Telefon.

»Guten Tag, ich habe eine Lieferung für Sie. Jetzt stehe ich hier aber auf so einem Elendsweg und sehe kein Schwein. Also dachte ich, ich klingele erst mal mit dem Handy durch ... zum Glück hat man mir wenigstens Ihre Telefonnummer gegeben.«

»Sie können einfach geradeaus weiterfahren«, sagte ich, »immer den Kiesweg entlang. In der Kurve sehen Sie dann mein Haus.«

»Nein, mein Herr, tut mir leid, aber das geht nicht.«

»Warum nicht?« fragte ich erstaunt.

»Ich bin mit einem unserer großen Siebeneinhalbtonner unterwegs, und mit dem komme ich hier nicht weiter. Im übrigen weiß ich nicht einmal, wie ich wieder zurückkomme. Rückwärts wieder rausfahren, das scheint mir mehr oder weniger die einzige Möglichkeit zu sein. Jedenfalls, ich stehe hier genau vor dem Seitenast von so einem riesigen Scheißbaum. Da paßt der Wagen unmöglich drunter durch. Der hängt da wie ein Schlagbaum, dieser Ast. Hier weiter, das geht beim besten Willen nicht.«

»Ich komme zu Ihnen«, sagte ich.

Anders folgte mir auf den Fersen, als ich zwischen permanent tropfenden Zweigen über den feucht glänzenden Kies zu dem Lastwagen ging. Wie ein riesiges Monster aus *Jurassic Park* sah ich ihn aus dem Nebel auftauchen. Sobald der Fahrer mich erblickte, öffnete er mühsam die Tür. Aus den tiefhängenden Wolken stieg er, mit einer abscheulichen grünen Mappe in der Hand, die drei Stufen auf den Kiesweg hinab.

»Mein Gott, was für ein Wagen«, sagte ich. »Damit können Sie tatsächlich nicht weiter.«

»Da ist der Kaventsmann«, sagte der Lastwagenfahrer grimmig und deutete auf einen hohen Eichenast, der bisher noch nie einem Auto im Weg gewesen war.

»Aber warum kommen Sie auch mit so einem idiotisch großen Wagen? Fünfhundert Bücher, die passen doch bequem in einen Lieferwagen.«

»Guter Mann, glauben Sie etwa, die fünfhundert Bücher waren meine einzige Ladung? Die hat ein Deutscher bei unserem Büro in Hoofddorp abgegeben; ich war gerade beim Einladen, und da konnten sie gleich mit rein. Mein Wagen war voll bis unters Dach, und ich bin froh, daß dies so ziemlich die letzte Lieferung ist. Anschließend muß ich noch zum Gefängnis, dann kann ich zum Glück in den Sack hauen.«

Er kramte in seiner Mappe und hielt mir plötzlich ein DIN-A4-Blatt unter die Nase.

»Unterschreiben, bitte, das ist der Frachtbrief; dann fang ich schon mal an, den Krempel auszuladen.«

»Hier auf dem Weg?«

»Klar, wo denn sonst? Ich kann doch nicht weiterfahren.«

»Sie sollten doch ... bestimmt haben Sie einen Hubwagen. Damit können Sie die Bücher dann bis zu meinem Haus bringen.«

»Über den Kies? Guter Mann, die verdammte Kiesschicht ist fast einen halben Meter dick. Darin versinkt mein Hubwagen bis zu den Achsen. Und dann schön schieben, was? Das können Sie vergessen. Wenn es jetzt nur eine kleine Lieferung wäre ... Aber das sind zwanzig bleischwere Riesenkartons ... nein, nein, das hat keinen Zweck, ich lade das Zeugs hier ab, und dann müssen Sie eben schauen, wie Sie den Krempel ins Haus kriegen.«

»Kommen Sie die Kartons morgen wieder abholen?«

»Kann gut sein, aber dazu kann ich nichts sagen, da müssen Sie bei uns im Büro anrufen. Ich würde Ihnen nur raten, wenn das Zeugs morgen eventuell wieder abgeholt werden soll, dann sorgen Sie dafür, daß der Ast weg ist. Ob ich nun komme oder mein Kollege, wir kommen auf jeden Fall mit einem Siebeneinhalbtonner, und wenn Sie sich die Mühe sparen wollen, all die Bücher wieder über diesen verdammten Kiesweg zu schleppen ... Aber warum sollen die überhaupt morgen wieder zurück?«

»Ich soll sie alle signieren, und dann kommen sie ...«

»Signieren?« fragte der Lastwagenfahrer mit angeekeltem Gesichtsausdruck. »Signieren ... was muß ich mir darunter vorstellen?«

»Ich muß jedes Buch mit einer Unterschrift versehen.«

»Warum das?«

»Ich habe das Buch geschrieben, und jetzt kommt es in die Weihnachtstüte irgendeiner Firma in Bremen, vorausgesetzt, in jedem Buch steht die Unterschrift des Autors.«

»Was ist das für eine bescheuerte Idee?« fragte der Mann erstaunt. »Die fünfhundert Bücher werden also nur hier abgeliefert, weil eine Unterschrift rein soll, und dann müssen sie stante pede wieder retour? Man erlebt ja so einiges heutzutage, neulich erst, da mußte ich eine Ladung Zwangsjacken, Handschellen und Pranger im Parlamentsgebäude abliefern; da denkt man sich auch … Aber es wäre doch viel einfacher gewesen, wenn Sie kurz in den Wagen gesprungen und nach Bremen gejuckelt wären … viel billiger auf jeden Fall.«

Er ging zur Rückseite seines Lastwagens, öffnete zwei Riegel, drückte auf einen roten Knopf neben dem riesigen Hinterrad, und knarrend klappte die Ladebordwand herab. Langsam, fast wie ein Brückendeck, senkte sich die Plattform in Richtung Kies. Als sie horizontal nach hinten ragte, hielt der Fahrer sie an und kletterte hinauf. Er verschwand im Laderaum und kam kurze Zeit später mit einem Hubwagen wieder, auf dem einige große Kartons standen. Er drückte auf einen Knopf an der Wand des Aufbaus, und leise summend fuhr die Rückklappe wie ein Lift herunter. Der Fahrer zog den Hubwagen zwei Schritte weit auf den Kies und kippte die Kartons dann achtlos auf die Böschung, wo hier und dort bereits die gefiederten, aber noch winzigen Blätter des Wiesenkerbels in Stand-by-Position standen. Sobald die ersten Frühlingssonnenstrahlen die Erde wärmten, würden sie rasch zu Pflanzen von mindestens einem halben Meter Höhe heranwachsen.

Der Chauffeur fuhr den Hubwagen wieder hinauf, verschwand im Lastwagen und kehrte mit der nächsten Ladung Kartons wieder. Als er die zweite Fuhre auf den hellgrünen Wiesenkerbel kippte, fand Anders, die sich, heftig mit dem Schwanz wedelnd, alles angesehen hatte, es wohl an der Zeit, an den verschlissenen Hosenbeinen des Lastwagenfahrers hochzuspringen.

»Verflucht«, schimpfte der Fahrer, »läßt du das wohl, du Mistvieh.«

»Aber, aber«, sagte ich.

»Ich kann sie nicht ab, diese verdammten Kläffer, und ich werde Ihnen sagen, warum: Sie fressen Scheiße.«

»Das stimmt«, sagte ich. »Ziegenköttel, Pferdeäpfel, sie sind verrückt danach.«

»Genau, und das ist noch nicht das Schlimmste. Wenn es dabei nur bliebe.«

Er sah mich kurz an, als wollte er mich zermalmen.

»Mein Vater hatte auch so einen Kläffer. Genauso einen wie Sie. Es funktionierte nicht mehr so richtig in seinem Oberstübchen.«

»Beim Hund?«

»Nein, natürlich nicht, bei meinem Vater, der wurde kindisch ... auch wenn die Krankheit heute anders heißt, Eigenheimerkrankheit.«

»Alzheimer«, verbesserte ich.

»Hey, Mann, *fuck you*, wollen Sie Ihre Kartons lieber allein ausladen? ... Mein Vater wurde also kindisch, und wissen Sie, was zuerst nicht mehr funktionierte? Sie werden es nicht glauben, aber er wollte verdammt noch mal nicht mehr auf den Pott. Er machte sein Geschäft einfach in den Garten. Und wissen Sie, wer sich darüber sehr gefreut hat? Dieser Kläffer! Wenn Sie gesehen hätten, wie das Vieh sich immer darüber hergemacht hat. Er fraß die Kacke von meinem Vater in sich rein, als wären es Nußschnitten. Gott, hat dem das geschmeckt. Nachdem mein Vater gestorben war, haben wir das Vieh krepieren lassen. Pfui Teufel, wenn Sie das gesehen hätten.«

Ich wollte etwas erwidern, aber der Fahrer war bereits wieder im Wagen verschwunden, wo ich ihn ärgerlich das Wort »Nußschnitten« wiederholen hörte. Dann tauchte er wieder auf und fuhr noch einmal summend mit seinem Lift hinunter. Ich fragte mich: Wie kriege ich die Kartons um Himmels willen bloß allein ins Haus?

Offenbar dachte er das gleiche, denn er meinte: »Sie haben bestimmt eine Schubkarre.«

»Die habe ich.«

»Sie könnten das ganze Zeugs sonst auch hier süngnieren und über Nacht liegen lassen. Dann können wir den Krempel morgen ruckzuck wieder einladen.«

»Das wird doch alles feucht.«

»Plane drüber.«

»Ich habe keine Plane, und auch wenn ich eine hätte ... nein, ich lade die Kartons in die Schubkarre. Dann kann ich sie in aller Ruhe in der Küche auspacken und signieren.«

»Wie Sie wollen, Hauptsache, Sie merken sich, daß wir morgen früh nur durchkommen, wenn der Ast ab ist.«

Er kippte die letzten Kartons auf den Grünstreifen.

»So, das wär's.«

Er riß mir den inzwischen unterschriebenen Frachtbrief aus den Händen, steckte ihn in seine schmuddelige Mappe und machte sich an die Besteigung seines Siebeneinhalbtonners. Kurz darauf fuhr er langsamer als ein Beerdigungszug im Rückwärtsgang über den Kiesweg. Zum letzten Gruß hupte er einmal. Ein tiefer, sonorer Ton, der im Nebel lange nachhallte, wie das bekannte Hornsignal, mit der Bruckners vierte Symphonie anfängt.

Den Rest des Nachmittags verbrachte ich damit, jeweils zwei schwere Kartons in meine Schubkarre zu laden und sie über den knirschenden Kies zum Haus zu fahren. Als der Nachmittag schon längst geräuschlos in den Abend übergegangen war, standen die Kartons endlich verstreut in der Küche herum.

Was folgte, war beinah so etwas wie ein böser Traum, an den man sich noch Jahre erinnert. Schon das Öffnen der sorgfältig mit einem mindestens zehn Zentimeter breiten braunen, widerspenstigen Klebeband verschlossenen Kartons war eine Tortur. In den Kartons befanden sich hermetisch in Folie eingeschweißte Päckchen mit jeweils fünf *Überschlägen*. Wenn es mir gelungen war, die Folie zu entfernen, die die Bücher wie eine Zwangsjacke umspannte, zeigte es sich, daß jedes einzelne Buch zusätzlich noch in Folie eingeschweißt war. Zum Signieren mußte man es mit Hilfe eines Stanley-Messers auch von seiner zweiten Haut befreien.

Natürlich war es unmöglich, die hauchdünne und zugleich widerspenstige Folie wieder über die Bücher zu schieben. Als ich nach langem Ringen zwei Dutzend signiert hatte, glitzerten überall in der Küche Haufen aus zerknitterter und zerrissener Plastikfolie. Erst einmal aufräumen, dachte ich. Ich raffte das Zeug, das scharf und gemein raschelte, zusammen und dachte: Wo soll ich den Mist in Gottes Namen bloß hintun? Dann sündigte ich so ärgerlich gegen das dritte Gebot, daß Anders mit großen, furchtsamen Augen an mir hochsprang und mit dem Schwanz wedelte, als hinge ihr Leben davon ab.

Kurz vor Mitternacht war ich mit dem Signieren mehr oder weniger fertig. Ich wußte nur immer noch nicht, wohin mit dem verdammten Verpackungsmaterial, das in meiner bereits überquellenden Mülltonne keinen Platz mehr fand. Alle Umweltschutzgesetze mit Füßen tretend, verheizte ich es schließlich in meinem Harry-Leenders-Holzofen. Bis weit nach Mitternacht war ich damit beschäftigt.

Ärgerlich wälzte ich mich schließlich in meinem Bett hin und her, aber ich fühlte mich auch schuldig. Jeder Autor träumt schließlich davon, übersetzt zu werden und im Ausland beispiellose Auflagenhöhen zu erreichen. Und wahrhaftig, ein Eintagsautor wie ich war übersetzt worden, und meine Bücher gingen wie geschnitten Brot über die Ladentheke. Und ich ärgerte mich, wenn ich im Zusammenhang mit diesem phantastischen Verkaufserfolg ein paar Exemplare signieren sollte! Undankbarer Hund, der ich war! Mir kam wieder die Geschichte des Lastwagenfahrers in den Sinn, die dieser vom Hund seines Vaters erzählt hatte. »Du glaubst wohl, du könntest mir was erzählen«, murmelte ich in meinem warmen Bett. »Hunde sind total wild auf Menschenkacke. Als vor Jahren der Dorftrottel hin und wieder sein Geschäft in meinem Garten erledigte, fraß mein voriger Hund ... Pfui Teufel ... Man müßte das Ganze einmal erforschen. Hat der Wolf sich seinerzeit dem Menschen angeschlossen, weil dessen Kacke so gut schmeckte? Ist daraus die uralte Symbiose von Mensch und Hund entstanden? Hat nicht der Mensch den Hund adoptiert, sondern umgekehrt der Hund den Menschen, weil der jeden Tag eine solche Delikatesse zu bieten hatte?«

Ob ich, über diese Delikatesse nachdenkend, eingeschlafen bin, weiß ich nicht, jedenfalls wurde ich gegen sechs unausgeschlafen wach. Gleich nach dem Frühstück begab ich mich mit einer Kettensäge und einer Leiter zu der Eiche. Schon komisch: In allen Handbüchern steht, man solle mit einer solchen gruseligen Kettensäge niemals auf einer hohen Leiter arbeiten. Aber wie soll man sonst den Ast einer Eiche entfernen? Haben Sie jemals versucht, mit einer Handsäge einen dicken Eichenast zu amputieren? Eichenholz ist hart wie Stahl. Da kommt man auch mit der schärfsten Bügelsäge kaum durch. Will man einen Eichenast vom Umfang eines Oberschenkels von Hand absägen, muß man einen halben Tag einplanen. Während sich eine scharfe Kettensäge hindurchfrißt wie eine Schere durch dicken Karton.

Kettensägen mit Zweitaktmotor muß man mit einem Seil anziehen. Welch ein Elend. So wie alle Maschinen, die man auf altertümliche Weise mit einem Seil anziehen muß: Fräsmaschinen, Rasenmäher, Häcksler. Während man beruhigend auf die Geräte einspricht, muß man plötzlich mit einem Ruck an dem Starterseil ziehen. Die ersten zehn Male klappt es nicht. Total erschöpft zieht man zum elften Mal an dem Seil, und tatsächlich, auf einmal läuft die Maschine, und man kann, erschöpft wie Stareneltern, die den ganzen Tag lang ihre Jungen gefüttert haben, ans Werk gehen.

Als ich mit der laufenden Kettensäge die Leiter bestieg, war ich unausgeschlafen und total erschöpft von den vergeblichen Versuchen, die Säge in die Gänge zu kriegen. Alle Zutaten für eine Katastrophe waren vorhanden. Lustig sägte ich drauflos. Die Zähne der *Husqvarna* fraßen sich mühsam einen Weg durch das steinharte Holz. Immer tiefer drang die Säge in den Ast, der, als er sich vom Stamm löste, völlig unerwartet ein Stück nach vorn wippte. Obwohl ich die Leiter im richtigen Winkel an den Baum gelehnt hatte, bekam die oberste Sprosse einen gemeinen Stoß. Die Leiter geriet ins Kippen und fiel, wie ein Betrunkener wankend, langsam hintenüber. Sehr interessant ist es, falls man später noch davon berichten kann, wie man ein solches Ereignis erlebt. Man erschrickt nicht, man ist höchstens ein wenig erstaunt und denkt seelenruhig: Das geht schief. Man handelt vollkommen instinktiv, insofern man überhaupt handelt, denn auch wenn man den Eindruck hat, das Wanken und Fallen dauere ewig, geschieht alles blitzschnell.

Ohne darüber nachzudenken, warf ich, während ich mit der Leiter durch die Luft sauste, die laufende Kettensäge so weit wie möglich weg. Die *Husqvarna* fiel trotzdem direkt rechts von der Leiter hinunter, und als ich selbst, mich an eine Sprosse klammernd, mit der hintenüber fallenden Leiter dem Boden näher kam, da sah ich die heulende, sich schnell drehende Kette auf mich zukommen. Dort darfst du auf keinen Fall landen, dachte ich und warf mich mit meinem ganzen Gewicht nach links, woraufhin die Leiter zum Glück einen Schwenk machte, um dann mit einem dumpf knackenden Geräusch auf mich zu fallen.

Da lag ich also, unter der Leiter, gleich neben mir eine

immer noch laufende Kettensäge. Ein Stück weiter weg entdeckte ich meine Ohrschützer. Die hatte die Leiter mir treffsicher vom Kopf geschlagen. Weil mir der Lärm der Kettensäge direkt ins Ohr brüllte, spürte ich keinen Schmerz, sondern dachte nur: Herr im Himmel, erst einmal die Säge ausschalten. Ich versuchte die Leiter beiseite zu schieben, was mir aber nicht gelang. Merkwürdig gekrümmt lag ich da, und ich hörte mich fragend flüstern: »Querschnittslähmung?« »Bestimmt nicht«, widersprach eine andere Stimme, denn der Mensch glaubt, meistens zu Unrecht, in den ersten Momenten nach einem schweren Unfall immer, daß es schon nicht so schlimm sein wird. Nach einigen Zehenverrenkungen gelang es mir, mit dem Fuß den schwarzen Regler an der Säge so zu verschieben, daß der Lärm im nebligen Wintermorgen erstarb. Dann spürte ich überall Schmerzen, und ich bemerkte auch, daß ich mir diverse Kratzer und Schürfwunden zugezogen hatte, aus denen Blut floß.

Eine Weile lang blieb ich bewegungslos liegen. Sollte es wahr sein? Also doch Guna-Guna? War jetzt ich an der Reihe? Hatte sie irgendwelche Nadeln in eine Figur gesteckt, die mich darstellte? Ich versuchte mich zu beruhigen: »Na komm schon, du bist immer draufgängerisch gewesen, aber immer ist alles gutgegangen, wenn auch manchmal nur knapp. Zum Beispiel das eine Mal, als du Benzin über Gartenabfälle sprenkeln wolltest, die nicht so recht brennen wollten. Weißt du noch, wie sich aus den vor sich hin kokelnden Gartenabfällen beim Übergießen mit Benzin ein verspieltes blaues Flämmchen löste, das rasendschnell den Benzinstrahl hinaufkletterte und im Kanister verschwand, den du daraufhin natürlich rasendschnell weggeworfen hast? Trotzdem hast du ein paar Plastikteile des explodierenden Kanisters abbekommen.«

Es war, als sähe ich wieder das blaue Flämmchen auf mich zukommen. Im Dunkeln hatte es einen so schönen Anblick geboten, dieses lieblich in der Luft tanzende Flämmchen. Wie wäre das Ganze ausgegangen, wenn ich den Kanister nicht weggeworfen hätte?

Vorsichtig schob ich die Leiter beiseite. Noch vorsichtiger versuchte ich aufzustehen. Ich glaube nicht, daß es irgendeinen Körperteil gab, der nicht weh tat. Das machte mir Mut. Ich dachte: Wenn wirklich etwas Ernstes passiert wäre, wenn ich mir wirklich etwas gebrochen hätte, dann würde es an einer Stelle so schmerzen, daß ich die übrigen Prellungen, Schrammen und Abschürfungen gar nicht spüren würde.

Mehr kriechend als gehend gelangte ich in die Beiküche. Ich ließ mich auf einen niedrigen Stuhl sinken und wehrte mich, so erschöpft wie ich war, nicht dagegen, daß Anders alle Kratzer geduldig der Reihe nach leckte. Eine Hundezunge, überlegte ich, ist wohl so sauber, daß ich sie ruhig den Schmutz aus den Wunden lecken lassen kann. Kurz darauf fiel ich in Schlaf.

Ich wachte auf, weil jemand ans Fenster klopfte. Draußen stand ein schmächtiges Kerlchen mit einem riesigen Cowboyhut auf dem Kopf und rief: »Ich soll hier ein paar Kartons mit Büchern abholen.«

»Ich dachte, Sie kommen mit einem Siebeneinhalbtonner?« erwiderte ich.

»Mein Kollege sagte, es ginge besser mit dem Lieferwagen. Er sprach von einem Ast, der für den Lkw zu tief hängt. Aber von einem Ast war nichts zu sehen; dafür lag ein dicker Stamm quer über dem Weg. Ich habe versucht, ihn wegzuschieben, aber er hat sich keinen Fingerbreit bewegt, also habe ich den Toyota da stehen lassen.«

Bethlehemstern

Hinter meinem Elternhaus befand sich ein kleiner Platz von vier mal sechs Metern, auf dem nicht einmal Gänsefuß wachsen wollte. Meine Mutter, von zu Hause eine zwei Hektar große Gärtnerei gewohnt, wo mein Großvater sein Gemüse züchtete, konnte sich mit diesem gepflasterten Areal nicht abfinden. Regelmäßig seufzte sie, in ihrer Jugend habe sie »einfach so in den Garten gehen können«.

Daß wir keinen Garten hatten, fand ich völlig normal. In dem Ort, wo ich geboren wurde, hatte fast niemand einen. Der steile Grashang eines sehr hohen Seedeichs stellte in unserem von keinerlei Parks und Rasenflächen verzierten Hafenstädtchen die einzige Grünfläche dar. Die einzige Blume, die in den verrußten Vierteln blühte, war die Zaunwinde. Im Sommer kletterte sie an den Einfriedungen armseliger kleiner Fabriken hoch. Wollte man eine flatterhafte Sumpfdotterblume sehen, mußte man im noch jungen Frühling hinaus aus der Stadt.

Wo Gärten fehlen, gibt es immer noch Fensterbänke. Darauf züchtete meine Mutter riesige Begonien, Geranien und Petunien. Sobald die Fensterbankpflanzen groß genug waren, wurden sorgfältig Ableger genommen, die als Tauschobjekte dienten. Das ganze Jahr über tauschten die weiblichen Fensterbankspezialisten Ableger. Lange bevor das Wort »klonen« den Leuten Schauer über den Rücken jagte, wurden grundsolide, fachmännisch und atemberaubend sorgfältig das ganze Jahr über von einem Netzwerk von Hausfrauen eifrig Klone herangezogen. Auch Ficus und Sansevierien vermehrten sie wie diplomierte Züchter durch Ausläuferbildung. Während heute sämtliche protestantischen Kirchen in Hirtenbriefen entschieden vor dem Klonen warnen, wurde damals, sosehr man auch vor jeder Sünde auf der Hut war, von der Kanzel herab nie über diese allgegenwärtige Form der vegetativen Fortpflanzung gesprochen.

Um uns Kindern, denen es an Freilandgrün mangelte, einen Hauch von Blumenduft zu verschaffen, bekamen wir in der Schule alljährlich ein kleines Pflänzchen in einem Becher ausgehändigt. Dieses mußten wir zu Hause auf der Fensterbank großziehen. Die Resultate dieser Anstrengungen mußten wir wieder mit in die Schule bringen. Wer die schönste, größte, am herrlichsten blühende Pflanze gezüchtet hatte, erhielt den ersten Preis. Um gleiche Ausgangsbedingungen zu garantieren, bekamen wir alle Ableger einer einzigen Pflanze.

Dieser Ableger, das war nichts für mich. Ich stellte ihn, darauf vertrauend, daß meine Mutter ihn schon gießen würde, zwischen die Begonien auf die Fensterbank und kümmerte mich nicht weiter darum. Meine Mutter dachte aber gar nicht daran, meinen Ableger zu versorgen, und so ging er binnen Wochenfrist ein.

Einmal hatte ich einen Ableger von einem Bethlehemstern bekommen. Mürrisch trug ich ihn nach Hause, weil ich schon wußte, daß wieder nichts daraus werden würde.

Als ich mit meinem Bethlehemsternableger in den Flur kam, der zum Wohnzimmer führte, hörte ich meine Großmutter plappern. Ich öffnete die Wohnzimmertür, sagte: »Guten Tag, Oma« und ging mit dem Ableger zu unserer schmalen Fensterbank.

»Was hast du da?« fragte meine Großmutter.

»Einen Ableger«, sagte ich griesgrämig, »den hab ich in der Schule bekommen. Soll ich großziehen. Kann ich einen Preis mit gewinnen.«

»Einen Preis gewinnen«, höhnte mein Vater. »Nächste Woche ist das Pflänzchen mausetot.«

»Wieso?« fragte meine Großmutter.

»Für eine Pflanze sorgen«, sagte mein Vater, »das kann der Junge nicht. Dieses arme Ding hält nicht mal durch, bis die neuen Kartoffeln da sind.«

»Gib es nur mir«, sagte meine Großmutter, »dann werde ich es für dich großziehen.«

Ich drückte ihr den Bethlehemstern in die Hand. Zärtlich drückte sie ihn an ihre Brust.

Neun Monate später schleppte ich ein Sonnensystem mit in die reformierte Schule. Dort wollte man gar nicht glauben, daß sich der winzige Ableger, den man mir seinerzeit gegeben hatte, in einen riesigen Brautschleier verwandelt hatte. Aber man kam nicht umhin, mir den ersten Preis zu verleihen: ein Puzzle mit einem Hochseeschlepper.

Im Jahr darauf überließ meine Schwester ihren Ableger unserer Großmutter. Auch sie ließ die Konkurrenz meilenweit hinter sich und kam mit einem Hochseeschlepper nach Hause.

Zwei Dinge können wir hieraus lernen. Mit dem Klonen sind wir seit Kindesbeinen vertraut, und es ist unsinnig zu behaupten, dabei würden Lebewesen erzeugt, die sich ähneln wie ein Ei dem anderen. Aus identischen Ablegern können sich Funzelsterne oder Sonnensysteme entwickeln.

»Der Text ist etwas länger als eine DIN-A4-Seite«, sagte ich zu Anders, »aber wenn ich diese Stellungnahme in einer etwas kleineren Schrift ausdrucke, paßt sie auf eine Seite. Außerdem lese ich sie nachher im Fernsehen so schnell vor, daß es gar nicht auffällt, wenn sie etwas länger ist. Ich bin gespannt, was die Angsthasen in dieser Fernsehdiskussion dazu zu sagen haben.«

Ich druckte mein Statement aus und sah auf die Uhr: »Gleich kommt das Taxi. Leider kann ich dich nicht mitnehmen. Es tut mir leid, daß ich dich für ein paar Stunden allein lassen muß, aber wenn ich nachher wiederkomme, dann machen wir einen ausführlichen Spaziergang, das verspreche ich dir.«

Mein Hund wollte schon anfangen, mit dem Schwanz zu wedeln, hörte dann aber ein Auto näher kommen und rannte bellend zur Haustür.

Kurze Zeit später fuhren wir los. Es ist sehr angenehm, daß die Sender einen mit dem Taxi abholen und auch wieder nach Hause bringen lassen, wenn sie einen dazu überredet haben, in einer Sendung aufzutreten. Aber es bedeutet auch, daß man eine Stunde lang neben einem Wildfremden in einem Wagen sitzt, mit dem man verzweifelt über die Staus, das Wetter, die Regierung oder unser bizarres Rundfunksystem plaudern muß.

Meistens ist auch noch das Autoradio eingeschaltet, aus dem unweigerlich der Tinnef ertönt, der mit dem Begriff »Popmusik« bezeichnet wird.

Recht bald, nachdem wir losgefahren waren, wurde mir klar, daß ich diesmal an einen Fahrer geraten war, der nicht nach Gibbongekreische mit *backing vocals* verrückt war. Es handelte sich um einen schon etwas älteren Herrn, der mir aber zur Abwechslung nicht einhämmern wollte, daß unverzüglich die Todesstrafe eingeführt werden müsse.

Leise summend saß er neben mir und schlug hin und wieder mit der linken Hand den Takt des Stücks, das er so bescheiden zu Gehör brachte. Ich lauschte aufmerksam. Was summte der Fahrer da? Auf der Höhe von Abbenes war ich mehr oder weniger sicher: Es war die große Arie der Violetta aus dem letzten Akt von *La Traviata*. Der Gutsbesitzer aus Roncole! Eines der großen Wunder in der Musikgeschichte. Seine besten Werke komponierte er in einem Alter, das kein anderer der großen Komponisten erreicht hat.

Gerade als ich den Fahrer fragen wollte, ob er Verdi liebe, sagte dieser: »Wir biegen hier ab.«

»Warum?« wollte ich wissen. »Ist das bequemer?«

»Ja«, erwiderte er. »Bei Schiphol ist bestimmt alles dicht. Der Tunnel dort ist eine Katastrophe. Ich kenne einen Schleichweg, der hinten um Schiphol herumführt, und dann können wir bei Amstelveen wieder fein auf die A9 auffahren; ich mach das immer so.«

Er bog ab, Richtung Alsmeer. Kurze Zeit später standen wir an einer roten Ampel.

»Schauen Sie«, sagte er. »Wir müssen jetzt gleich links ab, dort in den schmalen Weg. Offiziell kann und darf man das nicht. Wenn die Ampel auf Grün springt, kommen sofort die Autos aus der anderen Richtung, und man kann nur geradeaus fahren. Der Trick besteht darin, daß man, kurz bevor die Ampel auf Grün springt, abbiegt und die Straße überquert. Das ist nicht ganz ungefährlich, weil es ziemlich knapp werden kann, aber ich habe das schon oft gemacht, ich weiß genau, wann Grün kommt. Zwei Sekunden vorher gebe ich also ordentlich Gas, und wir flitzen rüber.«

Ob er nun ein wenig zu spät Gas gab oder den Zeitpunkt, wann die Ampel auf Grün wechselte, doch nicht so exakt vorausahnen konnte, wie er meinte, werde ich nie erfahren. So viel steht fest: Als er aufs Gaspedal trat, waren die entgegenkommenden Wagen bereits unterwegs.

»Ein Itzelchen zu spät«, hörte ich ihn unbekümmert murmeln. Ein riesiger Lastwagen fuhr auf uns zu, und daneben raste ein BMW in unsere Richtung. Die Luft war erfüllt vom Lärm der Autohupen. Der Fahrer des BMW riß im letzten Moment das Steuer herum und schoß haarscharf an uns vorbei. Ein Mercedes tauchte auf, der uns gerade noch ausweichen konnte, dann aber mit einem merkwürdig dumpfen Beckenschlag den Lastwagen streifte.

In dem Moment rasten wir in den schmalen Seitenweg hinein.

»Der Mercedes ...«, sagte ich erschrocken.

»So ein Mercedes verträgt einiges«, beruhigte mich der Fahrer.

»Ich hatte aber den Eindruck ...«

»Ach, was kümmert uns das? Warum müssen die auch so losrasen, sobald die Ampel auf Grün springt. Wozu ist das gut? Sofort Vollgas! Die nehmen nie Rücksicht auf andere Verkehrsteilnehmer.«

Wieder summte er einige Takte aus der Arie der Violetta.

»Ich verstehe nicht, warum es hier immer so totenstill ist. Nie Gegenverkehr. Man sollte doch annehmen, daß inzwischen jeder weiß, was für ein wunderbarer Schleichweg sich hier entlangschlängelt.«

Mit gut einhundert Stundenkilometern rasten wir auf dem wunderbaren Schleichweg um Schiphol herum. Sehr bald holten wir einen Lkw ein, der gemächlich vor uns herfuhr.

»Gott, Mann, gib Gas«, sagte der Fahrer ärgerlich, »du fährst ja kaum sechzig.«

In einer langgezogenen sanften Kurve bremste der Lastwagen.

»Wir überholen«, sagte der Fahrer. »Das macht mich sonst verrückt.«

»Jetzt?« fragte ich erstaunt. »Aber Sie können doch gar nicht sehen, ob uns jemand entgegenkommt.«

»Hier kommt nie jemand, hier ist es immer totenstill, da kann man blind überholen.«

Er gab Gas. Uns kam tatsächlich niemand entgegen, aber dennoch spürte ich, wie mein systolischer Blutdruck in die Höhe schoß.

»Ich bin hier schon so oft lang gefahren«, sagte der Taxifahrer, »und ich habe hier schon hundertmal überholt. Man stößt auf dieser Straße nämlich immer auf langsam fahrende Lastwagen, und ich versichere Ihnen, noch nie ist etwas passiert. Das heißt, einmal mußte ich nach links auf die Wiese ausweichen.«

Wieder fuhr ein langsamer Lkw vor uns her. Diesmal auf einem geraden Stück, und wir hätten bequem überholen können. Dennoch machte der Fahrer keinerlei Anstalten dazu. Statt dessen seufzte er: »Schiphol, immer wieder komme ich hier vorbei. Immer wieder diese Startbahnen, die Ankunftshalle, die Abflughalle und all die anderen planlos dahingeworfenen Gebäude. So wird es mir nie gelingen zu vergessen. Na ja, ich darf auch nicht vergessen ... aber so ... jeden Tag schleppe ich es mit mir herum, es geht nie wieder weg.«

»Was?« fragte ich ruhig.

»Ich war verlobt. Ein hübsches blondes Mädchen. Moment, ich habe ein Foto, dann können Sie sich selbst überzeugen ...«

Er griff in die Innentasche seines Jacketts, holte ein recht großes Foto heraus, dreizehn mal achtzehn, und legte es mir vorsichtig auf den Schoß. Ich nahm das Bild in die Hand. Eine hübsche, kräftige, rundwangige Blondine der offenherzigen Art, von denen viele herumlaufen, die aber leider rasch alt werden. Sie trug ein kleidsames blaues Kostüm der KLM.

»Hübsches Ding«, sagte ich.

»Und nicht nur hübsch, sondern auch lieb; wirklich sehr lieb.«

»Stewardeß also«, sagte ich.

»Ja«, seufzte er. »Sie saß in der brechendvollen KLM-Boeing, die auf Teneriffa geisterfahrermäßig in die Pan-Am-Maschine geknallt ist. Ich hoffe nur, sie war sofort tot. Wir wollten in der Woche darauf heiraten. Alles war vorbereitet, die Einladungen waren verschickt, die Hochzeitsreise gebucht… Mein Leben war mit einem Schlag vorbei. Danach war nie wieder irgend etwas der Mühe wert… nie wieder. *C'était fini.*«

Er schwieg einen Moment und fragte dann: »Was meinen Sie? Ob sie noch gelitten hat?«

Mein erster Impuls war zu antworten: »Bestimmt nicht«, aber woher sollte man das wirklich wissen? Denn schließlich hat noch nie jemand, der dergleichen erlebt hat, hinterher davon berichten können. Also sagte ich: »Dazu kann man nichts Vernünftiges sagen. Ich vermute, daß einem schon irgendwie bewußt wird, daß das Ende gekommen ist, und dieses Bewußtsein, oder besser gesagt: diese erstickende Panik, diese höchste Verzweiflung, schießt einem durch den Kopf und scheint ewig zu währen.«

»Merkwürdig, diese Frage stelle ich all meinen Fahrgästen, und immer bekomme ich zur Antwort: nein, natürlich nicht, sie war auf der Stelle tot. Alle haben sie mich hereingelegt, denn natürlich hat sie gelitten. Warum nur… warum lügen all diese Leute?«

»Um Sie zu beruhigen, um Sie zu schonen.«

»Ich will nicht geschont werden«, zischte er durch die Zähne hindurch.

Er gab Gas und schoß an dem Lkw vorbei. Ich dachte: Warum überholt er ausgerechnet hier, wo der Weg so kurvig ist. Dann wurde mir plötzlich klar: Das ist Absicht, das ist eine Art Russisches Roulette. Und während ich das Gefühl hatte, durch den Boden des Taxis hindurch zum Mittelpunkt der Erde zu taumeln, schoß mir durch den Kopf: »Wir sind nicht auf dem Weg nach Hilversum, wir sind auf dem Weg in den Himmel.«

»Damals hat man oft zu mir gesagt«, begann der Taxifahrer wieder, »die Zeit heile alle Wunden. Ich kann Ihnen versichern: Das ist die größte Lüge des Universums. Es schmerzt heute immer noch genauso wie am ersten Tag.

Man geht damit schlafen, man steht damit auf. Die Leute haben gesagt: Es gibt genug andere Mädchen, nicht nur eine Handvoll, sondern ein Land voll. Als ob ich jemals eine treffen würde, die sie ersetzen könnte. Es quält mich ständig, es sticht ständig, und immer wieder fahre ich an Schiphol vorbei und sehe diese verfluchten Flugzeuge. Nein, geflogen bin ich seitdem nicht mehr, das ist mir viel zu gefährlich. Ich verstehe die Leute nicht, sie steigen einfach in diese Maschinen, als wäre nichts dabei... und dabei stürzen ständig welche ab! Ich verfolge das genau, ich habe ein Archiv mit Zeitungsausschnitten. Vor kurzem noch, dieser Airbus, bei Katmandu. Und wenn wieder so eine Kiste heruntergekommen ist, dann genehmige ich mir einen Schnaps und fahre spätabends noch los. Dann fahre ich zu irgendeiner Autobahnausfahrt, schalte das Fernlicht ein und fahre seelenruhig die Ausfahrt rauf. Dann spiele ich Geisterfahrer; ich finde, das bin ich den armen Schweinen schuldig, die abgestürzt sind. Ein echter Geisterfahrer, wenn der irrtümlicherweise in die falsche Richtung fährt, dann denkt der sich: Was ist hier bloß los, da kommt mir ja eine ganze Horde von Geisterfahrern entgegen. Darum geht es auch meistens schief. Wenn man aber, wie ich, bewußt zum Geisterfahrer wird, besteht kaum Gefahr. Man weiß schließlich, daß man äußerst rechts fahren muß, und wenn es gefährlich wird, muß man sofort ins Grüne ausweichen. Das ist phantastisch, dieses Geisterfahren. Ach, und wie sich die Entgegenkommenden erschrecken, was für eine blinde Panik. Die hocken sich quasi mit dem Arsch auf die Hupe, und mit dem Fernlicht geben sie wie Leuchttürme Zeichen. Das ist so herrlich, es gibt nichts, was ich mehr genieße. Das Radio auf volle Lautstärke und dann losrasen, bis ein Geisterfahrer gemeldet wird. Was für ein Triumph! Aber das mache ich nur, wenn wieder so ein Vogel runtergekommen ist. Ich finde, dann darf ich.«

»Nie einen Unfall gehabt?« fragte ich mit heiserer Stimme.

»So eine Quatschtante auf der Kirmes hat mir einmal aus der Hand gelesen. In meiner Hand steht geschrieben, daß ich niemals einen Unfall haben werde. Niemals. Ist mir einfach nicht vergönnt, ein Unfall. Ich meine, es wäre doch großartig, wenn ich ... genau wie sie ... in haushohen Flammen ... dann wären wir quitt, dann kann ich ihr dort oben zumindest unter die Augen treten.«

»Darum also überholen Sie so verantwortungslos? Ich würde eigentlich ganz gern sicher in Hilversum ankommen.«

»Das werden Sie, ganz bestimmt, Sie laufen keinerlei Gefahr. Hier kommt nie Gegenverkehr, hier kann man blind überholen.«

Er raste an dem nächsten Lastwagen vorbei. Genau in diesem Moment kam uns jemand entgegen. Er drückte das Gaspedal noch etwas tiefer und sagte vergnügt: »Ich hatte mal einen Passagier, der hat unterwegs vor lauter Angst sein Taschentuch aufgefressen.«

Mit quietschenden Reifen schossen wir zwischen Lastwagen und entgegenkommendem Wagen hindurch wieder auf die rechte Fahrbahn.

Gutgelaunt rief er: »Da sehen Sie. Es geht immer gut.«

Noch zweimal überholte er, immer an Stellen, die besonders unübersichtlich zu sein schienen. Zum Glück entdeckten wir dann in der Ferne die A 9.

»Schauen Sie sich das an«, sagte der Fahrer, »da ist tatsächlich immer noch Stau. Da bewegt sich nichts mehr. Tagsüber ist das da nie so. Na, dann bleiben wir doch einfach auf der Parallelstraße und kurven am Stau vorbei durch Amstelveen. An der Amstel können wir dann wieder auf die A 9.«

Was folgte, war, wie sich zeigte, eine größere Prüfung als die bizarren Überholmanöver auf der zweispurigen

Straße im Hinterland des Flughafens. Immer wieder überquerten wir Kreuzungen mit rot leuchtenden Ampeln, die mein Fahrer vollkommen ignorierte. Und auch wenn es keine Ampel gab und man nicht recht sehen konnte, ob von links oder rechts jemand kam, fuhren wir mit Vollgas über die Kreuzung.

»Hier hat sie gewohnt, als ich sie kennenlernte, und darum kenne ich diesen Teil von Amstelveen, als wäre ich hier aufgewachsen«, sagte der Taxifahrer. »Es ist ein merkwürdiges Viertel, man sieht hier nie jemanden ... Einmal habe ich erlebt, wie, kurz nachdem ich vorbeigefahren war, zwei Wagen zusammengeknallt sind. So ein Zusammenstoß hinter einem ist doch immer wieder etwas Besonderes, das ist so ein schönes dumpfes Geräusch.«

Er blies die Wangen auf und versuchte das Geräusch nachzuahmen, indem er plötzlich seinen Mund sperrangelweit aufriß.

»Schade, daß der Knall bereits wieder verklungen ist, bevor man ihn so richtig bemerkt hat. Ich frage mich immer, wie das damals auf Teneriffa war. Zwei riesige Boeings. Voll zusammengeknallt. Auch so ein dumpfes, kurzes Geräusch? Die amerikanische Maschine war auf dem *taxi drive* unterwegs, ihre Maschine wollte gerade starten ... ach, Gott, ach, ach ...«

Aus einer stockfinsteren kleinen Straße schoß ein Mountainbike auf die Kreuzung, die auch wir überqueren wollten. Das Taxi streifte die Felge des Vorderrads, und das Fahrrad wurde durch die Luft geschleudert wie bei einer Explosion. Mit sich sinnlos drehendem Vorderrad fiel es auf die Radfahrerin, die bereits zu Boden gestürzt war. Sie hatte lange schwarze Locken und trug eine rote Jacke.

Lotte, dachte ich einen Moment, das ist Lotte.

»Müssen wir nicht anhalten?« fragte ich.

»Ach was«, meinte der Fahrer, »wir sind doch kein

Krankenwagen. Ohne nach links oder rechts zu sehen, fährt diese Tussi über die Kreuzung. Selber schuld.«

Als wir endlich mit heiler Haut auf die A9 gelangten, sagte der Fahrer: »Sie sind aus dem richtigen Holz geschnitzt. Oft genug treffe ich auf Kunden, die meinen Fahrstil nicht zu schätzen wissen und zu schimpfen anfangen. Es kommt auch vor, daß sie loskreischen. Vor allem Frauen. Aber Sie ... wie schade, daß meine Schicht gleich zu Ende ist. Ich hätte Sie gern auch wieder zurückgefahren. Vielleicht haben Sie ja Lust mitzufahren, wenn mal wieder so eine Kiste runtergekommen ist? Da, wo Sie wohnen, gibt es so eine wunderbare lange, herrlich enge Ausfahrt, wo man ganz hervorragend Geisterfahrer spielen könnte. Na los, begleiten Sie mich doch einmal... bestimmt ist es noch viel schöner, wenn man zu zweit ist.«

Er sah zu mir herüber. Auf seinem wettergegerbten alten Gesicht erschien ein bezauberndes Lächeln. Er sagte: »Manchmal denke ich: Ich sollte zur Autobahnpolizei gehen und sagen: Meine Herren, es wäre gut, wenn die Verkehrsteilnehmer sich daran gewöhnten, daß ihnen hin und wieder ein Pseudogeisterfahrer entgegenkommt. Dann geraten sie nicht so in Panik, wenn ein echter auf sie zurast. Nehmt mich dafür. Nur schade, daß man die Antwort bereits vorher weiß. Das wäre doch phantastisch, und lehrreich dazu ... Also, Sie fahren mit?«

Ich schwieg, aber das schien ihn nicht zu stören. Er sagte: »Wir alle jagen dahin wie Geisterfahrer, aber niemand macht sich das bewußt. Eine lange Zeit geht es gut, aber plötzlich taucht das Licht eines entgegenkommenden Wagens auf. Neulich hat man einen Nachtangler aus dem Wasser gefischt. Mit der Taschenlampe in der Hand war er über Bord gegangen. Sie haben ihn gefunden, weil die Lampe ihm unter Wasser genau ins Gesicht geschienen hat!«

Als wir beim Studio angekommen waren, begleitete er mich durch die Katakomben zur, wie er sich ausdrückte, Anstreicherin. Er wartete, bis ich Platz genommen hatte. Im Spiegel sah ich, wie er mir zum Abschied zuwinkte.

»Was für ein freundlicher Mann«, sagte die Maskenbildnerin. Mit einem rosafarbenen Schwämmchen betupfte sie meine Stirn und sagte erstaunt: »Sind Sie krank? Haben Sie Fieber?«

»Nein«, sagte ich.

»Aber Sie zittern so.«

Herumirren

Am späten Nachmittag war ich wieder zu Hause. Wie ich meinem Hund versprochen hatte, gingen wir sofort spazieren. Die Entwässerungsgräben auf schmalen Brettern überquerend, zogen wir von einer Wiese zur nächsten, bis wir auf den Radweg gelangten, der am Gefängnis vorbeiführt. Während wir an dem modernen Knast vorbeispazierten, wurden wir von geräuschlos schwenkenden Kameras genau beobachtet, die zwischen orange leuchtenden Lämpchen auf der hohen Außenmauer montiert waren. Ich dachte, demnächst, am 1. April, werde ich hier einmal mit einer großen Wasserpistole im Anschlag vorbeigehen. Dann kommen die Bewacher mit Uzis und Handschellen herausgerannt. Ich sah es bereits vor mir, wie sie mich überwältigten. Vielleicht würde ich, obwohl ich aus vollem Hals »April, April« rief, verhaftet werden. Die Vorstellung munterte mich einigermaßen auf. Hatte die Tour mit dem Geisterfahrer mich so angegriffen? Mehr noch als dieser Todessturz kurz vor Weihnachten? Damals war, um mit Jesaja zu sprechen, von der Fußsohle bis aufs Haupt nichts Gesundes mehr an mir gewesen. Wunden und Striemen und frische Verletzungen. Tagelang hatte ich nur humpeln können. Anders war darüber sehr glücklich gewesen. Alle zwei Meter durfte sie so lange schnüffeln, bis ich wieder ein paar Schritte tun konnte.

Wenn ich etwas unglücklicher gefallen wäre, wäre ich auf der laufenden Kettensäge gelandet. Bei der Tour mit dem Geisterfahrer hatte ich nicht einmal eine Schramme davongetragen. Aber die Verletzungen nach meinem Sturz gingen alle auf das Konto meiner eigenen Waghalsigkeit.

Diese Fahrt war etwas völlig anderes gewesen. Nachher würde ich einmal vorsichtig schauen, wie ich mich in der Sendung über das Klonen geschlagen hatte, die am frühen Abend ausgestrahlt werden würde. War ich noch so betäubt, so verdattert von der Fahrt gewesen, daß meine Mitdiskutanten mich abgeschlachtet hatten? So viel stand fest: Erst als ich einen Satz von Graham Bell zitiert hatte (»Sexuelle Reproduktion ist oft eine terminale Phase, auf die der Tod des Organismus folgt«), hatte ich mich vom Mittelpunkt der Erde entfernen können. Etwas später hatte ich gesagt: »Eros und Thanatos, das sind zwei Seiten einer Medaille«, und ich hatte behauptet, der Tod würde sich in einer Gemeinschaft von Individuen, die genetisch mehr oder weniger identisch sind, als längst nicht so schlimm erweisen, wie er jetzt sei, wo es nur einzelne gebe, die – mit Ausnahme von eineiigen Zwillingen – genetisch einmalig seien.

»Warum ist es«, sagte ich zu Anders, als wir an den mitschwenkenden Kameras vorüber waren, »bloß ein solch unerträglicher Gedanke, daß man sterben wird? Was ist daran so schlimm? Alles wird so, wie es schon einmal war; der schlanke Leib eine Handvoll Gras, so wie es war, bevor man geboren wurde. Die Äonen währende Finsternis vor der Geburt, die raubt einem doch auch nicht den Schlaf? Dann braucht man sich doch keine Sorgen wegen der ewigen Finsternis nach dem Tod zu machen. Aber irgendwann nach seinem vierzigsten Geburtstag wechselt man von der sonnigen Seite der Straße hinüber auf den Bürgersteig, der im Schatten liegt. Und der Schatten, der nun auf alles fällt, ist das Bewußtsein: Ich habe schon länger gelebt, als ich noch leben werde. Und nichts, was man noch erlebt, hat noch den bezaubernden Glanz der früheren Jahre.«

Wir kamen an einen Zaun, über den ich erst Anders hinüberhob; anschließend kletterte ich hinterher. Jenseits davon konnte man entweder geradeaus auf dem breiten Weg am Kinderbauernhof vorbeigehen oder in das Mördergäßchen abbiegen. Ich ließ meinen Hund vorlaufen. Sie entschied sich für das Mördergäßchen. Als wir dort entlanggingen, war mir, als hörte ich wieder jene auffallend tiefe, etwas schnippische Altstimme. Eine Frau von zweiundvierzig, die aussah wie vierundzwanzig und die so herrlich nach den dunklen Gewürzläden ihrer Jugend roch. Undenkbar, daß ein solcher Mensch, der sich gerade auf Sumatra oder sonstwo aufhielt, einem nach dem Leben trachten konnte. Trotzdem war mir, als hätte ich aus dem Norden Sumatras bereits zweimal eine SMS bekommen: *your turn*. Außerdem waren, auch wenn seit dem Tod von Teake Gras niemand mehr darüber sprach, weit über hundert »Buchmenschen«, wie Gras sie genannt hatte, gestorben. Und was für eine Weile ebenso rätselhaft wie beruhigend gewesen war: daß man nämlich nicht starb, wenn man zusammen mit einem Tier auf dem Foto war, das galt auch nicht mehr. Mindestens zehn Besitzer von großen Hunden waren inzwischen gestorben. Hinzu kamen noch ein paar Landwirte, die mit Schafen oder Schlachtkühen fotografiert worden waren. Die Buchmenschen, die noch lebten, konnten durchaus Bachs Kantate Nr. 8 anstimmen: *Liebster Gott, wann werd ich sterben?*

Bach! Mit neun Waise, Witwer mit fünfunddreißig, zwei Jahre später letzter Überlebender einer vielköpfigen Familie, Vater von zwanzig Kindern, von denen zwölf zu seinen Lebzeiten starben. Und gar nicht erst vom Tod seiner Schwägerin zu reden, die bei ihm im Haus lebte, und von all den anderen, für die er Trauerkantaten schrieb, deren absoluter Höhepunkt die *Trauerode* ist. Anmutigere Musik als *Liebster Gott, wann werd ich sterben?* ist kaum denkbar. »Gewebt aus Frühlingsluft und Blumenduft«, hat ein Musikwissenschaftler gedichtet. Von einem erfahrenen Fachmann wie Bach kann man auch lernen, mit welcher Hoffnung man dem eigenen Begräbnis entgegensehen sollte. Im Eröffnungschor der Kantate Nr. 8 läßt er die Totenglocke läuten, als wäre sie eine jubelnde Gartengrasmücke, welche die Morgendämmerung verschönert.

Wir gingen über den Kiesweg, der zum Haus führt. Auf diesem Weg hatte ich Lotte in ihrer roten Jacke näher kommen sehen. Jetzt sah ich sie wieder vor mir: zerbrechlich, unglaublich schlank, dunkelhäutig, wunderschön. Es schien, als sei mir erst jetzt, dank der bizarren Taxifahrt nach Hilversum, klargeworden, daß ich, trotz Pfarrerin, Sirena und Leonora, in dem Augenblick, als sie ihren großen Mantel ablegte und so herrlich nach den Gewürzen meiner Jugend roch, mein Herz an sie verloren hatte, weshalb ich ihr ohne zu zögern versprochen hatte, das Vorwort zu ihrem Buch zu schreiben. Oder hatte ich mich erst verliebt, als ich neben der Bachbunge kniete? Oder verliebte ich mich nun erst rückwirkend in sie, weil sie mich, aus dem fernen Atjeh, als nächstes Opfer ausgewählt zu haben schien? Kristallisierte die Verliebtheit, mit Todesangst als Katalysator, sich jetzt heraus? Oder ging es hier um etwas anderes als eine unschuldige, alltägliche Verliebtheit? In die Pfarrerin hatte ich mich nur sterblich verliebt, und in Leonora vermutlich auch, vielleicht sogar, wenn auch animalischer, in Sirena. Aber Lotte? Mich quälte ein permanenter innerer Schmerz, weil ich es nicht über mich hatte bringen können, ihre Einladung anzunehmen, sie nach Atjeh zu begleiten.

Obwohl die Sendung erst in einer halben Stunde anfing, schaltete ich im Wohnzimmer den Fernseher an. Doch statt eines Bildes war nur Schnee zu sehen. Sosehr ich auch an den Steckern herumfummelte, nichts half. Was nun? Zur Pfarrerin gehen und sie fragen, ob ich bei ihr kurz fernsehen durfte? Oder zu Sirena? Ich klingelte zunächst beim Pastorat, doch offenbar war die Pfarrerin nicht zu Hause. Ich ging weiter zu Sirenas Salon. Die Tür war offen. Ich trat ein und rief: »Bist du da?«

Ihre Stimme antwortete von oben: »Komm nur hoch.«

Ich stieg die Treppe hinauf.

»Ach, du bist das«, sagte sie.

»Erwartest du jemand anderen?«

»Meinen Freund.«

»Ich bin gleich im Fernsehen, aber mein eigener Apparat hat den Geist aufgegeben. Darum wollte ich dich fragen, ob ich hier kurz gucken darf.«

»Natürlich, komm mit.«

Sie trug ein stechginsterfarbenes Kostüm. Es war erstaunlich, wie wunderbar das im Grunde knallige Gelb mit ihrer tiefbraunen Haut harmonierte.

»Du siehst phantastisch aus«, sagte ich.

»Hübsches Kostüm, was! Habe ich von meinem Freund bekommen.«

Sie sagte dies so herausfordernd, daß ich augenblicklich das Gefühl hatte, ich hätte sie zu kurz kommen lassen.

»Möchtest du von mir auch so ein Kostüm haben?« fragte ich schelmisch.

»Warum sollte ich?« erwiderte sie erneut in diesem herausfordernden Ton.

»Ach, du könntest vielleicht ... ich könnte ... Moment, vor einer Weile erwähntest du doch dein Gebiß? Viertausend sollte es kosten. Du hattest nicht genug Geld. Soll ich dir das Geld vorschießen? Du gibst es mir wieder, wenn es dir paßt.«

Sie antwortete nicht und nickte nur. Dann sagte sie: »Schatz« und umarmte mich.

»Nein, nicht«, sagte ich, »dein Freund kommt doch gleich.«

»Ja, leider«, kicherte sie.

Sirena schaltete den Fernseher ein: »Welches Programm?«

»Das Dritte natürlich«, erwiderte ich. »Das ist schwere Kost. Es geht ums Klonen.«

»Das finde ich eine phantastische Sache. Oft denke ich: Ich wurde ein kleines bißchen zu früh geboren. In zwanzig Jahren oder so könnte man mir vielleicht ein Klonei einpflanzen, und ich könnte ein Kind zur Welt bringen. Das wäre doch großartig. Das würde ich so gerne! Mutter werden, stell dir das einmal vor ... Wie sehr ich mir das wünschte!«

»Schlag dir das aus dem Kopf«, sagte ich. »Jetzt nicht und in zwanzig Jahren ebensowenig. Du brauchst nämlich auf jeden Fall eine Gebärmutter, in die man die manipulierte Zelle einsetzen kann.«

»Könnte man eine Gebärmutter nicht auch transplantieren?«

»Von Frau zu Mann?« sagte ich skeptisch.

»Man kann doch das Herz einer Frau auch einem Mann einpflanzen.«

»Ja, ein Herz, aber eine Gebärmutter – ausgeschlossen, würde ich sagen.«

Das Diskussionsforum erschien auf dem Bildschirm. Dazu eine Stimme aus dem Off: »Nach der Werbung: *Pro und contra Klonen.*«

»Vor allem contra«, sagte ich.

»Möchtest du etwas trinken?«

»Einen Tee.«

»Nicht etwas Stärkeres? Oder etwas mit Kohlensäure?«

»Nein, eine Tasse Tee, bitte.«

Als die Sendung anfing, stand der dampfende Tee vor mir. Sirena setzte sich ganz dicht neben mich auf die Couch. Auf dem Bildschirm las ich mein Statement vor.

»Wie das Blatt in deinen Händen zittert! Man könnte meinen, du wärst der Papst! Zittern deine Hände immer so?«

Sie nahm meine Rechte und streichelte mit ihren langen Fingernägeln über den Handrücken. »Na, jetzt geht es einigermaßen. Warst du heute nachmittag so nervös? Schau nur, der Schweiß läuft dir über die Stirn ...«

Sie legte ihren Arm um mich und drückte mich kräftig an sich. Hinter uns ertönte eine Stimme. »Ich glaube, ich störe.«

»Geert, Liebster, setz dich zu uns, du störst überhaupt nicht. Ich mußte nur gerade meinen schon etwas älteren Biologen trösten, weil er dort im Fernsehen ein Gesicht macht, als ob ihm die Hühner das Brot weggefressen hätten. Schau nur, der Schweiß läuft ihm in Strömen durch die Brauen in die Augen, und wie sehr seine Hände zittern!«

Ich wandte mich um und sah in das Gesicht eines gedrungenen, kräftig gebauten Mannes von etwa fünfunddreißig Jahren. In seinen Augen bemerkte ich ein eigentümliches Flackern. Es war jedoch so rasch verschwunden, daß ich meinte, mich geirrt zu haben. Ich reichte ihm rasch die Hand, murmelte meinen Namen, und er murmelte seinen. Dann schaute ich mir wieder die Sendung an.

Welch eine Prüfung ist es doch, sich selbst im Fernsehen zu sehen. Obwohl Sirena und Geert mir nach dem Ende der Übertragung versicherten, ich hätte mich wakker geschlagen, war ich todunglücklich. Gewiß, nach dem Zitat von Bell hatte ich mich besser zur Wehr gesetzt, und bei dem, was ich sagte, hatte ich keine Fehler gemacht. Trotzdem waren die Lacher eher auf seiten meiner Kontrahenten, vor allem, als ich das soundsovielte Beispiel ungeschlechtlicher Fortpflanzung im Tierreich brachte und einer bemerkte: »Mein Nachbar macht die nächste Tierkonserve auf.«

Als ich dann die Rädertierchen erwähnte, die sich bereits seit fünfunddreißig Millionen Jahren ohne jede Spur von Sexualität fortpflanzen, ertönte spöttisch: »Und noch eine Büchse Tiere.« Daraufhin rief ich erbost: »Bei minus zweihunderteinundsiebzig Grad überleben sie drei Wochen, und bei plus achtundsiebzig Grad halten sie lange Zeit aus. Die erste Lebensform, die auf der Vulkaninsel Surtsey gefunden wurde, die 1963 bei Island aus dem Meer wuchs, war das sich selbst klonende Rädertierchen *Habrotrocha constricta*. Setzen Sie doch einmal Menschen solchen Lebensbedingungen aus! Wir vertragen nichts, und obwohl wir noch gar nicht so lange auf dieser Erde herumlaufen, glauben wir, daß Sex das allein Seligmachende ist. Und das nur, weil wir so fürchterlich beschränkt und einseitig sind, daß uns alle anderen wunderbaren Formen der Fortpflanzung vorenthalten sind. Aber Klonen ist die Norm, Sex ist nichts anderes als eine Verzweiflungstat der Natur, um dem allgegenwärtigen Parasitismus die Stirn zu bieten.«

Ich war im Laufe der Aufzeichnung doch besser in Fahrt gekommen, als ich gedacht hatte; schade nur, daß ich so schnell redete, und dann auch noch mit so einer Fistelstimme. Als das unvermeidliche Argument vorgebracht wurde, durch Klonen entstünden lauter identische Menschen, hatte ich eingeworfen: »Na und? Welch ein Segen für die Lehrer! Alle Schüler würden gleich schnell lernen. Beim Diktat bekommen alle eine Zwei. Niemand tanzt aus der Reihe, keiner wird gehänselt, niemand hat Sommersprossen oder rote Haare oder wird als Brillenschlange verspottet.«

Wie schade, daß ich nicht das viel bessere Argument vorgebracht hatte, daß bei der ungeschlechtlichen Fortpflanzung keineswegs alle Mutationen ausgemendelt werden, sondern sogar viel mehr Wirkung zeigen und dafür sorgen, daß sich die unterschiedlichen Generationen sehr wohl voneinander unterscheiden. Ich erwähnte es nun Sirena und ihrem Freund gegenüber und bemerkte, daß dies ihr Verständnisvermögen weit überstieg. Gut, daß ich nicht noch gesagt hatte: Wie schade, daß die Debatte über das Klonen von Leuten geführt wird, die von Tuten und Blasen keine Ahnung und nur eine irrationale Abneigung dagegen haben.

Als ich von Sirenas Salon nach Hause ging, kam mir noch ein anderer Gedanke in den Sinn. Wie bedauerlich, daß ich keine Gelegenheit gefunden hatte, auf das hinzuweisen, was Stearns in *Why sex evolved* gesagt hat: Daß kein einziger Biologe eine schlüssige Theorie darüber hat, warum es so viel Sex gibt, obwohl doch Sex teuer ist und Klonen billig. Gewiß, in meinem Buch hatte ich versucht, die Allgegenwärtigkeit von Sex, diesen tollkühnen Überschlag der Natur, mit dem allgegenwärtigen Parasitismus zu erklären. Doch so sprachgewaltig ich meine Theorie auch formuliert hatte, niemand wußte besser als ich, wie dubios meine Thesen waren. Über Sex kann man im Grunde nur sagen: Es ist ein erstaunliches Mysterium.

Als ich später am Abend die Zeitung aufschlug, fiel mein Blick auf eine Schlagzeile: »Taxibeschwerdetelefon nicht sehr populär.« Eine Zwischenüberschrift informierte: »Zentralen bezeichnen Hotline als sinnlos.« Darunter stand: »Obwohl es bei den Taxifahrdiensten noch allerlei zu bemängeln gibt, machen die Kunden kaum Gebrauch von der Möglichkeit, sich zu beschweren. Bei der zentralen Kundenbetreuung rufen nur wenige unzufriedene Fahrgäste an.«

Merkwürdig, daß dieser Artikel ausgerechnet an dem Tag in der Zeitung stand, an dem ich eine halsbrecherische Taxifahrt absolviert hatte. Im übrigen ergab sich daraus die Lösung des Rätsels. Nach der Fahrt hatte ich mich gefragt: »Wie kann es sein, daß dieser Mann immer noch Taxi fährt? Ein solcher Fahrer kann sich doch innerhalb von fünf Tagen nach einem neuen Job umsehen.« Offenbar nicht, denn aus dem Artikel über die Beschwerdestelle ging schlicht und einfach hervor, daß kaum Beschwerden eingingen, »egal wie viele Kakerlaken auch unterwegs sind«, wie ein Sprecher bemerkte.

Untergetauchte

Mitte März erließ unsere Regierung im Rahmen ihrer ebenso mitleids- wie rücksichtslosen Maßnahmen gegen die Geflügelpest eine Verfügung, die besagte, daß sämtliches Federvieh im Stall bleiben müsse. Nirgendwo durften Hühner noch frei herumlaufen.

Überall in unserem Dorf werden seit dem Mittelalter – sowohl auf den Landgütern als auch auf den kleinen Bauernhöfen – Hühner gehalten. Auch in den zahlreichen katholischen Parks und Gärten, die zu den Pflegeheimen gehören, tummeln sich scharenweise Zwerghühner. Von Zäunen oder Einfriedungen wollen die meisten Monwarder nichts wissen, und folglich kann man die Hühner auch hier und da in den Böschungen entlang den katholischen Straßen entdecken.

Am Freitag war diese Einsperrverordnung bekanntgemacht worden, doch als ich am darauffolgenden Wochenende mit Anders durchs Dorf spazierte, bemerkte ich, daß sich fast keiner der Federviehhalter an diese soundsovielte absurde Bestimmung der Regierung hielt. Überall in den Beeten genossen Zwerghühner den großzügigen Sonnenschein. Übermütig krähten an den katholischen Kreuzungen die schwarzen Hähne.

Schon seit Jahr und Tag gab es in unserem Dorf keine Polizeiwache mehr. Polizisten sah man nie. Wenn es Ärger gab oder eingebrochen worden war, mußte man die Dienststelle im nahe gelegenen Städtchen anrufen. Außerhalb der sogenannten Bürozeiten meldete sich dort ein Anrufbeantworter. Aber wie ein Dorfbewohner, der einen Raubüberfall anzeigen wollte, feststellen mußte, konnte es auch während der Bürozeiten passieren, daß sich eine äußerst angenehme Frauenstimme meldete und sagte: »Ich verbinde Sie.« Dann hörte man es ein paarmal klicken, und schließlich ertönte das Besetztzeichen.

Doch als die Hühner entgegen der Einsperrverordnung frecherweise einfach weiter draußen im Frühlingssonnenlicht herumscharrten, da strömten auf den beiden einzigen Ausfallstraßen von Süden und Norden her unaufhörlich Polizeiwagen ins Dorf. Diesen entstiegen schnurrbärtige junge Burschen in blauen Uniformen, die die Passanten in barschem Ton fragten: »Wem gehören diese Zierhühner?« Als hätten alle Dorfbewohner dies am Wochenende verabredet, bekamen sie immer wieder die gleiche Antwort: »Niemandem. Das sind verwilderte Hühner, die hier nach Nahrung suchen und nachts auf den Bäumen schlafen.«

Daraufhin verschwanden die Beamten in ihren Wagen, um über Handy Rücksprache mit ihren Vorgesetzten zu halten. Anschließend kletterten sie wieder aus ihren weißen Porsches und versuchten, die Hühner beim Federkragen zu fassen. Weil diese Hühner aber schon wegen der gelegentlich nicht angeleinten Hunde daran gewöhnt waren, um ihr Leben zu rennen, stellten die lahmarschigen Polizisten keine gleichwertigen Gegner für die flinken Viecher dar. Soweit ich weiß, haben die Bullen während der gesamten Zeit, in der die Einsperrverordnung galt, nicht ein einziges Zwerghuhn gefangen. Wohl aber hat am Mittwoch ein verzweifelter Polizist seine Dienstwaffe gezogen und damit auf eine Reihe Bankivahühner geschossen, die sich in der Akolythenstraße verschanzt hatten. Daraufhin ist ein verwundeter Eichelhäher auf die Straße gefallen, der dann mit dem Tierkrankenwagen ins Tierheim gefahren wurde. Wie ich gehört habe, hat der Vogel sich wieder erholt.

Obwohl das Virus der Geflügelpest dank der Segnungen der Agrarindustrie immer noch hier und da auftauchte, wurde die seltsame Einsperrverordnung nach einer Woche zurückgenommen, zumindest in den Gebieten, die nicht direkt von der Seuche betroffen waren. Ungeachtet der Tatsache, daß es ganz hervorragende Impfstoffe gibt, wurde das Virus auf die einzige Art und Weise bekämpft, die in den Drehbüchern des Landwirtschaftsministeriums vorkommt: mit der tumben Waffe der Liquidation. Fast dreißig Millionen Hühner wurden massakriert. Mit Recht kann man diesen Hühnergenozid als die Krönung der Arbeit der Landwirtschafts- und Veterinärbürokratie betrachten. Bereits früher hatte dieser Reichsdienst zur Vernichtung von Viehherden sieben Millionen Schweine und eine Viertel Million Wiederkäuer über die Klinge springen lassen.

Erneut wurde angekündigt, daß, wie schon bei der Bekämpfung der Maul- und Klauenseuche, in den betroffenen Gebieten auch die sogenannten Hobbytiere getötet werden würden.

Am Dienstag, dem 15. April, stieg die Temperatur auf über fünfundzwanzig Grad. Hochsommer im April. Weil seit Wochen kein Tropfen Regen gefallen war, trugen die Bäume noch keine Blätter. Es hatte etwas Unwirkliches, bei dem überreichlichen Sonnenschein, der durch die kahlen Zweige hindurchschien, im Garten die sprießenden Frühkartoffeln zu harken.

Als ich mich kurz auf meine Harke stützte, um mir den Schweiß vom Angesicht zu wischen, bemerkte ich zwei Greise, die auf dem Kiesweg näher kamen. Sie sahen mich auch und kamen auf mich zu. Um zu verhindern, daß sie meine noch winzigen Kartoffelpflanzen platttrampelten, ging ich rasch zu ihnen hin.

»Guten Abend«, sagte ich.

»Guten Abend. Dürfen wir gleich mit der Tür ins Haus fallen? Von einem Großonkel hier im Dorf haben wir erfahren, daß Sie damals, als die Maul- und Klauenseuche wütete, für eine Weile Zwergziegen bei sich aufgenommen haben. Meinen Sie, Sie könnten ... Schließlich wohnen Sie hier recht einsam. Könnten in Ihrem Obstgarten nicht vielleicht für eine gewisse Zeit ein paar Untergetauchte herumlaufen?«

»Federvieh?«

»Eine Schar Gänse. Brecons. Unser Dorf liegt ... tja, es ist wirklich nicht zu glauben, wer hätte gedacht, daß all das wiederkommen könnte ... unser Dorf liegt auf einmal mitten im Sperrgebiet, jetzt geht es also auch unseren Gänsen und Hühnern an den Kragen. Ich habe noch ein Huhn, das bei mir sein Gnadenbrot frißt. Es hat den Iltis überlebt und den Waldkauz, und auch die frei herumlaufenden Katzen haben ihm nichts anhaben können, aber ob es die Leute vom Ministerium wider den Landbau überlebt ... na ja, für das Huhn finde ich schon noch eine Lösung, aber für meine sechs Brecongänse ...«

»Sie sind mir herzlich willkommen«, sagte ich. »Aber wie bekommen Sie die Tiere mit heiler Haut aus dem Sperrgebiet?«

»Sie haben die ganze Gegend mit rotweißem Flatterband säuberlich abgesperrt, aber hintenrum, übers Wasser ...«

»Sag nicht zuviel, Joop. Es ist am besten, wenn der Herr sowenig wie möglich weiß. So haben wir es im Krieg schließlich auch gemacht. Nichts sagen und auch keine Namen nennen. Darum haben wir uns Ihnen auch nicht vorgestellt. Dann können Sie nichts verraten, wenn Sie gefoltert werden.«

»So weit wird es schon nicht kommen.«

»Das sagen Sie, aber bei meiner Tochter sind sie zu viert und mit klimpernden Handschellen auf den Hof gekommen für den Fall, daß sie es wagen sollte, sich vor ihre Hühner, Enten und Pfauen zu stellen.«

»Wenn es so schlimm ist, dann hätten Sie ihn besser nicht mit Joop angesprochen.«

»Da sagen Sie was. Wie dumm von mir. Aber mit einem Vornamen werden die Leute vom Ministerium nicht viel anfangen können. Und außerdem haben wir auch noch einen zahmen Storch.«

»Ob der auch in Gefahr ist?« fragte ich.

»Es würde uns nicht wundern. Bei meiner Tochter haben sie alles getötet, was Federn hatte. Ihre herrlichen Pfauen hat man aus den Bäumen geschossen. Das Ganze ist wirklich unglaublich; alles ist wieder wie früher. Ich erinnere mich noch daran, daß wir im Krieg Schimmel aus dem Sperrgebiet herausschmuggelten, damit sie nicht in die Hände der Moffen fielen.«

»Wirklich? Genau so wie in *Mit Pferden durch die Nacht* von Ooms?«

»Ja, wir waren auch immer nachts unterwegs. So haben wir verhindern können, daß unsere Stute Rieka konfisziert wurde. Nach einer Weile konnten wir sie wieder holen, aber am Ende des Kriegs haben ein paar flüchtende Deutsche sie dann doch noch mitgenommen. Ein paar Wochen später gingen wir in den Stall, da hörten wir plötzlich lautes Wiehern. Und wer stand da? Rieka! Sie war ganz allein mitten durch die Linien aus Deutschland wieder nach Hause gelaufen. Daß sie nie wieder arbeiten mußte, versteht sich von selbst.«

»Bisher sind Pferde noch nicht ins Schußfeld geraten«, sagte ich. »Zum Glück, denn ein Pferd in meinem Obstgarten ... aber eine Schar Gänse, kein Problem. Und ein zahmer Storch, sagten Sie? In dem Roman *Die Bauern* des polnischen Schriftstellers Reymont kommt ein zahmer Storch vor. Mit diesen Tieren kann man einiges erleben!«

»Unserer ist ganz artig.«

»Es soll vorkommen, daß Störche die Koteletts von der Anrichte stehlen.«

»Diese Storchenoma ist steinalt, sie lebt von Luft.«

»Dann bringen Sie das Tier ruhig mit«, sagte ich, »denn ich esse sowieso nie Koteletts. Wann wollen Sie denn mit den Tieren kommen?«

»Wenn wir ehrlich sind und nicht lügen, müssen wir gestehen, daß wir den Schmuggel bereits hinter uns haben. Sie sind in unserem Lieferwagen, den wir beim Friedhof abgestellt haben.«

Kurze Zeit später schritt ein alter Storch mit unvorstellbar strammen Beinen am Entwässerungskanal entlang, und fünf Gänse sowie ein Ganter marschierten wachsam erhobenen Hauptes durch meinen Obstgarten. Der Storch, das war rasch klar, machte keinerlei Arbeit. Den ganzen Tag über schlurfte er, einen Fuß vor den anderen setzend, am Wasser entlang und tauchte hin und wieder ganz vorsichtig den roten Schnabel hinein, als handele es sich dabei um eine Pipette, mit der Wasserproben genommen wurden. Es sah so aus, als finge er nie etwas. Man sah ihn auch nie irgend etwas hinunterschlingen. Wovon er lebte, war mir ein Rätsel. Nachts schlief er in der höchsten meiner Pappeln.

Wie anders verhielt es sich mit den Gänsen. Von morgens früh bis abends spät grasten sie wie Toggenburger. Früher hatte ich einmal einen Toggenburger gehalten, und für einen einzigen Bock war der Obstgarten gerade groß genug gewesen, doch sechs dieser unaufhörlich futternden Grasfresser bedeuteten schon bald, daß sich überall kahle Stellen bildeten. Auch blieben sie sehr mißtrauisch gegenüber allem, was sich im Obstgarten bewegte. Und wenn sie den Scheltopusik hörten, kreischten sie wie magere Spanferkel. Der Scheltopusik wollte seinerseits mit den Gänsen nichts zu tun haben. Er zog sich in das struppige Unterholz des Efeus zurück, das die Gänse ängstlich mieden.

Die Gänse erwiesen sich als fürchterlich wachsam.

Tagsüber störte mich das kaum, doch nachts fuhr ich, vor allem zu Beginn, oft senkrecht aus dem Bett, wenn ihr lautes Schnattern und Gackern durch den Obstgarten schallte. Für eine Gans droht offenbar die ganze Nacht über Gefahr.

Doch schon bald gewöhnte ich mich an ihre Wachsamkeit. Ebenso wie am Schimpfen der Singvögel konnte man am Schnattern, Gackern und Zischen der Gänse hören, was los war. Wenn plötzlich ein Igel hinter dem Komposthaufen auftauchte, gackerten sie längst nicht so wild, wie wenn ein Paar Nilgänse im Obstgarten landete.

Ende April hörte ich sie kurz nach dem Abendessen gackern, als würden ihre Verfolger vom Veterinäramt aus dem Dorf anrücken. Zusammen mit Anders trat ich aus dem Haus. Was war in Gottes Namen bloß los? Der Kies knirschte. Jemand kam. Mit langgestreckten Hälsen und wie Dampflokomotiven zischend, standen die Gänse da und erwarteten den Fußgänger.

»Habt ihr euch immer noch nicht an den knirschenden Kies gewöhnt?« fragte ich.

Statt eine Antwort zu geben, machten sie ein Theater, als nahte Gott selbst, so wie seinerzeit im Hain von Mamre, auf dem Kiesweg.

Sirena erschien in der Kurve. Die Gänse streckten die Hälse in ihre Richtung und schnatterten und zischten, als drohte der Weltuntergang. Dann zogen sie sich rasch in den Obstgarten zurück.

»Woher hast du auf einmal die Gänse?« fragte Sirena erstaunt.

»Die sind für eine Weile zu Besuch. Ihr Herrchen ist in Urlaub. Sie machen kaum Mühe. Das einzige Problem ist: Sie sind sehr wachsam. Sie schnattern bereits los, wenn nur ein Marienkäfer vorbeikommt. Ganz zu schweigen von einer Frau mit *real vampire nails*.«

»Ach, Bürschchen, bist du darauf so gespannt? Ich

werde noch mal gründlich suchen. Ich komme aber eigentlich wegen etwas anderem: Wir müssen uns ein wenig vor Geert in acht nehmen. Der hat aus der Tatsache, daß wir gemütlich auf dem Sofa saßen und fernsahen, voreilige Schlüsse gezogen.«

Erpressung

Im Mai fiel der überfällige Regen. Meine gerade erst aus der Erde gekommenen Erbsen und Kapuziner standen mit ihren Wurzeln in Schlamm und Morast. Zuerst wurden sie gelb, dann braun. Lediglich dem Mangold machten die Regenschauer nichts aus. Er wuchs genauso schnell wie Brennesseln und Glaskraut. Ich ernährte mich also von Mangoldsuppe, Mangoldquiche, fritiertem Mangold und Mangoldsalat.

Während an einem dieser feuchten Maiabende der Regen überreichlich rauschte, übte ich Medtners bekanntestes *Märchen*, Opus 34, Nr. 2. Trotz der Sturzflut von Triolen in der linken Hand hörte ich mitten im Spiel die Gänse sehr laut schnattern. Ich sah hinaus. Unerschütterlich schritt der Storch am Kanal entlang. Offensichtlich kümmerte ihn der Sturzregen nicht. Der Regen prasselte so heftig aufs Wasser, daß sich dort immer wieder Blasen bildeten, die gleich zerplatzten. Mitten im Obstgarten standen die Gänse und gackerten mit weit vorgestreckten Köpfen. Von ihren grauweißen Hälsen troff der Regen.

Auf dem Kiesweg näherte sich jemand mit einem riesigen Regenschirm. Darunter war der Spaziergänger derart versteckt, daß ich nicht einmal erkennen konnte, ob es sich um einen Mann oder eine Frau handelte. Erst als die entschlossen voranschreitende Gestalt ganz nah war, sah ich, daß unter dem Schirm ein kräftiger Kerl steckte. Er kam mir irgendwie bekannt vor. Wer war das auch gleich wieder?

Ich eilte in die Beiküche, schnappte mir auch einen Schirm und ging hinaus. Laß einen unerwarteten Besucher nie bis an deine Haustür kommen, ist meine Devise. Fang ihn so weit wie möglich vor dem Haus ab, um so leichter bekommst du ihn wieder von deinem Grundstück herunter.

Kurze Zeit später stand ich also dem Mann auf dem Kiesweg gegenüber. Der Regen legte noch einen Zahn zu. »Guten Abend«, rief ich, das Rauschen des Sturzregens übertönend. Der in einen langen Regenmantel gehüllte und auf dem Kopf eine Art Südwester tragende Mann, der mir gegenüber stehengeblieben war und den ich immer noch nicht erkannt hatte, brummte etwas, das möglicherweise ein Gruß war. Er holte mit seinem riesigen Regenschirm aus und schlug damit nach meinem kleinen Schirm, so daß dieser mir aus der linken Hand flog. Der Regen prasselte mir auf den kahlen Schädel. Als ich mich nach dem Schirm bückte, schoß eine Klaue nach vorn, die sich schwer auf meine Schulter legte.

»Du alter Drecksack, ich warne dich! Wenn du anfängst, mit meiner Freundin rumzumachen, dann kannst du was erleben.«

Ich sah auf. »Ach, Sie sind bestimmt Geert.«

Mit einer für meine Verhältnisse geschickten Bewegung schüttelte ich seine Hand ab, während ich mich aufrichtete. So freundlich wie möglich sagte ich, ganz entgegen meinen ungastfreundlichen Prinzipien: »Tasse Kaffee?«

Die Erfahrung hat mich gelehrt, daß man aggressiven Rottweilern und Pitbulls nicht nur vollkommen furchtlos, sondern auch freundlich begegnen muß. Wenn man in der Lage ist, sich solchen wütenden Bestien ohne jede Spur von Angst zu nähern, verwirrt man diese Monster völlig. Manchmal klappt ihnen vor Erstaunen regelrecht die Kinnlade runter. Und so, wie man sich Rottweilern gegenüber verhalten muß, so muß man auch Kriminellen begegnen. Der Schöpfer hat alle Säugetiere nach dem gleichen Modell geschaffen.

Geert sah mich mit glasigen Augen an. Er schüttelte den Kopf, woraufhin ich noch freundlicher sagte: »Vielleicht ein Glas Wein?«

Wieder schüttelte Geert den Kopf.

»Ein Bier?«

Bewegungslos, mit glasigem, ungläubigem Blick, stand Geert unter seinem Regenschirm und starrte mich an.

»Komm jedenfalls erst mal mit rein«, sagte ich. »Hier kann man sich nicht gut unterhalten. Man versteht ja kaum ein Wort.«

Ich ging zur Beiküchentür. Er folgte mir, klappte auf der Schwelle den Schirm halb zusammen und schüttelte ihn aus.

»Stell ihn hier ruhig auf den Boden«, sagte ich. »Die paar Tropfen machen den Fliesen nichts aus.«

Mit einer ärgerlichen Geste stellte er den Schirm ab. Er brummte: »Auch wenn du so tust, als wäre nichts ...«

»Setz dich«, sagte ich. »Möchtest du wirklich nichts trinken?«

»Hast du einen Schnaps?«

»Die Frage hab ich schon befürchtet. Nein, hab ich leider nicht im Haus. Ein Glas Wein oder ein Bier, das ist alles, was ich dir anbieten kann.«

»Nun, dann nehme ich ein Pils.«

Nachdem ich ihm eine Flasche Bier geholt und mir selbst ein Glas Rotwein eingeschenkt hatte, fragte ich ihn: »Glaubst du wirklich, ein Mann wie ich könnte für jemanden wie Sirena auch nur eine Sekunde interessant sein?«

»Du hast Berge von Kohle, mein Junge, und auf Geld ist sie geil. So wie ihr da auf der Couch gesessen habt, verfl...«

»Sie hat mich nur ein wenig getröstet.«

»So wird's gewesen sein, ja, ja. Trösten, das wird's gewesen sein. Das erzählt sie mir auch die ganze Zeit, aber von hinten sah das anders aus. Nein, mein Bester, so kommst du mir nicht davon ...«

Während wir beide einen Schluck tranken, belauerten wir einander. Trotz des unaufhörlich rauschenden Regens entstand eine unangenehme Stille. Die konnte er nur schwer ertragen, denn er fragte: »Wie hast du Sirena eigentlich kennengelernt?«

»Hat sie dir das nicht erzählt?«

»Was sie mir erzählt hat, geht dich einen Scheißdreck an. Los, rück schon raus mit deiner Geschichte. Dann kann ich sehen, ob sie mit ihrer Story übereinstimmt.«

»Ich bin durch den Fotoband mit ihr in Kontakt gekommen«, sagte ich.

»Wovon redest du?« fragte er erstaunt.

Ob er wirklich nichts von dem Buch wußte? Hatte sie ihm tatsächlich nichts davon erzählt? Warum nicht? Nun denn, was für einen Grund sie auch haben mochte, das Buch zu verschweigen, ich hatte keinen, und darum sagte ich: »Ja, der Fotoband von Lotte Weeda. Die hat vor ungefähr einem Jahr zweihundert Monwarder fotografiert und aus den Aufnahmen einen schönen Fotoband gemacht. Sirena ist auch drin. Ich habe das Vorwort dazu geschrieben.«

Geert starrte mich äußerst mißtrauisch an.

»Du guckst, als sähest du eine Nacktschnecke steppen«, sagte ich, »aber da ist wirklich nichts, weswegen du dir Sorgen machen müßtest. In dem Buch ist ein wunderbares Bild von Sirena.«

Es lag mir auf der Zunge, ihn zu fragen, ob er das Porträt sehen wolle, aber zum Glück zügelte ich mich.

Offenbar hatte Sirena nie mit Geert über das Buch gesprochen. Wahrscheinlich, weil ihr Foto genau gegenüber meinem war, was diesen eifersüchtigen Lockenkopf auf die Idee hätte bringen können, Sirena wolle mich umarmen.

Geert trommelte eine Weile mit den Fingern auf den Tisch. »Ich soll also wirklich glauben, daß Sirena nur deshalb den Arm so vertraulich um dich gelegt hat, weil sie in einem Buch steht, für das du... Nein, mein Freund, wie ich schon sagte: So kommst du mir nicht davon, echt nicht.«

Er schlug so fest mit der Faust auf den Tisch, daß Anders losbellte; dann brüllte Geert: »Heraus damit: Was ist hier los?«

»Was hier los ist«, sagte ich ruhig, »wird dir...«

In diesem Moment klopfte jemand mit Nachdruck ans Fenster. Geert sprang auf, sank aber augenblicklich wieder zurück auf den Stuhl. Er starrte auf den feuchten, blaßrot glänzenden Schnabel des Storchs, der hinter der Scheibe zu sehen war. Hinter dem Storch rückten die sechs Gänse an. Mit hervorquellenden Augen schüttelte Geert kurz den Kopf wie ein Hund, der unter zuviel Ohrschmalz leidet, und spähte hinaus zu meinen Hilfstruppen.

Ich wiederholte: »Was hier los ist, wird dir, wenn du noch nichts davon gehört hast, merkwürdig in den Ohren klingen. Aber du kannst im Dorf fragen, wen du willst: Es hat den Anschein, als wären alle, die in dem Buch stehen, zum Tode verurteilt. Einer nach dem anderen ist gestorben. Es stimmt, Lotte hat vor allem alte Menschen fotografiert; so merkwürdig ist das also nicht. Aber dennoch bekamen es allmählich alle mit der Angst zu tun. Und deshalb haben die Leute, die in dem Buch stehen, Hilfe beieinander gesucht. Vor allem zu Anfang, als das Buch gerade erschienen war und einer nach dem anderen starb, hatte Sirena fürchterliche Angst, demnächst über den Jordan zu gehen. Sie meinte sogar, die Fotografin würde ihre Opfer der Reihe nach mit Guna-Guna-Praktiken...«

»Hilfe gesucht«, höhnte Geert, der noch immer falsch herum auf dem Stuhl saß, »ja, ja, darum also der Arm...«

Sein Gesichtsausdruck änderte sich plötzlich. Er drehte sich wieder in meine Richtung und starrte über den Tisch auf meine Hände.

»Guna-Guna hast du gesagt, Kumpel? Guna-Guna?«

Ich nickte.

Er brummte: »Erzähl das noch mal. Von Anfang an. Zuerst das Mädchen, das die Fotos gemacht hat. Alt? Jung?«

»Eine Frau von zweiundvierzig. Sah aber viel jünger aus. Dunkel, klein.«

»Marokkanerin? Türkin?«

»Nein, von Sumatra.«

»Ah, daher.«

Er trommelte einen Geistermarsch auf den Tisch.

»Kannte Sirena sie?«

»Nicht daß ich wüßte.«

»Es kann sein, daß sie so getan haben, als würden sie sich nicht kennen. Egal, das ist jetzt nicht wichtig. Die Kleine hat also Fotos gemacht. Von sehr alten Leuten. Und von wem sonst noch? Von Leuten mit Geld? Kunden von Sirena?«

»Fast alle steinreichen Damen hier im Dorf lassen sich bei Sirena ...«

Er sprang plötzlich auf, ließ sich dann aber sofort wieder auf den Stuhl fallen. Er rief: »Ich kann dir sagen: Auf einmal ist mir sonnenklar, wie die Sache zusammenhängt. Und du ... guter Gott, was bist du doch bloß für ein Dämel! Oder steckst du etwa mit ihnen unter einer Decke? Nein, nein, dafür bist du viel zu dumm und viel zu anständig. Das Vorwort hast du geschrieben, um der ganzen Sache, wie sagt man auch gleich wieder, ach ja, um der ganzen Sache einen vornehmen Anstrich zu geben.«

»Meinst du wirklich?«

»Klar, um die ganze Geschichte präsentabel zu machen.«

Er schwieg einen Moment und trommelte wieder diesen Gespenstermarsch.

»Jetzt verstehe ich, woher sie in letzter Zeit so viel Kohle hat. Sie hat sogar genug Zaster, um den Zahnarzt zu bezahlen.«

Ehe ich die riesige Eselei begehen konnte zu rufen, daß ich ihr das Geld geliehen hatte, klopfte zum Glück erneut der Storch mit seinem nassen Schnabel ans Fenster.

»Ich glaube, mein zahmer Storch will ins Haus, um sich vor dem Regen in Sicherheit zu bringen«, sagte ich. Ich erhob mich, riß die Tür auf, und der Storch marschierte demütig in die Beiküche.

»Setz dich ruhig auf meinen Stuhl, du Stinktier«, schnauzte Geert den Storch an, »ich haue ab. Ich weiß genug. Jetzt werde ich erst mal Sirena ausquetschen. Hat so ein schmutziges Geschäft am Laufen und sagt mir nicht ein Sterbenswort. Die ganze Kohle für sich behalten und ein bißchen mit dem Herrn Schriftsteller flirten und schäkern, um ihn zu benebeln und ihn zugleich im Auge zu behalten, für den Fall, daß er mißtrauisch wird. Gott im Himmel, weißt du eigentlich, was für ein unglaublicher Idiot du bist? Kapierst du denn nicht, wie schlau die beiden das eingefädelt haben? Du fotografierst eine Reihe alter Menschen, die demnächst den Löffel abgeben werden, und diese Fotos veröffentlichst du dann zusammen mit denen von ein paar reichen Säcken. Anschließend machst du den Pfeffersäcken weis, daß es kein Zufall ist, wenn die Leute der Reihe nach ins Gras beißen, und faselst was von Guna-Guna und flüsterst: Wenn du ab und zu diskret ein paar Scheine rüberwachsen läßt, dann kann man da etwas machen, dann kann man dies und jenes regeln ... Wetten, daß Sirena und die Frau, die die Fotos gemacht hat, unter einer Decke stecken? Wetten, daß Sirena diesen steinreichen Tussis ordentlich Angst eingejagt hat, als sie mit so einer Maske hilflos in ihrem Salon lagen?

Und anschließend hat sie ihnen erklärt, sie könnten ihrem Schicksal entrinnen, wenn sie den Mund halten und hin und wieder ein kleines Guna-Guna-Schutzgeld abdrükken ... Ja, ja, das paßt zu Sirena.«

Im Eiltempo verließ er die Beiküche und stürmte in den strömenden Regen hinaus.

»Du hast deinen Schirm vergessen«, rief ich ihm hinterher.

Er kam zurück, riß mir den Schirm aus der Hand und verschwand über den Kiesweg. Ich schloß die Tür, schob den Riegel vor, stiefelte ins Wohnzimmer und wählte Sirenas Nummer. Erst nach zehnmal Klingeln nahm sie den Hörer ab.

»Wie gut, daß ich dich erreiche«, sagte ich. »Geert ist auf dem Weg zu dir. Er glaubt, der Fotoband sei eine schmutzige Sache; er meint, du erpreßt reiche Damen und behältst das ganze Geld für dich. Jetzt will er hören, was du dazu sagst.«

Ich hörte sie am anderen Ende der Leitung schwer atmen.

»Ob es stimmt, weiß ich nicht. Darüber muß ich erst einmal gründlich nachdenken, aber ich wollte dich dennoch warnen.«

»Wo soll ich denn jetzt hin?« fragte sie ängstlich.

»Komm hierher und nimm den Weg hintenrum durch das Mördergäßchen. Er wird wohl nicht so schnell auf den Gedanken kommen, daß du bei mir bist. Und sollte er doch wieder auftauchen, dann sorgen die Gänse dafür, daß wir rechtzeitig gewarnt werden.«

Witwen

Den gleichmäßig fallenden Regen beobachtend, wartete ich in der Beiküche auf Sirena.

Der Storch stand am großen Fenster trübselig auf einem Bein und betrachtete ebenfalls die Tropfen, die wie große Tränen die Scheibe hinunterflossen. Die Gänse hatten sich unter einem Kastanienbaum untergestellt, obwohl der noch fast keine Blätter hatte.

Ich öffnete die Beiküchentür. »Wollt ihr vielleicht auch reinkommen?«

Die sechs Tiere streckten ihre triefenden Hälse, sahen mich mit ihren Knopfaugen scharf an und blickten zum Storch hinüber. Dann nahm der Ganter all seinen Mut zusammen und marschierte Richtung Türschwelle. Seine fünf Weibchen folgten ihm zögernd. Kurze Zeit später standen sie, während das Regenwasser langsam aus ihren Federn tropfte, dicht aneinandergedrängt in meiner Beiküche unter dem Tisch.

»Sollte das wahr sein, Leute?« fragte ich meine Hilfstruppen, die sich vor dem Regen in Sicherheit gebracht hatten. »Sollten Sirena und Lotte wirklich gemeinsame Sache gemacht haben? Ich kann es mir nicht vorstellen. Schon deswegen nicht, weil es sich um so hervorragende Fotos handelt. So viel Schönheit, das paßt doch überhaupt nicht zu solch einer zwielichtigen Erpressungssache? Und außerdem, für jemanden wie Lotte legt man doch seine Hand bis zum Ellbogen ins Feuer? Und wenn sie tatsächlich mit Sirena unter einer Decke steckte, dann hätte sie mir doch niemals verraten, daß Sirena eine Transsexuelle ist? So plausibel das auch klang, was dieser Geert sich da zusammenreimte, nein, es kann nicht wahr sein, es darf nicht wahr sein.«

Es war, als wäre mir etwas Wesentliches genommen worden, als wäre etwas, das mysteriös und unfaßbar und in vielerlei Hinsicht verunsichernd gewesen war, seiner unheilverkündenden Grandeur beraubt worden. Unbegreiflich, aber keineswegs undenkbar war, daß eine Fotografin intuitiv spürte, wer bald sterben würde. Das hatte etwas Unheimliches, es war beängstigend, aber es hatte zweifellos auch etwas Erhabenes. Daß es der Fotografin aber darum gegangen sein sollte, Todeskandidaten zu fotografieren, um anschließend abergläubischen Reichen das Geld aus der Tasche zu ziehen – welch eine Desillusion!

»Nein, Leute, nein, das ist unmöglich«, sagte ich. Die Gänse verloren ihre Scheu, kamen unter dem Tisch hervor und begannen vorsichtig durch die Beiküche zu watscheln. Sie war sehr entsetzt gewesen, als das Flugzeug bei Katmandu abgestürzt war. Zugegeben, vielleicht war auch nur eine gute Schauspielerin an ihr verlorengegangen, doch ich ging davon aus, daß der Unfall sie wirklich mitgenommen hatte. Es konnte aber auch sein, daß die Damen einen solchen Unfall einfach nicht eingeplant hatten. Mehr noch: daß er ganz und gar nicht in ihr Drehbuch paßte. Ebensowenig wie der Tod des Notars und des jungen Mannes, der im Dreifaltigkeitssee ertrunken war. Es reichte völlig, wenn die gebrechlichen Alten rasch starben. Schlimmeres mußte nicht geschehen, und vielleicht hatten sie sogar das Gefühl gehabt, daß ihnen die Sache aus der Hand glitt, daß ein rächender Gott die Macht an sich gerissen hatte, um ihnen eine Lehre zu erteilen. Vielleicht war Sirena deshalb so bestürzt gewesen nach dem Unfall. Sie kam sich womöglich vor wie der *Zauberlehrling* in der Ballade von Goethe: Was einmal in Gang gesetzt worden war, hatte sich nicht mehr aufhalten lassen und einen viel grausameren Verlauf genommen als geplant. Vielleicht war aber auch alles, was dieser Geert da gefaselt hatte, von vorne bis hinten Geschwafel. Gleich war sie hier, und dann würde sie ... Vermutlich hatte ich deshalb Sirena vorhin instinktiv vorgeschlagen, durch das Mördergäßchen herzukommen. Wenn sie mich angelogen hätte, würde sie davor zurückschrecken, mir unter die Augen zu kommen. Wenn sie es wagte, dann spräche sie das von aller Schuld frei. Es sei denn ... ja, es sei denn, sie wäre dermaßen abgebrüht, daß sie sich vor nichts fürchtete.

Ich stellte mich zu dem Storch ans Fenster, betrachtete den rauschenden Regen und murmelte: »Es gibt nur eins, was ich mir von ganzem Herzen wünsche: Daß es nicht wahr ist.« Wenn es aber stimmte, wenn es sich um eine äußerst raffinierte, unglaublich schlaue Form von Erpressung handelte, bei der Todesangst als Druckmittel eingesetzt wurde, dann brauchte ich mir zumindest um mich keine Sorgen mehr zu machen. Dann hatten der Sturz aus der Eiche und die bizarre Fahrt nach Hilversum nichts miteinander zu tun, dann waren das keine SMS-mäßigen Botschaften aus Atjeh, sondern vollkommen zufällige Ereignisse. Dann mußte ich mir also keine Sorgen darüber machen, was mit meinem Hund passieren würde, wenn ich plötzlich starb. Ich strich mit der Rechten über die Sommersprossen und die Härchen meines linken Arms: »Noch ein wenig Geduld, ihr Würmer«, murmelte ich.

Ich begab mich ins Wohnzimmer, nahm den Fotoband aus dem Regal, ging damit in die Beiküche und betrachtete die Fotos, als sähe ich sie zum ersten Mal. Von den gut zweihundert Porträtierten waren noch ungefähr fünfzig übrig. Vorwiegend Witwen reicher Männer, mit teuren Rassehunden oder noch teureren Reitpferden in den Gärten ihrer protzigen Villen verewigt. Man kam um die fatale Schlußfolgerung fast nicht herum: Ganz unrecht kann dieser Geert nicht haben. Aber warum hatte

Lotte von diesen hervorragend erhaltenen Damen, Sirenas Klientel, solche wunderschönen Fotos gemacht?

Die Gänse watschelten ungezwungen durch meine Beiküche, streckten ihre langen Hälse zwischen Schränkchen, tickten mit dem Schnabel gegen die Waschmaschine, kramten abwechselnd in dem Körbchen, worin ich mein Schuhputzzeug aufbewahre.

»Jungs«, sagte ich, »ihr müßt wieder nach draußen, damit ihr mich rechtzeitig warnen könnt, wenn jemand kommt.« Als sie allerdings kurz darauf, während sie noch immer in meiner Beiküche umherschlenderten, plötzlich die Köpfe hoben und lauter schnatterten, da wurde mir klar, daß sie auch von drinnen aus jeden Wachhund in den Schatten stellten. Gut eine Minute später sah ich, wie sich Sirena durch den Obstgarten näherte. Sie ist quer durch die Wiesen gegangen, dachte ich, über die schmalen Bretter, die als Brücken über die Entwässerungsgräben dienen. Unglaublich, sie kommt wirklich. Also ist es nicht wahr, Gott sei Dank ist es nicht wahr. Wie hätte es auch wahr sein sollen?

Doch obwohl ich sah, wie unbekümmert und furchtlos sie näher kam, begann ich erneut zu zweifeln, und es schoß mir durch den Kopf: »Gleich sagt sie: ›Lotte und ich haben dich tatsächlich ein wenig zum Narren gehalten, aber was ist denn Schlimmes daran, wenn man den reichen Säcken mit einem Fotoband etwas Geld aus der Tasche zieht?‹«

Sirena kam in die Beiküche und stellte ihren Schirm auf den Fliesen ab. Neugierig scharten sich die Gänse um sie.

»Schau mal«, sagte sie, »was ich gefunden habe.«

Sie griff in ihre große Handtasche und überreichte mir eine Schachtel. Was sich unter dem durchsichtigen Plastikdeckel befand, konnte ich zunächst nicht so recht identifizieren. Kleine Fleischhaken aus Kunststoff? Ich stellte die Schachtel auf den Tisch und fragte einfach: »Stimmt es?«

»Schau«, sagte Sirena, »das sind sie. Die *real vampire nails*. Ich habe sie heute morgen tatsächlich gefunden.«

»Du versuchst abzulenken. Zuerst will ich wissen, ob Geert recht hat.«

»Und ich dachte, ich tu dir einen Gefallen ... gut, dann zuerst Geert. Du willst wissen, ob Geert recht hat. Recht womit?«

»Daß du reiche Frauen erpreßt?«

»Ich? Womit?«

Ich sah sie scharf an. Spielte sie die Ahnungslose? War sie wirklich mit allen Wassern gewaschen? Konnte sie sich so gut verstellen?

»Schau mich nicht so komisch an«, sagte sie beleidigt.

»Ja, aber ich muß wissen ... ich ...«

»Erzähl mir erst einmal, was er überhaupt gesagt hat.«

»Er glaubt, Lotte und du, ihr kanntet euch bereits früher. Seiner Meinung nach hat Lotte absichtlich Fotos von steinalten Leuten gemacht. Nach Erscheinen des Buchs würden die meisten von ihnen sehr bald sterben. Die übrigen Porträtierten, darunter viele deiner Kunden, bekamen daraufhin immer mehr Angst. Und wenn sie dann mit einer Schönheitsmaske auf dem Gesicht hilflos in deinem Salon lagen, hast du ihnen weisgemacht, Lotte beherrsche irgendwelche gräßlichen Guna-Guna-Praktiken, um ihnen anschließend zu suggerieren, mit Geld könnten sie sich von der Gefahr freikaufen. Das glaubt jedenfalls dein Geert.«

Sirena starrte mich an, wie man einen Hund anstarren würde, der plötzlich zu reden anfängt.

Entweder sie weiß wirklich von nichts, dachte ich, oder sie ist eine phänomenale Schauspielerin.

Sie zog die Schachtel mit den *real vampire nails* zu sich heran, öffnete sie, holte einen Nagel heraus und klebte ihn auf den bereits vorhandenen künstlichen Fingernagel. Mußte ich hierin eine Übersprunghandlung erkennen, oder gehörte das auch zu ihrer Vernebelungsstrategie? Sie sah auf den irrsinnig langen, spitzen, gekrümmten Fingernagel herab und sagte: »Auf was für Gedanken Geert manchmal kommt! Meint er wirklich, ich... Ich wünschte, ich hätte den Schneid für so was, dann müßte ich nicht tagein, tagaus Gesichtsmasken auflegen und Fingernägel feilen. Vielleicht wären dann auch meine Finanzen in Ordnung. Was für ein Idiot... Wie kommt er überhaupt darauf? Woher hat er das bloß?«

»Bei dem Begriff Guna-Guna wurde er aufmerksam. Da sah er plötzlich haargenau vor sich, wie die Sache, so drückte er sich aus, angeblich zusammenhing.«

Sie legte den Hexennagel zurück in die Schachtel.

»Ach, dieser Geert... Wie der Schelm selbst ist, so denkt er von anderen. Er treibt sich in einer etwas obskuren Szene herum. Voriges Jahr hatte er Probleme mit einem Kleinkriminellen, der ihm auf die Pelle rükken wollte. Da hab ich zu ihm gesagt: Jag dem Kerl doch ein bißchen Angst ein. Laß im Gespräch nebenbei fallen, daß du eine Freundin aus Somalia hast. Und dann erzähl ihm, daß man dort Feinde mit Guna-Guna aus dem Weg räumt, mit Nadeln, die man in ein Abbild seines Gegners steckt. Ein grausamer Tod. Geert hat also dieser Mißgeburt einen Bären aufgebunden, und in null Komma nichts war er den Kerl los.«

»Genausogut hätte der Kerl dich umbringen können.«

»Nein, nein, es ist zwar eine etwas obskure Szene, aber gewalttätig sind die Leute da nicht. Es ist eher die feinere Kleinkriminalität: Geldkarten stehlen, PIN-Codes ergaunern und dergleichen, falsche Abbuchungen übers Internet. Von Geert selbst hast du auch nichts zu fürchten.«

»Aber er ist hier kochend vor Wut weggegangen.«

»Das kommt, weil er glaubt, ich hätte mir ganz schlau etwas ausgedacht und ihn nicht eingeweiht. Er ist unvorstellbar mißtrauisch und meint die ganze Zeit, er würde übers Ohr gehauen und betrogen. Ich wünschte, ich könnte ihn irgendwie loswerden. Aber Angst habe ich bestimmt nicht vor ihm; er ist ungefährlich.«

»Trotzdem warst du vorhin am Telefon erschrocken.«

»Weil deine Stimme so panisch klang. Darum habe ich mich auch gleich auf den Weg gemacht. Du hörtest dich an, als bräuchtest du Hilfe.«

Sie stand auf und zog auch mich von meinem Stuhl in die Höhe.

»Ach, Kleiner«, sie schlang die Arme um mich.

»Vorsicht«, sagte ich, »wenn er wiederkommt und uns so sieht... Nein, laß das. Hilfe, bleib aus meinem Strafraum...«

»Ach, komm schon. Wo ist dein flinker Schwengel? Ach, sieh an, was für ein Beschleunigungsvermögen! Von null auf hundert in drei Sekunden. Los, komm, mach schon...«

»Du hast bereits einen Freund, ich will nicht im Revier eines anderen...«

»Los, komm, es ist gut für die Gesundheit.«

»Nicht hier am Fenster.«

»Hier gibt es doch ein Obergeschoß, oder? Dann können wir ja kurz raufgehen. Außerdem hast du die Gänse, die dich rechtzeitig warnen.«

Revolverhelden

Nachdem Sirena gegangen war, schlief ich, mir keiner Sünde bewußt, seelenruhig, bis ich erfrischt aufwachte (Psalm 3). Während ich noch vor mich hindöste, wunderte ich mich darüber, daß ich so wunderbar geschlafen hatte. Endlich wieder einmal. War ich so nervös gewesen? Hatte ich mich monatelang durch eine irgendwo in meinem Unterbewußtsein schlummernde Angst vor dem Tod vom Schlaf abhalten lassen? Und war diese Angst nun gewichen, weil Sirenas Freund mir eine rationale Erklärung für die Sterbefälle geliefert hatte? Das paßte aber überhaupt nicht zu der Tatsache, daß ich nicht einen Moment glauben konnte, Lotte habe absichtlich alte Leute fotografiert, um nach deren Verscheiden die Überlebenden zu erpressen.

Vielleicht hatte ich auch nur deshalb so gut geschlafen, weil keine landenden Flugzeuge übers Haus geflogen waren. Oder weil ich vor dem Einschlafen noch ein paar tollkühne Überschläge mit Sirena vollführt hatte.

Ein paar Stunden später, als ich mit Anders durch das totenstille Dorf spazierte, kehrten die Hirngespinste zurück. Es war überhaupt nicht undenkbar, daß Lotte absichtlich die wohlhabenden Ehepaare fotografiert hatte. Und war Sirena ihre Handlangerin? Das mußte sie natürlich nicht unbedingt sein. Es konnte im Dorf einen anderen Kumpan geben. Oder Lotte war einfach davon ausgegangen, daß die bösen Gerüchte über ihr Buch von ganz allein aufkommen würden. Wie aber kassierte sie dann das Lösegeld?

Nachmittags, kurz nach drei, schlug Anders an. Vier

Männer kamen über den Kies. Einer von ihnen trug einen Rucksack. Rasch ging ich ihnen entgegen. Lauter höfliche Herren, einer wie der andere. Sie stellten sich mir vor, wobei drei von ihnen in markigen Kürzeln angaben, zu welcher Behörde sie gehörten: Breevaart, RVV, Baars, AID, Voshaar, AID. Der Mann mit dem Rucksack stellte sich mit Klavervorst vor und murmelte, er sei Tierarzt. Herr Breevaart vom Reichsdienst für die Vernichtung von Viehherden ergriff das Wort.

»Ihr Name«, sagte er, »tauchte in letzter Zeit wiederholt in Telefongesprächen auf, die wir abgehört haben …«

»Und in E-Mails, die wir abgefangen haben«, ergänzte Herr Baars.

»Sind Sie berechtigt, Telefongespräche abzuhören und E-Mails abzufangen?« fragte ich erstaunt.

Ich bekam darauf schlicht keine Antwort. Breevaart sagte väterlich: »Sie sind uns früher schon einmal aufgefallen. Damals haben Sie, so wie es aussieht, für kurze Zeit drei Zwergziegen bei sich untergebracht, aus dem Sperrgebiet, wo die Maul- und Klauenseuche herrschte. Leider haben wir dies seinerzeit erst zu spät herausgefunden. Jetzt sind aus einem Kloster in dem Gebiet, wo die Geflügelpest wütet, achtzehn Hühner verschwunden. Wir vermuten, daß die betreffenden Hühner sich hier befinden.«

»Diese Vermutung ist falsch«, sagte ich. »Aber schauen Sie sich ruhig um.«

Daraufhin zogen die Herrn in jeweils verschiedene Himmelsrichtungen davon und inspizierten meine Halbinsel. Herr Breevaart stolperte bei seinem Rundgang beinah über den Storch. Nachdem er einen Moment lang am Ufer mit den Armen gewedelt hatte, um sein Gleichgewicht wiederzufinden, trat er lediglich einen Schritt zur Seite. Traf Herr Breevaart jeden Tag, wenn er im Auftrag der Regierung mordete, zahme Störche? Auch den sechs Brecons schenkten die vier Herren, die durch meinen

Obstgarten schlurften, keinerlei Beachtung, obwohl die schnatternden und zischenden Gänse ihnen immer wieder vor die Füße liefen.

Zusammen mit der zu Unrecht schwanzwedelnden Anders stand ich stocksteif auf dem Kiesweg. Was sollte ich tun, wenn die Herren auf den Gedanken kamen, daß ich keine Hühner, sondern Gänse beherbergte? Ich überlegte, ob es nicht besser sei, mit Anders' Hilfe die Gänse so heimlich wie möglich ins Wasser zu jagen. Dort wären sie einigermaßen sicher. Doch auch wenn ich noch so vorsichtig war, konnte es den Herren nicht entgehen, wenn ich klammheimlich die Gänse in Sicherheit zu bringen versuchte. Es schien mir klüger abzuwarten.

Nachdem sie zwanzig Minuten lang mein gesamtes Grundstück in alle Richtungen durchsucht hatten, kam Herr Breevaart auf mich zu.

»Wir würden auch gern drinnen nachsehen«, sagte er.

»Soweit ich weiß, sind Sie nicht berechtigt, Hausdurchsuchungen vorzunehmen. Aber da ich nichts zu verbergen habe, will ich Sie nicht aufhalten. Die Tür zur Beiküche ist offen.«

Daraufhin gingen drei der Herren, sich auf der Fußmatte betont penibel die Füße abtretend, ins Haus.

Der Tierarzt Klavervorst wartete auf dem Kiesweg.

»Gehen Sie doch auch hinein«, sagte ich. »Ihr fachmännisches Urteil wird sicher gebraucht.«

Klavervorst schrumpfte ein wenig in sich zusammen, schüttelte den Kopf und bewegte lautlos die Lippen.

»Ich verstehe nicht, daß Sie sich für so etwas hergeben«, sagte ich. »Sie wurden ausgebildet, um kranke Tiere zu heilen, nicht, um gesunde Tiere umzubringen.«

»Die Situation ist äußerst bedauernswert«, murmelte Klavervorst.

»Unter anderem deshalb, weil Ihr Berufsstand dabei mithilft.«

»Nicht von Herzen.«

»Erst wurden Zehntausende frischgeborene Ferkel ermordet ...«

»Wir haben beschlossen, das nicht wieder zu tun, sollte die Schweinepest erneut ausbrechen.«

»Mag sein, aber bei der Maul- und Klauenseuche ... und nun dies wieder. Und was das Schlimmste ist: Die Regierung schämt sich nicht, bei der Jagd auf versteckte Tiere Gestapo-Methoden anzuwenden. Telefone abhören, E-Mails abfangen, Hausdurchsuchungen ... Wer sich auf seinem eigenen Grund und Boden gegen die Ermordung seiner Tiere wehrt, wird in Handschellen abgeführt. Soweit ich gehört habe, wurden Leute sogar für ein paar Tage in eine Zelle geworfen. Unter anderem auch die Äbtissin eines griechisch-orthodoxen Klosters, und das, weil sie achtzehn ... verflucht, habt ihr wirklich geglaubt, ich hätte achtzehn Hühner ... aus einem Kloster? Ich?«

»Ich habe damit nichts zu tun«, sagte der Tierarzt.

»Dennoch beteiligen Sie sich daran, genauso, wie sich die deutschen Ärzte am Euthanasieprogramm der Nazis beteiligt haben.«

»Dieser Vergleich ist unpassend.«

»Kann gut sein. Vielleicht muß man das Ganze eher mit der Sklaverei vergleichen. Damals betrachtete man die Schwarzen als Untermenschen, mit denen man alles machen durfte. Mit brutaler Gewalt wurden sie aus Afrika verschleppt. Heute verurteilen wir das, genauso wie wir in ein paar hundert Jahren die Agrarindustrie und deren entsetzliche Auswüchse, wie diesen Tiergenozid, verurteilen werden. Erst ein paar Millionen Schweine, dann an die dreihunderttausend Wiederkäuer und jetzt, als wäre es nichts, dreißig Millionen Hühner.«

»Glauben Sie mir, ich unterstütze das auch nicht«, sagte Klavervorst, »aber ich wüßte wirklich nicht, was man sonst gegen die Krankheit tun sollte. Die Viren ...«

»Es gibt hervorragende Impfstoffe.«

Klavervorst nickte düster.

»Es tut mir jedenfalls gut zu sehen, daß Sie ein schlechtes Gewissen haben«, sagte ich.

In diesem Moment kamen die drei anderen Herren aus dem Haus.

»Wir gehen«, sagte Breevaart kurzangebunden.

In Zweiergruppen entfernten sich die vier Reichsmörder über den knirschenden Kies. Eine liebliche Melodie tönte durch die Vorsommerluft. Herr Breevaart fischte sein Handy aus der Innentasche seines Jacketts, preßte es an sein Ohr und lauschte im Gehen den Botschaften aus der Außenwelt. Dann brachte er mit einem Schwung seines Arms, der an einen Diskuswerfer erinnerte, die kleine Prozession zum Stillstand. Es sah fast so aus, als habe er einen Befehl erteilt, denn im selben Moment machten die Männer einen Schwenk von einhundertachtzig Grad. Strammen Schrittes bewegten sie sich wieder in meine Richtung. Sobald sie mich erreicht hatten, deutete Breevaart, wie damals Jerobeam zu Beth-El, mit gestrecktem Arm auf die Brecons. Wäre er bibelfest gewesen, hätte er »Greift ihn« gerufen. Statt dessen fragte er schroff: »Sind das Ihre Gänse?«

Ich hätte unerschrocken und seelenruhig »ja« sagen müssen. Leider aber gelang mir das nicht. Ich nickte nur.

»Erwischt«, sagte Baars triumphierend.

»Das war ja auch zu erwarten gewesen«, sagte Breevaart. Er sah Klavervorst an.

»Bitte sehr, Doktor.«

Weil dieses »Bitte sehr« wie ein Befehl klang, dauerte es einen Moment, bis mir klar wurde, was Breevaart da gebellt hatte. Außerdem wunderte ich mich über das Wort »Doktor«. So nennt man doch keinen Tierarzt? Wollte er mit diesem Ausdruck vielleicht legitimieren oder normal erscheinen lassen, was jetzt geschehen würde?

Baars zupfte hilfsbereit an den Schultergurten des tierärztlichen Rucksacks. Doktor Klavervorst öffnete ihn, holte eine Spritze heraus, füllte sie aus einem Fläschchen, warf kurz einen Blick zu mir herüber, als wollte er mir damit zu Leibe rücken, und ging dann auf die Brecons zu. Diese marschierten vorsichtig mit gestreckten Hälsen und halb nach hinten gedrehtem Kopf in Richtung Kanal. Klavervorst beschleunigte seine Schritte. Der Ganter hielt an, drehte sich um, streckte seine Zunge heraus und zischte furchterregend. Klavervorst packte mit seiner linken Hand den weißen Hals des Ganters, mit seiner rechten, in der sich die Spritze befand, holte er aus. Der Ganter erhob sich in die Luft und schlug wütend mit den Flügeln. Dabei traf er die Spritze, die dem Veterinär aus der Hand fiel. Ich hatte übrigens den Eindruck, daß es Klavervorst nicht ungelegen kam, auf diese Weise sein Instrument zu verlieren. Er ließ den Ganter los und durchmähte mit Brustschwimmbewegungen das hohe Gras. Der Ganter rannte hinter seinen Gänsen her weiter in den Obstgarten hinein. Während all dies mit erstaunlicher Schnelligkeit vor sich ging, hatte Voshaar frecherweise einfach meinen Schuppen betreten. Gleich danach kam er mit einer Mistgabel bewaffnet wieder heraus.

Er wird doch nicht etwa mit einer Mistgabel auf die Gänse losgehen wollen, dachte ich, können diese Kerle so tief gesunken sein? Mir kam das Wort des Herrn in den Sinn, wo so oft von den guten Hirten die Rede ist, die für ihre Schafe ihr Leben wagen. Mußte ich für die Gänse auch mein Leben wagen? Die Frage war, ob ich damit irgend etwas erreichen würde. Aber der Anblick der glänzenden spitzen Zähne der von mir gut gepflegten Mistgabel machte mich so wütend, daß ich in meiner Verzweiflung ein paar Grashalme ausriß. Den längsten und breitesten Halm spaltete ich in der Mitte und preßte ihn an meine Lippen. Es ist immer wieder erstaunlich, was für ein gellendes Geräusch man hervorbringen kann, wenn man auf einem Grashalm bläst– vorausgesetzt, man hat als Kind fleißig geübt. Die Brecons erschraken heftig und unterstützten nun ihren Gänsemarsch mit Flügelschlagen. Gelassen zog Breevaart mir den Grashalm aus den Händen. Mit einem äußerst verbissenen Gesichtsausdruck und erhobener Mistgabel jagte Voshaar hinter den Gänsen her. Er kam rasch näher.

Da tauchte aus dem hohen Gras und den langstieligen, filigranen Brennesseln plötzlich der Scheltopusik auf. Hatte er bei dem schrillen Grashalmschrei gedacht, ein Artgenosse sei in den grasigen Auen Südhollands aufgetaucht, den er aus seinem Territorium vertreiben müsse? Laut knisternd kam er herbei, kroch vorwärts wie die knatternde Flamme einer Feuerwerkszündschnur. So ein Scheltopusik kriecht, im Gegensatz zu einer Schlange, nicht gerade geräuschlos über den Boden. Voshaar sah ihn in seiner ganzen sommerlichen Pracht sich durchs Gras schlängeln. Im Winter war er ständig mit neugeborenen Ratten verwöhnt worden, den Sommer über war er fröhlich auf meiner Halbinsel herumgekrochen und hatte nach Herzenslust Nacktschnecken gefressen. Er war enorm gewachsen und kam nun angekrochen wie ein Königspython! Lotte hat ihn fotografiert, schoß es mir durch den Kopf, und ich rannte los. In dem Augenblick, als Voshaar mit der Mistgabel zustechen wollte, war ich bei ihm und fiel ihm in den Arm. Er sah mich kurz herablassend an, riß sich dann los und stieß doch noch zu, wobei er den Scheltopusik mit einem eisernen Zahn streifte. Er hatte die Forke so kräftig herabfahren lassen, daß sie tief in den Marschboden eingedrungen war. Er versuchte sie wieder herauszuziehen, was aber nicht sofort gelang. Eine ganze Weile mußte er am Stiel herumzerren, bis sie sich löste. Während Voshaar sich abmühte, hatten die Gänse den Wassergraben erreicht. Der Reihe nach ließen sie sich vom hohen Ufer ins Wasser gleiten, und sie schwammen bedächtig, als drohte keine Gefahr, zwischen den Blättern des treibenden Wasserknöterichs hindurch gen Norden.

»So funktioniert das nicht«, sagte Breevaart wie beiläufig. »Ich werde einen Scharfschützen kommen lassen.«

Er nahm sein Handy aus der Innentasche und gab eine Nummer ein.

»Ich brauche Hilfe.«

Das reichte offenbar. Er steckte das Telefon wieder ein und sagte ruhig: »Einen Moment Geduld, bitte.«

Keiner der Herren verspürte das Bedürfnis, meine Rettungsaktion für den Scheltopusik zu kommentieren. Es war, als würden sie ihn und mich absichtlich ignorieren. Breevaart holte seelenruhig ein Päckchen Camel heraus und bot jedem eine Zigarette an. Sogar mir. Das fand ich nun fast noch verwunderlicher als das rätselhafte Schweigen über den Scheltopusik.

Schweigend ließen die vier Herren sich am Ufer nieder. Was blieb mir also anderes übrig, als mich zu ihnen zu setzen? Ich fragte: »Hat von Ihnen jemand die *Wunderbare Reise des kleinen Nils Holgersson mit den Wildgänsen* gelesen?« Sie nahmen kurz die Zigaretten aus den Mundwinkeln und schauten mich an, als hätte ich ein Buch namens *Schwester Klivias lustige Bumsorgie* erwähnt. Dann starrten sie wieder vor sich hin. Das Schicksal der Brecons schien besiegelt zu sein.

Gut eine Viertelstunde später fuhr ein Polizeiauto auf meinen Hof. Zwei fröhliche, muntere Beamte stiegen aus. Sie setzten ihre Mützen auf und kamen auf uns zu.

»Tut uns leid, der Scharfschütze ist gerade woanders im Einsatz«, sagte der eine.

»Macht nichts«, sagte Breevaart. »Sie schwimmen ganz in der Nähe herum, es müßte auch mit einer Pistole zu schaffen sein.«

»Wir werden es versuchen«, erwiderte der andere Beamte.

Die beiden Polizisten zogen ihre Dienstpistolen und richteten sie auf die sechs Gänse, die nur eine Armlänge weit entfernt zwischen den lieblichen weißen Blumen der Wasserranunkeln herumpaddelten. Der erste Schuß traf lediglich eine Ranunkelblüte. Der Ganter richtete sich im Wasser auf, streckte seine Zunge weit heraus und zischte wie eine wütende Kobra. Die Gänse wichen zurück und taten etwas, das ich nicht für möglich gehalten hätte: Sie verteilten sich auf dem Wasser. Und das, obwohl Gänse sich sonst immer ängstlich zusammendrängen. Vielleicht versuchte auch nur jede einzelne, so schnell wie möglich zu fliehen, aber es sah ganz so aus, als wollten sie es den Schützen mit Absicht so schwer wie möglich machen. Wieder ertönte ein Schuß, und auch diesmal war keine der Gänse getroffen worden.

»Scheiße«, brummte Baars.

Dann fielen zwei Schüsse zugleich, und unmittelbar danach wirbelten winzige weiße Federn auf, die ungestüm in die Höhe tanzten und sanft wie Schneeflocken herabschwebten. Offenbar war der Ganter am Bürzel getroffen worden, denn er gebärdete sich wie wild. In Rekordzeit paddelte er durch die Wasserranunkeln davon, und die Gänse folgten ihm. Dann brach plötzlich die Sonne durch die Wolken und warf ein so grelles Licht aufs Wasser, daß nicht nur ich, sondern auch die beiden Schützen für einen Moment geblendet waren. Die jungen Beamten wurden jetzt wütend und ballerten mit ihren Pistolen drauflos, trafen aber nichts anderes als die sanften Wellen an der Wasseroberfläche. Ich stand da zwischen den sechs Reichsmördern und dachte: Ich muß etwas unternehmen. Wie störe ich die Schützen in ihrer Konzentration? Indem ich sie mit harmlosem Geplauder irritiere?

»Es ist ganz schön schwierig«, hob ich tröstend an,

»selbst aus nächster Nähe mit einer Pistole zu treffen. Ich erinnere mich noch genau daran, als wir beim Militär zum ersten Mal mit einer Pistole schießen mußten. Wir sollten auf eine lebensgroße Puppe zielen, die genau vor unserer Nase stand. Wir standen praktisch davor, und dennoch schossen fast alle vorbei. Ich fragte den Spieß: Darf ich mir vorstellen, die Puppe sei der Papst? Wieso das? wollte er wissen. Ich antwortete: Mit seinem kugelsicheren Papstmobil demonstriert er, daß er nicht an Gottes Schutz glaubt, der in Psalm 91 versprochen wird. Für diesen erschütternden Mangel an Gottvertrauen hat er die Kugel verdient. Dann schoß ich dreimal. Drei klaffende Löcher in der Herzgegend. Ich wurde sofort zum Ersten Schützen befördert.«

»Halt die Schnauze«, zischte einer der Beamten, der gerade seine Pistole neu lud.

In demselben ruhigen, tröstenden Ton fuhr ich fort. »Später mußten wir dann mit einer Uzi schießen. Auch wieder auf Puppen. Darf ich mir wieder vorstellen, das sei der Papst, fragte ich den Spieß. Den hast du doch schon mausetot geschossen, meinte dieser. Inzwischen wurde ein neuer gewählt, also darf ich ...«

»Hört auf zu schießen«, sagte Breevaart zu den Polizisten, »das hat keinen Zweck. Ohne einen Scharfschützen erreichen wir hier nichts. Wir ziehen Leine, aber sobald einer verfügbar ist, bringen wir die Sache zu Ende.«

»Und in der Zwischenzeit bringt unser Freund hier die Gänse woanders in Sicherheit«, sagte Voshaar mürrisch.

»Das wird unser Freund nicht tun«, sagte Breevaart. »Wenn wir wiederkommen, und die Gänse sind weg, dann stecken wir ihn sein ganzes freies Wochenende lang hinter Gitter.«

»Seien Sie sich im klaren darüber«, fügte Baars hinzu, »daß die Sicherheit des Staates auf dem Spiel steht. Sie riskieren bis zu sechs Jahren Haft.«

Als sie verschwunden waren, ließ ich mich drinnen todmüde in meinen uralten Sessel fallen. Es war fast fünf Uhr. Ich schaltete den Fernseher ein und schaute in den Teletext. Dort las ich die Meldung, daß der Landwirtschaftsminister die Tötung von Hobbytieren auf Eis gelegt hatte. Das wurde kurz darauf in den Fünf-Uhr-Nachrichten bestätigt.

Trotzdem war ich das ganze Wochenende über auf der Hut, und für den Fall, daß diese Regierungsschweine wieder auftauchten, übte ich zusammen mit Anders, die Gänse so schnell wie möglich ins Wasser zu treiben. Erst am Montagabend, es hatte bereits zu dämmern begonnen, sagte ich zu Anders: »Es würde mich wundern, wenn sie jetzt noch kämen.« Daraufhin bellte sie, wedelte mit dem Schwanz und wollte erneut hinter den Gänsen herjagen. Und auch die Gänse warteten mit schräg nach vorne gestrecktem Hals darauf, daß wir sie vor uns hertrieben. »Ja, ja«, rief ich meinem lebenden Besitz zu, »macht ihr euch nur einen Spaß daraus.«

In der Nacht wachte ich um drei Uhr auf. Eine halbe Stunde lang dröhnten Flugzeuge über unser Dorf hinweg, zehn insgesamt. Durfte man jetzt bereits mitten in der Nacht auf Schiphol landen? Offenbar. Während das Kreischen und Pfeifen und Donnern der Boeings zu hören war, fragte ich mich: »Waren sie vielleicht deshalb nicht über das Auftauchen des Scheltopusik in meinem Garten erstaunt, weil sie bereits aus den Akten wußten, daß dies passieren könnte?«

Spion

Zwei Monate danach spazierte ich mit Anders durchs Dorf. Auf der Akolythenstraße traf ich den kleinen Spion in spe. Kleiner Spion? Er war inzwischen auch zwei Jahre älter, und das macht bei Kindern in diesem Alter sehr viel aus. Der Zwölfjährige überquerte die Straße, kam auf mich zu und sagte stolz: »Ich habe mir eine Spionageausrüstung gekauft.«

»So, so!«

»Ja, eine Abhöranlage, Richtmikrophone ...«

»Und nun?«

»Ich habe sie bereits heimlich installiert.«

»Wo denn?«

»Bei meinem Opa und meiner Oma. Ich kann jetzt im Garten mithören, wenn sie sich im Haus unterhalten.«

»Und? Hast du schon etwas Interessantes erfahren?«

»Neulich haben die beiden von Ihnen gesprochen.«

»Was sagten sie denn?«

»Daß Sie bestimmt mehr über die Sache wissen.«

»Über welche Sache?«

»Über das Faltblatt.«

»Welches Faltblatt?«

»Das sie schon vor einiger Zeit bekommen haben. Meine Oma sagte: Ich habe das Mistding neulich wiedergefunden, was sollen wir bloß damit tun? Und mein Opa antwortete: Einfach nicht beachten, wegwerfen. Und meine Oma sagte: Aber es schadet doch nicht, wenn wir ... Und mein Opa sagte: Nein, besser nicht ... Und dann hörte ich eine ganze Weile gar nichts, bis mein Opa schließlich sagte: Na gut, meinetwegen. Und meine Oma sagte: Wieviel denn? Worauf mein Opa erwiderte: Fünfhundert.«

»Ich weiß nichts von einem Faltblatt«, sagte ich. »Meinst du, du könntest es für mich besorgen? Am besten wäre es, wenn du mir eine Fotokopie bringen könntest. Warte, ich gebe dir Geld, als Vorschuß: Unkosten und Honorar. Das ist dann dein erster Auftrag als Spion, als Agent.«

»Vielleicht haben sie das Faltblatt ja schon weggeworfen.«

»Schau dich bei Oma und Opa einmal gründlich um. Hier: zehn Euro.«

Mit der rechten Hand nahm er den Schein in Empfang, während er mit der linken Anders streichelte, die an ihm hochgesprungen war und wie wild mit dem Schwanz wedelte.

Nachdem der Junge sich im Laufschritt entfernt hatte, stürzte Anders sich auf einen Baumstumpf. Offenbar hatte das Federvieh, das ungeachtet der Geflügelpest immer noch überall im Dorf herumlief, dort atemberaubende Geruchsspuren hinterlassen. In aller Ruhe wartete ich darauf, daß Anders zu Ende geschnüffelt hatte, und dachte: »Ein Faltblatt? Was für ein Faltblatt? Von Lotte? Und warum habe ich keins bekommen? Oder habe ich eins bekommen? Habe ich es vielleicht, ohne es genau zu betrachten, ins Altpapier geworfen?«

Anders und ich folgten der Akolythenstraße, bogen in die Kreuzherrenstraße ab und gingen Richtung Kirche. Als wir dort ankamen, war der Morgengottesdienst gerade zu Ende. Alle Türen waren weit geöffnet. Ich ging um die Kirche herum, betrat sie durch einen Seiteneingang und traf die Küsterin, die die Stirn runzelte, als sie Anders sah.

»Ist Maria da?«

»Ja«, sagte sie spitz.

»Ein Hund in der Kirche, das ist natürlich unmöglich, ich verstehe. Die Frohe Botschaft ist ausschließlich für Menschen gedacht. Ich warte draußen auf Maria. Würden Sie ihr vielleicht sagen, daß ich sie sprechen möchte?«

»Das werde ich machen.«

Anders und ich gingen hinaus auf den knirschenden Kiesweg. Natürlich mußte ich an Anton Wachter denken (»aber seine Füße berührten schwer die Erde, schwer und knirschend auf dem Kies, als bestimmten nur sie, wie unverbrüchlich treu er einer Sache bleiben würde, die er verloren hatte, einem Ding, das er nie besessen hatte«). Maria kam über die glänzenden, runden, weißen Steine näher.

»Das trifft sich gut«, sagte sie, »ich wollte dich sowieso gleich anrufen, um zu fragen, ob du Holunderbeeren hast. Ich möchte nämlich gern Holunderbeergelee machen.«

»Ich ertrinke in Holunderbeeren, aber sie sind noch nicht reif. Die Marunken, die sind reif, und ich habe dieses Jahr mehr als je zuvor. Daraus kann man auch wunderbar Marmelade machen. Pflück dir doch davon welche.«

»Marunken? Was sind Marunken?«

»Runde, rotgefleckte gelbe Pflaumen.«

»Hört sich gut an. Wann soll ich morgen kommen? So gegen zehn?«

»Früher geht auch.«

»Ich bin kein Frühaufsteher.«

»Dann sehen wir uns morgen um zehn. Was ich dich noch fragen wollte: Hast du vielleicht auch ein Faltblatt von Lotte bekommen?«

»Kann gut sein, aber es landen so viele Faltblätter und Prospekte auf meinem Schreibtisch, daß mir manchmal was durch die Lappen geht. An ein Faltblatt von Lotte erinnere ich mich jedenfalls nicht. Hast du Lust auf eine Tasse Kaffee?«

»Kaffee nach dem Gottesdienst, das ist beinahe so

etwas wie ein Sakrament, wie die Taufe, nur daß davon nichts in der Bibel steht. Nirgendwo in der Heiligen Schrift wird Kaffee getrunken. Also lieber nicht, vielen Dank. Ich will noch versuchen, dieses Faltblatt aufzutreiben. Bis morgen.«

Ich zog die widerspenstige Anders, die bei Maria bleiben wollte, über den Kies hinter mir her. Kaffee nach dem Morgengottesdienst, ich finde das ein total bescheuertes Ritual. In meiner Jugend schien es fast wichtiger zu sein als der Gottesdienst selbst. Und nach dem Kaffee kamen allerlei andere merkwürdige Getränke auf den Tisch: Branntwein mit Rosinen in Saft für beide Geschlechter, Kaiserbitter ausschließlich für die Presbyter und Eierlikör oder süßer Gesundheitswein für die Schwestern. Betrinkt euch, denn das himmlische Königreich ist nahe.

Anders und ich gingen zum Beauty-Salon. Sirena war leider nicht da. Ich sang leise: »Wohin soll ich mich wenden« und sagte zu Anders: »Na, sollen wir jetzt einmal ganz mutig sein? Sollen wir zur Goldküste gehen und bei Leonora klingeln?« Das taten wir.

Wir hatten Glück, Leonora öffnete selbst die Tür. Sie erschrak heftig, als sie mich erblickte.

»Darf ich dich etwas fragen? Hast du vielleicht ein Faltblatt von Lotte Weeda bekommen?«

Es sah so aus, als erschrecke sie erneut. Sie nickte und sagte hastig: »Ich wollte mich schon längst darum kümmern, bis jetzt bin ich leider nicht dazu gekommen. Wenn du wüßtest, wieviel Zeit und Mühe es kostet, die ganzen Erbschaftsangelegenheiten ordentlich zu regeln. Bestimmt, ich werde mich sofort darum kümmern, noch heute gebe ich die Überweisung auf die Post. Findest du es schlimm, wenn ich wieder ins Haus gehe? Seine beiden Söhne sind da.«

Bevor ich etwas erwidern konnte, schloß sie die Tür. Ich blieb einen kurzen Moment stehen und ging dann mit der widerstrebenden Anders, die nicht verstand, warum wir draußen geblieben waren, zur Straße zurück.

»Ich glaube, jetzt weiß ich, was hier los ist«, sagte ich zu meinem Hund, als wir die Prälatenstraße erreichten. »Sie glaubt, ich wollte sie daran erinnern, daß sie noch Geld überweisen muß.« Leonora meinte, ich sei ein Handlanger Lottes, ein Komplize. Und wahrscheinlich dachte sie das schon, seit Teake Gras ihr gegenüber seine bangen Befürchtungen wegen des Fotobands geäußert hatte. Abel hatte Teake seinerzeit ausgelacht, aber sie hatte gedacht: Es könnte ja durchaus was dran sein. Und dann, als wollte er Teakes Behauptung unterstreichen, starb Abel plötzlich, und natürlich hat Gras ihr auch von mir erzählt – und darum wollte sie plötzlich nichts mehr von mir wissen. Oder lag es daran, daß ich mich auf der Akolythenstraße zu diesen untaktischen Äußerungen hatte hinreißen lassen? Wer hatte doch gleich wieder zu mir gesagt: »Du bist Schütze? O je, Schützen sind immer so fürchterlich taktlos.« Astrologie, welch ein Blödsinn! Aber daß ich fürchterlich taktlos sein kann, daran besteht kein Zweifel. Dennoch schien mir dies nicht der Grund dafür zu sein, daß sie jeden Kontakt zu mir abgebrochen hatte. Warum hätte sie sonst so erschrocken sein sollen? Und warum hatte sie mir sofort versichert, daß sie das Geld überweisen würde? Also doch Erpressung. Aber mit einem Faltblatt, in aller Öffentlichkeit? Das war doch undenkbar.

Am späten Nachmittag, ich pflückte gerade Bohnen, kam der kleine Spion angerannt. Unbekümmert stiefelte er mitten durch all meine Pflanzen hindurch auf mich zu. Er sagte: »Sonntags besuchen wir immer Opa und Oma, und darum konnte ich mich gleich auf die Suche machen. Das Blatt lag noch beim Altpapier. Ich habe es fotokopiert. Mein Opa hat so einen Apparat.«

»Diesen Auftrag hast du aber schnell erledigt«, sagte ich und riß ihm neugierig den Zettel aus der Hand.

Als schäme er sich für das, was er getan hatte, lief er, meinen Neuseelandspinat zertrampelnd, rasch fort, so daß er nicht sehen konnte, wie verdutzt ich das schmuddelige Blatt betrachtete. Faltblatt? Es handelte sich um eine Fotokopie des schlampig gemachten Flugblatts, das Lotte mir nach der Buchpräsentation in die Hand gedrückt hatte. Darauf stand die Kontonummer einer Stiftung, die Geld für den Widerstand in Atjeh sammelte. Ich las nun gründlicher, was ich damals nur überflogen hatte: »Ihre Spende für den Widerstand in Atjeh kann über Leben oder Tod entscheiden.«

Die Bohnen ließ ich hängen. Mir war der Appetit vergangen. Ich hörte die Brecons schnattern. Wie lästig, daß ich nichts über den Besitzer der Gänse wußte. Nun mußte ich darauf warten, daß sie wieder abgeholt wurden. Nachdem ich mich in der Beiküche auf einen Stuhl hatte fallen lassen, betrachtete ich wieder die schmuddelige Fotokopie. »Ihre Spende für den Widerstand in Atjeh kann über Leben oder Tod entscheiden.« Was da stand, konnte man so oder so verstehen. Wurde ich nun langsam verrückt? Litt ich unter einem ähnlichen Wahn wie Abel damals? War eine solche Raffinesse vorstellbar? Und wenn, dann floß das Geld der Widerstandsbewegung in Atjeh zu, und davon hatte Lotte selbst doch nichts? Es sei denn, es handelte sich um ihre eigene Kontonummer. Auf dem Blatt stand, man solle auf der Überweisung vermerken: zugunsten des Widerstands in Atjeh.

Aber wie umständlich und unpraktisch. Erst Fotos machen, dann ein solches Buch zusammenstellen, und das alles, um einigen reichen Rentnern das Geld aus der Tasche zu ziehen. Zugegeben, wenn man das Ganze so anpackte, brauchte man keine Angst vor der Polizei zu haben. Von wirklicher Erpressung konnte überhaupt keine Rede sein. Aber besonders viel Geld brachte ein solches Vorgehen doch bestimmt auch nicht ein? »Vielleicht gerade genug, um Lottes Reise- und Aufenthaltskosten zu decken«, murmelte ich. »Vielleicht muß man das Ganze als Wohltätigkeitsveranstaltung betrachten, bei der Geld für Lottes Reise nach Atjeh gesammelt wird.«

Möglicherweise, fiel mir abends noch ein, war Lotte erst auf die Idee gekommen, das Flugblatt an die wohlhabenden Porträtierten zu schicken, nachdem sie aus meiner E-Mail erfahren hatte, daß man wegen ihres Buchs beunruhigt war.

Noch später am Abend wählte ich Sirenas Nummer. Sie ging tatsächlich ans Telefon. »Du bist wieder zu Hause. Bist du allein? Kann ich kurz vorbeikommen?«

»Kein Problem.«

Als ich sie sah, sagte ich erstaunt: »Guter Gott! Du hast ...«

»Genau, die *real vampire nails.* Gestern habe ich sie aufgeklebt. Wie findest du sie?«

»Sexy«, log ich und dachte: Heute morgen war sie bereits damit unterwegs. Wo ist sie gewesen? Für wen hat sie sich mit diesen Nägeln geschmückt?

Der Anblick war erschütternd. Allerlei Begriffe schossen mir durch den Kopf: ekelerregend, widerlich, bizarr, beängstigend. Aber damit wurde die Frage nicht beantwortet, für wen sie sich derart aufgebrezelt hatte. Und von der Frage, die dahinter steckte, gar nicht erst zu reden: Woher kam diese plötzliche Eifersucht? Bedeutete mir Sirena so viel? Oder litten meine schmachtenden Hormone unter einem Heulkrampf?

Ich erzählte ihr, was mich gerade beschäftigte, und sagte zum Schluß: »Wenn du von Lotte auch einen solchen Zettel bekommen hast, dann hat sie bei dir doch bestimmt auf Granit gebissen, denn du kannst keinen Cent missen.«

Sirena antwortete nicht, sie sah mich nur mit ihren großen, erschreckten, stark geschminkten Augen an.

»Was ist?« fragte ich erstaunt.

Sie sagte nichts, wühlte eine ganze Weile mit den *real vampire nails* in ihrer Handtasche herum und fischte schließlich eine Zigarettenschachtel heraus.

»Du hast also auch so einen Zettel bekommen?« fragte ich.

Sie nickte.

»Und dann hast du, ständig Guna-Guna murmelnd und voller Todesangst – obwohl du doch behauptet hast, rasch sterben zu wollen, weil man dann ungestraft Schulden machen kann –, eine ansehnliche Summe überwiesen?«

Sie nickte wieder, wobei sie verzweifelt am Zellophan der noch unangebrochenen Packung nestelte.

»Warum hast du an dem Abend nach Geerts Besuch so getan, als wüßtest du von nichts? Warum hast du mir damals nichts davon erzählt?«

Sie klimperte mit ihren falschen Wimpern. Endlich gelang es ihr, das Zellophan von der Schachtel zu lösen. Dann aber mußte sie erneut die allermerkwürdigsten Verrenkungen machen, um eine Zigarette herauszuholen. Mit Befremden schaute ich mir das alles an. »Aber du überziehst doch ständig dein Konto. Welches Geld ...?« fragte ich sie. Ich sah sie verblüfft und kurz darauf auch ein wenig stolz an.

»Jetzt wird mir alles klar! Jetzt verstehe ich, warum du an jenem Abend nichts gesagt hast. Du hast das Geld für den Zahnarzt nach Atjeh überwiesen.«

»Du verstehst gar nichts«, sagte sie heiser. »Ja, ja, mach dich ruhig darüber lustig, wovor wir uns alle so fürchten, aber ich habe Geschichten gehört ... Guna-Guna, das gibt es wirklich, und die Voodoopriester ... die meisten Menschen aus dem Buch sind mausetot, und ich wollte so gern noch eine Weile leben! Und mein Gebiß ... ich dachte: Das hat noch ein bißchen Zeit.«

»Ach, ach, du dachtest, ich könnte wütend auf dich werden, weil du mein Geld für etwas anderes verwendet hast.«

»Ist das so komisch? Du bist doch auch böse?«

»Aber nein, vollkommen erstaunt vielleicht, aber böse… nein, das nicht. Da bleibt uns wohl nichts anderes übrig, als den Zahnarzt zu bitten, die Rechnung direkt an mich zu schicken, denn dir noch einmal Geld überweisen, das mache ich nicht, das ist mir viel zu unsicher. Glücklicherweise dient das Geld zumindest einem guten Zweck: dem Widerstand in Atjeh. Und jetzt verschwinde ich rasch, denn du weißt ja, daß ich gegen Zigarettenrauch allergisch bin. Außerdem kommt morgen die entzückende Pfarrerin Pflaumen pflücken. Ich muß also früh ins Bett.«

Sommer

Um Viertel nach zehn betrat sie meinen Hof. Wir pflückten einen Eimer voll saftiger Marunken. »Das ist mehr als genug«, sagte sie.

»Wenn du noch mehr haben willst, komm einfach wieder. Ich selbst verwerte sie sowieso nicht.«

»Wie schade.«

»Schade? Durchaus nicht. Wenn man sie hängen läßt, fallen sie ab und verfaulen. Damit lockt man die schönsten Schmetterlinge an. Möglicherweise sogar den Trauermantel.«

»Den Trauermantel?«

»Vielleicht der schönste Schmetterling, den es in den Niederlanden gibt. Große braunschwarze, samtene Flügel mit zitronengelben Rändern und violetten, schwarz umrandeten Flecken auf der Grenze zwischen Gelb und Schwarzbraun. Wenn so einer doch einmal vorbeigeflattert käme!«

Wir kamen an meinem Gemüsegarten vorbei.

»Dies ist der herrlichste Sommer seit 1947, ich gehe in Bohnen und Tomaten unter. Willst du welche fürs Abendessen haben?« Wir pflückten also auch noch *Mechelner Dolde* und *Moneymaker*. Anschließend ließen wir uns mit Gartenstühlen und einer großen Kanne Tee am kühlsten Fleck im Garten nieder, ganz in der Nähe der nördlichen Landzunge, wo vom Wasser her eine kühle Brise wehte. Ich zeigte Maria Lottes Flugblatt.

»Ach, meintest du das am letzten Sonntag?« sagte sie. »Das hat sie mir auch geschickt. Ich hab's gleich weggeworfen. Leider bin ich viel zu arm, als daß ich auch noch spenden könnte. So ein Flugblatt, das hat doch nichts zu bedeuten. Lotte hat es natürlich allen möglichen Leuten geschickt. Glaubst du wirklich, daß sie zunächst dieses Fotobuch mit gebrechlichen Alten gemacht hat, um anschließend die Goldküstenwitwen unter Druck zu setzen? Das wäre aber doch sehr umständlich. Und wenig effizient. Ein solcher Aufwand an Zeit und Geld wäre doch nur gerechtfertigt, wenn anschließend ordentlich was zusammenkäme.«

»Ohne das Buch wären diese Witwen nach der Lektüre des Flugblatts nie auf den Gedanken gekommen, Geld für den Widerstand in Atjeh zu überweisen.«

»Und du meinst, jetzt haben sie alle brav Überweisungen ausgefüllt?«

»Worauf du dich verlassen kannst.«

»Woher weißt du das?«

»Ich habe mich erkundigt.«

»Bei wem denn?«

Ein Airbus donnerte über uns hinweg, so daß ich diese unangenehme Frage nicht beantworten mußte. Als der Lärm verebbt war, sagte ich: »So viel steht fest: Ohne dieses Buch hätten die Pfeffersäcke das Flugblatt sofort weggeworfen.«

»Das ist sehr gut möglich, aber es will mir nicht in den Kopf, daß Lotte das Buch aus diesem Grund gemacht hat. Ich glaube immer noch, daß sie intuitiv spürte, wer bald sterben würde. Sie fotografierte in erster Linie Todeskandidaten.«

»Sind wir denn auch Todeskandidaten?«

»Aber natürlich. Das sind wir doch alle. Ausnahmslos.«

»Ja, gut, aber dennoch ... Dieses Buch ist vor fast zwei Jahren erschienen, und Sirena, du und ich, wir sind die letzten Überlebenden. Zusammen mit ein paar Goldküstenwitwen, den Großeltern von Djoeke und dem

Beerdigungsunternehmer. Dafür muß es doch eine Erklärung geben?«

»Die gibt es. Intuitiv ...«

»*Bullshit.* Wenn du einen Dreiundneunzigjährigen fotografierst, dann bedarf es keiner Intuition, um zu wissen, daß er bald sterben wird. Aber dieser Absturz bei Katmandu? Intuition? Das will mir absolut nicht in den Kopf. Und der Junge, der im Dreifaltigkeitssee ertrunken ist? Und Notar Ravewijn? Und der Maulwurffänger? Und der katholische Pfarrer?«

»Du redest wie Teake. Nicht mehr lange, und du bist genauso verrückt.«

»Ich verstehe nicht, daß du... aber aus beruflichen Gründen bist du gewohnt, an die merkwürdigsten Dinge zu glauben. Vielleicht bist du deshalb immun gegen Ängste und Wahnvorstellungen. Was würde ich nicht darum geben, wenn mir jemand eine vernünftige, eine akzeptable Erklärung für diese Todesfälle liefern könnte.«

»Ein echter Naturwissenschaftler wie du will alles in Maße und Zahlen pressen. Finde dich doch einfach damit ab, daß manche Dinge rätselhaft und unerklärlich bleiben.«

»Neulich habe ich die Abschiedsvorlesung eines Mathematikprofessors besucht. Mitten in seinem Vortrag sagte er: ›Einer verwirrenden Vielfalt von Möglichkeiten liegt sehr häufig eine einzige simple Struktur zugrunde.‹ Warum sollte das hier nicht auch der Fall sein?«

Eine Flußseeschwalbe kam bedächtig vom Kanal her angeflogen. Über den Baumkronen des Monstranzwalds kreisten zwei Bussarde am azurblauen Firmament.

»Wie es Lotte wohl gehen mag?« fragte Maria. »Hast du vorgestern in der Zeitung gelesen, daß die indonesische Regierung den Ausnahmezustand in Atjeh verlängert hat?«

»Aber sicher. Und daß es ausländischen Journalisten

verboten wurde, sich in Atjeh aufzuhalten? Indonesische Journalisten dürfen über die Lage dort nur schreiben, wenn sie zuvor ein militärisches Training absolviert haben und sich in eine kämpfende Einheit integrieren! Ob also Lotte dort noch ... vielleicht wurde sie längst des Landes verwiesen.«

»Das muß nicht sein. Sie kann sich problemlos als Einheimische ausgeben. Sie spricht die Sprache. Vielleicht hält sie sich dort in irgendeinem Dorf auf, *undercover* ... Jedenfalls beschäftigen sie im Augenblick vermutlich völlig andere Dinge als ihr Buch. Mein Gott, worüber du dir den Kopf zerbrichst!«

»Da, schau, die Flußseeschwalbe«, sagte ich, »sie hat einen Fisch entdeckt, und gleich stürzt sie herab, aber zuerst betet sie kurz vor dem Essen.«

»Sie tut das immerhin noch«, erwiderte Maria, »aber es ist wirklich nicht zu glauben, wie weit die Säkularisation auch hier bereits fortgeschritten ist. Ich kann nichts dagegen machen, und darum muß ich gehen.«

»Was soll das heißen?« fragte ich erschrocken.

»Man will einen echten Pfarrer haben.«

»Aber das bist du doch auch.«

»Ich bin nur Vikarin. Die Gemeinde will einen richtigen Pfarrer haben, einen Mann, einen älteren, weisen Herrn.«

»O Gott, so ein Denkmal mit Brille auf der Nase, mit ordentlichem Schlips und Anzug mit Weste, mit leichtem Bauchansatz und einer sonoren, vertrauenerweckenden Stimme. So einen vornehmen niederländisch-reformierten Pfarrer, der durchs Dorf schreitet und alle leutselig grüßt. So einen wie den Hirten, der hier amtierte, als ich herzog, Pfarrer de Tonckelaer mit seinem glänzenden kleinen Brillchen.«

»Ich weiß nicht, ob eine goldene Brille Voraussetzung ist, aber ...«

»Oh, wie furchtbar! Du gehst also weg von hier. Ich werde dich sehr vermissen. Dabei war es immer so angenehm, bei all den Trau- und Trauergottesdiensten mit dir zusammenzuarbeiten. Aber du hast das doch so hervorragend gemacht, es gibt doch gar keinen Grund, dich ...«

»Die Presbyter denken darüber anders. Neulich traf ich einen von ihnen auf dem Reiterhof. Er brachte seine Tochter dorthin. Man konnte sehen, daß er dachte: Eine Pfarrerin, die reitet, das geht nicht. Ebensowenig wie im Bikini am Sandstrand von Jahrhundertleid herumliegen.«

»Wohin gehst du denn?«

»Das weiß ich noch nicht. Als Vikarin kann ich in allerlei Dörfern eine Anstellung finden. Schließlich bin ich auf diese Weise auch hier gelandet. Aber ich weiß nicht, ob ich das will. Ich bin fünfunddreißig, und die Zeit drängt, wenn ich noch ... wenn ich ...«

»Schau«, sagte ich, »wer dort mit gespitzten Ohren wie auf Abruf am Kanal entlang kommt. Als wüßte sie: Es gibt etwas zu tun. Wie genau sie das getimt hat!«

Behutsam schlurfte die Störchin am Wasser entlang in unsere Richtung.

»Ich habe keine Ahnung, wovon das Tier lebt«, sagte ich. »Man sieht nie, daß sie etwas fängt. Manchmal springt ein Frosch in Todesnot zwischen ihren Beinen hindurch ins Wasser, und dann senkt sie kurz ihren Schnabel, fängt ihn jedoch nie.«

»Ißt sie so wenig, weil sie schon alt ist?«

»Ich weiß nicht, wie alt sie ist. Was ich aber weiß, ist, daß sie keinen Schritt außerhalb meines Gartens tut. Daß sie noch fähig ist, Wiegen zu füllen, bezweifle ich.«

»Ach, wie schade«, seufzte Maria.

»Vielleicht denkt sie: Das kann ich den Menschen doch nicht antun. Dieses Theater mit Windeln, Lätzchen, Laufställen, Hochstühlen und Kinderwagen.«

»Tja, aber so ein alter Storch weiß natürlich nicht, daß heute alles viel bequemer ist als früher. Inzwischen gibt es Pampers und Einweglätzchen. Unsere Mütter schoben dreisitzige Kinderwagen, aber nun gibt es sehr praktische Buggys.«

»Das stimmt, heute sieht man nur noch ausländische Frauen mit solchen Riesenwagen herumlaufen. Und warum müssen die Buggys so bequem und zusammenklappbar sein? Damit sie ins Auto passen.«

»Spricht etwas dagegen?«

Ich zuckte die Achseln, schaute übers Wasser, wo die Brecons schwammen, und hörte den Scheltopusik zwischen Kammgras und Hundsgras rascheln. Ich dachte: Oh, mein Gott, ein Ehepaar in einem Auto mit so einer Karre zusammengeklappt im Kofferraum und einem besetzten Kindersitz auf der Rückbank unterwegs zu Opa und Oma. Mich schauderte. Maria sah mich an, lächelte wehmütig und trank ruhig ihren Tee aus. Wenn es um Liebe und Erotik geht, dachte ich, ist es gut, wenn man sich klarmacht, daß es nur die selbstsüchtigen Gene sind, die sich reproduzieren wollen. Nicht weniger, aber vor allem nicht mehr. Galeerensklave unserer Gene zu sein, das ist unsere Bestimmung.

Ich überlegte, ob ich ihr das sagen und sie fragen sollte: Kannst du verstehen, daß es für mich nach Auschwitz undenkbar ist, mich fortzupflanzen? Mir war aber klar, daß ich damit auf taube Ohren stoßen würde, auf ein Verlangen, das nicht zu bekämpfen, nicht einzuschnüren, nicht zu unterdrücken war. Sie hatte schon so viele schreiende Täuflinge besprenkelt und wollte jetzt einen eigenen Säugling über das Taufbecken halten. Daran war, ungeachtet des Holocaust, nicht zu rütteln. Und wer war ich, ihr etwas mißgönnen oder ausreden zu wollen, was für fast alle ebenso selbstverständlich war wie Essen und Trinken? Nur: Ich war dann definitiv aus dem Rennen.

Andererseits: Wer sagt, daß sie mich als Vater ihrer Kinder wollte? Welch ein Hochmut. Und auch das verursachte einen lächerlich großen Schmerz.

Es schien, als ahnte sie, was ich gerade dachte.

»Bei der Präsentation von Lottes Buch hast du so nett mit dem kleinen Sohn von Douwe und Mea Dijkstra getuschelt. Du wärest bestimmt ein guter Vater«, sagte sie.

»Das bezweifle ich. Ich bin schrecklich ungeduldig. Doch abgesehen davon: Wenn die Ungeborenen die beiden Kundschafter losschickten, dann kämen diese möglicherweise mit dem schauerlichen Bericht wieder: Das Leben auf Erden ist eine Farce, die sich jederzeit in einen Alptraum verwandeln kann.«

»Ich bin nicht so bibelfest wie du, aber wenn ich mich recht erinnere, dann kehrten die beiden Kundschafter, anders als ihre zehn düster gestimmten Kollegen, freudig erregt aus dem Gelobten Land zurück.«

Erneut donnerte so ein lärmendes Monster über uns hinweg. Als der Krach so weit verebbt war, daß ich den Scheltopusik im Kelchgras rascheln hörte, sagte ich: »Ich muß oft an die TWA-Maschine voller Schulkinder denken. Gleich nach dem Start in New York stürzte sie in den Atlantischen Ozean. Als das Flugzeug in der Luft explodierte, brach der vordere Teil ab. Der hintere flog noch kurze Zeit weiter. Was denkt man, wenn man darin sitzt: Hätte ich mal bloß keine *Air Miles* gesammelt?«

»Hat man dann noch Zeit, etwas zu denken? Wahrscheinlich ist man auf der Stelle tot.«

»Auf jeden Fall hat man noch den Bruchteil einer Sekunde, in dem einem klar wird, daß man zehn Kilometer in die Tiefe stürzen wird, ins eiskalte, schwarze Wasser. Heutzutage gibt es Schrecken, von denen unsere Vorfahren nicht einmal geträumt haben. Stell dir vor, du sitzt in einem der WTC-Türme und arbeitest. Und plötzlich bohrt sich gleich unter dir ein Flugzeug in das Gebäude. Aber am 11. September, das war nur ein terroristischer Rippenstoß. Der große Schlag kommt erst noch.«

»Was bist du nur für ein Schwarzseher! Ich bin erstaunt. Dabei gehen die Leute swingend zur Kirche hinaus, wenn du bei einem Traugottesdienst gespielt hast. Ich verstehe das nicht. Na, ich denke, ich geh mal besser wieder.«

»Willst du vielleicht auch einen Rotkohl mitnehmen?«

»Gern.«

Schwerbeladen zog sie von dannen. Die Sonne schien, wie sie seit Juni immer geschienen hatte: großzügig, überströmend, versengend. Unter dem dichten Blätterdach der hohen Eschen war es jedoch kühl, und nachdem Maria fort war, ging ich dorthin und begab mich, mit einem schweren Herzen und einem Beil, zu einem Baumstumpf. Verrecke, murmelte ich dem Ding zu und schlug auf eine seiner Wurzeln ein. Ich schaffte es nicht so recht, mir den allgegenwärtigen Schmerz darüber aus der Seele zu hakken, daß ich an allen Fronten versagt hatte. An der Universität war ich Sparmaßnahmen zum Opfer gefallen, meine Frau hatte mich wegen meines besten Freunds sitzengelassen, so daß ich mit einem Schlag gleich zwei liebe Menschen verlor, mit Leonora hatte ich es mir verdorben; Sirena, nun ja, sie war nie ernsthaft in Frage gekommen, aber auch bei ihr war ich auf dem absteigenden Ast. Blieb nur noch Maria. Doch auch mit ihr würde es nie was werden. Sie propagierte den Herrn und wollte Kinderlein. Kinderlein; hey, auf den Rhythmus dieses Wortes konnte man gut hacken: Kinderlein, Babylein, Purzelchen, Hosenmatz, Säuglinge. Sagt selbst, wollt ihr so einen Vater haben? Wurde an der Universität wegrationalisiert. Ist trotz seines Atheismus immer noch ein sparsamer, engstirniger, unerbittlicher, unduldsamer, ängstlicher Kalvinist. An der Kirchenorgel zieht er sich recht geschickt aus der Affäre, wird aber immer ein stümpernder Amateurpianist bleiben. Bekannt wurde er mit einem Buch, das eine pfiffige Paraphrase von Graham Bells *The Masterpiece of Nature* ist. Im Fernsehen sieht er aus wie ein knorriger, kahler Gnom. Versagt stets im entscheidenden Moment. »Kommst du mit nach Atjeh?«

Die erste der widerspenstigen Wurzeln war zerstückelt, Nun stürzte ich mich auf die zweite und hackte wütend weiter: Sprößlinge, Wickelkind, Zutzelmaus, Scheißerchen. Was sagt man sonst noch? Gab es noch genug Daktylen für die dritte Wurzel? Zappel, nein, Schätzchen, nein, aber Hätschelschatz, und Kuschelzwerg. Vorwärts, weg mit der Wurzel, ja, gut so! Mit einem einzigem Schlag im Takt von Hätschelschatz Nummer drei gespalten, und nun die vierte, die dickste, Hätschelschatz, Kuschelzwerg, Scheißerchen. Was war das? Was kitzelte da in meinem Nacken? Nicht drauf achten, hacken mußte ich. Verbissen schlug ich auf die Wurzel ein, bis ich plötzlich einen stechenden Schmerz in meinem Hals spürte und, von meiner Knochenarbeit aufschauend, schräg hinter mir einen Schwarm aufgeschreckter Wespen aus dem Boden aufsteigen sah. Abermals wurde ich gestochen, und noch einmal. Alles, was sich zornig aus der Erde in die Luft erhob, wollte sich auf mich stürzen, doch da rannte ich bereits. Ich schaffte es noch bis zur Beiküche und konnte auch die Tür noch öffnen, doch dann sank ich zu Boden, und ich spürte, wie meine Glieder steif wurden. Ein heftiges Jucken sprang wie eine Feuerzunge über meinen kahlen Schädel und suchte sich immer wieder eine neue Stelle. Es war, als tanzte der Schmerz in Richtung meines Hinterkopfs und bahnte sich von dort durch meine Haut hindurch einen Weg zu meinem Gaumen. Von dort befiel er meine Zunge. Ich hatte ein Gefühl, als stünde sie in Brand. Meine nackten Arme wurden erst mattrot und färbten sich dann luftpostpapierblau. Daß ich nun so enden mußte. Doch noch und unausweichlich. Ein anaphylaktischer Schock, wer hätte das gedacht? Man hatte mich wiederholt gewarnt, doch gerade darum hatte ich geglaubt, daß mir das nicht passieren würde. Weil für jemanden, der so allergisch ist wie ich, schon ein einziger Wespenstich tödlich sein kann, hatte ich stets eine Handvoll Spritzen mit Adrenalin im Haus. Und früher war immer eine Ehefrau in der Nähe, die mir im Notfall eine solche Spritze setzen konnte. Sie hatte auch fleißig geübt, war dann aber abgehauen. So blieb mir nichts anderes übrig, als mich selbst zu spritzen. Wo war das Adrenalin auch gleich wieder? Im Kühlschrank natürlich, und dieser Kühlschrank war nicht weit, er stand in unmittelbarer Nähe, in der Küche, ich hörte ihn beruhigend brummen. Wie schade, daß meine Beine sich so bleischwer anfühlten. Dann eben kriechen. Ich kroch los, erreichte die Tür zwischen Beiküche und Küche, und es gelang mir, sie zu öffnen. Auf dem Bauch liegend, schaute ich genau in zwei Hundeaugen. »Ach, meine Gute«, sagte ich, »so ein Pech, dein Herrchen ... die Tür nach draußen habe ich offengelassen, du kannst raus, um zu trinken und um dein Geschäft zu erledigen, und irgendwann wird bestimmt jemand auftauchen, der sich deiner erbarmt. Nimm's mir nicht übel, aber es sieht so aus, als wär's das für mich gewesen.«

Mir war klar, daß ich es nie bis zum Kühlschrank schaffen würde. Ich fühlte eine Trägheit, die der süßen Schläfrigkeit, welche an sonnigen Sommertagen manchmal dem unausweichlichen Mittagsschlaf vorausgeht, sehr ähnlich war, diesen Nickerchen, aus denen man wie neugeboren erwacht. Es erwies sich als erstaunlich angenehm, sich dieser Trägheit zu überlassen. Alle Angst in mir verebbte, die letzte Zeile des Gedichts *Grass* von Walt Whitman schoß mir durch den Kopf: »*And to die is different from what any one supposed, and luckier*«, und ich dachte daran, was der sechsunddreißigjährige Komponist Hermann Goetz auf dem Sterbebett zu seiner Frau gesagt hatte: »Laura, wir müssen scheiden, gib mir noch einen Kuß, ich sterbe leicht, sehr leicht«, und ich versuchte *Geheimnis* zu summen, aber so auf die Schnelle fiel mir die Melodie nicht ein, und deshalb versuchte ich, weil dies sowieso meine absolute Lieblingsmusik war, das Trio aus dem Scherzo des Streichquartetts in G-Dur von Schubert zu summen. Der war nur einunddreißig Jahre alt geworden. Was jammerte ich also? Aus dem Summen wurde nicht viel, weil ich kaum Luft bekam. Die Folge war, daß mich erneut Panik erfaßte, und ich dachte verzweifelt: Es kann nicht wahr sein, du stirbst noch nicht, du stirbst nicht einfach so, heute morgen noch hast du mit der Pfarrerin Marunken gepflückt, also ... ach, hätte ich doch bloß ein kleines Kopfkissen, das ist doch wohl das mindeste, daß man ein Kissen unter dem Kopf hat, wenn man stirbt, doch wo soll ich das bloß herkriegen? Draußen auf dem Rasen standen die Brecongänse und betrachteten mich durch die offene Tür.

Sie waren fort, als ich mitten in der Nacht meine Augen aufschlug. Mir war durch und durch kalt, und ich war so steif, daß es mir kaum gelang, den Kopf zu heben, der die ganze Zeit ohne den Luxus eines Kissens auf dem harten Fußboden gelegen hatte. Immer wieder schoß es mir durch den Kopf: Du gehörst zu den zwei Prozent, die einen anaphylaktischen Schock überleben, du hast es überstanden, du hast es tatsächlich geschafft; aber paß bloß auf, nach acht Stunden folgt der unvermeidliche Folgeanfall, und du wirst doch noch niedergestreckt. Schließlich gelang es mir, den Kopf ein wenig in die Höhe zu heben. Ich schaute in die großen, erschrockenen Augen von Anders. Sie saß genau neben mir, erhob sich im bleichen Licht des Mondes, bellte heiser und begann, wie besessen mit dem Schwanz zu wedeln.

Waldkauz

Der zweite Sonntag im November. Herbstfarben, wie ich sie nur selten gesehen habe. Ockergelber Eschdorn, dessen riesige Blätter träg herabschwebten, als handelte es sich um aufrührerische Pamphlete, die aus Propagandaflugzeugen abgeworfen wurden. Rostbraune Buchen. Kaffeefarbene Eichen. Berberitzen, feuerrot wie brennende Brombeersträucher.

Seit die Sonne am wolkenlosen Himmel erschienen war, badete mein Grundstück in ihrer heimelig warmen Glut. Summend grub ich mit aufgerollten Ärmeln mein tägliches Quantum Marschboden um: zehn Quadratmeter. Vor Weihnachten mußte alles umgegraben sein, damit nach dem Jahreswechsel der Frost der länger werdenden Tage die Erdbrocken kaputt frieren konnte.

Nach dem Morgentee harkte ich die abgefallenen Eschenblätter zusammen und warf sie auf den Komposthaufen. Anschließend stutzte ich alle Erlen, die meinen Gemüsegarten säumten. Die Frühjahrssonne mußte demnächst meinen keimenden Spinat, meinen Rukola und meine rote Bete wärmen können. Aus den Eschenzweigen hatte ich in den vergangenen Jahren immer einen Scheiterhaufen gemacht. Wenn es fror, warf ich alle aus den Zeitungen ausgeschnittenen Bilder des Papstes darauf und steckte ihn an. Feuermachen war seit einiger Zeit nicht mehr erlaubt. Kräuselte sich aus deinem Garten ein Rauchwölkchen in die Höhe, dann stand in null Komma nichts die Umweltpolizei vor der Tür. Außer zu Silvester, aber so lange wollte ich nicht warten. Es blieb mir also nichts anderes übrig, als die Zweige zu häckseln. Bevor ich mich daranmachte, ging ich um Punkt zwölf zur Reformierten Kirche. Dort spielte um 12.15 Uhr, Eintritt 7,50 Euro, Kinder bis zwölf Jahre gratis, das Boccherini-Quartett *Der Tod und das Mädchen* von Franz Schubert.

Als ich wieder nach Hause radelte, sah ich Wolken von der Größe einer Männerhand am Himmel auftauchen. Sie gesellten sich zueinander, so daß die wunderbare Herbstsonne allmählich immer mehr Mühe hatte, zwischen den Gewitterwolken hindurchzuscheinen.

Ich zog meinen vierrädrigen Häcksler durch den Garten zu dem Eschenzweighaufen. Auch so ein Häcksler wird mit einem Seilzug gestartet, und es bedurfte großer Kunstfertigkeit, ihn in Gang zu kriegen. Als er endlich gut lief, setzte ich meine Ohrschützer auf. So eine Maschine betreibt einen Dezibelgroßhandel, und da bleibt einem nichts anderes übrig. Auch haben mich Schaden und Schande so klug werden lassen, ein Schutzvisier zu benutzen. Wenn die Hornhaut von umherfliegenden Holzstückchen getroffen wird, tut das tagelang weh.

Leider schotten die Ohrschützer und das Schutzvisier einen fast vollständig von der Außenwelt ab. Man hört nichts anderes mehr als das zwar gedämpfte, aber immer noch laut dröhnende Knattern des Häckslers. Die feuchte Atemluft sorgt dafür, daß das Visier beschlägt, und darum sieht man kaum etwas. Mehr oder weniger auf Gefühl packt man mit in dicke Arbeitshandschuhe gehüllten Händen die Eschenzweige und steckt sie von oben in den Häcksler, der sie erbarmungslos zu kleinen Stücken zermahlt, die man auf den Kompost werfen kann.

Je länger man häckselt, um so tiefer hält man innere Einkehr. Es scheint, als leere sich der Geist allmählich, wie eine Sanduhr, die zu Beginn der Arbeit umgedreht wurde, um die Zeit zu messen. Man verwandelt sich in einen Zombie. Das ist nicht ungefährlich, denn je müder man wird, um so übermütiger wird man auch, und man muß sich wirklich hüten, mit den Fingern in die rotierenden Messer zu geraten. Sonst kann man nie wieder die Variationen über *Vieni amore* von Beethoven spielen.

Wenn der Geist, die Seele, das Bewußtsein, oder wie immer man es auch nennen mag, langsam wegsickert und schließlich nur noch wie eine Friedhofslampe flackert, gelangt man in einen Zustand höchster Glückseligkeit. Alles scheint möglich zu sein. Durch ein Wurmloch im All könnte man einfach so an einen anderen Ort und in eine andere Zeit reisen. Was mich angeht, so würde ich am liebsten in das Leipzig des 17. Oktobers 1727 reisen, um dabei zu sein, wenn Bach in der Universitätskirche seine wunderschöne *Trauerode* dirigiert.

Als ich, tief versunken in meine Nirwana-Stimmung, am späten Nachmittag einmal von meiner Häckselarbeit aufsah und durch das beschlagene Visier eine schemenhafte Gestalt zu erblicken meinte, war ich zu erschöpft, mich darüber auch nur zu wundern. Seelenruhig arbeitete ich weiter, ohne mich zu vergewissern, ob ich es bei dieser Vision nicht vielleicht doch mit einem echten Besucher zu tun hatte. Erst als ich, nachdem ich sechs weitere Äste zerhäckselt hatte, erneut aufschaute und die bewegungslose Gestalt immer noch durch mein beschlagenes Visier hindurch zu erblicken meinte, schob ich die Scheibe nach oben.

Inzwischen war es recht dunkel geworden. Die Männerhandwölkchen waren zu einer dicken grauen Decke verschmolzen, aus der einige Regentropfen fielen. Erst als ich den Häcksler ausschaltete und der fürchterliche Lärm erstarb, sah ich, wer vor mir stand.

»Lotte«, stotterte ich vollkommen perplex.

»Ich bin froh, daß du endlich aufschaust«, sagte sie, »ich stehe hier schon eine ganze Weile, traute mich aber nicht, dir auf die Schulter zu klopfen. Ich hatte Angst, du könntest dich erschrecken und mit den Händen in diese schreckliche Maschine geraten.«

»Lotte«, stotterte ich erneut.

»Ja, stimmt, ich bin es. Ich bin geradewegs von Schiphol hergekommen. Ich habe nämlich ein Problem. Selbst für mich wurde es allmählich viel zu gefährlich, in Atjeh zu bleiben, auch wenn ich die Sprache spreche und wie eine Einheimische aussehe. Mit einem Fischerboot hat man mich und mein gesamtes Fotomaterial zusammen mit ein paar anderen, die auch dringend das Land verlassen mußten, über die Malakkastraße gebracht. In Kuala Lumpur wurden wir dann in ein Flugzeug gesetzt. War nicht leicht, aber Schmiergeld wirkt Wunder. Leider ist es nicht ausgeschlossen, daß der indonesische Geheimdienst Wind davon bekommen hat, daß ich mit einer Ladung belastenden Materials abgehauen bin. Darum wage ich es nicht, zu mir nach Hause zu gehen. Es könnte sehr gut sein, daß sie mich dort erwarten. Am Flughafen habe ich ein Taxi genommen und bin beim Pastorat ausgestiegen. Ich hatte gehofft, Maria könnte mich für eine Weile unterbringen. Aber ein fremder Herr öffnete die Tür und sagte, Maria wohne dort nicht mehr. Was nun, habe ich gedacht, wohin soll ich jetzt gehen? Durch das Mördergäßchen habe ich mich auf den Weg hierher gemacht, was mit meinen schweren Koffern eine ziemliche Plakkerei war. Ich glaube nicht, daß mich unterwegs jemand gesehen hat.«

Ich sah sie lange an. Obwohl sie sehr lakonisch berichtete, was sie alles erlebt hatte, schien es, als sei ihre Geschichte Teil einer Vision, eines Traums, aus dem ich gleich wieder aufwachen konnte. Wie um zu testen, ob ich tatsächlich von einem Trugbild getäuscht wurde, sagte ich: »Und jetzt, wo du bei Maria nicht bleiben kannst, willst du ein paar Tage hier wohnen, bis Gras über die Sache gewachsen ist?«

»Du hast damals gesagt ...«

»Ja, aber damals hast du geantwortet: Dann komme ich vom Regen in die Traufe.«

»Mein Lieber, jetzt aber mal im Ernst. Meinst du, du kannst mir für eine Weile helfen? Zur Not nur für ein paar Tage. Ich hoffe, ich kann dann von hier aus rasch eine andere Unterkunft organisieren.«

»Herbräer 13, Vers 2.«

»Ich weiß leider nicht, was dort steht.«

»Gastfrei zu sein vergesset nicht; denn dadurch haben etliche ohne ihr Wissen Engel beherbergt.«

»Ich bin kein Engel, wie du weißt. Vielleicht ist es sogar gefährlich, mich aufzunehmen.«

»Du hast dir gedacht: Wenn er nicht mit nach Atjeh will, bringe ich eben Atjeh zu ihm.«

»Ich war nicht erfreut darüber, daß du nicht mitgehen wolltest. Ich sah der Reise mit Schrecken entgegen, und darum hätte ich gern einen Begleiter gehabt, am liebsten einen kräftigen Mann.«

»Ich bin ein Angsthase.«

»Das stimmt, aber nicht, wenn es um mich geht. Mut wäre dann etwas ganz Selbstverständliches für dich.«

»Wie kommst du darauf?«

»Du hast gesehen, wie ich reinkam, damals, als du in dem Atelier auf so rührende Weise nackt dastandest, und mit einem Schlag warst du ...«

»*So what*«, fiel ich ihr ins Wort, »das passiert dir jeden Tag.«

»Jeden Tag ist übertrieben. Aber ziemlich oft, das stimmt. Und es ist mir immer sehr unangenehm. Merkwürdigerweise war das bei dir anders. Und darum habe ich dich gefragt, ob du mich nach Atjeh begleiten willst. Als ich aber dort ankam, wurde mir sehr bald klar, welch ein großes Glück es war, daß du nicht mit wolltest. Du hättest dort überhaupt nichts ausrichten können. Man hätte dich wahrscheinlich nicht einmal nach Sumatra gelassen, auf keinen Fall aber nach Nordsumatra. Und jetzt... bei all dem, was dort los ist... auf Neuguinea übrigens auch... unglaublich ist das. Die Augen der Welt sind auf den Irak gerichtet, und deshalb kann die indonesische Regierung nach Herzenslust morden und sengen. Ausländische Journalisten gibt es dort nicht; indonesische dürfen nur nach einer harten militärischen Ausbildung dorthin, zusammen mit den Heereseinheiten, denen sie dann angehören.«

»Darüber habe ich gelesen. Hierhin darfst du auch ohne hartes Training kommen, und du mußt auch bestimmt nicht übermorgen wieder gehen. Unter zwei Bedingungen: Erstens ist Rauchen strengstens verboten.«

»Ich rauche nicht. Habe ich nie gemacht. Aber wenn du gesehen hättest, wie finale Patienten noch mit letzter Kraft eine Zigarette drehen, dann würdest du ihnen sogar in deinem Haus das Rauchen erlauben.«

»Was hast du bloß immer mit deinem ›final‹?«

»Als ich noch Krankenschwester war, mußte ich immer aufpassen, wenn ich nachts in die Zimmer kam. Ehe man sich versah, wurde man von einem Patienten ins Bett gezerrt. Ich war sehr schlank, und offenbar dachten die Kerle, so krank sie auch waren: Die farbige Kleine, das ist eine leichte Beute. Nur die finalen Patienten ließen einen in Ruhe, und vielleicht habe ich darum so eine Schwäche für sie. Und außerdem: Final, Fehler nie fatal. Wenn man etwas falsch macht, beschleunigt man höchstens das Ende. Bei normalen Patienten, vor allem bei solchen, die es am Herzen haben, kann manchmal schon ein kleiner Fehler tödlich sein. Aber gut, du sprachst von zwei Bedingungen. Wie lautet die andere?«

»Daß du ohne Murren und Klagen hinnimmst, wenn hier im Haus den ganzen Tag über, vom Morgengrauen an, den Göttern Bach, Mozart, Schubert, Beethoven,

Haydn, Schumann, Brahms, Reger, Debussy und Ravel am Flügel gehuldigt wird.«

»Dagegen habe ich nichts. Nur schade, daß du Chopin nicht genannt hast. Den mag ich besonders.«

»Du magst Chopin? Dann werde ich die *Barcarolle* üben. Das ist das schönste Klavierstück, das es gibt. Und ich werde mich wieder an die *Berceuse* machen, und an das zweite Scherzo und die vierte Ballade und an die *Préludes*, oh, das siebzehnte, das in As, das man in Schuberts Lied *Drang in die Ferne* bereits kommen hört, in einem Zwischenspiel, dem mit der enharmonischen Modulation in Takt neunzehn, das ist so herzergreifend.«

Erstaunt sah sie mich an, und zum ersten Mal, seit ich sie kannte, brach sie in Lachen aus. Sie wollte etwas sagen, doch auf einmal rauschte der Regen herab.

»Sollen wir reingehen? Dann mach ich den Ofen an, schenke dir ein Glas Wein ein und mache etwas zu essen.«

»Ich habe bereits im Flugzeug gegessen. Außerdem bin ich viel zu müde, ich habe die letzten beide Nächte kaum geschlafen.«

»Du siehst aber gar nicht erschöpft aus.«

»Das sieht man mir nur nicht an.«

»Du willst also am liebsten gleich ins Gästebett?«

»Das ist vielleicht auch nicht klug und auch wenig gesellig. Ein Glas Wein am warmen Ofen, dazu hätte ich Lust. Dann kann ich ein wenig verschnaufen.«

Ein Harry-Leenders-Holzofen ist ein Wunder. Der brennt in null Komma nichts und strahlt schon nach kurzer Zeit eine herrliche Wärme ab. Als wir mit einem Glas Rotwein nah am Feuer saßen, sah ich, wie sie, aufgrund des Weins und der wunderbaren Holzofenglut, tapfer gegen den Schlaf ankämpfte.

»Leg dich doch auf die Couch«, sagte ich zu ihr, »dann breite ich eine Decke über dich.«

»Ja, tu das, ich kann nicht mehr.«

Als ich sie zudeckte, sagte ich: »Du kannst froh sein, daß du mich noch lebend antriffst. Als einer der letzten Überlebenden aus deinem Buch wäre ich um ein Haar an einem anaphylaktischen Schock gestorben.«

»Du hast mir gemailt, daß es hier Unruhe wegen meines Buchs gegeben hat. Ich wollte dir antworten, aber die Mail erreichte mich kurz vor meiner Abreise, und da habe ich es nicht mehr geschafft. Und außerdem: Ich hatte andere Dinge um die Ohren. Worüber regen sich die Leute in Monward eigentlich auf, dachte ich. Nicht mehr lange, und die ganze Welt steht in Flammen, und dort macht man sich Sorgen, weil von den alten Leuten, die ich fotografiert habe, ein paar gestorben sind. *So what?* Bald kommt eine Zeit, da fühlt man sich privilegiert, wenn man in einem normalen Krankenbett sterben darf, statt ...«

»Statt was?« fragte ich, aber sie war, von einem Moment auf den anderen und mitten in ihrem prophetischen Satz, eingeschlafen. Einigermaßen verdutzt sah ich sie an. Alte Leute, dachte ich, gut und schön, aber wie erklärst du dann, daß eine vierköpfige Familie bei Katmandu vom Himmel gefallen ist? Das waren keine alten Leute. Ebensowenig wie der Schlittschuhläufer auf dem Dreifaltigkeitssee oder Notar Ravewijn.

Ich betrachtete sie. Sie atmete sehr sanft, sie schlief so ruhig, als drohte nirgendwo auf der Welt Gefahr. Ich hörte das Feuerholz im Ofen knacken und dann die Gänse schnattern. Kam da jemand? Der indonesische Geheimdienst? Waren sie ihr bereits auf der Spur? Ich schaute hinaus und sah einen Waldkauz auf das große Wohnzimmerfenster zufliegen. Wenn er mit vollem Tempo dagegen knallte, wäre er zumindest verletzt. Also wedelte ich wie wild mit den Armen. Er erschrak, konnte aber so schnell nicht mehr ausweichen und bremste nur, so daß er nicht mehr allzu hart gegen das Fenster stieß. Er taumelte kopfüber ins Gras, drehte sich um, hockte dann da und starrte mich mit großen Augen an wie ein wütender Kater. Dann erhob er sich wie eine riesige Fledermaus in die Lüfte. Erneut gackerten die Gänse, und ich dachte: Solange Lotte hier ist, werde ich mich jedesmal, wenn sie Laut geben, zu Tode erschrecken, ich Angsthase. Ich ging wieder ins Zimmer zurück. Auf ihren Augenlidern sah ich den Widerschein des lodernden Feuers im Ofen. Ich schaute nach draußen. In meinem Obstgarten grasten friedlich die wachsamen Gänse.

Inhalt

Maarten 't Hart

Die Netzflickerin

Roman. Aus dem Niederländischen von Marianne Holberg. 448 Seiten. Serie Piper

Dies ist die Lebensgeschichte des Apothekers Simon Minderhout aus dem südholländischen Maassluis und seiner kurzen, leidenschaftlichen Liebe zu der Netzflickerin Hillegonda während der deutschen Besatzungszeit. Sie ist zugleich die atemberaubende Geschichte eines alten Mannes, der Jahrzehnte danach dem Teufelskreis von Denunziation und Verrat kaum entkommen kann.

Wie ein spannendes Stationendrama liest sich die Lebensgeschichte des Apothekers Simon Minderhout, der Hauptfigur in Maarten 't Harts neuem Roman.

»Maarten 't Hart erweist sich erneut als großartiger Erzähler, dem es gelingt, Schicksale so authentisch zu schildern, daß der Leser einfach Anteil nehmen muß.«

Hamburger Abendblatt

05/1047/01/L

Maarten 't Hart

Die Jakobsleiter

Roman. Aus dem Niederländischen von Gregor Seferens. 256 Seiten. Serie Piper

Immer am Deich entlang wandert der junge Adriaan, vorbei an Rapsfeldern und blühendem Klatschmohn. Zusammen mit seiner Cousine Klaske wird er einen paradiesischen Sommertag verbringen – doch an dessen Ende steht ein Unglück, das Adriaans Leben in eine neue Bahn lenkt. Ein weiteres Meisterwerk des niederländischen Schriftstellers Maarten 't Hart.

»Die ›Jakobsleiter‹ enthält alle Elemente der Erzählkunst des niederländischen Meisters: Sinnlichkeit, Poesie, Genauigkeit, menschliche Wärme trotz köstlicher Ironie, und eine Art, Landschaft und Natur zu beschreiben, wie es nur ein Liebhaber und Kenner kann.«

Buchkultur

05/2043/01/R

SERIE PIPER

SERIE PIPER

Dai Sijie

Muo und der Pirol im Käfig

Roman. Aus dem Französischen von Giò Waeckerlin Induni. 400 Seiten. Serie Piper

Nach Jahren im französischen Exil kehrt der scheue Psychoanalytiker Muo zurück ins Reich der Mitte, um seine große Jugendliebe »Vulkan des alten Mondes« aus politischer Gefangenschaft zu befreien. Dafür muß er Richter Di bestechen, der für seine Dienste eine ungewöhnliche Gegenleistung verlangt.
Nach dem überwältigenden Erfolg von »Balzac und die kleine chinesische Schneiderin« Dai Sijies neues Meisterwerk.

»Dai Sijie hat ein wildes, böses Buch geschrieben, das sich heiter und bunt in den Kopf des Lesers einschleicht.«
Die Welt

05/1952/01/L

Sándor Márai

Wandlungen einer Ehe

Roman. Aus dem Ungarischen von Christina Viragh. 461Seiten. Serie Piper

Lüge und Leidenschaft, Sehnsucht und Vergänglichkeit – das neue Meisterwerk von Sándor Márai: ein Herr, eine Dame, ein Dienstmädchen. Das ist das Personal dieses großen Romans um Liebe und Betrug, um wahre und ersehnte Gefühle, um Aufrichtigkeit und Befangenheit in gesellschaftlicher Konvention. Zugleich ist es ein Abgesang auf die großbürgerliche mitteleuropäische Welt.

»Hier beschreibt Meistererzähler Sándor Márai sehr weise, wie schwer die Liebe lasten kann – ein Sittenbild der Gesellschaft zwischen den Kriegen, wie es sensibler selten zu finden ist.«
Stern

05/1657/01/R

Pierre Péju

Die kleine Kartäuserin

Roman. Aus dem Französischen von Elsbeth Ranke. 192 Seiten. Serie Piper

Wie in Zeitlupe sieht der Buchhändler Etienne Vollard das Mädchen im roten Anorak auf seine Kühlerhaube aufschlagen. Ihn trifft keine Schuld. Eva liegt wochenlang im Koma, was ihre Mutter kaum erträgt. Etienne dagegen, ein Sonderling, besucht sie täglich, erzählt dem bewußtlosen Mädchen unermüdlich Geschichten und liest ihm die schönsten Bücher vor, die er in seinem kleinen Laden finden kann. Nach Wochen erwacht Eva endlich – doch ohne jemals wieder sprechen zu können …

»Ein wunderbarer Text über die Einsamkeit, die Liebe zu Büchern und die scheiternde Liebe zwischen Menschen.«
Der Standard

05/2156/01/L

François Lelord

Hectors Reise oder die Suche nach dem Glück

Aus dem Französischen von Ralf Pannowitsch. 208 Seiten. Serie Piper

Es war einmal ein ziemlich guter Psychiater, sein Name war Hector, und er verstand es, den Menschen nachdenklich und mit echtem Interesse zuzuhören. Trotzdem war er mit sich nicht zufrieden, weil es ihm nicht gelang, die Leute glücklich zu machen. Also begibt sich Hector auf eine Reise durch die Welt, um dem Geheimnis des Glücks auf die Spur zu kommen.

»Wenn man dieses Buch gelesen hat – ich schwöre es Ihnen – ist man glücklich.«
Elke Heidenreich

05/2122/01/R